KB116885

미등록자

プラチナデータ

PLATINUM DATA
by 東野圭吾

Original Japanese edition published by Gentosha, Inc., Tokyo, Japan.
Korean edition is published by arrangement with Gentosha, Inc. through Discover 21 Inc., Tokyo
and JM Contents Agency Co., Seoul.

비채
×
히가시노
게이고
컬렉션

미등록자

히가시노 게이고

プラチナデータ

민경욱 옮김

비채

プラチナデータ

1

사체는 선명한 파란색 캐미솔을 입고 있었다. 풍만한 가슴은 캐미솔에 숨겨졌지만 하반신은 드러나 있다. 속옷을 입지 않았기 때문이다. 목에는 짙은 감색 초커를 했는데 바로 위가 검붉다. 베테랑 수사관이라면 손으로 목이 졸린 흔적임을 금세 알 것이다.

아사마 레이지는 조그만 전자기기를 들고 있다. 가느다란 코드 두 개가 달렸고 코드 끝에는 금속 클립이 붙어 있다. 몇 번 본 적 있는 물건이다.

"또 '덴토리'입니까?" 후배 도쿠라가 전자기기를 들여다보며 말했다. "요즘 자주 보이네요."

"이거, 정말 효과가 있나?"

"그런 거 같습니다. 저는 해본 적 없지만." 그렇게 말하고 도쿠라는 아사마의 귓가에 속삭였다. "한번 해보세요. 살짝 하면 몸에 나쁜 영향도 없다는데."

"그럼 네가 해봐."

후배 형사는 어깨를 으쓱하더니 쓴웃음을 짓고 멀어졌다. 그 모습을 바라보던 아사마는 전자기기를 원래 장소에 돌려놓았다. 사체가 발견됐을 때 나이트테이블 위에 놓여 있었다.

감식 작업중이었다. 작업이 끝날 때까지는 아사마 같은 수사1과 사람도 현장에 접근하지 않는 게 원칙이지만 형사들은 그런 걸 다 지키다가는 제대로 된 초동수사는 불가능하다고 생각한다.

현장은 시부야 외곽에 있는 러브호텔의 방이었다. 청소 직원이 치우러 들어갔다가 사체를 발견했다. 살해된 사람은 이십대 초반 여성으로, 침대 위에 쓰러져 있었다.

성관계 흔적은 있지만 체내에 정액은 없었다. 콘돔도 발견되지 않았다. 여성의 핸드백 내용물과 함께 범인이 가지고 간 듯했다. 핸드백에는 반드시 있어야 할 지갑과 휴대전화도 없었다. 한마디로 신분을 확인할 수 있는 물건이 남아 있지 않았다.

종종 있는 한심한 사건이라고 아사마는 생각했다. 멍청한 남자와 여자가 어디선가 눈이 맞아 이 호텔에 들어왔다. 둘 다 평범한 섹스에는 질려 둘 중 하나가 가지고 온 덴토리를 이용했다. 덴토리는 요즘 젊은이들 사이에서 유행하는 뇌자극 장치이다. 양쪽 귀에 전극을 붙이고 전원을 넣으면 미약한 펄스 전류가 뇌로 흘러들어가 마약과는 다른 자극을 맛볼 수 있다고 한다. 물론 국가에서 인가한 기계는 아니다. 어느 나라의 누군가가 만들었는데 암시장에서 거래된다. 최근에는 그런 이상한 상품이 꽤 많다. 덴토리란 '덴키'전기의 일본어 토릿푸'환각 상태'의 일본어 은어'의 약칭인데, 그것조차 정식 명칭은 아니다. 정식 명칭 같은 건 아무도 모른다. 만든 본인조차 모를 것이다.

호텔에 온 두 사람은 덴토리로 머리를 미치게 하고 섹스를 했다. 그렇게 얻는 쾌락은 평범치 않다고, 아사마는 최근 취조한 젊은이에게서 들었다. 사디즘이나 마조히즘적 성향을 가진 사람은 더 빠지게 되는 모양이다.

"여자친구를 몇 번이나 죽일 뻔했다니까요." 그 젊은이는 아주 즐겁다는 듯 말했다.

아사마는 이 사건도 그런 바보 같은 놀이의 결과일 거라고 짐작했다. 남자는 여자를 목 졸라 죽인 후 자신이 저지른 일에 놀라 겁먹고 도망쳤다. 특히 질 나쁜 점은 뒤처리할 정도의 정신은 있었다는 것이다. 신원이 드러날 물건을 남기지 않았다는 점도 그렇고, 감식팀이 결정적 지문을 찾지 못한 점을 봐도 그렇다.

한심한 사건이지만 바로 해결 가능한 일도 아닐 것 같아 아사마는 우울해졌다. 길거리에서 여자를 꼬시려는 사디즘 남자. 이런 정보만으로 일본 전역을 탐문하고 다니면 백 년은 걸릴 것이다.

아사마는 현장 상황을 파악한 뒤 방을 나왔다. 복도에도 감식팀원이 있었다. 이 호텔, 당분간 장사는 다 했다.

"아사마." 엘리베이터를 기다리는데 누가 뒤에서 불렀다. 감식책임자인 다시로가 다가왔다. 손에 작은 플라스틱 용기를 들고 있다.

"이거 경시청에 좀 가져다줘."

"제가요? 이게 뭔데요?"

"털이야." 다시로가 씩 웃었다.

"털요?"

"머리카락이 베개에서 한 가닥, 바닥에서 두 가닥 나왔어. 그리고 이건 아래쪽 털. 둘 다 피해자 건 아니야."

"왜 제가 음모를 운반합니까?"

"선임 형사로서는 불만이겠지만 나스 과장 지시야. 자네더러 가져오게 하라더군."

나스의 신경질적이고 기름한 얼굴이 떠올랐다. 아사마는 그가 또 이상한 생각을 하는 게 아닐까 하는 나쁜 예감이 들었다. 수사원의 탐문 능력에 순위를 매겨야 한다고 소리치던 게 이 년 전 일이다. 다행히 아직 실현되지 않았다.

아사마는 플라스틱 용기를 받아 호텔을 떠났다. 택시를 타고 경시청으로 향했다. 밀봉됐지만, 누군가의 음모가 들었다고 생각하니 양복 주머니에 넣었다는 것만으로도 불쾌했다.

경시청에 도착하자마자 수사1과 과장실을 찾아 노크했다. 들어오라는 소리에 문을 열었다. 정면에 책상이 보이고 그 너머에 나스 과장이 있었다. 옆에는 아사마의 직속 상사인 기바 계장이 서 있었다. 상사이지만 존경하지도 않고 기대하는 바도 없다. 기바는 나스의 단순한 전령 역할일 뿐이라고 아사마는 생각했다. 그런데 오늘은 그 전령을 쓰지 않고 나스가 직접 지시를 내렸다. 아사마는 뭔가 특별한 의도가 있음을 간파했다.

"털을 가지고 오라고 하셔서 가져왔습니다." 아사마는 용기를 내밀었다.

하지만 나스는 받으려고도 하지 않고 기바에게 눈짓했다.

기바가 복사용지 한 장을 내밀었다. 지도가 인쇄되어 있다.

"그걸 가지고 여기로 가."

"예?" 아사마는 기바의 둥근 얼굴을 바라봤다. "인력이 부족하세요? 그럼 퀵서비스를 이용하시죠."

기바가 울컥해 노려봤다.

"이건 극비 임무일세." 나스가 나지막이 말했다. "유감스럽게도 퀵서비스에 맡길 수는 없어. 말단 경찰도 안 돼. 기바와 상의한 끝에 자네가 적임이라고 판단했네."

아사마는 과장과 계장의 얼굴을 번갈아 바라보다가 지도 위로 시선을 떨어뜨렸다. ×표시 된 곳이 있다.

"아리아케……요? 여기 뭐가 있습니까?"

"표면적으로는 '경찰청 도쿄창고'라고 돼 있네." 나스가 말했다.

"창고요? 진짜 창고입니까?"

"그건 가보면 알 걸세. 아니, 가도 잘 모르겠지. 일단 자네 눈으로 직접 보길 바라네. 그래서 자네를 선택한 거야. 자네 같은 타입은 자기 눈으로 직접 보지 않는 한 여기서 아무리 설명해도 이해 못 할 테니까."

아무래도 바보 취급을 당하는 모양이라고 아사마는 생각했다. 하지만 여기서 성질을 내기 전에 이 인텔리들이 어떤 꿍꿍이인지 알아내고 싶다는 마음도 있었다.

아사마는 지도로 손을 뻗었다.

"가지고만 가면 됩니까? 그다음에는요?"

"가지고만 가면 되네. 그쪽에 건네고 오면 돼. 결과가 바로 나오진 않을 테니." 나스가 몸을 살살 흔들면서 웃었다.

"결과라니……." 아사마는 들고 있던 용기를 봤다. "이걸로 뭘 알 수 있습니까?"

"여기서 설명해봐야 소용없는 일이라고 하지 않았나. 서두르지 않아도 며칠 뒤에는 답을 알게 될 걸세."

"서둘러." 기바가 말했다. "택시를 타도 좋아. 경리에게 영수증 제출하고."

"제가 알아서 하겠습니다." 아사마는 몸을 돌려 문 쪽으로 갔다.

지도에 기록된 장소에는 정말 창고가 여러 개 늘어서 있었다. 아사마는 택시에서 내린 후 걸으며 뒤졌는데도 원하는 건물을 찾는 데 한참 걸렸다. '경찰청 도쿄창고'라고 적힌 간판이 생각보다 작기 때문이었다.

건물은 회색 담으로 둘러싸여 있었다. 개폐식 철문 옆에 인터폰이 있어 아사마는 버튼을 눌렀다.

"무슨 일이십니까?" 스피커에서 남자 목소리가 들렸다.

"경시청에서 왔습니다."

"성함은요?"

"아사마입니다."

"알겠습니다. 거기서 기다려주십시오." 인터폰이 끊어졌다.

잠시 후 옆에 있는 작은 문이 열리더니 경비원 같은 남자가 나왔다. 몸집이 커서 문을 통과하기 힘들어 보였다.

"신분증을 보여주시겠습니까?" 남자가 말했다. 인터폰으로 들은 그 목소리였다.

아사마가 경시청 배지를 제시하자 경비원은 알았다는 얼굴로 끄덕였다.

"이쪽으로 오시죠."

경비원의 안내를 받으며 문을 지났다. 주차장 옆을 지나 드디어 건물로 다가갔다. 출입구를 열고 안으로 들어간다. 경비원을 따라 어두컴컴한 복도를 걷자 엘리베이터가 나왔다. 경차 정도는 실을 만한 크기였다. 경비원은 엘리베이터 문을 열고, 가시죠 하고 말했다.

지하로 가는 모양이라고 아사마는 짐작했다. 건물이 그리 높지 않다는 건 밖에서 확인했다.

엘리베이터가 멈추고 문이 열렸다. 한 남자가 서 있다. 흰옷을 입은 마흔 살 정도 되는 남자였다. 낯빛이 하얗고, 가는 눈은 눈꼬리가 올라가 있다. 새카만 머리카락을 올백으로 넘겼다.

"경시청의 아사마 형사님입니다." 경비원이 말했다.

"수고하십니다." 남자가 아사마에게 고개를 숙인 후 경비원을 봤다. "자네는 원래 장소로 돌아가게."

경비원은 고개를 끄덕이고 엘리베이터를 탔다. 남자는 엘리베이터가 닫히는 것을 지켜본 후 다시 아사마 쪽을 봤다.

"나스 과장님께 얘기 들었습니다. 분석물은 가져오셨습니까?"

"이거 말씀이십니까?" 아사마는 안주머니에서 플라스틱 용기를 꺼냈다.

남자는 고개를 끄덕였다. "모발이라고 들었습니다만."

"……과 음모입니다."

"아주 좋군요. 이쪽으로 오시죠." 남자가 걷기 시작했다.

"안 받으십니까?"

남자가 멈춰 서더니 천천히 아사마를 돌아봤다.

"제가 받으면 안 됩니다. 여기는 여기만의 룰이 있습니다. 직접 건네셔야 합니다."

"누구에게 말입니까?"

남자는 편안한 표정을 지었다. "곧 아시게 될 겁니다."

"과장님도 그렇고 당신도 그렇고 정말 까다롭군요. 여기만의 룰이 있다고 하셨는데, 여기는 도대체 뭐 하는 곳이고 당신은 누굽니까? 이름도 못 들었군요."

그러자 남자는 놀란 듯 턱을 치켜들었다. 흰옷 안쪽에 손을 넣어 명함을 꺼냈다.

"실례했습니다. 나스 과장님께 들으셨을 거라 생각했습니다. 저는 이런 사람입니다."

명함에는 '경찰청 특수분석연구소 소장 시가 다카시'라고 적혀 있었다.

"특수분석연구소…… 뭘 하는 곳입니까?"

"적힌 그대로 특수한 분석에 대해 연구합니다." 시가는 그렇게 말하고 다시 걷기 시작했다.

서늘한 공기가 떠도는 하얀 복도를 나아가, 어떤 문 앞에 섰다. 아무 표시도 없었다. 시가가 문 옆에 붙은 패널에 왼쪽 손목을 대자 문이 조용히 옆으로 열렸다. 정맥인증 시스템인 모양이었다.

안으로 발을 들여놓던 아사마의 눈이 휘둥그레졌다. 다양한 전자기기와 장치가 놓여 있었다. 특히 눈길을 끄는 것은 중앙에 놓인 거대한 기계로, 높이가 사람 키만 했다.

"우주라도 갈 생각입니까?"

아사마의 말에 시가가 엷은 웃음을 지었다.

"우주보다 더 신비한 걸 탐구하는 장치입니다."

아사마는 어깨를 으쓱했다.

시가가 안으로 들어갔다. 거기에도 문이 있다. 그는 문을 열었다.

"열지 마!" 갑자기 방 안에서 남자의 거친 목소리가 날아왔다. "노크하라고 했잖아!"

"아, 실례." 시가가 사과했다. "경시청에서 수사원이 와서……."

"오 분만 기다려. 나갈 테니까."

"알았네." 시가는 조용히 문을 닫고 한숨을 쉬었다.

"저 방에 있는 사람은?" 아사마가 물어봤다.

시가는 망설이는 듯한 표정을 짓더니 쓴웃음을 흘렸다.

"설명드리기 어렵군요. 당신이 알 필요도 없고."

"이걸 건네야 하지 않습니까?" 아사마가 용기를 들어 보였다.

"저 사람에게 주는 게 아닙니다. 다른 사람입니다."

"아, 예." 아사마는 수긍했다. 다른 사람이 또 있는 모양이었다.

새삼 실내를 둘러봤다. 뭘 하는 방일지 도무지 짐작할 수 없었다. 가지고 온 머리카락과 음모를 사용할 거라는 데까지는 상상 가능했지만 그다음은 짐작도 되지 않았다.

"이곳은 과경연과 다릅니까?" 아사마가 물었다. 과학경찰연구소의 약칭이다. 경찰청 관할 기관으로, 과학수사를 연구한다.

"원래는 과경연 산하였는데 본격적으로 가동하면서 독립했습니다. 장소가 공공연히 드러나는 건 곤란해서요."

"오호, 굉장한 비밀을 안고 있는 모양입니다."

아사마가 야유 담은 말을 던졌을 때 안쪽 문이 열리고 서른 살 정도의 남자가 나타났다. 말끔한 이목구비에 머리가 긴 남자였다.

"아, 그러니까⋯⋯." 시가가 주저하며 입을 열었다.

"그는 갔습니다." 머리 긴 남자는 그렇게 말하고 아사마를 봤다. "이분은?"

"경시청에서 오신 아사마 형사님이라네. 살인 사건의 범인 것으로 추정되는 분석물을 가지고 오셨지."

남자는 고개를 끄덕이고 문을 활짝 열었다. "정리는 덜 됐지만 들어오십시오."

방 안은 삼십 평 정도였다. 중앙에 회의테이블이 놓였고 벽에는 책장, 캐비닛, 컴퓨터가 있다. 그것만 보면 평범한 사무실 같지만 방 한쪽에 놓인 이젤 때문에 분위기가 전혀 달라 보였다. 이젤에 놓인 캔버스에는 사람의 양손이 그려져 있다. 뛰어난 정밀화이다. 손으로 뭔가를 감싸고 있는 듯했다.

"조금 전, 그를 방해했어." 시가가 말했다. "혼났지 뭔가."

"그런 것 같더군요. 메모가 남아 있었습니다." 남자는 살짝 웃은 후 아사마에게 명함을 내밀었다. "저는 이런 사람입니다."

"가구라 류헤이 씨…… 주임 분석원이시군요." 아사마는 명함을 받고 주위를 둘러봤다.

"왜 그러시죠?"

"아니, '그'라는 사람은?"

가구라는 시가를 보고 의미심장하게 입술을 일그러뜨린 후 아사마를 봤다.

"나갔습니다. 신경 쓰지 않으셔도 됩니다."

"몰라도 된다고 하지 않았던가요." 시가가 옆에서 말했다.

"별로 알고 싶진 않습니다만 좀 이상해서요. 지금 이 방, 다른 출입문이 없지 않습니까. 그 사람은 어디로 나갔습니까?"

그러자 가구라는 은색 반지를 낀 손으로 코밑을 문질렀다.

"아사마 형사님이라고 하셨죠? 여기까지 오시는 동안 영 성가신 코스를 통과하셨겠군요. 이 방 역시, 비밀의 문 하나 정도는 있어도 이상할 거 없지 않을까요."

"비밀의 문이라."

아사마는 가구라의 단정한 얼굴을 한 대 후려치고 싶었다. 놀림당한 느낌이었다.

"잡담은 이쯤 하고 일 얘기를 시작할까요?" 가구라는 회의테이블에서 의자를 끌어다 앉았다. "분석물을 가지고 오셨습니까?"

"아까 그 물건을 건네주십시오." 시가가 아사마에게 말했다.

아사마는 플라스틱 용기를 가구라에게 내밀었다.

보겠습니다, 하며 가구라는 그것을 받아 들었다. 용기를 열자 안에서 비닐봉투가 나왔다. 모발과 두 가닥의 음모가 들어 있다.

"네, 분명히 받았습니다."

가구라는 의자를 휙 돌려 뒤쪽 캐비닛 서랍을 열었다. 서류 한 장을 꺼내 펜으로 뭔가 쓴 다음 아사마에게 내밀었다. 수령증이었다. 가구라의 서명이 되어 있다.

"분석에는 시간이 얼마나 걸리겠나?" 시가가 가구라에게 물었다.

"하루면 충분할 겁니다. 여유를 두고 이틀로 하죠."

시가가 고개를 끄덕이고 아사마를 봤다.

"이틀 뒤에 나스 과장님에게 연락드리겠습니다. 그렇게 전해주십시오."

"잠깐만요. 나는 심부름꾼이 아닙니다. 모발과 음모를 어떻게 할 건지 알려주지 않으면 돌아갈 수 없습니다. 제대로 좀 설명해주시겠습니까?" 아사마가 시가와 가구라의 얼굴을 번갈아 노려봤다.

가구라는 시가에게 일임하겠다는 듯 고개를 숙였다.

시가가 흠 하고 콧소리를 냈다.

"아, 어쨌든 알게 될 테니 먼저 알려드리겠습니다. 우리는 이제부터 이 체모의 DNA를 조사하고 분석할 겁니다."

"DNA? DNA 감정 말입니까?"

"그 용어가 이해하기 편하시면 그러시죠."

아사마가 피식 웃었다.

"아니, 그렇게 엄청난 절차를 밟아 도대체 무슨 일을 하나 싶었는데 결국 DNA 감정입니까? 초등학생도 아는 거 아닙니까. 뭐가 웃깁니까?" 고개를 숙인 채 히죽히죽 웃고 있는 가구라를 보고 아사마가 말했다.

"아사마 형사님, 당신은 DNA에 대해 아무것도 모릅니다." 시가가 말했다. "DNA는 정보의 보고입니다."

"그 정도는 압니다."

"아니, 모릅니다. 당신이 아는 DNA 감정이란 모발이나 혈액이 누구의 것인지 확인하는 정도입니다. 하지만 생각해보십시오. 이번에 일어난 사건에서 용의자 이름이 하나라도 나왔습니까? 아직 그런 인물을 찾지 못했죠? 그럼 DNA 감정을 어떻게 합니까? 누구의 DNA와 비교해볼 겁니까?"

시가의 말에 아사마는 당혹했다. 맞는 말이다. 지금 단계에서는 DNA를 감정할 대상이 없다.

"그럼 당신들은 뭘 한다는 겁니까?"

"분석한다고 하지 않았습니까." 가구라가 성가시다는 듯 말했다.

"가구라." 시가가 타이르듯 머리를 흔든 후 아사마에게 웃어 보였다. "다양합니다. 우리는 이 모발 하나에서 정말 많은 걸 알아낼 수 있습니다."

"예를 들면요?"

"그건 이틀 후에 아시게 될 겁니다."

"수사회의에서 다시 뵙죠. 아사마 형사님." 가구라가 흘겨보며 말했다.

아사마는 뭐라고 되받아치려다가 참으며 입술을 깨물었다.

"기대하죠." 그렇게 말하고 일어났다.

2

시부야에서 사건이 일어나고 꼬박 이틀이 지났다. 수사는 거의 진 척이 없었다. 피해자 신원은 판명됐는데 단서라고 할 만한 것은 하 나도 잡지 못했다. 피해자는 대학생이고 시부야를 중심으로 놀고 다 녔다는 것은 알았으나, 교우 관계를 샅샅이 뒤졌음에도 범인으로 보 이는 인물은 찾지 못했다. 수상한 인물이 없는 건 아니지만 모두 알 리바이가 있었다.

피해자와 호텔에 들어간 사람은 오가다 만난 남자. 아사마의 짐작 은 맞는 듯했다. 호텔에 감시카메라가 있지만 작동하지 않았다. 고 장 난 채 방치되어 있었다.

아사마가 목격 정보를 찾아 탐문을 계속하고 있는데 주머니 속 휴대전화가 울렸다. 기바 계장이었다. 경시청에서 수사회의가 열리니 돌아오라고 했다.

"경시청? 시부야 경찰서가 아니고요?" 아사마가 물었다. 이번 사건의 수사본부는 시부야 경찰서에 설치되어 있었다.

"특별히. 시키는 대로 해. 늦지 마." 기바는 그렇게 말하고 전화를 끊었다.

아사마는 휴대전화를 주머니에 넣으면서 시가와 가구라의 얼굴을 떠올렸다.

경시청으로 돌아가 지시받은 방에 들어간 아사마는 깜짝 놀랐다. 나스를 비롯해 이사관과 관리관이 있으리라고는 예상했지만 형사부장까지 있었다. 그 밖에도 본 적 없는 얼굴이 즐비했다. 시부야 경찰서장과 형사과장도 동석했지만 어딘지 불편해 보였다. 맨 앞자리에 기바가 다소곳이 앉아 있다.

아사마는 목례하고 기바 옆에 앉았다. 각 자리에는 액정모니터가 한 대씩 준비되어 있었다.

"저희 말고 다른 현장 담당자는요?" 조그맣게 기바에게 물었다.

"이번에는 우리뿐이야. 그러니까 잘 들어둬."

"들어요? 도대체 뭐가 시작되는 겁니까?"

"이제 알게 되겠지."

기바의 말이 끝남과 동시에 문 열리는 소리가 들렸다. 아사마가 돌아보니 시가와 가구라가 들어오는 중이었다. 가구라는 노트북을 안고 있었다. 순간 아사마와 눈이 마주쳤지만 표정 하나 바뀌지 않았다.

20

둘은 준비된 자리에 나란히 섰다. 시가가 입을 열었다.

"경찰청 특수분석연구소의 시가입니다. 얼마 전 발생한 러브호텔 여대생살해 사건 관련, 현장에서 채취한 모발과 체모의 분석 결과가 나와 보고드리고자 합니다."

옆에서 가구라가 컴퓨터를 조작했다. 다음 순간, 아사마를 비롯한 사람들 앞에 있는 모니터에 글자가 표시되었다. 내용을 슬쩍 보던 아사마의 눈이 휘둥그레졌다. 다른 사람들 입에서도 놀라는 소리가 터져나왔다.

가구라가 고개를 들었다.

"주임 분석원 가구라입니다. 분석 결과는 현재 표시된 자료에 나타난 바와 같습니다. 일단 읽겠습니다." 그는 호흡을 가다듬고 말을 이었다. "성별, 남자. 연령, 마흔 플러스마이너스 열 살. 혈액형, Rh플러스 O형. 신장은 170에서 180센티미터. 살찌기 쉬운 체질, 처진 어깨. 손 크기, 20센티미터 전후. 발 크기, 26센티미터 이상. 피부는 검은 편. 얼굴 특징으로는, 눈썹과 체모가 짙음. 코는 낮고 넓음. 입은 큼. 입술은 얇음. 잇몸은 건강하지만 충치가 잘 생기는 타입. 턱이 나와 있음. 목소리는 낮음. 목젖이 평균보다 튀어나와 있음. 머리카락은 가늘고 살짝 갈색에 곱슬머리. 눈 색깔은 옅은 갈색에 가까움. 근시가 될 가능성이 높음. 선천적인 질병은 없음. 그 외 판명된 사소한 점은 다음 페이지에 기록되어 있습니다."

아사마는 다음 페이지를 화면에 띄웠다. '손톱이 작음. 엄지발가락이 가운뎃발가락보다 짧을 가능성이 있음'이라고 되어 있다.

"이게 뭐야?" 아사마가 자기도 모르게 소리를 냈다.

"프로파일링입니다." 가구라가 해설했다. "DNA 프로파일링이라는 것으로, 미국에서는 여러 해 전부터 시행돼왔습니다. 그 나라는 여러 인종이 섞여 있기 때문에 DNA를 통해 인종만 특정해도 수사에 큰 도움이 됩니다."

"얘기는 들었지만 이렇게 자세할 줄이야." 형사부장이 감탄했다. "이거, 정확한 건가?"

"물론입니다." 시가가 대답했다. "인간의 신체적 특징은 DNA에 따라 결정됩니다. 누구도 거스를 수 없습니다."

"근시가 신체적 특징인가?" 나스가 물었다.

"되기 쉬운 체질이 있습니다." 가구라가 말했다. "예를 들면 안구 형태입니다. 왜곡이 심하면 눈의 초점 조정이 어려워집니다. 어릴 때 조정하더라도 다시 틀어져 결국 원시나 근시가 됩니다."

"그렇군." 나스가 감탄했는지 신음하듯 말했다.

다른 사람들도 차례대로 질문을 던졌다. 시가와 가구라는 막힘없이 질문에 응했다. 그 대화를 듣고 있던 아사마는 드디어 상황을 이해했다.

새로운 수사방법을 발표하는 자리인 것이다. 경찰청 특수분석연구소가 어떤 일을 할 수 있는지, 그에 따라 수사가 어떻게 바뀔 것인지를 경찰 상층부 사람들에게 보여주려는 생각이다.

"프로파일링 결과에 근거해 범인의 용모를 이미지로 만들었습니다. DNA 몽타주입니다. 이겁니다."

가구라가 컴퓨터 키를 두드리자 모니터에 각진 얼굴의 남자가 나타났다. 우아, 하고 탄성이 나왔다. 과연 조금 전 보고 내용대로 눈썹이 짙고 코와 입은 옆으로 퍼져 있는 느낌이다. 안경을 썼고 머리는 짧게 깎았다.

"헤어스타일은 머리카락의 특질 이외에 나이와 최근 유행, 얼굴에 어울리는지를 고려해 결정했습니다. 물론 다른 헤어스타일을 했을 가능성도 있습니다." 시가가 보충했다.

"굉장하군. 사진 같지 않나?" 형사부장이 옆에 앉은 나스에게 동의를 구했다.

나스도 고개를 끄덕인다.

아사마는 잠자코 있을 수 없었다.

"사진은 잘 나왔지만 이렇게까지 이미지를 고정하는 게 괜찮을지 모르겠습니다."

그 말에 전원이 주목했다. 기바가 팔꿈치로 옆구리를 찔렀다.

가구라가 적대적인 시선을 던졌다. "무슨 문제라도 있습니까?"

"인간이란 동물은 사진 같은 이미지를 보고 나면 다른 얼굴에는 반응하지 않습니다. 몽타주 사진을 중단하고 그림을 중시하게 된 것도 그 때문입니다. 어느 정도 모호하게 해두는 쪽이 오히려 효과적이라는 게 상식입니다."

아사마의 말에 가구라가 쓴웃음을 지었다.

"사람 기억에 의존해 부분을 조합하는 몽타주 사진과 DNA 프로파일링을 동일하게 취급하시면 곤란합니다. 여기에 나와 있는 것은 범인 얼굴 자체입니다. 여러분도 용의자 사진을 입수하면 지명수배에 사용하지 않습니까?"

아사마는 고개를 저었다. "믿을 수가 없군."

"자네가 무슨 말을 하는지는 알겠네." 형사부장이 아사마를 보며 말했다. "현 시점에서 이 사진을 공개할 예정은 없네. 그러나 정확하다면 우리에게 매우 강력한 무기가 될 걸세."

"정확하다면…… 그렇죠."

형사부장이 입을 일그러뜨리며 웃었다.

"우선 자네들이 범인을 빨리 잡아주면 그보다 좋을 게 없겠지. 그러면 이 영상이 도움이 되는지 안 되는지도 바로 알 수 있을 테고."

"그렇게 말씀하셔도 이 정도 재료로 범인을 잡는 건 도저히 무리입니다." 아사마가 모니터를 턱으로 가리켰다.

"성격이 아주 급하시군요." 가구라가 말했다. "저희 얘기는 아직 끝나지 않았습니다."

"뭐가 또 있습니까?"

"핵심은 지금부터입니다." 시가가 전원을 둘러보며 말했다. "저희의 연구 성과를 알려드리지요. 가구라, 그 정보를."

가구라는 키를 두드렸다. 이번에는 모니터에 문자가 표시되었다. 주소와 이름이다.

"도쿄 도 고토 구에 거주하는 야마시타 이쿠에. 이 여성의 삼촌 이내 친족 중에 범인이 있습니다. 그리고 참고 데이터입니다만, 범인은 소심하고 겁이 많습니다. 방어 본능은 강한데 인내심은 약하니

다. 즉 다혈질일 가능성이 높습니다. 반사회적 등급은 칠 단계 중 사
단계."

가구라의 목소리가 울리는 동안 전원이 침묵했다.

3

아사마는 자동차 파워윈도를 열고 담배에 불을 붙였다. 회색 연기를 대각선 위쪽으로 뿜으며 밤하늘을 올려다봤다. 구름 한 점 없는데 별이 보이지 않는다. 도쿄에서 별을 본 게 몇 년 전일까.

"잠복중에 흡연은 금물이에요. 선배님." 옆에서 도쿠라가 싱글거렸다.

아사마는 손가락에 담배를 끼우고 입가를 일그러뜨렸다.

"과장 말버릇이지. 요즘 세상에 담배 같은 걸 피우는 인간은 형사뿐이라고. 야쿠자도 건강에 신경을 쓴다나. 담배 연기를 뿜으면 여기에 형사가 있습니다, 하고 선전하는 꼴이라고."

"일리 있어요."

"그야 그렇지. 하지만 공공건물 내부는 전면 금연, 길거리도 금연이니 피울 수 있는 곳은 차 안뿐이야."

"끊으세요. 타르 0.3밀리그램 담배를 피울 바에는."

"좋아서 피우는 게 아니야. 흡연 구역에서도 타르 1밀리그램 이상은 안 된다니까."

"그거 담배 맛은 납니까?"

"날 리가 있겠어. 니코틴이 0.03밀리그램이야."

도쿠라가 쓴웃음을 짓는데 아사마의 휴대전화가 울렸다. 동료 형사였다.

"방금 구와바라가 가게에 전화했어. 곧 이쪽으로 온다고."

"오케이. 놈이 건물에 들어가는 것을 확인한 다음 출구를 봉쇄한다. 가게에 들어가면 바로 확보해줘."

아사마는 전화를 끊고 앞에 있는 건물을 보면서 담뱃불을 껐다. 건물에는 술집이 몇몇 있었다. 구와바라 유타는 그중 한 곳으로 온다. 그곳에 마음에 드는 아가씨가 있기 때문이다.

"정말 구와바라가 범인일까요?" 도쿠라가 석연치 않다는 듯 말했다.

"그렇겠지. DNA가 일치하니까."

구와바라 유타는 일정한 주소는 없지만, 얼마 전까지 이케부쿠로에서 일하는 호스티스와 동거했다. 여성의 방에 그가 사용한 머리빗이 남아 있었다. 빗에 남은 모발을 조사한 결과, 시부야 러브호텔 여대생살해 사건에서 채취한 모발, 음모와 DNA가 일치했다.

"하지만 이렇게 간단해도 괜찮을까요?"

"글쎄." 아사마는 이렇게 대답할 수밖에 없었다.

도쿠라가 의문을 느끼는 것도 당연하다. 구와바라 유타라는 인물에 주목하게 된 과정이 너무 간단했다.

가구라팀의 정보에 기초해 고토 구에 사는 야마시타 이쿠에라는 주부의 혈연을 조사한 결과 삼촌 이내 친족 중 남성은 여덟 명이었다. 아버지, 아들, 오빠, 큰아버지에 사촌과 외삼촌이 둘씩이다.

혈액형이 O형이라는 조건에 부합하는 사람은 이 가운데 세 명. 그렇게 되면 다음은 세 명 모두 DNA를 검사하면 그만이다. 합치한 사람은 사촌인 구와바라 유타라는 인물이었다. 나이는 서른두 살이고 자칭 음악 프로듀서인데, 실제로는 성인업소나 술집에 여성을 소개하는 아르바이트를 하며 푼돈을 번다고 한다. 동거했던 호스티스는 상당한 한량이라고 증언했다.

이걸로 끝이라고 아사마는 생각했다. 하지만 마음에 걸리는 게 있었다. 도쿠라의 말처럼, 너무 간단해서 뭔가 부족한 것 같다는 단순한 의문이 아니었다.

수사가 간단해지는 건 좋은 일이었다. 그러나 이 방법에 어떤 오류가 있지 않을까 하는 의문이 마음에 있었다. 오인 체포는 아닐까. 인간 사회에서 문제가 전혀 없다는 게 과연 가능한 일일까.

"앗, 그 녀석 아닐까요?" 도쿠라가 말했다.

검은 가죽재킷을 입은 남자가 가벼운 발걸음으로 걸어온다. 짧은 머리에 각진 얼굴. 남자는 그대로 건물 안으로 사라졌다.

"보셨어요? 그 컴퓨터 사진과 정말 똑같네요." 도쿠라가 흥분하며 말했다.

"안에 있는 사람들에게 알려."

아사마는 차에서 내려, 주위에서 대기중인 수사원들에게 신호를 보냈다.

수사원들이 건물 출입구를 봉쇄했다. 아사마와 도쿠라는 정면 현관에서 대기했다. 재킷 안에 손을 넣어 총의 감촉을 확인한다. 구와바라가 흉기를 지녔을 가능성이 있다.

손목시계를 봤다. 구와바라가 안으로 들어간 지 오 분이 지났다.

아사마가 다시 재킷 안쪽에 손을 넣었을 때 "도망친다!"라는 소리가 계단 위에서 들려왔다. 동료 형사의 목소리였다.

그 직후, 험악한 표정의 구와바라가 뛰어 내려왔다. 가죽재킷은 입지 않았다.

잡으려는 도쿠라를 향해 구와바라는 온몸을 던졌다. 도쿠라가 날아갔지만 구와바라의 기세도 줄어들었다. 다시 도망가려는 구와바라의 팔을 아사마가 잡았다.

"이거 놔!" 구와바라가 소리쳤다.

아사마는 팔을 비틀어 올리고 구와바라의 배를 찼다. 구와바라가 신음 소리를 흘리며 몸을 꺾는 순간 다리를 후려쳤다. 쓰러진 구와바라의 등에 올라타 그대로 수갑을 채웠다. 그러고는 구와바라의 신발을 벗기기 시작했다.

"선배님, 뭐 하세요?" 도쿠라가 달려오며 물었다.

"됐으니까 너는 이 녀석 팔 좀 잡아."

아사마는 구와바라의 양말을 벗기고 발목을 잡아 발가락을 봤다.

"이거 놀랍군⋯⋯." 아사마가 중얼거렸다.

구와바라의 가운뎃발가락은 엄지발가락보다 길었다.

4

"……이상이 시부야 경찰서 관내에서 발생한 여대생살해 사건의 수사 결과입니다. 구와바라 유타는 이미 범행을 대부분 인정해서 이대로 검찰에 송치해도 기소될 것으로 보입니다." 조금 긴장한 기바의 목소리가 회의실에 울렸다.

경시청 내 회의실이었다. 원탁을 둘러싼 사람은 전과 마찬가지로 형사부장과 수사1과 관리직, 그리고 시부야 경찰서 간부 들이다. 현장 담당자는 기바와 아사마뿐이었다. 경찰청 특수분석연구소의 시가와 가구라도 동석했다. 시가는 처음부터 미소를 머금고 있다. 자신들의 분석 결과가 조속한 사건 해결에 도움이 되어 만족한 듯했다. 가구라는 이 정도 일은 예상했다는 듯 당연하다는 표정이다.

"이거 정말 굉장하군. 안 그런가?" 형사부장이 만면에 웃음을 짓고 옆자리의 나스에게 동의를 구했다.

나스가 크게 고개를 끄덕였다.

"정말 그렇습니다. DNA만으로 용의자 범위를 이렇게 줄일 수 있다면 검거율이 현격히 올라가겠습니다. 게다가 DNA는 혈액과 모발뿐만 아니라 극소량의 타액이나 땀에서도 채취가 가능하다니까요."

"그 밖에 점막, 피부, 귀지에서도 채취할 수 있습니다." 시가가 바로 보충했다.

나스는 만족스러운 웃음을 지었다.

"살인 사건만이 아니라 부녀자 폭행이나 절도에도 유효하죠. 다만 이번 사건에 관해 얘기하자면 수사과정 공표는 힘듭니다."

"검찰이 뭐라고 하던가?" 형사부장이 물었다.

"프로파일링과 최종적으로 진행한 DNA 감정에는 큰 문제가 없습니다. 그러나 용의자를 추리는 과정에는 문제가 있다고⋯⋯."

"법안이 아직 통과되지 않아서 그렇군. 그래서 어떡할 건가?"

나스가 기바를 바라봤다. 그 눈빛을 받은 기바가 헛기침을 한 번 했다.

"사건 당일 밤, 구와바라로 보이는 인물을 현장 주변에서 목격했다고 시부야 경찰서에 신고가 들어온 것으로 하겠습니다. 그 정보에 근거해 신변을 조사했고, 최종적으로 DNA를 감정했다고 하면 어떨까요."

기바의 말에 형사부장이 수긍했다.

"그거면 되겠군. 증인을 세울 필요도 없고. 좋아, 그걸로 가지."

알겠습니다, 하고 기바가 대답했다.

"잠깐만요! 그게 무슨 말씀입니까?" 아사마가 질문했다.

뭐가? 하고 묻는 얼굴로 형사부장과 나스가 동시에 아사마를 봤다. 그 얼굴을 다시 응시하면서 말했다.

"왜 있는 그대로 공표할 수 없는 겁니까? 목격 제보가 있었다고 거짓말할 필요가 있습니까?"

나스가 미간을 찌푸렸다.

"특수분석연구소의 존재는 아직 공표되지 않았어. 자네도 처음부터 회의에 참가했으니 잘 알 텐데. 이번 수사는 이른바 시운전일세."

"그렇다고 해도……."

"아사마." 형사부장이 입을 열었다. "이번 일에서 자네 활약은 높이 평가하네. 그걸로 되지 않았나? 괜한 생각은 하지 말게."

아사마는 대답이 궁했다. 그때까지 가만히 침묵을 지키던 가구라가 살짝 웃는 게 시선 끝에 들어왔다.

회의가 끝난 후, 아사마는 앞서가는 가구라를 불러 세웠다. 시가는 형사부장을 비롯한 간부들과 어딘가로 사라졌다.

"묻고 싶은 게 있어. 잠깐만 시간을 내주겠나."

가구라가 뚫어져라 아사마의 얼굴을 바라봤다.

"조금 전 괜한 생각은 하지 말라고 형사부장님이 말씀하시지 않았습니까?"

"괜한 생각이 아니라 중요한 일이야. 일단 시간을 내주게. 십 분이면 돼."

"어쩔 수 없군요. 그럼 오 분만."

엘리베이터를 타고 지하까지 내려가 주차장으로 나왔다.

"왜 그래야 하지? 어째서 수사과정을 날조해야 하지?"

가구라가 긴 머리에 손가락을 넣고 머리를 긁적였다.

"미안하지만 당신에게 할 이야기가 아닙니다. 경부보급인 사람에게는."

"그럼 내 말을 들어봐. 맘대로 상상한 거지만."

"그렇게 한가하진 않지만 일단 들어보죠."

가구라의 단정한 얼굴을 노려보며 아사마는 심호흡을 한 번 했다.

"첫 회의 때부터 걸리는 게 있었지. DNA에 의한 프로파일링이나 몽타주는 훌륭해. 과학이 끊임없이 발전하는구나 싶어서 감탄했어. 하지만 자네가 마지막에 덧붙인 정보는 아무래도 납득이 가질 않아. 자네는 이렇게 말했어. 고토 구에 사는 야마시타 이쿠에라는 여성의 삼촌 이내 친족 중에 범인이 있다고. 우리는 그 정보에 근거해 구와바라를 찾아냈고 체포했어."

"압니다. 새삼 자랑하는 겁니까?"

"야마시타 이쿠에라는 여성에 대해 조사해봤네. 전과는 없고 이제까지 범죄 피의자가 된 적도 없지. 그런 여성의 DNA 정보를 어떻게 자네들이 가지고 있나. 범인이 그녀의 삼촌 이내 친족 중에 있다는 걸 어떻게 알아냈을까."

가구라는 여전히 미소를 짓고 있지만 눈빛만큼은 날카로워졌다.

"그래서요? 맘대로 어떻게 상상하고 있습니까?"

"야마시타 이쿠에는 삼 개월 전에 도내에 있는 병원에 갔어. 산부인과에서 진찰을 받았다더군. 그 외에는 최근 몇 년 동안 큰 병원에 간 적이 없어. 물론 본인은 한 번도 DNA 검사를 받은 기억이 없다고도 했고."

"그래서요?"

"내 상상은 여기부터야. 그녀가 진찰받은 병원이 본인에게 알리지 않고 무단으로 DNA 샘플을 자네 연구소에 제출하고 있다. 그 병원만이 아니라 몇몇 병원에서 그런 일이 벌어지고 있을 가능성도 있다. 만약 그렇다면 자네 연구소는 방대한 DNA 데이터를 갖추고 있다. 두말할 필요도 없이 위법행위이고, 거기 기초해 이뤄진 수사는 위법수사일 뿐이지. 그래서 나스 과장이 그렇게 말한 거야. 처음 용의자를 추리는 과정에 문제가 있다고. 어때, 내 상상이?"

가구라의 얼굴에서 웃음기가 사라졌다. 코밑을 문지르며 한숨을 내쉬었다.

"재미있는 얘기군요. 만약 사실이라면 말이죠."

"윗사람들은 대체 무슨 생각인 거지? 이런 방식을 이어가다 사실이 밝혀지면 엄청난 패닉이 벌어질 텐데." 아사마가 내뱉듯 말했다.

그러나 가구라는 이상하다는 듯 고개를 갸웃했다.

"왜요?"

"당연하지. 개인의 DNA를 맘대로 조사해 수사에 사용한 일이 받아들여질 리 없으니까."

"맘대로 아닙니다. 국가 최고 권력자들에게서 허가받았습니다. 아니, 우리는 그들의 지시로 움직이죠."

"본인에게는 알리지 않고 무단으로, 안 그런가?"

"국가가 무단으로 개인정보를 이용하는 일은 얼마든지 있지 않습니까? 개인정보 없이는 세금 추징도 제대로 할 수 없습니다."

"그것과 이건……."

"같습니다." 가구라가 단언했다. "다른 게 하나도 없어요. 다만 공식적으로 인정되지 않았기 때문에 공공연하게 드러내놓지 못할 뿐이죠. 하지만 곧 상황이 바뀝니다. 형사부장님이 말씀하셨죠? 다음 국회에서 법안이 통과되면 우리는 드러내놓고 DNA 수사를 시작할 수 있습니다."

"법안?"

"개인정보에 관한 법안이죠. 경찰수사에 이용 가능한 정보에 DNA 정보를 추가합니다. 그 법안이 통과되면 모든 수형자의 DNA 정보를 관리할 수 있게 됩니다. 경찰청에서는 국민을 대상으로 범죄 방지를 위해 DNA 정보를 등록하라고 홍보할 수도 있죠."

"그런 법안이 통과될까?"

가구라는 살짝 팔을 벌렸다.

"통과되지 않을 리 없어요. 정부는 전부터 국민의 DNA 정보를 관리하고 싶어서 우리에게 예산을 집행했죠. 야당과도 이미 얘기가 끝났습니다."

"국가가 개인의 DNA 정보를 관리하다니, 국민이 받아들일 리가 있나?"

그러자 가구라는 졌다는 듯, 입을 크게 벌리고 소리 없이 웃었다.

"국민이 받아들이지 않는다고요? 아사마 형사님, 국민이 뭘 할 수 있나요? 데모를 하든 연설을 하든 정치가들은 자기들이 원하는 법안을 차례대로 통과시킵니다. 이제까지 계속 그래왔잖아요. 국민의 반대 같은 건 아무 영향도 미치지 못해요. 게다가 국민이란 아무리 말도 안 되는 법안을 통과시켜도 처음에만 광광댈 뿐 곧 그 상황에 익숙해지죠. 이번에도 마찬가집니다. 결국 모두 DNA를 관리받는 것도 나쁘지 않다고 생각하게 될 겁니다."

아사마는 단정한 얼굴로 말하는 가구라를 보며 인종 자체가 다르다고 생각했다. 어떻게 살면 이토록 시니컬한 사고 방식이 될까.

"DNA 정보 등록은 강제가 아니야. 아무도 협력하지 않아."

"강제는 아니지만 등록자에게 감세를 비롯해 다양한 혜택을 줄 예정입니다. 도움이 된다고 여기면 누구든 등록할 겁니다."

"그렇게 잘 될까?"

"그럴 겁니다. 이번 사건도 덕분에 금방 해결하셨죠?" 가구라는 손목시계로 시선을 떨어뜨렸다. "오 분을 드렸는데 결국 십 분 가까이 얘기했네요. 바빠서 이만 실례하겠습니다. 아아, 그러고보니 범인에게 수갑을 채운 사람이 아사마 형사님이라더군요. 공을 세우셨네요. 앞으로도 계속하실 수 있습니다. 우리와 함께하는 한."

성큼성큼 사라지는 가구라의 등을 바라보면서, 아사마는 불쾌하다기보다 불안했다. 금방이라도 눈사태가 일어날 듯한 설산에 폭탄을 설치하는 모습을 지켜보는 느낌이었다.

얼마 후 가구라의 예언은 현실이 되었다. 국회에 범죄 방지를 목적으로 한 개인정보 취급에 관한 법안, 통칭 DNA 법안이 제출된 것이다. 본인 동의를 얻어 채취한 DNA 정보를 국가 감시 아래 수사기관이 필요할 때 이용할 수 있도록 하는 법률이었다.

야당의원은 사생활 유출과 침해 위험성이 있지 않느냐고 질문했다. 그에 대해 국가공안위원회의 위원장이 대답했다.

"정보는 엄중하게 관리되어 어떤 네트워크와도 연결되지 않습니다. 또 범죄수사 이외의 목적으로는 절대 사용되지 않습니다. 친족이 범죄를 저지르지 않는 한 등록자 정보는 평생 봉인됩니다. 범죄수사에 위력을 발휘할 뿐만 아니라, 이 시스템이 기능하면 예비 범죄자의 범행을 막는 효과도 있으리라 생각합니다."

TV와 신문, 그리고 인터넷에서도 법안을 놓고 다양한 논의가 이어졌다. 국민의 반 이상이 반대하는 듯했다. 자신의 유전자에 관한 정보를 국가가 파악하고 있다는 것은 아무래도 기분 나쁘다는 생리적인 이유가 대부분이었다.

여론은 아사마의 예상과 같았지만, 국회의 흐름은 가구라가 단언한 대로였다.

그동안 반발하던 야당도 점차 대립 자세를 늦추더니 마지막에는 만장일치에 가까운 형태로 가결했다. 여당이 과반수를 차지하기 때문에 가결 자체에는 의문이 없었지만 투표 결과에 아사마는 놀라고 말았다. '야당과도 이미 이야기를 끝냈다'라는 가구라의 말이 바로 이걸 가리켰다는 생각이 들었다.

5

휴대전화의 TV 생방송 채널을 맞추자 시가 다카시의 하얀 얼굴이 액정화면에 등장했다. 변함없이, 새까만 머리를 올백으로 넘기고 있다. 마치 헬멧 같다.

화면 오른쪽 위에 자막이 떴다. 궁극의 과학수사를 구축한 남자, 라고 되어 있다.

인터뷰를 진행하는 남성이 질문을 시작했다.

"지난번 오사카에서 일어난 강도살인 사건은 현장에 떨어진 담배 꽁초로 범인을 알아냈는데 구체적으로 어떻게 하신 겁니까?"

시가가 표정 없이 입을 열었다.

"현장이 아니라 피해자의 자택 옆에 있는 골목에서 발견한 꽁초입니다. 버려진 지 얼마 되지 않았고 평소 사람이 다니지 않는 곳이기 때문에 범인이 그곳에 숨어 있었을 가능성이 높다고 보고 저희가 분석했습니다."

"그걸로 뭘 알아냈습니까?"

"DNA를 통해 많은 것이 판명됩니다. 얼굴 모습, 골격, 체형 등 겉모습은 대체로 알 수 있습니다. 선천적인 질병이 있다면 그것도 알 수 있습니다."

"하지만 그것만으로 누가 버렸는지 특정할 수는 없잖아요."

"축적해놓은 데이터와 합치하는지 검색을 병행합니다. 범죄 경력이 있는 사람의 데이터는 거의 전부 들어 있기 때문에 재범의 경우는 특정할 수 있습니다."

"하지만 이번 범인은 초범입니다."

"등록된 데이터 중에서 꽁초를 버린 사람과 혈연관계로 보이는 것을 발견했습니다. 그런 유연성이 DNA 수사 시스템의 특징입니다. 해당 정보를 바탕으로 수사한 결과 한 인물이 부상했습니다. 다음은 다들 아시는 대로입니다. 그 인물의 자택에서 피해자 지문이 남은 지폐를 발견해 신속히 체포했습니다."

"그 부분은 정말 감탄했습니다. 현재 특수분석연구소에는 데이터가 얼마나 등록되어 있나요?"

"죄송하지만 그 질문에는 대답할 수 없습니다. 극비사항이라."

"일설에 따르면 DNA 법안이 가결되기 전부터 시험적으로 실제 수사에서 DNA 검색을 실행했다던데요."

"프로파일링은 했습니다. 검색은 당시 법률 범위 안에서 실시했습니다."

"본인에게 알리지 않고 무단으로 DNA 정보를 입수했다는 소문도 있습니다."

"잘못된 소문입니다."

잘도 떠드네. 전혀 동요하지 않는 시가의 얼굴을 보며 아사마는 혀를 찼다.

옆자리에 있던 도쿠라가 액정화면을 들여다봤다.

"특수분석연구소 소장이군요. 요즘 TV에 자주 나오네요."

"PR을 위해서겠지. 범죄 예방에 얼마나 도움이 되는지 선전해 DNA 등록자를 늘리려는 속셈이야."

TV 속에서는 인터뷰 진행자가 질문을 계속했다.

"앞으로도 데이터를 늘릴 생각이십니까?"

"물론입니다. 그물망이 촘촘해질수록 범인이 도망치기 힘들어지니까요."

"경찰이 유전자를 관리한다는 데 부정적인 의견도 많습니다. 사생활 등 윤리적인 면에서 좀 더 논의가 필요하지 않을까요?"

"오해가 없도록 말씀드립니다. 경찰이 아니라 국가가 관리합니다. 호적이나 납세 기록과 같습니다. 경찰은 허가를 얻어 이용하는 것에 불과합니다. 논의는 계속되어야 합니다. 그러나 잊지 말아야 할 점은 DNA 수사가 가동된 후 검거율이 훨씬 올라갔다는 사실입니다. 범죄를 억제하는 힘이 있다는 점은 명백합니다. 만약 친족 중에 범죄자가 나오게 하고 싶지 않다면 DNA를 등록하면 됩니다. 그러면 친족 안에 있을지 모르는 예비 범죄자의 악의 싹을 자를 수 있습니다. DNA와 유전자는 얼버무리지도 거짓말하지도 않습니다."

아사마는 버튼을 눌러 자신만만한 시가의 얼굴을 꺼버렸다.

수고가 많다고 중얼거리며 책상에 놓인 컴퓨터로 시선을 돌렸다. 쓰고 있던 보고서가 보인다. 최근에는 사무 작업이 늘었다.

시가의 말은 헛소리가 아니었다. 실제로 검거율이 올랐다. 현장에서 모발, 체모, 혈액, 타액 같은 걸 채취한 경우에는 확실히 용의자를 골라낼 수 있다. 목격 정보를 찾아 돌아다니는 일도 줄었다.

하지만 아사마는 아무래도 이 시스템이 인간을 행복하게 만들 것 같지 않았다. 어렸을 때 읽은 SF작품을 떠올렸다. 국민 전원에게 IC칩을 심어 누가 어디서 뭘 하는지, 국가가 엄중하게 체크한다는 내용이었다. 기분 나쁜 이야기라고 생각했다. 그런데 개인 DNA를 국가가 관리한다는 게 같은 말 아닌가.

탐탁지 않은 마음으로 보고서 작성을 재개하려던 그때, 경보음이 울리고 갑자기 컴퓨터 화면이 바뀌었다. 지도와 사건 내용을 기록한 문서가 표시되었다. 통신지령센터에서 보낸 정보다. 살인 사건인 것 같았다. 담당으로 기바팀이 지정되었다.

방 안 공기가 순식간에 팽팽해졌다. 아사마는 컴퓨터로 휴대전화에 내용을 전송했다. 재킷을 들고 일어난다.

"도쿠라, 차 있나?"

"긴급 출동용 한 대를 지하에 확보해두었습니다." 도쿠라도 이미 준비를 마쳤다.

"좋아. 좀 태워줘."

다른 형사들이 태워달라고 하면 귀찮아진다. 아사마는 도쿠라의 등을 밀며 방을 뛰어나왔다.

사체는 센주신바시 옆 제방에서 발견되었다. 바로 아래에 아라카와 강이 흐르고 있다. 비닐시트를 덮어 감춰놓은 것을 청소하던 자원봉사 그룹이 발견했다. 저녁때였다.

사체는 젊은 여성이었다. 옆에 버려진 핸드백에 지갑과 면허증도 들어 있어서 신원은 곧바로 판명되었다. 이케부쿠로에 있는 전문학교를 다니는 학생으로, 나이는 스물둘, 사이타마 현 가와구치에 있는 맨션에서 혼자 살고 있었다.

구경이 작은 총으로 머리를 맞아 즉사한 것으로 보였다. 폭행당한 흔적이 선명했고 놀랍게도 체내에 정액이 남아 있었다.

물론 정액은 특수분석연구소로 보내졌다.

"이거, 하치오지 사건과 동일범 아닐까요?" 실려 가는 사체를 바라보면서 도쿠라가 말했다. "살해방법도 같고 체내에 정액이 남아 있는 점도 같아요. 이 정도로 DNA 수사가 화제인데 콘돔도 사용하지 않고 폭행 살인을 저지르는 놈이 그렇게 많을까요?"

아사마는 잠자코 고개를 끄덕였다. 똑같은 생각을 했기 때문이다.

닷새 전에 하치오지에서도 사건이 일어났다. 여고생이 살해되었는데 이번과 마찬가지로 두부에 총을 맞았다. 도쿠라가 얘기했듯이 정액도 남아 있었다. 아사마팀과는 다른 팀이 수사에 참여했는데 아직 이렇다 할 진전이 없는 모양이었다. 요컨대 특수분석연구소에서도 유용한 분석 결과를 내지 못하고 있다는 소리였다.

"왠지 예감이 안 좋아." 아사마가 낮게 읊조렸다.

다음 날 오후, 센주 경찰서에서 특수분석연구소의 보고 모임이 열렸다. 모인 사람들은 전부 간부급이었다. 경찰청에서 DNA 수사에 관한 회의는 필요 최소한의 인원만 참여하라는 명령이 떨어졌다.

"먼저 말씀드립니다." 가구라가 말했다. "이번 저희 연구소에 온 샘플은 얼마 전 발생한 하치오지 사건에서 분석한 것과 완전히 동일합니다. 즉 두 피해자 여성은 같은 남성과 성관계를 맺었다고 단언할 수 있습니다."

"역시 동일범인가." 나스가 책상을 내려쳤다.

"정액이 일치했다고 말씀드린 것뿐입니다. 성관계를 가진 남자가 범인이라고 단정할 순 없습니다."

말 돌리긴. 아사마는 속으로 한마디 했다.

"그럼 분석 결과가 이미 나왔다는 말이군." 기바가 가구라에게 물었다.

"나왔습니다. 하치오지의 수사본부에는 이미 보고했는데 여기서 다시 보고하겠습니다. 우선은 프로파일링 결과입니다." 가구라는 옆에 놓인 서류를 나눠주기 시작했다.

'혈액형 Rh플러스 A형, 신장 160 플러스마이너스 5센티미터, 비만 경향이 강함'이라는 특징이 적혀 있었다.

"몽타주는?" 기바가 재촉하듯 물었다.

가구라는 키보드를 두드린 후 모두가 볼 수 있도록 모니터를 돌렸다.

둥근 얼굴에 부은 눈을 가진 남자 얼굴이 나타났다.

"나중에 프린트해서 제출하겠습니다." 가구라가 말했다.

나스가 서류를 보면서 한숨을 쉬었다.

"하치오지팀과 합동수사를 하는 수밖에 없군. 무슨 일이 있더라도 이 남자를 찾아내야 해. 상황으로 보건대 두 사건 모두 살해 장소는 따로 있어. 범인은 다른 장소에서 살해하고 자동차로 사체를 운반해 유기한 걸로 보인다. 광역수사이니까 다른 서에도 지원을 요청하지."

"저기, 과장님." 기바가 조심스럽게 말했다. "분석 결과는 이게 다입니까? 데이터베이스와는 조합해보지 않았습니까?"

나스는 얼굴을 찌푸렸다.

"그렇군. 나는 하치오지 사건 보고를 받았지만 자네들은 모르겠군. 가구라, 그 얘기를 해주게."

예, 하고 대답하고 가구라는 다시 모두를 돌아봤다.

"유감스럽지만 현 단계의 데이터베이스에서 이번 샘플과 높은 일치율을 보이는 것은 찾을 수 없었습니다. 특수분석연구소에서는 이번 샘플을 'NF13'으로 등록했습니다."

"NF?" 아사마의 입에서 절로 질문이 튀어나왔다.

"NOT FOUND의 약칭입니다. 이번 건과 마찬가지로 일치 대상을 찾지 못한 경우가 이제까지 열두 건 있습니다. 이번이 열세 번째입니다."

"뭐야. 도움이 안 되네."

"지난 열두 건 중 여덟 건이 데이터베이스가 확충되면서 해결되었습니다. NF13의 정체 판명도 시간문제입니다."

아사마가 고개를 갸웃했다. "글쎄, 정말 그럴까."

"마음에 안 드는 부분이라도 있으신가요?" 가구라가 묻는다.

"이런 종류의 범인은 과거에도 같은 성범죄를 저질렀을 확률이 크지. 전과자 DNA 정보를 검색하면 일치하는 녀석을 발견할 수 있을 텐데, 발견 못 한다는 건 어딘가 틈이 있기 때문이겠지."

가구라가 웃으면서 고개를 저었다.

"DNA 수사의 무서움을 가장 잘 아는 게 전과자입니다. 그러니 일부러 정액을 남겨놓았을 리 없죠. 범인은 초범이 확실합니다."

"시스템에 결함이 있다면?"

아사마의 발언에 가구라의 얼굴에서 웃음기가 사라졌다.

"이봐! 아사마." 기바가 끼어들었다. "괜한 소리 하지 마."

"결함 같은 건 없습니다. 시스템은 완벽합니다." 가구라가 아사마를 노려봤다.

"그래? 얼마 전 유명 수학자가 인터넷에서 발언했어. 모든 국민의 DNA 정보를 컴퓨터에 등록해 완벽하게 관리하는 일은 기술적으로 불가능하다고. 그런 컴퓨터는 세계 어디에도 없다던데."

"우리는 특수 프로그램을 개발했습니다. 그런 별 볼 일 없는 수학자는 상상도 할 수 없는 프로그램을. 뭐, 형사님에게 말씀드려도 모르시겠지만." 가구라는 노트북을 접고 일어나 모두를 둘러봤다. "특수분석연구소 보고는 여기까지입니다. 앞으로도 데이터베이스 확충에 노력해 NF13을 밝혀내는 데 전력을 기울이겠습니다."

6

가구라는 신세이키 대학병원 부지 안에 들어와 건물을 올려다봤
다. 은색으로 빛나는 건물이다. 거의 대부분을 유리로 지었다고 해
도 좋을 정도로 각 방의 창문이 크기 때문에 그렇게 보였다. 태양광
선을 규칙적으로 쬐는 것이 건강 유지의 비결. 창립자가 이런 신념
을 가지고 있다고 한다. 완벽한 내진 설계로 유리가 깨져 떨어질 염
려는 없다지만 환자가 저격당할 위험이 있다는 점은 고려하지 않은
모양이다.

언제 어디서 누가 살인자가 될지 모르는 시대인데 조심성이 부족
하다고, 가구라는 이 건물을 올려다볼 때마다 생각했다.

정면 현관을 통해 건물 안으로 들어가 로비를 가로지르다가 멈춰
섰다. 흰 가운을 입은 남자들이 구석의 기다란 책상 뒤에 앉아 있다.

뒤에 붙은 종이에 'DNA 등록을 부탁해요'라고 적혀 있었다.

가구라는 바로 알아차렸다. 특수분석연구소의 의뢰를 받아 국민의 DNA 정보를 모으고 있는 것이다. 다른 병원에서도 같은 활동을 하고 있다. 그 덕분에 가구라팀 앞으로 오는 DNA 정보가 많을 때는 하루에 1만 건을 넘는다.

가구라는 그들에게 다가갔다. 직원 하나가 주부인 듯한 여성을 설득하고 있다.

"……그러니까 DNA를 이용한 범죄수사가 실시된 뒤로 검거율이 아주 높아졌습니다. 그 점을 먼저 이해해주셨으면 합니다."

"그거야 잘 알지만." 주부는 할 맘이 없어 보였다. 두리번거리면서 주위를 살핀다. 뭔가 구실을 찾아 자리를 뜰 생각인지도 모른다.

"부디 등록해주십시오." 직원이 애원하는 시선으로 주부를 보고 있다.

저렇게 저자세일 필요가 있나. 옆에서 보던 가구라는 답답해졌다.

"친척 중에 범죄자가 나오면 그 사람과 내가 혈연관계라는 사실이 금방 주위에 퍼지잖아요. 그건 싫어요. 사생활 침해 아닌가요?"

"하지만 그에 대해서는 국회에서도 승인을 했고……." 직원은 여전히 굽실댄다.

가구라가 성큼성큼 다가갔다.

"친척 중에 범죄자가 생기지 않으면 되는 일입니다."

그 말에 주부는 놀란 표정으로 올려다봤다.

"누구시죠?" 직원이 물었다.

"DNA 수사를 담당하는 사람입니다." 가구라는 그렇게 말하고 직원에게 고개를 끄덕인 후 주부에게 시선을 돌렸다. "오해하고 계신 것 같은데, DNA 등록의 진정한 목적은 범죄자를 잡는 데 있지 않습니다. 앞으로 범죄를 저지를 우려가 있는 사람이 그런 생각을 못 하도록 하는 게 최대 목적입니다."

"하지만 충동적이라고 해야 하나, 어쩌다 저지르는 경우도 있잖아요."

"그런 범죄자는 안 잡아도 될까요?"

"그런 말은 아니에요. 하지만……."

"말씀대로 DNA 수사가 있어도 범죄는 일어납니다. 체포될 게 빤한데 거기까지 생각이 못 미치는 사람들이 많기 때문입니다. 순간의 충동만으로 움직이는 바람에 묻지마 범죄 같은 것도 일어납니다. 여기서 그런 범죄의 피해자 혹은 피해자 유족의 마음에 대해 생각해주셨으면 합니다. 그분들은 어떤 수를 써서라도 범인을 찾아내고 싶겠죠. DNA 수사는 그분들에게 큰 버팀목이 됩니다. 등록자가 늘어나 범인을 찾을 가능성이 높아지기를 진심으로 바라고 계십니다."

"그야 잘 알지만……."

"묻지마 범죄자가 자기 친족이면 세간의 이목이 나빠지기 때문에 수사에 협력하지 않겠다…… 그런 말을 유족 앞에서 하실 수 있겠습니까?"

가구라의 말에 주부가 고개를 숙였다. 왜 나만 이렇게 추궁당해야 하는지 불만스럽게 여기는 게 분명했다.

"걱정 마십시오." 그는 말투를 부드럽게 하고 다시 말했다. "DNA 정보는 친족 중에 범죄자가 나오지 않는 한 절대로 이용되지 않습니다. 국가가 철저하게 관리합니다. 아니면 혹시 친족 중에 범죄자가 나올 우려가 있다고 생각하고 계신가요?"

그녀가 고개를 들고 가구라를 노려봤다.

"그럴 리가 있겠어요!"

그러면, 하고 가구라가 웃음을 건넸다.

"치안 개선을 위한 시책에 협력해주시겠습니까? 여기서 모범을 보여주시면 다른 사람들도 뒤따를 겁니다. 제가 이렇게 권하는 이유는 이 문제에 조금이나마 관심을 보이셨기 때문입니다. 전혀 관심이 없으셨다면 벌써 자리를 뜨셨겠죠. 아니, 애당초 여기에 앉지도 않으셨을 겁니다."

주부의 표정에 변화가 생겼다. 주변 시선을 의식하기 시작한 듯하다. 실제로 가구라의 또랑또랑한 목소리 탓에 주변 시선이 모여 있었다.

"등록해주시겠습니까?"

가구라가 못을 박자 그녀가 한숨을 쉬었다.

"어떻게 하면 되죠?"

그 소리에 가구라는 옆에서 대화를 듣던 직원을 봤다.

"여기 부인에게 수속 설명을 해주십시오."

남성 직원이 정신을 차린 듯 눈을 동그랗게 떴다.

"아…… 그럼, 이 서류에 이름과 연락처를 적어주세요. 그리고 입

안 점막을 채취하면 됩니다."

"혈액형검사보다 더 간단하답니다." 가구라는 주부에게 미소를 지어 보이고 그 자리를 떠났다.

전국 병원에서 이런 활동을 하고 있다. 하지만 DNA 정보가 순조롭게 모아지고 있다고는 할 수 없는 상황이다. 하루에 1만 건이 모인다 해도 전 국민의 정보를 모으는 데 사십 년이 걸린다. DNA 수사가 완벽한 범죄 예방 시스템이 되는 날은 아직 멀었다.

게다가 조금 전 주부가 대표하듯, 대다수 국민이 DNA 정보 제공에 난색을 표한다. 정체를 모른다는 점이 불안감을 주고 있는데, 가구라는 무책임한 보도를 하는 언론의 책임이 크다고 생각했다.

DNA 수사 덕분에 검거율이 올랐다. 하지만 동시에 가해자 친족이 부각된 것도 사실이다. DNA를 바탕으로 수사를 진행하기 때문에 당연히 혈연관계에 있는 사람 전원에게 혐의를 둔다. 수사 도중에 주위 사람들에게 그런 사실이 알려지는 사태를 피할 수 없다. 가해자만이 아니라 혈연관계인 사람에 대한 차별까지 유발하는 게 아니냐고 문제를 제기하는 보도가 끊임없이 이어지고 있다.

가구라의 솔직한 심정은 그게 뭐가 나쁘냐는 것이었다.

주위의 이상한 시선을 받고 싶지 않다면 자기 친족 중에 범죄자가 없으면 그만이다. 어쩔 수 없이 범죄자가 되었다거나 어쩔 수 없이 친족 중에 범죄자가 생겼다는 말은 사실 있을 수 없다. 둘 다 자신들 뜻만 있으면 막을 수 있다. 그 일을 하지 않은 대가로 차별을 받는 것이다.

가구라는 하루빨리 등록이 의무화되었으면 좋겠다고 생각했다. 실제로 여당은 그런 내용의 법안을 검토하고 있다. 그러나 당분간은 의제화하지 않으리라는 게 그쪽에 정통한 사람들의 보고였다.

로비를 가로질러 옆 병동과 연결된 복도로 갔다. 뇌신경과 병동이다. 신세이키 대학병원 뇌신경과는 세계적으로도 굴지의 수준을 자랑했다.

가구라는 복도 끝에 있는 엘리베이터를 타고 꼭대기 층 버튼을 눌렀다. 그 층에는 VIP전용 병실이 세 개 있다. 그러나 현재 모든 병실을 한 환자가 점거하고 있다. 정확하게 말하면 한 환자와 그 오빠가 차지하고 있다. 당연히 막대한 비용이 들지만 문제는 없다. 경찰청이 모두 부담하기 때문이었다.

엘리베이터가 꼭대기 층에 도착했다. 바로 정면에 문이 있고 그 옆에 정맥인증 패널이 붙어 있다. 가구라가 오른쪽 손목을 대자 조용히 문이 열렸다.

가구라는 이어진 복도를 걸어가 중후한 멋을 내는 진갈색 문 앞에서 멈췄다. 문 옆에는 관계자 외 출입금지라는 팻말이 걸려 있다. 그는 시계를 보고 약속시간보다 일 분 정도 빨리 도착했음을 확인한 다음 인터폰을 눌렀다. 이 정도 빨리 온 것은 문제가 되지 않는다. 다만 지각은 금물이다. 전에 이 분쯤 늦었다가 상대의 심사를 뒤틀리게 한 적이 있다.

누구세요, 하는 남자 목소리가 들렸다. 다테시나 고사쿠의 목소리였다.

"나야." 가구라가 말했다.

그러나 상대는 바로 답이 없다. 한 박자 쉰 후 "누구시죠?" 하고 다시 물었다.

가구라는 어깨를 으쓱했다. 대각선 위에 설치된 카메라가 자신의 모습을 모니터에 비추고 있을 것이다. 꼭 이름을 대야 문을 열려는 것은 다테시나 고사쿠가 완고하기 때문이 아니라 그의 여동생이 허락하지 않기 때문이다.

"가구라야."

조금 목소리를 높여 대답하자 드디어 도어록을 푸는 소리가 났다.

문이 열리고 다테시나가 얼굴을 내밀었다. 변함없이 입 주변에 아무렇게나 수염이 자라 있다.

"잘 지냈어?" 가구라가 물었다.

"그럭저럭이라고 해야 할까." 다테시나가 가구라를 보지 않고 등 뒤로 시선을 던졌다.

"아무도 없어. 카메라로 확인했잖아. 너무 예민한 거 아냐?"

다테시나는 별 반응 없이 "들어와"라고 말하고 문을 좀 더 열었다.

가구라가 들어가자 한 여성이 안쪽 방으로 들어갔다. 뚱뚱해서 뒤에서 보면 거대한 알 같다. 그녀가 문을 닫는 순간 살짝 옆얼굴이 보였다. 오른쪽 뺨에서 목덜미까지 보라색 반점이 있다. 그것 때문에 어린 시절 세계지도라는 별명이 붙었다는 얘기를 가구라는 다테시나에게 들어 알고 있었다.

가구라는 주위를 둘러봤다. 단말기가 십여 대 가까이 놓여 있고 모두 작동중이다. 그것들은 다른 방에 있는 슈퍼컴퓨터와 연결되어 있다. 병원이지만 도저히 병실이라고 할 수 없는 공간이었다.

바퀴 달린 의자 두 개가 달랑 놓여 있었다. 다테시나 남매는 그곳에 앉아 정신없이 이동하며 단말기를 조작한다.

"동생과 얘기중이었나?" 가구라는 테이블 위를 보며 물었다. 요구르트 용기가 놓였고 그 옆에 파란색과 하얀색 줄무늬가 있는 평평한 봉투가 있었다. 초콜릿이겠거니 했다.

"잠시 쉬었어." 다테시나는 요구르트 용기를 집어 옆 쓰레기통에 던졌다.

"그거 좋지. 자네들도 가끔은 쉬어야지. 수식과 프로그램에만 둘러싸여 있으면 머리가 이상해져."

가구라는 별 생각 없이 얘기했는데 다테시나는 입을 꾹 다물고 노려봤다. 그때서야 가구라는 이곳이 뇌신경과 병동이라는 사실을 생각해냈다. 얼굴을 찡그리고 항복 포즈를 취했다.

"그런 얼굴 하지 마. 나쁜 뜻이 없었다는 것 정도는 잘 알잖아. 기분 나빴다면 미안해."

다테시나가 고개를 흔들며 한숨을 쉬었다.

"그런 건 아무래도 상관없어. 그보다 당신에게 할 말이 있어."

"응. 먼저 만나자고 해서 웬일인가 했어. 무슨 일인데?"

다테시나가 고개를 숙이고 두 손을 비볐다.

"시스템은 어때?"

"시스템? 어떻다니?"

"무슨 문제 없어?"

가구라가 웃었다.

"DNA 수사 시스템을 말하는 거라면 아주 완벽하다고 할 수 있지. 지금 경찰청장은 마침 좋을 때 취임했어. 이대로 가면 임기 중에 쇼와 시대 수준으로 검거율이 높아질 거야."

그러자 다테시나는 비비던 손을 멈추고 가구라를 힐끗 봤다.

"정말로 괜찮아?"

그 눈빛에 어떤 의도가 숨어 있는 것 같았다. 가구라의 표정이 심각해졌다.

"사실은 데이터가 부족해. 검색 시스템에 걸리지 않는 케이스가 있거든. 방금도 등록을 망설이는 아줌마를 설득하고 왔어."

"NF13 말이지?"

다테시나의 물음에 가구라는 자기도 모르게 상대 얼굴을 봤다.

"알고 있어?"

"시가 소장이 내게도 보고서를 보내. 사실은 당신에게 하고 싶은 말이 있다는 것도 NF13 때문이야."

"NF13이 왜?"

가구라가 묻자 다테시나는 망설이는 표정을 짓더니 고개를 살짝 저었다.

"천천히 얘기하고 싶어. 내용이 조금 복잡하거든. 당신 오늘, 미나카미 교수 진찰이 있지?"

가구라는 입가를 일그러뜨렸다.

"진찰이 아니야. 연구지. 나와 교수가 함께하는 공동연구라고 생각해줘."

"어쨌든 교수를 만날 거잖아. 그 뒤에 시간 있나?"

가구라는 머릿속으로 오늘 일정을 떠올린 후 고개를 끄덕였다.

"괜찮아."

"'그'는 어때? 지금 여기서 확인할 수 없을지도 모르겠지만."

"문제없어. '그 녀석'은 언제나 그리 많은 시간을 사용하지 않아. 아마도 네다섯 시간일 거야."

"그럼 다 끝나면 다시 와줘."

"알았어."

가구라는 다테시나 남매의 병실을 나와 엘리베이터를 탔다. 그가 내린 곳은 4층이었다. 천장에 '정신분석연구실'이라는 팻말이 걸려 있었다.

복도를 걸어 가장 가까운 방 앞에 멈췄다. 노크를 한다.

"들어오세요." 낮고 건조한 목소리가 들렸다. 가구라는 천천히 문을 열었다.

바로 앞에 둘이 마주 앉을 수 있는 테이블과 의자가 놓여 있다. 그 너머에는 커다란 책상이 있고 옆에 하얀 가운을 입은 인물이 서 있다. 창밖을 바라보던 그 인물이 가구라에게 고개를 돌렸다. 매부리코에 눈이 움푹 들어갔고 뺨도 홀쭉하다. 그런 이목구비 탓에 외국인의 피가 섞이지 않았나 하는 의심을 많이 받았다는데 본인 말로는 순수한 일본인이라고 한다.

"다테시나 남매와 만나고 왔나?" 미나카미 요지로가 부드러운 어투로 물었다.

"예. 고사쿠가 불러서 갔습니다."

"불러? 별일이군."

"저도 그렇게 생각해서 이리로 오기 전에 만났습니다. 그런데 얘기가 길어질 것 같다고 미나카미 교수님 쪽 일을 먼저 보고 오라고 하셨습니다. 교수님은 짚이는 점이라도 있으십니까?"

"아니, 없네." 미나카미는 의자를 빼 앉았다. "그들의 정신 상태는 요즘 매우 안정적이야. 여동생도 만났나?"

"아닙니다. 제가 가자마자 방으로 들어가버렸습니다." 가구라가 한숨을 쉬었다. "늘 있는 일이죠. 제게 마음을 열어주질 않네요."

미나카미는 책상 위에 손을 올리고 깍지를 꼈다. 그 위에 턱을 올렸다.

"자네에게 문제가 있는 게 아닐까."

"무슨 뜻이시죠?"

"그녀를 어떻게 보고 있느냐는 거지."

"천재적인 수학자이자 프로그래머라고 생각합니다."

"그게 다인가?"

가구라가 어깨를 으쓱해 보였다.

"안 되나요? 그 밖에 뭐로 봐야하죠? 그런 사람이라서 관심을 가졌습니다. 다테시나 사키에게 심각한 정신적 질환이 있다 해도 개의치 않습니다. 전에도 말씀드린 것 같은데 제가 이 병원을 다니길 잘

했다고 생각하는 두 가지 이유 중 두 번째가 교수님을 만난 것이고 첫 번째는 남매를 만난 겁니다. 그들의 능력이 아니었다면 DNA 수사 시스템은 완성되지 않았을 테니까요."

미나카미는 이런 이런, 이라고 말하듯 고개를 절레절레 흔들며 쓴웃음을 지었다.

"자네 머릿속에는 그것밖에 없는 것 같군. 아, 얼마 전에 TV를 봤네. 자네 연구소의 시가 소장이 출연했더군. 자신만만하게 DNA 수사 시스템을 선전하던데."

"본인은 출연을 꺼렸는데 제가 나가라고 권했습니다. 여론의 이해를 얻으려면 무엇보다 홍보 활동이 중요하니까요."

"등록이 예상보다 늘지 않아서 초조한가 보군." 미나카미가 싱글거렸다.

"교수님은 어쩐지 즐거우신 것 같네요. 저희 일이 정체되면 좋겠다고 생각하셨습니까?"

"그런 심술궂은 생각은 안 하네. 다만 자네가 초조해하는 모습을 보는 게 오랜만이라."

"초조하지 않습니다. 하지만 조금 답답합니다. 여당이 빨리 의무화 법안을 제출하면 좋겠는데요."

미나카미는 두 손 들었다는 표정으로 고개를 저었다.

"그렇게 밀어붙인다고 일이 진행되는 게 아니라네. 잘 되는 것처럼 보여도 반드시 문제가 생기지. DNA 정보를 관리한다는 발상 자체에 아직 반발이 커."

"바로 그 점이 문제입니다. 저는 반발하는 이유를 모르겠습니다. 사람들을 관리 보호하고 싶다면 유전자가 가장 빠르고 쉬운 방법입니다. 관리받기 싫다는 건 어린애 같은 생각이죠. 나도 관리되지만 다른 사람도 관리된다. 즉 타인에게 위해를 당할 위험이 줄어든다. 왜 이 장점을 깨닫지 못할까요."

"그건 논리의 문제가 아니라 감정의 문제라네."

"감정으로는 아무것도 해결하지 못합니다. 사회구조는 일종의 프로그램입니다. 그것을 합리화해가는 게 냉정한 논리죠."

미나카미는 다시 미소를 짓고 일어났다. 그의 손에 작은 상자가 들려 있다.

"유전자는 인생을 결정하는 프로그램이다, 이게 자네의 지론이지."

"인생이라는 프로그램의 근간을 이룬다고 생각합니다. 인간은 살아가면서 다양한 정보를 얻고, 때로는 수정합니다. 하지만 어떤 정보를 삶에 활용하고 어떤 정보를 버릴 것인지는 결국 본인에게 주어진 초기 프로그램에 달려 있습니다."

"그게 유전자다?"

"그렇습니다."

미나카미가 고개를 갸웃하면서 가구라 앞에 놓인 의자에 앉았다. 그리고 가구라에게도 앉으라고 손짓을 했다. 실례하겠다고 말하고 의자에 앉았다.

"인간의 마음도 유전자에 의해 결정된다는 자네의 생각에 나도 동의할 수밖에 없어."

"마음의 모든 것을 결정한다는 말은 아닙니다. 그러나 범죄를 저지르는 마음의 움직임과는 관련 있다고 생각합니다. 범죄자는 모두 정신적으로 병들어 있습니다. 정신질환과 범죄의 관계를 긍정하는 논문도 여럿 있고요."

"하지만 정신적으로 병든 사람이 곧 범죄자는 아니지 않나?"

"그래서 그 메커니즘을 해명하고 싶습니다. 교수님, 별로 시간이 없으니 빨리 시작할까요? 아까도 말씀드렸지만 끝난 후 다테시나 고사쿠와 만날 예정입니다."

미나카미가 움푹 들어간 눈으로 가구라를 응시했다.

"이렇게 대화를 나누는 것도 치료의 일환이라네."

"치료…… 저는 연구라고 생각합니다."

"유전자 정보와 마음의 관계를 해명하는 연구 말이지."

"그렇습니다."

"자네가 하려는 일은 인간 마음의 미스터리를 해명하려는 거네. 그것도 자네의 육체와 마음을 사용해서 말이야. 그게 자네에게 좋은 일이라고 얘기할 순 없네."

"저는 제 신념에 근거해 행동하고 있습니다. 한 인간의 유전자에서 전혀 다른 마음이 발생하는 경우가 있다면 흥미를 안 가질 수 없죠. 이 연구는 교수님에게도 극히 도움이 될 거라고 생각합니다."

미나카미는 턱을 잡아당기고 가구라를 살짝 위로 흘겨봤다.

"내가 이렇게 자네를 만나는 건 환자라고 생각하기 때문이네. 해결해야만 하는 문제를 자네가 끌어안고 있다고 보는 걸세."

"물론 그래도 상관없습니다. 다만 일반 환자와 달리 저는 병을 고치는 데 관심이 없습니다. 그저 알고 싶을 뿐입니다."

"모든 것을 아는 게 중요하다고 생각하지 않네만."

"정보를 확보해두는 게 중요합니다. 이런 연구를 언제 또 할 수 있을지 모르니까요. 같은 증상을 발견하더라도 그 인물이 협력해준다는 보증은 없어요."

"말해두겠는데 '그', 즉 류는 협력적이지 않아."

가구라가 입가를 일그러뜨렸다. 류, 라는 이름을 들으면 늘 소름이 돋을 것만 같다.

"그런 것 같더군요. 하지만 그림을 그리잖아요? 그걸 교수님이 분석하죠. 그 데이터가 있으면 충분합니다. 설마 안 주시겠다는 건 아니죠? 자신의 정신분석 결과 요구는 환자의 권리입니다."

"자네 의견에 대해 '그'가 뭐라고 할지 기대되는군."

미나카미는 가지고 있던 상자를 열었다. 담배 비슷한 물건이 열 개 정도 들어 있었다. 그것을 가구라에게 내밀었다.

"꼭 제게도 들려주십시오. 관심이 있습니다."

가구라는 상자에 손을 뻗어 그중 하나를 집었다. 다른 손으로 주머니에서 라이터를 꺼내 불을 붙였다.

"그럼 좀 이따 뵙죠." 미나카미에게 말한 다음에 그는 크게 숨을 들이켰다.

연기가 폐에 들어오는 게 느껴졌다. 눈앞에 있는 미나카미의 모습이 일그러져 보이기 시작했다. 주위 경치도 혼돈스러워졌다.

　뇌가 마비되는 듯한 느낌이 들었다. 이윽고 그 감각이 사그라지면서 급속히 의식이 멀어졌다.

7

뺨에 바람의 기운을 느꼈다. 바람이라고 해도 아주 작은 공기의 흔들림이다. 공기조절 장치라는 걸 깨닫는다. 그리고 귀에 소리가 들리기 시작했다. 무슨 소리일까 생각한다. 멀리서 달리는 자동차 소리다.

돌아왔구나, 하고 류는 자각했다.

눈을 떴다. 하얀 테이블 끝이 보였다. 늘 보는 테이블이다. 미나카미 교수의 방에 있는 테이블. 그 위에 재떨이가 놓여 있다. 거기에 담배꽁초가 하나. 하지만 평범한 담배가 아니라는 사실을 안다. 미나카미 교수가 담뱃불을 껐다는 것도 안다. '그'…… 가구라는 그것을 피운 직후 의식을 잃었다. 손에 든 담배가 바닥에 떨어지기 전에 교수가 회수했으리라.

류는 고개를 들었다. 미나카미가 그를 응시하고 있다. 관찰하는 눈이었다.

"기분은 어떤가?" 미나카미가 물어왔다.

"그럭저럭 괜찮아요."

"가구라는 자네에게 관심이 많더군."

류는 소리 내지 않고 웃었다. 의자 위에서 몸이 흔들렸다.

"나 같은 건 그냥 놔두면 될 텐데요. 하지만 그럴 만도 하죠. 그 녀석 입장에서는 머릿속에 더부살이가 있는 셈이니까."

"배는 안 고픈가?"

"식사는 가구라에게 맡겨놓고 있어요. 대소변도. 그리고 섹스도."

"그런 생리적 욕구는 거의 없다는 소리군."

"제로는 아니지만 그러고 있을 시간이 아까워요. 무엇보다 내 인생은 짧으니까. 대부분은 잠들어 있죠. 짧은 인생이니 내가 하고 싶은 일만 하고 싶어요."

"알겠네. 그림을 그리고 싶다는 거지."

"그래요. 교수님이 가구라에게 반전제를 조금만 건네기 때문에 여기 이외의 장소에서는 좀처럼 그림을 그릴 기회가 없죠."

"함부로 반전제를 사용하면 인격 장애를 일으킬 우려가 있어."

"알아요. 그래서 참고 있죠."

미나카미는 열쇠 하나를 테이블에 놓았다.

"고맙습니다." 류는 열쇠를 집어 들고 문을 향해 걸어갔다. 그러나 문을 열기 전에 뒤돌아보았다.

"전부터 한번 묻고 싶었는데요."

"뭔가?"

"교수님은 우리의 병을 고칠 수 있습니까. 이 기묘한 병을?"

미나카미는 순간 망설이는 기색을 보이다가 두세 번 고개를 끄덕였다.

"고칠 수 있을 거네. 적어도 가구라가 하려는 일에 비하면 훨씬 쉬울 거야."

"정말 든든하네요."

"불안하지 않나?"

"별로요. 다만 좀 신경이 쓰일 뿐입니다."

"뭐가 말인가?"

"만일 이 병이 나으면 어느 쪽이 사라질까, 하고요."

"사라져?"

"그렇지 않나요? 지금은 나와 가구라의 인격이 동거하고 있어요. 하지만 증상이 고쳐진다면 나든 가구라든 둘 중 하나의 인격은 존재할 수 없어지겠죠. 아닙니까?"

미나카미는 천천히 눈을 깜빡인 후 고개를 저었다.

"그건 모르지. 그때가 되어봐야 알 일이지. 지금 시점에서는 두 인격이 융합하지 않을까 생각하네."

"융합요? 그건 그거대로 지금보다 더 성가실 것 같은데요. 아, 됐습니다. 그냥 물어본 거니까요. 내가 사라져도 괜찮습니다. 그럼, 방을 빌리겠습니다."

천천히 즐기라는 미나카미의 말을 등지며 류는 방을 나왔다.

엘리베이터를 타고 한 층 위로 올라갔다. 복도는 썰렁했다. 예전에 이곳에서는 인간 게놈을 해석하는 연구를 했다. 그 연구가 끝나 설비를 다른 곳으로 이동한 후에는 각 과의 창고처럼 쓰이고 있다.

류는 안쪽으로 걸어가 어떤 문 앞에 멈췄다. 열쇠구멍에 미나카미에게 받은 열쇠를 넣었다. 빈방이라고 해도 단단히 잠겨 있다.

문을 열고 불을 켰다. 방 안에는 많은 그림이 놓여 있었다. 모두 류가 그린 것이다. 그는 그림을 하나씩 살펴봤다. 대부분은 손만 그린 그림이었다. 양손으로 뭔가를 감싸고 있는 구도가 많다.

중앙에 이젤을 세우고 아직 아무것도 그린 게 없는 하얀 캔버스를 올려두었다. 미나카미가 준비한 것이리라. 그 옆 작은 테이블에 물감과 붓이 놓여 있었다.

류가 붓을 들고 심호흡을 한 번 했을 때였다. 노크 소리가 들렸다.

그는 자기도 모르게 미소를 지었다. 방해라는 생각은 하지 않았다. 방문객이 누군지 알 것 같았다. 오히려 기다렸다고 해도 좋다.

그가 문을 열었다. 머리 긴 소녀가 서 있었다. 열대여섯 살로 보인다. 몸매는 날씬한데 얼굴은 통통하다. 쌍꺼풀 진 눈을 깜빡거리더니 류를 올려다보며 환하게 웃었다.

안녕, 소녀가 말했다.

응, 류가 대답했다.

그녀는 당연하다는 듯 방에 들어왔다. 아직 아무것도 그리지 않은 캔버스를 본 후 류를 돌아봤다.

"자, 선물." 그렇게 말하며 주스 캔을 내밀었다. 오렌지주스였다.

고마워, 그가 말했다.

"있잖아, 오늘은 뭘 그려?" 그녀가 물었다.

오렌지주스 캔을 쥐고 조금 망설이다가 류가 말했다.

"다 정해놨어."

그러자 그녀가 다시 웃었다. 동그란 뺨 위에 있는 눈이 반달로 변했다.

8

어두컴컴한 복도가 길게 이어진다. 낯익기도 하고 무섭기도 한 광경이었다.

그 복도를 천천히 걸어간다. 복도 양쪽에는 미닫이문이 늘어서 있다. 모두 모양이 똑같다. 걸어도, 걸어도 복도가 이어진다. 그리고 한없이 미닫이문이 있다. 그는 문 여는 게 두려워 하염없이 걷기만 한다. 언젠가는 어딘가에 도착하리라 기대하고 있다. 미닫이문이 없어지길 염원하고 있다. 그러나 복도는 계속된다. 영원히 이어진다. 미닫이문도 끊임없이 나타난다. 절망적일 정도로 무한하다.

마침내 지쳐버린 그의 내면에 한 가지 기대가 싹튼다. 이 미닫이문이 내가 찾는 출구가 아닐까. 이 문을 열면 다른 세계가 열리지 않을까.

그 기대는 점점 더 커진다. 오직 이 상황에서 도망치고 싶다는 생각만으로 적당한 답을 만들어낸다는 것을 알면서도 미닫이문에 손을 대고 만다.

누군가가 그만하라고 외쳤다. 누구 목소리인지는 모르겠다. 그 녀석이 계속 말한다. 그 문을 열면 돌이킬 수 없는 일이 생기고 말 거야…….

그는 속으로 되물었다. 그러면 내가 어떻게 해야 하는데? 이 영원한 복도를, 어둠을 향해 계속 걸어야만 하나. 무슨 의미가 있나. 이제 지긋지긋하다. 여기서 나가고 싶을 뿐이다.

그러지 마, 누군가가 말리는 소리를 뿌리치고 그는 미닫이문에 손을 댄다. 그리고 힘껏 열어젖힌다.

눈앞에 누군가가 서 있다. 사람 형태의 검은 그림자가 위아래로 쭉 뻗어 있다. 자세히 보니 서 있는 게 아니라 걸려 있었다.

남자였다. 남자가 그를 봤다. 죽은 사람의 눈이었다.

가구라는 온몸을 떨면서 눈을 떴다. 비명이라고도 신음이라고도 할 수 없는 소리를 지른 것 같기도 했다. 온몸에서 땀이 쏟아지고 있었다.

가구라는 바닥에 누워 있었다. 늘 이렇다. 바로 '그'가 그림을 그리는 방바닥이다.

'그'가 잠든 후에 가구라가 눈을 뜬다. 그때는 늘 똑같은 꿈을 꾼다. 영원히 이어지는 복도와 미닫이문 꿈이다.

이 또한 늘 일어나는 일인데 가구라는 바로 움직이지 못했다. 뇌속에 연기가 가득 찬 것처럼 머리가 무겁고 아프다. 그 연기가 사라질 때까지는 시간이 조금 걸린다.

옆에 있는 이젤을 올려다봤다. 한 소녀가 캔버스에 그려져 있다. 하얀 원피스를 입은 머리 긴 소녀가 이쪽을 보고 웃고 있다. 그 눈에서는 인간이 지닌 안 좋은 기운 같은 게 하나도 느껴지지 않았다. 모르는 소녀였지만 가구라는 그 순수한 눈빛에 단숨에 빨려 들었다.

이젤 바로 밑에 주스 캔 두 개가 나란히 놓였다. 둘 다 비어 있다. '그'가 그런 걸 샀을 리 없으므로 그림 속 소녀가 가지고 왔을 것이다. 도대체 누구일까. 언제부터 '그'…… 류와 친해졌을까.

가구라는 천천히 몸을 일으켰다. 아직 일어날 기운이 없어서 일단 벽에 기댄다. 그 자세로 실내를 둘러봤다. 수많은 그림을 벽에 기대 두었다. 대부분 사람의 손을 그린 것이었다.

미나카미 교수가 제공해준 이 방은 이른바 류의 아틀리에이다. 동시에 가구라에게는 인간 마음의 미스터리를 푸는 자료의 보고이기도 하다. 왜 류는 그림을 그릴까. 그림에는 어떤 메시지가 담겨 있을까. 아니, 애당초 류란 인물은 누구인가. 왜 존재하나. 여기 있는 그림을 통해 그런 점을 해명해야만 한다.

다시 소녀 그림을 바라봤다. 잘 그린 그림인 것 같다. 자신은 그릴 수 없는 그림이었다.

하지만 이 그림에 예술적 가치가 있는지는 알 수 없었다. 심지어 예술의 의미조차 모른다. 예술이란 단어는 그에게 하얀 커튼이다.

그 너머는 보일 듯 보이지 않는다. 사실은 아무것도 없지 않을까, 하는 의문이 항상 머릿속에 있다.

어떤 인물의 목소리가 가구라의 귓가에 되살아난다.

"예술은 작가가 의식해서 만들어내는 게 아니다. 그 반대이다. 예술은 작가를 조종해 작품으로 이 세상에 나타난다. 작가는 노예다."

이런 말을 한 사람은 다름 아닌 그의 아버지였다.

가구라 쇼고는 고고한 도예가라 불렸다. 신기술과 새로운 소재를 사용한 도기가 보급되는 가운데, 전통적인 제조방법으로 누구도 흉내 낼 수 없는 자기만의 작품을 만들었다. 다작하지 않고 스스로 만족한 작품만 남겼다. 그 자세와 예술성이 높은 평가를 받았다. 당연히 작품은 인기가 많아 최고 수준의 가격이 매겨졌다. 개인전을 열면 고가의 작품부터 순서대로 팔렸다.

한편 가정생활에는 적합지 않은 인물이었다. 맞선 결혼을 했지만 아내는 금욕적인 생활에 싫증을 느껴 남편과 아들을 남기고 집을 떠났다. 가구라가 다섯 살 때 일이었다.

하지만 가구라는 아버지가 좋았다. 납득되는 작품이 나올 때까지 흙을 만지는 모습을 보고 자신도 저렇게 살 수 있으면 행복하겠다고 생각했다. 다른 사람은 흉내 낼 수 없는 작품을 창조할 수 있는 능력을 진심으로 존경했다.

그런데 가구라 쇼고의 작품이 어떤 시기부터 수집가 사이에서 자주 판매되기 시작했다. 아무래도 작품 수와 맞지 않을 정도로 빈번했다.

미술품조사위원회가 경찰과 손을 잡고 진상을 규명한 결과, 위작이 대량으로 돌고 있다는 사실이 드러났다. 완전히 똑같은 디자인의 작품이 다수 확인되었다. 디자인뿐만 아니라 재질, 굽는 방법까지 일치했다. 가구라 쇼고는 같은 작품을 두 번 만들지 않는 것으로 알려져 있었다.

위작 출현은 가구라 쇼고 작품만의 문제가 아니었다. 세간에서 높은 평가를 받는 도예가 작품이 대량으로 복제되었다. 당연히 시장은 혼란해졌다.

마침내 조직적으로 위작을 제조하던 그룹이 적발되었다. 그들의 아지트를 조사한 수사원들은 그곳에 놓인 물건을 보고 크게 놀라고 말았다.

로봇이었다. 정확하게 말하면 의수義手 로봇이었다.

컴퓨터 기술의 발전과 새로운 소재의 발명으로 로봇 기술이 눈부시게 발달했다. 그중에서도 인간 손의 움직임을 충실하게 재현하는 의수 로봇은 혁신적인 진보를 거듭했다. 손가락은 인간 신체 중에서도 가장 복잡하게 움직인다. 그것을 거의 백 퍼센트 재현함으로써 용도가 다방면으로 넓어졌다. 그중 하나가 원격 수술이었다. 수술실에서 멀리 떨어진 곳에 있는 의사가 특수 글러브를 끼고 손가락을 움직이면 수술실에 설치된 의수 로봇이 의사의 손과 똑같이 움직이는 것이다. 의사는 모니터에 비친 환부를 보면서 평소처럼 집도하면 그만이다. 이 장치를 수술실에 설치하면 환자는 전세계 의사에게서 수술을 받을 수 있다.

위작 그룹의 아지트에는 놀랍게도 그 수술용 의수 로봇이 놓여 있었다. 다만 사람이 아니라 다른 컴퓨터가 조종하고 있었다.

범인들은 일류 도예가의 작품을 철저하게 분석해 그 구성 요소를 프로그램으로 만드는 데 성공했다. 컴퓨터가 프로그램에 따라 지시를 내리면 의수 로봇이 도예가의 손을 정확하게 재현했다.

하지만 이게 전부라면 단순히 정교한 모방품에 지나지 않는다. 사실 범인들은 다음 단계를 계획하고 있었다. 아직 이 세상에 존재하지 않는 작품을 만드는 것이었다. 물론 무명작가의 이름으로 만들면 장사가 되지 않는다. 범인들은 컴퓨터와 로봇을 이용해 기존 도예가들이 '만들 법한' 오리지널 작품을 제작해 수집가에게 팔려고 했다.

도예가와 미술전문가들은 냉소를 금치 못했다. 복제 작품이면 손님을 속일 수 있겠지만 기계가 만든 오리지널 작품이라니. 그런 것은 절대 예술품이 될 수 없다고 했다.

이를 정면으로 반박한 사람은 다름 아닌 위작 그룹의 리더 K라는 남자였다.

"그렇다면 우리가 만든 시험 제작품과 도예가들이 아직 발표하지 않은 작품을 전문가에게 보여주면 된다. 로봇이 만든 작품을 판별할 수 있다면 졌다고 인정하겠다."

감옥에서 던진 도전장을 의외로 법원이 후원했다. 물론 위작 제작 자체는 범죄이지만 그 정교함에 따라 죄의 크기가 달라지기 때문이다. 전문가조차 알아볼 수 없을 정도라면 죄질이 극히 나쁘다는 것이다. 즉 K에게는 이 실험이 자기 목을 조를 위험이 있었지만 그걸 감수하고서라도 실현시키고 싶다는 신념이 있었다.

사실 K는 매우 뛰어난 로봇 기술자였다. 회사를 다니던 시절, 관련 특허를 몇 건이나 받았다. 그러나 어느 날, 그가 관련된 로봇이 사고를 일으키자 책임을 물어 회사에서 쫓겨났다. 그는 회사에 엄청난 수익을 가져다준 자신이 그런 식으로 버림받을 줄은 꿈에도 생각지 못했다. 그의 능력을 과소평가한 업계 전체에 분노를 품었다. 위작 제작은 그런 원한에서 비롯된 것이었다. 따라서 로봇으로 완벽한 예술품을 만들 수 있음을 증명하는 것은, 설령 형량이 무거워지더라도 그에게는 너무나 필요한 일이었다.

이 도전을 몇몇 전문가가 받아들였다. 경찰, 언론, 나아가 재판 관계자가 지켜보는 가운데 전대미문의 감정대회가 열렸다.

K 일당이 만든 작품 열 점과 도예가들이 아직 발표하지 않은 작품 열 점이 전문가 앞에 진열되었다. 그들은 직접 작품을 충분히 음미하고 어느 것이 로봇이 만든 작품인지 판별했다.

결과는 인터넷을 통해 곧바로 알려졌다. 그때 화면에 떴던 문자를 가구라는 지금도 기억한다.

'감정사 군단의 적중률은 사십팔 퍼센트.'

진품과 위작을 구별할 확률이 반반이니 눈을 감고 찍은 거나 마찬가지다. 요컨대 감정이 불가능함을 입증한 셈이었다.

감정에 참가한 전문가들은 책임을 도예가에게 넘겼다.

"요즘 도예가는 개성이 없다. 예쁜 작품은 만들지만 인간 냄새가 나질 않는다. 그러니 쉽게 모방되는 것도 어쩔 수 없다. 옛날 도예가가 만든 작품에는 결코 모방할 수 없는 맛이 있었다. 이번 결과는 유감이지만 진지하게 받아들일 수밖에 없다." 사십 년 경력을 자랑하는 미술상의 말이었다.

"로봇이 뛰어나다기보다는 인간이 로봇처럼 되었다. 이 점을 다시 한 번 통감했다." 이렇게 표현한 사람도 있었다.

일부 언론은 K의 말도 전했는데 내용은 이러했다. "당연한 결과다. 놀랍지도 않다."

이 일은 미술계를 뒤흔들었다. 전문가조차 로봇이 만든 위작을 판별하지 못했으므로 도예품에 대한 신뢰도가 땅에 떨어졌다. 그 불똥은 곧 다른 미술 공예품으로도 튀었다. 거의 모든 작품의 가격이 폭락했다. 초조해진 한 화가는 "애당초 기계로 만들 수 있는 공예품과 달리, 회화는 화가의 이미지가 복잡하게 얽혀 있어서 로봇이 위작을 만들 수 없다"라고 발언했다가 공예가의 빈축을 샀다.

이런 상황을 놓고 가구라 쇼고가 격노했다. 그의 분노는 패배한 감정사를 향했다.

"무슨 한심한 소리를 지껄이나. 인간이 정성을 다해 만든 것과 기계가 만든 거 하나 구별하지 못하다니. 그러니 애호가들 비위나 맞추고 있는 것이다."

쇼고는 K 일당의 행위는 예술을 사랑하는 사람에 대한 모독이라고 단언했다.

"예술이란 작품을 만나는 사람의 마음속에 생기는 결정結晶이다. 왜 감동받는가, 무엇이 마음을 건드리는가는 본인도 설명할 수 없다. 그러므로 사람의 마음을 더욱 풍요롭게 만든다. 그런데 가짜 예술이 판치면서 진정한 예술을 결정화하는 힘이 모두의 마음에서 사라지고 있다. 이것은 엄연한 중죄이다. 결코 용서할 수 없다."

쇼고는 언론을 통해 K에게 도전장을 내밀었다. 아무리 정밀하게 모사했더라도 자기 작품이라면 반드시 위작을 찾아낼 수 있다고 선언했다.

그러나 K는 "이제 그럴 필요도 없다"라고 답했다. 얼마 전 감정대결로 자신의 기술이 얼마나 뛰어난지 증명됐다는 데 만족한 듯했다. 법원도 또 대결할 필요를 느끼지 못해 쇼고에게 협력할 자세를 보이지 않았다.

한 TV방송국이 초조해진 쇼고에게 접근했다. 자기들에게 가구라 쇼고 작품으로 여겨지는 도기가 몇 점 있는데 진품인지 판별해달라는 것이었다.

쇼고는 난색을 표했다. TV기획으로는 시청자를 납득시킬 수 없을 거라 우려했기 때문이다. 방송국 측이 작품의 진위를 미리 쇼고에게 알려줬을 거라고 오해할 여지가 있었다.

"의심할 사람은 무슨 짓을 해도 의심합니다." 방송국 프로듀서는 이렇게 말했다. "저희는 최대한 엄격하게 도전해보고 싶습니다. 선생님은 괜한 걱정 마시고 감정에 집중해주시면 됩니다. 시청자는 그렇게 바보가 아닙니다. 진검 승부를 펼치면 반드시 그 뜻이 전해질 겁니다."

결국 쇼고는 이 말에 결심했다.

가구라가 초등학교 오 학년이 된 해의 여름이었다. 그는 태어나 처음으로 방송국 스튜디오를 방문했다. 평소라면 호기심에 겨워 맘대로 돌아다녔을 테지만 그날은 계속 아버지 옆에 붙어 있었다. 타이틀매치를 앞둔 권투선수를 지켜보듯 기대와 불안을 품고 말없이 가만히 있었다.

드디어 프로그램이 시작되었다. 생방송이었다. 리허설대로 사회자가 진행한다. 가구라는 관람석 구석에서 아버지의 진검 승부를 지켜보았다.

긴장한 표정의 아버지 앞에 상자 세 개가 놓였다. 그중에서 위작을 알아내야 한다는 것이다. 다만 몇 개가 위작인지는 모른다. 쇼고는 알려주지 않아도 된다고 말했다.

상자에는 각각 그릇, 접시, 항아리가 들어 있었다. 가구라의 눈에는 모두 아버지 작품으로 보였다. 먼 데서 봐서 그럴지도 모른다.

쇼고가 세 작품을 감정하는 데는 그리 많은 시간이 걸리지 않았다. 자신감에 차 있다는 건 멀리서 보던 가구라도 알 수 있었다. 가구라는 안도했다. 아버지가 이겼다고 확신했다.

"그럼 발표해주시죠. 어떤 작품이 진짜고 어떤 게 가짜입니까?" 사회자가 쇼고에게 물었다.

쇼고는 똑바로 앞을 보고 입을 열었다.

"자세히 볼 필요도 없었습니다. 한눈에 답이 보였습니다. 방송국 측에서는 내 실수를 기대하고 이런 작품을 내놓았겠지만 놀아날 리 없습니다. 확신을 가지고 단언합니다. 여기 있는 세 작품은 모두 내

겁니다. 가구라 쇼고 작품이 분명합니다.”

실로 당당했다. 가구라는 그 모습을 보고 아버지를 자랑스럽게 생각했다. 자신이 그의 아들이라는 사실을 주위 사람들에게 알리고 싶었다.

“아, 예. 그럼 이 가운데 위작은 없다는 말씀이십니까?” 사회자가 작위적인 미소를 짓고 당황한 듯 말했다.

“그렇습니다.” 쇼고는 고개를 끄덕이며 말했다. “모두 진짜입니다.”

“결론에 변경은 없으십니까? 아직 시간이 있으니 다시 확인하실 수 있습니다.”

“그럴 필요 없습니다. 내 작품에 관해서는 그것을 만들 때의 상황도 다 기억합니다. 틀릴 리가 없죠.”

“그러시군요…….” 사회자가 프로그램 스태프를 슬쩍 봤다.

왜 저렇게 뜸을 들이지. 가구라는 초조했다. 아버지가 다시 확인할 필요가 없다고 했으니 빨리 답을 알려주면 좋을 텐데. 아마 정답을 너무 쉽게 가려냈기 때문에 프로그램 제작자 측이 실망한 모양이라고 생각했다. 그것도 모를까, 하고 가구라는 속으로 혀를 쏙 내밀었다.

“알겠습니다. 그렇게까지 자신 있어 하시니까 저희도 더는 시간을 끌 의미가 없군요. 그럼 정답을 발표하겠습니다.” 사회자가 드디어 결심한 듯 말했다. 얼굴에서 미소가 사라졌다. 입술을 축이고 호흡을 가다듬듯 가볍게 숨을 쉰 후 말했다. “가구라 선생님, 놀라실 것 같은데 여기 있는 세 작품은 모두 위작입니다. 진품은 하나도 없습니다."

스튜디오가 순간 정적에 잠겼다가 곧바로 소란해졌다. 그것은 가구라의 정신 상태를 그대로 표현하고 있었다. 머릿속이 새하얘진 후에 격렬한 혼란이 찾아왔다.

거짓말이야. 그가 읊조렸다.

하지만 가구라보다 아버지가 더 혼란스러워했다. 쇼고는 멍하니 서 있었다. 그 눈은 커다랗게 벌어져 있었다. 멀리서도 충혈됐다는 게 보였다.

"그런…… 말도 안 돼." 신음하듯 말했다. "그럴 리 없어."

"하지만 가구라 선생님, 사실입니다. 조금 전 말씀하신 대로 저희는 조금 짓궂은 문제를 준비했습니다. 진짜와 가짜를 섞어두는 것보다 둘 중 하나만 준비하는 쪽이 어려울 것 같았습니다. 저희 선택은 모두 가짜를 놓는 거였습니다. 선생님 답과는 정반대이죠."

사회자 말투에는 쇼고를 배려하는 듯한 울림이 있었다. 가구라에게는 동정처럼 들렸다. 그것이 더욱 비참한 기분을 들게 했다.

쇼고가 갑자기 작품에 다가갔다. 그릇을 들고 고개를 흔들었다.

"믿을 수 없어. 그럴 리 없어. 이건 내가 만든 거야. 내 손으로 만든 작품이라고."

"아닙니다." 사회자가 말했다. 이번에는 말투가 차가웠다. "믿기 힘드신 건 이해합니다만 사실이 아닙니다. 모두 가짜입니다. 위작 그룹이 로봇으로 만든 겁니다."

"이게 위작이라고……."

쇼고의 눈에 살기가 돌았다. 그는 들고 있던 그릇을 높이 치켜들었다.

일찌감치 위험을 감지하고 뒤에 와 있던 스태프가 그를 막았다.

"깨보게 해줘. 깨보지 않고는 믿을 수 없어."

수많은 스태프가 아우성치면서 소란을 피우는 쇼고를 제지했다.

TV방송국이 준비한 차로, 가구라는 아버지와 함께 집으로 돌아왔다. 차 안에서 쇼고는 한 마디도 하지 않았다. 미간에 주름을 잡은 채 계속 눈을 꾹 감고 있었다. 그런 아버지에게 가구라도 말을 걸 수 없었다.

가구라 부자의 집은 니시타마에 있었다. 쇼와 초기에 지었다는 일본 전통가옥을 사들여 고친 것이다.

집에 돌아오자마자 쇼고는 작업장으로 갔다. 가구라는 따라가지 않았다. 아버지의 등이 따라오지 말라고 얘기하고 있었다.

얼마 후 작업장에서 절규에 가까운 고함이 들려왔다. 게다가 뭔가를 때려 부수는 소리도 났다. 가구라는 아버지가 자기 작품을 부수고 있다는 것을 깨달았다.

말릴 수 없었다. 가구라는 붙박이장에서 이불을 꺼내 뒤집어썼다.

시간이 얼마나 흘렀는지 모른다. 정신을 차려보니 아무 소리도 들리지 않았다. 가구라는 이불에서 나와 작업장으로 갔다.

어두컴컴한 복도를 걸어 작업장 앞에 섰다. 출입구는 미닫이문이었다. 문을 열었다.

바닥에 도기 파편이 널려 있었다. 전장에 흩어진 사체를 연상시켰다. 작업장 중앙에 있는 작업대 위도 마찬가지였다.

그리고…….

그 작업대 위에 아버지가 있었다. 가구라는 순간 아버지가 서 있다고 생각했다. 하지만 아니었다. 양발이 작업대 위에 떠 있었다.

가구라는 소음이 나 고개를 들었다. 밖이 왠지 소란스럽다. 응급차라도 도착했나 보다. 이상할 게 없다. 이곳은 병원이니까.

머리를 흔들었다. 두통은 조금 나아진 것 같았다.

또 나쁜 기억을 떠올리고 말았네, 하고 자조적으로 웃었다. 류에게서 의식을 되찾을 때는 늘 이 모양이다. 그 복도와 미닫이문 꿈을 꾼다.

다만 그 꿈이 이어지지는 않는다. 그것은 아마도 목을 맨 아버지의 사체를 목격한 직후의 기억이 없기 때문일 것이다. 정신을 차렸을 때 그는 병원 침대에 누워 있었다. 나중에 들은 바로는 그는 아버지 작업장에서 잠들어 있었다고 한다. 담요로 온몸을 감싸고 구석에 웅크린 채.

가구라는 출동한 경찰에게 발견되었다. 몸을 흔들고 말을 걸어도 눈을 뜨지 않아서 병원에 연락했다고 한다.

왜 경찰이 출동했나. 누군가가 신고했기 때문이다. 자택에서 아버지가 목을 매 자살했다는 신고가 들어왔다고 한다.

내용으로 보건대 전화한 사람은 가구라였다. 실제로 통신지령실 기록에도 신고자는 가구라 류헤이로 되어 있었다.

하지만 가구라에게는 기억이 없었다. 사체 발견 직후 어떤 행동을 했는지 경찰이 물었지만 아무 대답도 하지 못했다.

기억을 잃은 동안에 그는 전화를 걸기만 한 게 아니었다. 경찰들이 작업장에 들어왔을 때 바닥은 깨끗하게 청소된 상태였다. 가구라가 본 도기 파편이 모두 치워져 있었다. 자신이 그랬다고밖에 생각할 수 없었다.

너무 큰 충격에 패닉을 일으켰다는 게 당시 의사의 소견이었다. 그 사이 기억이 사라지는 일도 자주 있다고 했다. 다만 가구라의 경우가 특이한 점은 이상 행동을 한 게 아니라 극히 냉정하고 정확하게 행동했다는 것이다. 신고받은 담당자도 초등학생이라고는 생각할 수 없을 정도로 논리정연하게 사실을 전해 감탄했다고 한다.

아마도 그게 류가 처음으로 나타난 순간이 아니었을까 하고 지금의 가구라는 생각하고 있다. 물론 그때는 아무것도 몰라 "걱정할 정도는 아니다"라는 의사의 말을 그대로 믿었다.

무엇보다 당시의 가구라는 아버지를 잃었다는 슬픔이 커서 다른 생각을 할 여유가 없었다. 친가 친척이 자신을 맡았는데, 거의 아무와도 말을 하지 않았고 학교에도 가지 않은 채 며칠을 방에 틀어박혀 지냈다.

처음에는 매일 슬픔으로 가득 찬 시간을 보냈다. 그게 지나자 매일이 분노였다. 스스로 목숨을 끊을 정도로 아버지에게 상처를 준 위작 제작자들을 저주했다. 어떻게 복수할 수 없을까 고심했다.

그것도 지나가자 이번에는 공허함이 찾아왔다. 존경해 마지않던 아버지의 작품을 기계로 복제할 수 있다는 사실을 받아들인 순간, 가치관과 세계관이 완전히 바뀌었다.

도대체 인간과 기계의 차이는 무엇일까. 그런 생각을 하기 시작했다. 구성 물질이 다르다는 것 외에 근본적인 차이가 있을까.

마음이란 존재할까. 그럼 마음은 무엇인가. 뇌라는 물질이 만들어낸, 행동을 조절하는 프로그램에 지나지 않는 게 아닐까. 그 증거로, 뇌가 고장 나면 정신에도 지장이 생긴다. 뇌 속 물질을 보충하면 우울증이 완화된다는 사실은 널리 알려져 있다.

가구라는 자기 손을 살펴봤다. 몇 시간씩 며칠씩 계속 바라보며 장기와 뇌와 혈액에 대해 생각했다. 그리고 사색의 대상은 세포가 되었다.

얼마 후 그는 목표 지점에 도착했다. 그것이 유전자였다.

시설로 보내진 그는 유전자의 비밀을 풀기 위해 공부에 매달렸다. 대학에서는 유전자공학과 생명공학을 전공했다. 인간과 기계의 차이는 무엇인가. 이 질문이 항상 머릿속에 있었다.

스물한 살 여름, 가구라는 마침내 한 가지 결론에 도달했다. 인간의 마음은 유전자에 의해 결정된다는 것이었다. 인간과 기계는 본질적으로 아무것도 다를 게 없다는 결론에 도달하기 전 단계였다.

기묘한 일이 시작된 것은 그 무렵이다. 괜히 정신을 잃는 일이 많아졌다. 그런데 이상하게도 주위 사람들은 몰랐다. 오히려 그동안 기억이 없다는 사실을 걱정했다.

어떨 때 정신을 잃는지는 가구라 자신도 알 수 없었다. 이대로 가다가 언젠가 큰 실수를 하지는 않을까 불안해졌다.

이윽고 자신이 정신을 잃었을 때 어떤 현상이 일어난다는 걸 깨달았다. 주위 어딘가에 반드시 그림이 남아 있었던 것이다. 처음에는 낙서 같은 그림이었는데 점점 정교해졌다.

같은 연구실에 있던 여성이 누가 그렸는지 알려줬다.

"집에 가려고 복도를 걷는데 연구실 불이 켜져 있어서 슬쩍 들여다봤어요. 그랬더니 가구라 씨가 책상에 앉아 열심히 펜을 움직이고 있더라고요. 요즘은 손글씨를 쓰는 일이 거의 없으니까 뭘 쓰나 싶어서 고개를 내밀어 봤더니 연필로 그림을 그리고 있었어요. 가구라 씨에게 그런 취미가 있는 줄 몰랐으니 상당히 의외였어요. 방해하면 안 될 것 같아서 조용히 방을 나왔는데, 전부터 그림 그리기가 취미였어요?"

이 말을 듣고 가구라는 경악했다. 그녀가 자신을 목격한 건 정신을 잃고 있었던 때였기 때문이다.

가구라는 인격에 대한 연구논문을 읽고 한 인물을 만나기로 결심했다. 그것이 미나카미 요지로였다. 미나카미는 다중인격 연구 분야에서 일인자였다.

가구라를 진찰한 미나카미는 그의 눈을 똑바로 봤다.

"자네 판단이 맞네. 자네 안에는 다른 인격이 살고 있어. 자네는 이중인격자야."

노크 소리에 가구라는 정신을 차렸다. 누가 격렬하게 문을 두드리고 있다.

"가구라, 아직 안 일어났나? 류, 아직 거기 있어?" 미나카미였다.

가구라는 일어나서 문을 열었다. 미나카미가 창백한 얼굴로 서 있었다.

"왜 그러십니까?"

미나카미가 눈을 껌뻑이더니 입을 열었다.

"큰일이 벌어졌네."

"뭔데요?"

미나카미는 마음을 다스리듯 심호흡한 뒤 가만히 가구라의 눈을 보면서 말했다.

"그들이…… 다테시나 남매가…… 살해당했어."

9

아사마는 도쿠라의 자동차 조수석에서 기바의 전화를 받았다. 둘은 탐문수사에서 돌아오던 길이었다. NF13에 관한 수사였지만 수확은 전혀 없었다.

기바는 신세이키 대학병원으로 가라고 했다.

"거기서 무슨 일이 일어났습니까?" 아사마가 물었다. NF13 수사과정에서 그 병원 이름이 나온 적은 없었다.

"사건이야. 살인."

"흉기는요?"

"권총. 입원중인 환자 두 명이 살해됐어. 아니, 정확히는 환자와 환자의 오빠야." 기바는 손에 든 메모나 다른 걸 보면서 말하는 것 같았다.

"범인이 NF13일 가능성이 있습니까?"

"그건 몰라. 이제까지의 범행과 같은 권총인지는 아직 판명되지 않았어."

아사마는 휴대전화를 쥔 채 얼굴을 찌푸리고 옆자리의 도쿠라를 봤다.

"그렇다면 아직 저희가 낄 일은 아니라고 생각합니다. 일단 관할에 맡겼다가 NF13일 가능성이 높아지면 그때 합동수사를 하는 게 좋지 않겠습니까?"

"그게 그렇지가 않아."

"왜죠?"

"이번 사건은 관할에 맡길 수 없어. 경시청 수사1과가 나설 일도 아니야. 사정을 아는 사람끼리 우선 대처할 생각이다."

"사정이란 게 뭡니까?"

"자세히 말할 여유 없어. 일단 병원으로 가. 나도 지금 출발한다. 경우에 따라서는 나스 과장님도 갈 수 있어."

"과장님이요? 도대체 무슨 일입니까?"

"그러니까 단순한 일이 아니야. 이렇게 얘기나 하고 있을 시간도 없어. 빨리 신세이키 대학병원으로 가!" 말을 내뱉고 기바는 전화를 끊었다.

아사마는 고개를 절레절레 흔들었다. 도쿠라에게 행선지를 말해 주었다.

"신세이키 대학병원? 최첨단 의료로 유명한 종합병원이죠. 그런 곳에서 살인요?"

"환자가 살해당했다는군. 계장 말로는 범인은 아직 모르는 모양이야. 큰 병원에서 아무도 모르게 환자를 사살할 수 있을까?"

아사마가 휴대전화로 뉴스 속보를 검색했지만 그 사건에 관한 정보는 없었다.

"뭐라도 나옵니까?" 도쿠라가 운전하면서 물었다.

"아무것도 없어. 정보가 제한된 모양이야."

아사마는 휴대전화를 넣었다. 최근에는 정보를 조작하지 않는 한, 경찰에 신고되는 순간 사건 내용이 인터넷에 뜨는 게 상식이다.

약 십오 분 후, 두 사람이 탄 자동차는 신세이키 대학병원 주차장으로 들어갔다. 아사마는 여기서도 일반 범죄 현장과는 다른 분위기를 감지했다. 보통 경찰차가 빈 공간과 길거리에 잔뜩 주차되는데 한 대도 없었다. 낯익은 차량은 모두 주차장에 세워져 있었다. 물론 외부인은 그것이 경찰차라는 사실을 모를 것이다.

아사마는 경시청과 병원이 사건이 일어났다는 사실 자체를 은폐하려 한다는 걸 알아차렸다.

주차장을 나와 기바에게 전화를 걸었다. 기바는 이미 현장에 도착한 모양이었다.

"정면 현관으로 들어와서 뇌신경과 병동으로 와. 엘리베이터에 지키는 사람이 있으니까 신분 밝히고 자네만 올라오고."

"저만요? 도쿠라는?"

"기다리라고 해." 일방적으로 말한 후 기바는 전화를 끊었다.

도쿠라에게 통화 내용을 전하자 후배 형사는 어깨를 으쓱했다.

"상당히 성가신 사건 같네요. 별로 끼어들고 싶지 않아요."

"그럼 처음부터 지명당한 나는 어쩌라고?"

"힘내시라는 말밖에 드릴 말씀이 없네요."

아사마는 혀를 차고 건물 쪽으로 걸음을 옮겼다.

지시대로 뇌신경과 엘리베이터홀로 가자, 경비라고 적힌 완장을 찬 사복형사가 서 있었다. 아사마가 신분을 밝힐 필요도 없이 아는 얼굴이었다.

"왜 이렇게 어마어마해?" 아사마가 자리를 지키는 형사에게 물었다. "도대체 무슨 일이 일어난 거야? 단순한 살인 아니야?"

"자세한 건 저희도 모릅니다." 젊은 형사가 고개를 갸웃했다. "관할서에서는 아무도 오지 않았어요. 이런 일은 처음입니다."

"꼭대기 층이라고?"

"VIP 전용층입니다."

엘리베이터를 타고 위로 향했다. 7층이 최상층이었다.

엘리베이터가 멈추고 문이 열리자 눈앞에 통통한 배가 나타났다. 땅딸막한 체형만 보고도 누군지 알 수 있었다. 그 남자가 돌아봤다.

"오! 이제 도착했나." 기바가 불만이라는 듯 말했다.

"서둘러 온 건데요. 현장은 어딥니까?"

"이쪽이다. 따라와. 장갑 끼는 거 잊지 말고."

기바는 바로 정면에 있는 열린 문으로 들어갔다. 문 옆에는 정맥 인증 시스템 패널이 있었다. 요컨대 평소에 관계자 외에는 출입금지였다는 뜻이다.

리놀륨을 깐 하얀 복도에서는 감식 작업이 진행중이었다. 그런데 감식팀 제복이 낯설었다.

"저 사람들은 누구입니까?" 앞서가는 기바에게 조그맣게 물었다.

"나중에 알려주지."

폴리스라인이 쳐진 복도 중앙부를 기바가 빠져나간다. 아사마도 뒤를 쫓았다.

복도 끝에 짙은 갈색 문이 있었다. 그 옆에 인터폰이 붙어 있는데, 기바가 장갑 낀 손으로 버튼을 눌렀다.

바로 안에서 문이 열리고 모르는 남자가 나왔다. 이목구비가 뚜렷하고 살이 거의 없다. 오십 살 전후일까. 흰 가운을 입은 걸로 보아 이 병원 의사 같았다.

"부하인 아사마입니다." 기바가 소개했다.

남자는 고개를 끄덕이고 자신을 소개했다. 미나카미 요지로라는 뇌신경과 교수였다.

미나카미의 요청에 따라 아사마는 방으로 들어갔다. 이미 수사 1과장 나스와 젊은 관리관이 와 있었다. 아사마가 더 놀란 것은 방 안 상태 때문이었다. 벽을 따라 컴퓨터 모니터가 쭉 늘어서 있고 그 이외에는 커다란 책상과 의자와 소파세트뿐이다.

"여기는 뭐하는 곳입니까? 병실 아닙니까?" 아사마가 말했다.

"병실입니다." 미나카미가 대답했다. "다만 VIP실이라 환자가 원하면 뭐든 갖다놓을 수 있습니다. 상태를 악화시키지 않는 거라면."

"도대체 어떤 환자입니까?"

"그건 제가 직접 설명할 순 없습니다."

아사마는 한숨을 쉬고 나스를 봤다. 이 자리에 있는 최고책임자이기 때문이었다.

"설명하자면 길지, 아주." 나스가 말했다. "한마디로 말해 정부에게도 경찰에게도 극히 중요한 인물이네."

"그렇군요. 그래서 VIP군요." 아사마가 바닥에 하얀 선으로 그려진 사람 형태를 내려다봤다. 두 사람이었다. 한 사람은 소파 옆, 다른 한 사람은 커다란 책상 옆에서 총에 맞은 모양이다. 둘 다 주위에 피가 튀어 있었다.

"아직 함부로 만지지 말게." 나스가 말했다. "사체를 운반해갔을 뿐이지 본격적인 감식 작업은 이제 시작이야."

"참, 밖에서 작업하는 사람들은 누굽니까?"

잘도 알아차렸군, 이라고 말하고 싶다는 표정으로 나스가 고개를 끄덕였다.

"과경연에서 파견된 특별팀일세."

"과경연? 거기서 또 왜요?"

아무래도 경시청뿐만 아니라 경찰청까지 하나가 되어 이 사건을 은폐하고 싶은 모양이다.

"사체는 해부중입니까?"

"그래. 다른 병동에서 하고 있네."

"살해된 환자는 남성입니까?"

"환자는 여성일세. 오빠가 함께 살해됐어."

옆에서 기바가 사진을 내밀었다. 이 방이 찍혀 있다. 소파 옆에 쓰러져 있는 것은 서른 살 정도의 남자였다. 입 주위에 수염을 길렀고 머리를 총에 맞아 이마 한가운데 시커먼 구멍이 나 있다.

책상 옆에는 뚱뚱한 여자의 사체가 있었다. 여자는 가슴에 총을 맞았다.

"여성에게 폭행 흔적은 있습니까?" 아사마가 물었다.

"없었던 것 같네. 방에 있었는데 누군가가 갑자기 들어와 총을 쏜 모양이야. 도망치려던 흔적이 전혀 없어."

아사마는 머리를 긁적였다. "한 가지만 여쭙겠습니다."

"그건 괜찮은데 머리카락은 떨어뜨리지 말게. 감식 작업에 방해되니."

"초동수사는 어떻게 된 겁니까? 관할도 기동수사대도 보이지 않네요. 목격 정보는 수집하고 있습니까?"

"그 점은 자네가 걱정할 필요 없네. 형사부장과도 이야기를 끝냈어. 대대적인 탐문수사는 피하기로 했네. 그런 수사가 효과를 볼 거라고 생각하지도 않고. 이번에는 소수 정예로 진행할 걸세. 지휘는 기바 계장이 맡지만 실질적인 현장책임자는 자네였으면 하는데."

"제가요?"

"불만이라도 있나?"

"잊으셨는지 모르겠지만 제게는 지금 중요한 임무가 있습니다. NF13…… 연속부녀자폭행살인 사건입니다. 이제까지의 얘기를 들건대 이번 사건은 NF13과는 관련이 전혀 없습니다. 그런데 제가 담당한다고요?"

아사마의 의문을 예상했는지, 나스는 조금 표정을 풀었다.

"그 점에 대해서는 이미 상의했네. 그쪽 사건은 다른 담당을 붙일 거야. 자네는 이번 사건에 전념해주길 바라네."

"왜 저입니까? 정부 관련 일이라면 다른 적임자가 있을 텐데요."

"정보 확산을 막기 위해서입니다." 갑자기 다른 곳에서 소리가 들렸다. 방 안쪽에 있는 문이 열리더니 아사마도 아는 남자가 나왔다. 하얀 얼굴에 찢어진 눈, 넓은 이마. 경찰청 특수분석연구소의 시가였다.

불쾌한 심경을 드러내기 위해 아사마는 일부러 입가를 일그러뜨렸다.

"그쪽도 불려오다니. 역시 VIP가 살해되니 모이는 얼굴도 아주 호화롭군요."

"아뇨, 이 방에는 경시청 사람보다 제가 먼저 들어왔습니다. 그리고 직접 나스 과장님에게 연락했습니다. 불려온 게 아니라 제가 여러분을 부른 거죠."

무슨 소리인지 알 수 없어 아사마가 얼굴을 찌푸리자 시가는 나스 일행을 봤다.

"피해자에 대한 설명은 제가 해도 되겠습니까?"

"그래주시면 좋겠소." 나스가 말했다. "우리도 조금 전에 들은 게 전부니까."

두 사람의 대화를 듣고 아사마는 깜짝 놀라 물었다.

"피해자가 특수분석연구소 관계자입니까?"

시가가 심각한 표정으로 고개를 끄덕였다.

"말씀대로입니다. 아니, 관계자 수준이 아닙니다. 우리가 사용하는 시스템의 두뇌를 만든 사람입니다. 시스템 그 자체라고 해도 과언이 아니죠."

"두뇌……." 그렇게 말한 직후에 아사마는 이 자리에 모인 인물들이 의문스러워졌다. 특수분석연구소에 관한 일이라면 당연히 보여야 할 남자가 오지 않았기 때문이다. 아사마가 시가에게 말했다. "그쪽 파트너가 안 보입니다. 무슨 일입니까?"

"와 있습니다. 아직 이야기할 상태는 아닙니다만."

"무슨 소립니까?"

시가는 잠자코 자신이 나온 문을 바라봤다.

아사마가 다가가 문을 열었다. 그곳은 침실이었다. 침대 두 개가 나란히 놓여 있다. 살해된 남매가 사용했으리라.

하지만 아무도 없어야 할 침대 한쪽에 웬 남자가 누워 있다. 눈을 감아서인지 그늘 있는 표정은 사라졌지만, 가구라 류헤이가 틀림없었다.

10

특별 감식팀의 현장 감식 작업을 위해 아사마와 다른 일행은 장소를 옮겨야만 했다. 같은 병동 4층에 미나카미가 관리하는 정신분석연구실이 있다. 그곳 응접실에서 다시 이야기를 나누기로 했다.

"기절? 가구라가 사체를 보고 기절했다는 말입니까?" 아사마가 미나카미의 얼굴을 다시 봤다.

"그렇습니다. 제가 다테시나 남매가 살해됐다는 사실을 알리자 그는 곧바로 방으로 왔습니다. 문을 열고 쓰러져 있는 두 사람을 본 직후 그 자리에서 혼절했습니다."

미나카미의 말에 아사마는 어리둥절했다.

"그 자신만만한 사람이 그렇게 신경이 예민하다니."

"그의 신경은 매우 섬세합니다." 미나카미가 진지한 표정을 짓고 말했다. "아니, 복잡합니다. 보통 사람은 상상할 수 없을 정도로."

단순히 가구라를 감싸려는 것 같지 않아서 아사마는 미나카미의 얼굴을 똑바로 응시했다.

"무슨 뜻입니까?"

"그에 대해서는." 시가가 끼어들었다. "지금 얘기할 필요는 없을 것 같은데요. 관계없는 일이니까요. 다만 이것만은 밝혀두죠. 피해자는 가구라에게 아주 소중한 존재입니다. 살해되었다는 걸 알고 기절했다 해도 무리가 아닙니다."

"괜한 소리는 집어치우고 빨리 좀 알려주시죠. 살해된 다테시나 남매는 도대체 어떤 사람입니까? 시스템의 두뇌를 만들다니 무슨 소립니까?" 아사마가 목소리에 짜증을 실었다.

시가는 고개를 끄덕이고 옆에 있던 파일을 집어 들었다. 거기에서 서류 한 장을 꺼내 아사마 앞에 놓았다. 인터넷에 올라온 기사를 인쇄한 것 같았다. 기사와 함께 뚱뚱한 아가씨의 사진이 실려 있다. 지방 무게로 눈꺼풀이 늘어지고, 늘어진 턱에는 여드름이 나 있다. 카메라에서 시선을 돌린 탓에 아주 퉁명스러워 보인다. 사진 밑에 다테시나 사키라고 적혀 있었다.

"이 사람이 이번 피해자입니까?" 아사마가 물었다.

"그렇습니다. 다만 열네 살 때 사진이니 구 년 전입니다." 시가가 대답했다. "아시는지 모르겠지만 신세이키 대학은 월반이 가능합니다. 다테시나 사키는 중등부 재학중에 박사학위를 땄습니다. 이건 그때 기사입니다."

"아하, 아주 오래전에 그런 얘기를 들은 기억이 납니다. 수학 천재 소녀가 나타났다고."

아사마가 서류를 들었다. 다테시나 사키의 박사논문을 소개하는 내용이었다. 물론 그는 거기 적힌 말을 전혀 이해할 수 없었다.

"그건 그렇고 중학교 시절 사진 같은 걸 보여줘야 소용없습니다. 좀 더 최근 것은 없습니까?"

아사마의 질문에 시가가 고개를 저었다.

"다른 사진은 없습니다. 다테시나 사키는 결코 사진을 찍으려 하지 않았기 때문입니다. 이 사진도 인터뷰 진행자가 몰래 찍은 겁니다. 대학 측이 항의해 바로 기사에서 삭제했습니다. 이 사진은 대학 측이 항의 자료로 보관하고 있었습니다."

"사진 찍히기를 싫어했다는 거군요."

"그보다 다른 사람들이 자신을 보는 것 자체를 싫어했습니다." 그렇게 말한 사람은 미나카미였다. "두려워했다고 해야 할까요."

"왜요?"

"그 사진으로는 잘 모르시겠지만 다테시나 사키는 얼굴 오른쪽에 커다란 반점이 있었습니다. 뺨 전체에서 목덜미까지 퍼져 있었으니 꽤 범위가 넓지요. 게다가 짙은 보라색이라 화장으로도 가려지지 않았습니다. 좀 더 빨리 수술을 받았다면 그렇게 두드러지지는 않았을 테지만 부모에게 그 정도 경제력이 없었습니다."

미나카미의 말을 들은 후 아사마는 다시 사진을 봤다. 숨어 있던 카메라의 존재를 몰랐음에도 다테시나 사키는 오른쪽 얼굴을 숨기려는 듯 고개를 돌리고 있다. 인터뷰 진행자에게 보이는 게 싫었던 모양이다.

요즘은 초등학생도 화장품을 가지고 다니지만 사진 속 소녀는 외모에 전혀 관심이 없는 듯 보였다. 아사마는 그럴 수밖에 없겠다고 생각했다.

"반점 때문에 다테시나 사키는 어릴 때부터 다른 사람과 접촉을 피해왔습니다. 자신이 왜 존재해야 하는지 몰라 강렬한 자기혐오에 시달리며 속앓이를 했죠. 어머니가 자기를 낳고 세상을 떠난 데다 아버지가 가족을 돌보지 않는 성격이었던 점도 관계 있을 겁니다. 그녀는 열한 살 때 이 병원에 왔습니다." 미나카미가 조용히 말했다.

"이른바 우울증이라는 것 때문입니까?"

미나카미가 고개를 갸웃했다.

"그 말을 쉽게 사용하는 일은 피하고 싶습니다. 지나치게 막연하니까요. 그러나 그녀의 경우는 강렬한 마음의 외상이 뇌신경 손상을 일으켰다고 표현할 수 있습니다. 그것이 극히 이른 단계에서 일어났기 때문에 선천성 뇌기능 장애와 같은 증상을 보였습니다. 그런 점에서 자폐증과 비슷합니다. 자폐증이 외적 요인에 의해 후천적으로 발병하는 일은 없습니다만. 다테시나 사키에게는 원래부터 유전적 요인이 있었을지도 모릅니다."

아사마는 신음을 흘리며 팔짱을 꼈다. 옆에서 이야기를 듣고 있는 나스에게 시선을 돌렸다.

"이야기가 어디로 흘러가는지 도통 모르겠습니다. 피해자의 병력을 제가 자세히 알아야 할 필요가 있습니까?"

"매우 필요합니다." 시가가 대답했다. "지금 미나카미 교수님은 다테시나의 병력에 대해 얘기하고 계십니다. 하지만 병력은 곧 그녀의 경력이기도 합니다. 천재 수학자로서 말입니다."

"병력이 동시에 경력이라고요?"

"다테시나 사키가 단순한 자폐증 소녀에 지나지 않았다면." 미나카미가 이야기를 재개했다. "다른 환자와 똑같이 다뤘겠죠. 적어도 전용 병실을 주고 학비와 생활비까지 원조하고 신세이키 대학 초등부에 넣지는 않았을 겁니다."

"그때부터 천재였다는 말씀입니까?"

미나카미는 고개를 크게 끄덕였다.

"자폐증 아이가 서번트 증후군이라고 하는 일종의 천재성을 보이는 경우도 있습니다. 그러나 다테시나 사키는 엄밀하게 따져 자폐증이 아니므로 처음에는 그쪽 자료를 찾으려 하지 않았습니다. 오히려 닫힌 마음을 열기 위해 관심 있는 것들을 찾는 작업을 했죠. 그러자 뜻밖의 분야에 강한 관심을 나타낸다는 게 밝혀졌습니다. 이 점을 우리에게 알려준 사람이 바로 그녀의 오빠였습니다."

미나카미의 말로는, 오빠인 다테시나 고사쿠가 "동생이 수학에 강한 애착이 있다"라고 알려줬다고 한다. 사람과의 관계를 피하는 대신 수학 책을 파고들어 다양한 난제에 도전했다는 것이다.

"그래서 카운슬링 대신 수학 교수와 토론하게 했습니다. 사람과 접촉을 지극히 꺼리던 다테시나도 상대가 수학자라면 받아들였습니다. 그렇게, 극적인 발견을 이루었지요." 당시 상황이 떠올랐는지 미나카미가 점점 열변을 토했다.

"발견?"

"천재적인 두뇌의 발견입니다. 다테시나 사키와 대화한 교수는 그녀가 이미 대학 교수 수준의 이해력을 갖췄다는 걸 알았습니다. 게다가 아직 성장 과정에 있다는 사실도. 교수는 곧바로 대학 고위 관계자에게 이 사실을 알렸습니다. 그리고 얼마 후 다테시나를 특별 대우 장학생으로 학교에 입학시켰습니다. 형식적으로는 초등부였지만 실질적으로는 대학에서 연구를 시작했습니다. 삼 년 후에 박사학위를 따 세상을 놀라게 했죠. 처음부터 지켜본 우리에게는 당연한 결과였지만."

"중학생 여자아이가 말이죠." 아사마가 고개를 흔든다. 수학 지식은 제로에 가깝지만 정말 놀라운 일이라는 사실만은 이해할 수 있었다. "그래서 그 천재 소녀가 특수분석연구소와 어떻게 관련을 맺은 겁니까?"

"거기서부터는 제가 말하겠습니다." 시가가 이어받았다. "국민의 DNA를 데이터베이스로 만들어 아주 작은 단서에서 범인을 찾아낸다…… DNA 수사 시스템 구축은 십 년도 더 전에 본격적으로 시작되었습니다. 이 프로젝트는 저와 한 유전자분석공학의 우수한 연구자를 중심으로 추진되었습니다. 그 연구자의 이름은 아사마 형사님도 잘 아실 겁니다."

순간 누구를 말하는지 알 수 없었지만 시가의 날카로운 눈매를 보고 떠올렸다.

"아, 사체를 보고 기절했다는 그 오빠!"

"아시는 바대로 DNA 수사 시스템은 프로파일링 시스템과 검색 시스템으로 구성되어 있습니다. 프로파일링 분야는 가구라의 노력으로 순조롭게 연구가 진행되었습니다. 그런데 검색 시스템 쪽이 난항을 겪었습니다. DNA에는 다양한 정보가 포함되어 있습니다. 게다가 장래에는 1억 명, 경우에 따라서는 더 많은 사람의 DNA를 다뤄야 할 수도 있습니다. 그것을 모두 수치화해 데이터베이스로 만들고 필요에 따라 검색과 조회까지 할 수 있도록 해야만 합니다. 단순하게 모자 관계인지 알아내는 데만도 숙련된 과정이 필요한데 어떻게 컴퓨터에 숫자를 입력해 정확한 판단을 내리게 할 것인가. 계산에 시간이 걸려서도 안 됩니다. 물론 절대로 잘못된 결론이 내려져서도 안 됩니다. 그리고 이 점이 가장 중요한데, 데이터베이스는 완전히 암호화되어야 합니다. 완전이라 함은 해독 가능성이 제로여야 한다는 뜻입니다. 이 난제를 어떻게 해결할까. 우리는 쩔쩔매고 있었습니다. DNA 수사 시스템 구상 자체를 재고해야 된다는 생각도 했습니다."

차라리 그대로 좌절했으면 좋았을 텐데. 아사마는 속내를 꾹 참아 넘겼다.

"바로 그럴 때 가구라가 다테시나 사키와 만난 겁니다. 그녀가 발표하려던 연구논문을 읽고 그는 충격을 받았습니다. 그 수학이론을 응용하면 방대한 수의 DNA 정보를 컴퓨터 데이터로 처리할 수 있는 데다 완전히 암호화된 상태에서 데이터를 취급할 수 있다고 확신했기 때문입니다. 거기서 모든 게 시작되었습니다. 다테시나 남매와 손을 잡자 탁상공론에 가까웠던 우리 아이디어가 단숨에 현실로 바뀌었습니다. 다테시나 남매는 병실에서, 우리에게 필요한 프로그램을 거의 다 만들어냈습니다. 그 후의 일은 아사마 형사님도 잘 아실 겁니다. DNA 수사 시스템은 실용화되었고 지금은 범인 체포에 없어서는 안 될 요소가 되었습니다."

"NF13 같은 경우도 있습니다." 아사마가 양손을 펼쳤다. "그 탓에 오늘 아침에도 탐문하느라 뛰어다녔습니다. 그러다가 이렇게 불려왔고요."

"NF13의 원인은 시스템이 아니라 데이터 부족입니다. 국민의 이해 부족이라고도 할 수 있죠." 시가는 표정 하나 바꾸지 않고 말했다.

"아, 그건 됐습니다. 사정을 잘 알겠습니다. 과연 정부에게도 경찰에게도 중요한 인물이 살해됐군요."

"이제 자네를 수사주임으로 임명한 이유도 알겠지." 나스가 말했다. "이 병원이 DNA 수사 시스템과 관련됐다는 사실은 극소수밖에 모르네. 사건은 공표되지도 않아. 표면적으로는 단순한 사고로 해둘걸세. 수사팀을 꾸리긴 하지만 다테시나 남매가 여기서 뭘 했는지는 수사원들에게 알려주지 않을 거네."

"잠깐만요. 그런 방식으로는 제대로 수사할 수 없습니다."

"가능한지 아닌지를 판단하는 것은 자네가 아니야. 자네는 내 지시를 따르면 돼."

아사마는 커다란 한숨 소리를 상사에게 들려주었다.

"그래서 이제 뭘 하면 됩니까? 어디서부터 손을 대죠?"

"사정을 알았으니 평소대로 하면 되네." 나스가 말했다. "현장을 조사하고 관계자에게 사정을 듣는다. 감식 결과를 검토해 보고한다. 다를 게 하나도 없어."

"저 혼자 합니까?"

"수사팀을 만들라고 했잖나. 몇 명이든 쓰고 싶은 만큼 써. 예산도 걱정하지 말고. 기바와 상의하게."

"아주 고마운 말씀이십니다. 아무것도 모르는 수사원이 많아 봐야 무슨 소용이 있겠습니까만."

"아사마!" 옆에 있던 기바가 호통을 쳤다. 아아 됐네, 하고 나스가 말리는 시늉을 한다.

"어려운 수사란 점은 잘 아네. 그래서 자네에게 맡겼어. 자네보다 잘할 사람이 어디에 있나. 있다면 좀 알려주게."

한심한 소리를 한다 싶어 아사마는 상사를 노려봤다. 그들이 아사마를 선택한 것은 그가 이미 DNA 수사 시스템의 내부 정보를 알기 때문이다.

"형사부장님에게 보고해야 하니 이만 실례하겠네." 나스가 시계를 보며 일어났다. 그런데 방을 나가기 전에 다시 한 번 아사마를 내려다봤다. "뭐든 알아내면 바로 알려주게. 내 방을 수사본부라고 생각해."

나스가 관리관과 함께 나간 후 기바가 물었다.

"수사팀에 넣을 인원으로 원하는 사람이 있나?"

"알아서 해주십시오."

"그럼 내가 정하지. 다 정해지면 극비사항에 속하지 않는 부분의 수사를 시작할 거야. 자네는 관계자 이야기를 들어줘. 미나카미 교수가 도와줄 거야. 현장은 특별 감식팀이 알아서 할 거고. 부디 관계자 아닌 사람에게 사건을 흘리지 마. 자네뿐만 아니라 나와 과장님 목도 날아가." 그렇게 말하고 기바는 자리에서 일어나 방을 떠났다.

"저는 연구소로 돌아가겠습니다." 시가도 말했다. "무슨 일이 생기면 언제든 부르세요."

두 사람이 나간 후, 아사마는 재킷 안주머니에서 담배를 꺼냈다가 도로 넣었다. 금연이라고 생각했기 때문이다.

그런데 미나카미가 자리에서 일어나 유리 재떨이를 들고 왔다. "이걸 쓰세요."

아사마의 눈이 커졌다.

"괜찮겠습니까?"

물론입니다, 하고 미나카미가 말했다.

"여기는 환자의 정신을 살피는 곳입니다. 마음을 열기 위해, 위법이 아닌 한 원하는 걸 제공할 필요가 있습니다. 담배든 수학이든."

살았다고 중얼거리면서 아사마는 담배를 물었다.

"힘든 일을 맡으셨네요. 제가 도울 일이 있으면 뭐든 말씀하십시오."

미나카미의 말을 들은 아사마는 연기를 내뿜고는 고개를 숙였다.

"고맙습니다. 교수님도 DNA 수사 시스템과 관련 있으십니까?"

"아니오, 천만에요. 저는 단순히 다테시나 사키의 담당의일 뿐입니다. 그것도 일주일에 한 번 카운슬링 하는 정도, 그러니까 대화 상대죠."

"사체는 교수님이 발견하셨습니까?"

"아닙니다. 경비원이 발견했습니다. 이 병동을 전담하는 경비원이 있습니다."

"아, 예. 그 경비원 입단속은 잘 시켰을까요." 아사마는 고개를 기울였다.

"아마 괜찮을 겁니다."

"왜요?"

"그 경비원은 다테시나 남매가 특수분석연구소와 작업을 시작하면서 시가 소장이 데려온 사람이니까요. 그러니 사정을 알고 있을 겁니다."

"그렇군요."

정말 철저하다고 아사마는 생각했다.

경비원실은 1층에 있었다. 비상출입구 바로 옆이다. 창구가 있지만 미나카미는 그 옆에 있는 문을 열었다.

제복을 입은 젊은 경비원이 책상에 앉아 뭔가 적고 있었다.

"이쪽은 경찰분이시네." 미나카미가 아사마를 소개했다. "조금 전일로 도야마에게 얘기를 듣고 싶으시다는데 지금 시간이 되려나."

"괜찮을 겁니다." 젊은 경비원이 대답했다.

안쪽에 문이 하나 더 있었다. 미나카미는 노크를 하고 열었다.

"경찰분이 얘기를 듣고 싶어하시는데." 안에 대고 말했다.

안에서 들어오시라는 소리가 들렸다. 미나카미가 아사마에게 고개를 끄덕여 보였다.

문 너머는 두 평 반 정도의 좁은 공간이었다. 모니터가 쭉 놓였고 그 앞에 마흔 전후로 보이는 남자가 제복을 입고 앉아 있다. 도야마라는 성을 쓴다는 건 이곳에 오기 전에 미나카미에게 들었다.

파이프의자가 있어서 아사마는 미나카미와 함께 앉았다.

"사체를 발견했을 때 상황을 다시 한 번 듣고 싶은데." 미나카미가 말했다.

도야마는 알았다고 하고 아사마를 봤다.

"갑자기 7층 카메라가 꺼졌습니다."

"카메라요?"

예, 하고 도야마는 뒤에 있는 모니터를 돌아봤다.

"여기서는 기본적으로 건물 내부의 복도, 엘리베이터 곳곳을 감시카메라로 모두 체크합니다. 수상한 사람이 보이면 즉시 상황을 보러 가는 게 저희 임무입니다."

아사마가 모니터를 들여다봤다. 정말 엘리베이터 내부와 각층 복도가 보였다. 선명한 영상에 시각까지 표시되어 있다.

"녹화도 됩니까?"

"물론입니다. 이십사 시간 분량을 하드디스크에 기록할 수 있습니다.”

“그런데 7층 카메라가 이상해졌다는 건?”

“이 모니터입니다.” 도야마가 오른쪽 가장 끝에 있는 모니터를 가리켰다. 현재 아무것도 비추지 않는지 시커먼 상태였다. “원래는 7층 복도를 비춰야 합니다. 7층은 엘리베이터에서 내리자마자 VIP실 출입구가 보이는데, 그곳을 출입하는 사람은 반드시 비추게 되어 있습니다.”

“그런데 갑자기 화면이 나갔다는 겁니까?”

“그렇습니다. 시각은 그대로 표시되기에 메모해뒀습니다.” 도야마는 옆 책상에 놓아두었던 종이쪽지를 들었다. “오후 6시 12분이었습니다.”

“그 후에는요?”

“처음에는 모니터가 고장 났나 싶어서 이것저것 만져봤는데, 모니터 문제가 아니라서 상황을 보러 갔습니다. 하지만 모니터를 만진 시간도 이삼 분에 불과합니다.”

도야마의 말에는 너무 늦게 움직였다는 질책을 받을 때의 대비가 숨어 있었다.

“직접 갔습니까?”

“예. 그동안 모니터는 밖에 있는 경비원이 대신 감시했습니다.”

“엘리베이터를 이용해 7층까지 올라갔겠군요.”

“그렇습니다.”

“카메라에 이상이 있었습니까?”

"겉으로 봐선 알 수 없었습니다. 일단 VIP실 상황이 걱정되어 그쪽으로 향했습니다."

"VIP실 출입구에는 정맥인증 시스템을 갖추었던데 무슨 이상이라도 있었습니까?"

"특별한 건 없었습니다. 경비원 중에서도 제 것만 등록되어 있어서 일반적인 절차에 따라 안으로 들어갔습니다. VIP실 인터폰이 나와 버튼을 눌렀지만 아무 대답이 없었습니다. 확인하려고 노크도 했는데 마찬가지였습니다. 그래서 혹시나 싶어 손잡이를 돌려보니 문이 잠겨 있지 않았습니다." 도야마는 일단 말을 끊고 입술을 축인 뒤 계속했다. "그래서 문을 열었다가 두 사람의 사체를 발견했습니다."

"바로 경찰에 연락하셨습니까?"

아사마의 질문에 도야마는 고개를 저었다.

"다테시나 남매에게 무슨 일이 생기면 규정상 가장 먼저 특수분석연구소 시가 소장님에게 연락하도록 되어 있습니다. 그 규정에 따라 행동했습니다. 경찰청에는 시가 소장님이 연락했을 겁니다."

아사마는 미나카미와 얼굴을 마주 보고 고개를 끄덕였다. 조금 전 시가는 경찰청 사람보다 자기가 먼저 현장에 왔다고 말했다.

"이야기를 처음으로 돌리자면." 아사마가 말했다. "한 대가 꺼지기 직전까지 당신은 모든 모니터를 감시하고 있었죠. 다른 모니터에 뭔가 이상한 점은 없었습니까. 수상한 인물이 나타났다거나."

도야마는 조금 표정을 풀었다.

"그랬다면 즉시 행동했겠죠."

그야 그럴 거라고 아사마도 동의했다.

"하지만 여러 모니터를 혼자 감시하다보면 놓치는 경우도 있을 텐데요."

"그런 일이 일어나지 않도록 늘 조심합니다. 하지만 절대 일어나지 않는다고 장담할 순 없습니다." 도야마가 순순히 인정했다. "그래서 사실은 조금 전부터 녹화된 내용을 보고 있는데 별다른 이상은 없었습니다. 보시겠습니까?"

"바로 볼 수 있습니까?"

"물론입니다."

도야마는 모니터 쪽으로 몸을 돌리더니 조작 패널 위에 있는 스위치와 조그다이얼을 조작했다. 여러 모니터가 동시에 정지화면이 되더니 거꾸로 재생되기 시작했다.

마침내 그때까지 시커맸던 7층 모니터에도 영상이 나타났다. 도야마는 일단 거기서 영상을 멈췄다.

"보시는 대로 18시 12분입니다." 화면 오른쪽 아래를 가리키며 그가 말했다. "직후에 영상이 꺼졌습니다."

아사마가 수긍하고 다른 모니터를 확인했다. 사람이 보이는 층도 있지만 보기에 이상한 점은 없었다. 이 시점에서 엘리베이터를 이용한 사람은 없다.

"조금 더 앞으로 돌릴 수 있나요?"

"가능합니다. 조그다이얼을 돌리면 되니까 원하시는 데까지 되감으세요." 그렇게 말하고 도야마는 조작 패널을 가리켰다.

아사마는 모니터를 노려보면서 신중하게 조그다이얼을 돌렸다. 하지만 엘리베이터를 타고 VIP실이 있는 7층까지 올라가는 인물은 없었다. 사람들은 주로 4층 이하에서만 오가고 5층부터는 전혀 사람이 없는 상태였다.

"5층과 6층은 현재 사용하지 않습니까?" 아사마가 미나카미에게 물었다.

"6층은 컴퓨터실과 자료실입니다. 다테시나 남매 방의 단말기는 6층과 케이블로 연결되어 있습니다."

"평소에는 사람들이 왕래하지 않습니다." 도야마가 옆에서 덧붙였다. "가끔 남매 중 한 명이 사용하는 정도입니다."

"5층은요?"

"예전에는 연구실이었습니다." 도야마가 대답했다.

"예전이라면?"

"인간 게놈을 연구하던 그룹이 사용했습니다." 미나카미가 말했다. "연구가 일단락되어 다른 장소로 옮겼습니다. 그래서 5층은 다른 그룹이 알아서 사용하고 있습니다. 쉽게 말하자면 창고죠."

"그것 참 돈이 많이 드는 창고네요."

"뭐라고 하시는 게 당연하죠. 하지만 병원 입장에서는 위층에 다테시나 남매가 있으니 조심할 수밖에 없습니다."

"VIP실을 가능한 한 격리하려고 했다는 겁니까?"

"그렇습니다." 미나카미가 수긍했다.

아사마는 모니터로 시선을 옮기고 조그다이얼을 계속 돌렸다. 표시된 시각은 이미 사체 발견 시점에서 네 시간 이상 앞이었다.

여기까지 거슬러 올라가봐야 소용없다고 생각한 순간이었다. 그때까지 아무도 없던 5층 복도에 갑자기 사람 그림자가 나타났다.

"아……."

아사마는 영상을 재생했다. 한 남자가 엘리베이터에서 내려 복도를 걷는다. 안쪽 문 앞에 잠시 멈춰 서더니 잠긴 문을 열고 안으로 들어갔다.

다시 영상을 돌려 옆얼굴이 보이는 위치에서 정지시켰다.

"이건……." 아사마가 자기도 모르게 신음했다. 아는 얼굴이었다.

"가구라네요." 미나카미가 말했다. "5층을 창고가 아닌 용도로 사용하는 사람은 가구라뿐입니다."

"저 녀석…… 그는 5층에서 뭘 하는 겁니까?"

미나카미는 어깨를 으쓱였다.

"자세한 건 말씀드릴 수 없습니다. 환자 프라이버시에 관한 것이니까요."

"환자요?"

"가구라는 제 환자입니다. 정기적으로 치료를 받으러 옵니다. 오늘도 그랬습니다."

"교수님은 분명 뇌신경과……이시죠?" 아사마가 미나카미의 매부리코를 바라봤다.

"가구라는 뇌에 특별한 물리적 손상이 있는 건 아니지만 정신 부분에서 비일반적인 특징을 드러냈습니다. 그 경우 증상 파악이 무엇보다 중요합니다. 그래서 5층에 가는 겁니다. 저 방은 그의 정신 상태를 분석하기 위한 장소라고 할 수 있죠."

"방에 다른 사람도 있습니까?"

"없습니다. 혼자입니다. 가구라가 나온 후에 그가 남긴 것을 제가 분석합니다."

"남긴 것? 그게 뭡니까?"

아사마의 질문에 미나카미가 이상하다는 듯 미간을 찌푸렸다.

"그게 이번 사건과 무슨 관계가 있습니까?"

"그건 모릅니다. 그냥 물어봐두는 겁니다."

미나카미는 천천히 고개를 흔들었다. 위엄 있는 표정이다.

"저는 이번 사건과 그의 증상이 관련되어 있다고는 생각하지 않습니다. 말할 필요가 있다고 판단하지 않는 한, 아까 말씀드렸듯이 환자에 대해서는 말할 수 없습니다."

의사로서 당연한 대응이다. 아사마는 받아들일 수밖에 없었다. 그 역시 가구라의 병이 사건과 관련되어 있다고 생각하지 않았다. 단순한 흥미였을 뿐이다.

"그러고보니 교수님이 아까 그러셨죠. 그의 신경은 매우 섬세한데다 일반인은 상상할 수 없을 만큼 복잡하다고요."

"예."

"그건 병을 두고 하신 말씀입니까?"

그러자 미나카미는 시선을 회피했다. 대답을 해야 할지 망설이는 건지도 모른다.

"그렇게 받아들이셔도 지장은 없습니다. 물론 본인은 병이라는 말을 사용하기 싫어합니다만."

"싫어한다고요? 하지만 병이라고 자각하니 치료를 받으러 오는 거죠?"

"그에게는 연구입니다. 자신을 이용한 신비한 연구······ 아니, 이제 그만하죠. 더 얘기해봤자 당신의 호기심만 자극할 뿐입니다." 그렇게 말하며 미나카미는 얼굴 앞에서 손을 흔들었다.

11

눈을 떴을 때, 가구라는 자신이 어디에 있는지 금방은 이해할 수
없었다. 누워 있는 침대는 자기 방 침대와는 완전히 달랐다. 조명을
낮춰놓아서 실내는 어두컴컴하다. 멀거니 보이는 장식 없는 하얀 벽
도 그에게는 기억이 없다.

아니, 기억이 없진 않다. 같은 벽을 어디선가 본 적 있다. 어디였
더라…….

바로 옆에서 소리가 났다. 가구라는 고개를 돌렸다. 간호사 제복
을 입은 여성이 그에게 등을 돌린 채 뭔가를 하고 있었다.

저기요, 하고 그가 말했다. 목소리가 완전히 갈라져 나왔다.

여성이 놀라 돌아봤다. 서른 살 정도로 보인다. 동그란 얼굴에 눈
도 크고 동그랗다. 도톰한 입술에 미소가 떠올랐다. 그녀 앞에는 가

습기가 있었다. 그것을 조절하고 있던 모양이다.

"정신이 드셨군요. 바로 선생님을 부를게요."

"저기, 제가 왜 여기에."

그녀는 순간 당황한 표정을 지었다. 하지만 곧바로 다정한 표정으로 돌아가더니 "자세한 사정은 선생님에게 들으세요"라고 말한 다음 방을 나갔다.

그녀가 나간 문을 바라보다가 정신을 차렸다. 여기는 병실이다.

왜 병실에? 도대체 무슨 일이…….

가구라는 이마에 손을 대고 기억을 더듬으려 했다.

하지만 그럴 필요는 없었다. 다음 순간, 다양한 정보가 뇌 속에서 흘러넘쳤기 때문이다.

처음에는 비참한 광경이 떠올랐다. 두 구의 사체가 누워 있었다. 둘 다 총에 맞아 바닥에 피가 흘렀다. 옆에는 여러 대의 컴퓨터 단말기가 쉴 새 없이 어떤 연산을 계속하고 있다.

그 광경 위로 미나카미의 목소리가 겹쳤다. "다테시나 남매가……살해당했어."

가구라는 침대에서 상반신을 일으켰다. 두 손으로 머리를 감쌌다.

맞다, 사체는 그들이었다. 다테시나 남매가 살해됐다. 꿈도 환상도 아니다. 미나카미가 알려줘서 급히 꼭대기 층으로 올라갔다. 복도를 달려 두 사람이 머물던 방으로 들어갔다. 그리고 봤다. 두 사람이 피투성이가 되어 쓰러져 있는 모습을 직접 본 것이다.

다음 상황은 공백이다. 정신을 차리니 이 침대였다.

가구라는 주위를 둘러봤다. 머리맡에 소지품이 놓여 있다. 손을 뻗어 휴대전화부터 잡았다. 가장 먼저 시가 소장에게 전화를 했다.

"가구라? 의식을 찾았나 보군." 전화를 받자마자 시가가 말했다. 말투로 보건대 사정을 아는 모양이다.

"다테시나 남매는 어떻게 되었습니까?"

시가가 숨을 훅 들이켜는 기척이 났다.

"안부를 묻는 거라면 절망적이라고 할 수밖에 없네. 둘 다 거의 즉사였다고 하더군."

다시 멀어지려는 의식을 간신히 붙들며 휴대전화를 꼭 쥐었다.

"누구에게 살해당했습니까?"

"이제부터 알아내야지."

"하지만 사건이 드러나면 시스템의 두뇌 부분이 여기 있다는 사실도 알려집니다."

"그래서 경시청에는 극비로 움직여달라고 요청했네. 우리도 할 수 있는 일은 해야지. 자네도 몸이 회복되면 바로 수사에 참가하게."

"저는 지금 당장이라도 괜찮습니다."

"지금 몇 시인 줄은 아나? 오늘 밤은 됐네. 몸과 머리를 천천히 쉬게 해줘."

가구라가 손목시계를 보았다. 밤 12시가 되려 하고 있다.

"내일 스케줄은 정해졌습니까?"

"오전 9시에 경찰청에서 회의가 있네. 과경연 감식팀 보고가 중심이 될 거야."

"9시에 경찰청요."

"무리하지 말게. 이런다고 가만히 있진 않겠지만."

"맞습니다. 그런데 도대체 누가 그 남매를……."

"그건 모르겠지만 분명한 점은 있지."

"뭡니까?"

"다테시나 사키가 죽었으니 앞으로 오십 년 동안은 DNA 수사 시스템의 프로그램이 진화할 수 없다는 것."

"……그렇군요."

"그리고 오십 년은 물론 백 년은 진화할 필요가 없어. 왜냐면 다테시나 사키가 만든 프로그램은 완벽하니까. 즉 이번 사건은 DNA 수사 시스템에 아무런 영향을 미치지 못하네. 안 그런가?"

"그렇다면 좋겠습니다만."

"공동개발자인 자네가 그런 약한 소리를 하면 곤란해."

시가는 내일 아침에 보자며 전화를 끊었다.

가구라는 휴대전화를 던지고 그 옆에 누웠다. 머리에 묵직한 통증이 있다. 사고회로 몇 개가 끊어진 것 같은 느낌이었다.

다테시나 남매가 죽었다는 실감은 아직 없다. 따라서 슬프지도 않다. 실감하는 날이 오더라도 슬픔보다는 상실감이 더 클 거라고 가구라는 예상했다. 왜냐면 남매는 가구라에게 뛰어난 소프트웨어를 만들어내는 장치에 지나지 않았기 때문이다. 다테시나 사키는 가구라에게 마음의 문을 열려고도 하지 않았고 고사쿠도 여동생과 가구라 사이를 잇는 인터페이스 역할에만 전념했다고 생각한다. 사실 가구라도 고사쿠를 그 정도 존재로 여겼다.

시가는 낙관적으로 보았으나 가구라는 남매를 잃은 손실이 그 정도로 작으리라고는 생각하지 않았다. 뭔가 말도 안 되는 트러블이 발생하고, 해결하는 데 남매의 힘이 꼭 필요한 사태가 오지 않을까. 근거는 없지만 가구라는 점점 더 불안해졌다.

그러고보니…….

다테시나 고사쿠는 가구라에게 할 말이 있다고 했다. 그쪽에서 먼저 그런 말을 하는 경우는 드물다. 게다가 NF13에 관한 것이라고 했다. 조금 복잡한 일이라고 표현했던 것도 떠올랐다.

NF13은 최근 발생하는 연쇄부녀자폭행살인 사건의 범인을 나타내는 키워드이다. 유류품은 다수 존재하는데 DNA 수사 시스템으로도 용의자나 주변 인물이 나오지 않는다. 가구라와 시가는 단순한 데이터 부족이라고 생각해왔다.

다테시나 고사쿠의 용건이란 무엇이었을까. 어떻게 알 방법이 없을까. 그렇게 생각하자 온몸에 열이 날 정도로 초조해졌다.

노크소리가 났다. 가구라는 반사적으로 들어오라고 대답했다.

문이 열리고 하얀 가운을 입은 인물이 나타났다. 방 안이 어두워 얼굴은 잘 보이지 않지만 체격으로 보건대 미나카미였다.

"불을 켜도 되겠나?"

"부탁드립니다. 저도 그럴 참이었습니다."

미나카미가 스위치를 조작하자 천장 조명이 밝아졌다. 벽이 너무 하얘 눈부시다.

"기분은 어떤가?" 미나카미가 침대로 다가왔다.

"몸이 어떠냐고 물으시는 거라면, 괜찮습니다."

"정신적으로는 좋을 리가 없겠군. 자네만큼 남매의 존재를 크게 느낀 사람은 없을 테니까. 정신을 잃는 것도 당연해."

가구라는 고개를 저었다.

"정말 부끄러운 모습을 보여드리고 말았습니다. 사체는 수없이 봐왔는데."

"공포와 흥분으로만 실신하는 게 아니라네. 인간의 뇌는 훨씬 복잡해."

"어쨌든 폐를 끼쳤습니다."

"마음 쓰지 말게. 구급차를 부른 것도 아니고 치료를 한 것도 아니야. 쓰러지면서 머리를 다친 건 아닌지 신경 쓰였는데 다행히 아닌 것 같군."

"기절만 한 겁니까?"

"그쪽은 걱정할 필요가 없네. 괜찮아. 자네는 정신을 잃었을 뿐이야. 한동안 다테시나 남매의 침대에 눕혔다가 이 병실로 옮겼네. 좀체 눈을 뜨지 않아서 조금 당황했지만."

"다행입니다. 제가 정신을 잃은 사이에 '그'가 맘대로 돌아다녔으면 나중에 주위 사람에게 뭐라고 해야 하나 걱정했거든요."

"반전제는 그것 때문에 있는 거야. 효과가 있어서 다행이군."

정말 그렇습니다, 하고 가구라가 고개를 끄덕였다.

반전제는 미나카미가 발명한 약으로, 정식 명칭은 '타 인격 출현

제어제'이다. 다중인격인 인간에게 사용하면 의도적으로 다른 인격을 불러낼 수 있다. 의사는 다른 인격과 원활하게 커뮤니케이션 할 수 있고, 환자 본인은 원하지 않을 때 다른 인격이 나오는 상황을 막을 수 있다.

자신이 이중인격이라는 사실을 안 다음에도, 반전제 덕분에 가구라는 생활에 별 지장을 받지 않고 연구에 전념할 수 있었다. 미나카미에게 진찰을 받으러 온 것은 가구라에게 큰 행운이었다.

"그건 그렇고 도대체 누가 그런 짓을……." 가구라가 머리카락을 헝클었다.

"모르겠네. 남매를 죽여 이익을 얻을 사람이 있다고는 생각하지 못하겠어. 그렇다고 누군가의 원한을 샀을 리도 없고. 애당초 사회에서 격리되어 살았으니."

"굳이 따지자면 다테시나 고사쿠 쪽이겠죠. 그쪽은 아직 다른 사람과 연락을 하니까요."

미나카미는 고개를 갸웃했다.

"다테시나 고사쿠가 어떤 사람과 연결되었는지는 완전히 파악하고 있네. 그에게 다가오는 사람에게는 공통점이 있어. 다테시나 사키가 필요하다는 거지. 자네도 마찬가지 아닌가."

가구라가 한숨을 쉬었다.

"시가 소장님은 DNA 수사 시스템은 무사하다고 생각하시는 것 같은데 남매를 잃은 데 따른 손실은 헤아릴 수 없습니다. 과장이 아니라 국가적 손실이죠. 십차 방정식을 암산으로 푸는 사람은 다테시나 사키밖에 없으니까요."

미나카미가 떨떠름한 표정을 지었다.

"이학부장과 학장에게만 알렸는데 둘 다 낙담이 크다네. 무엇보다 다테시나 사키는 수학계의 보물로 여겨졌으니까. 학장은 병원 원장도 겸임하고 있어서 더 머리가 아플 거야. 이번 일은 사고사로 발표될 텐데, 아마 전세계 수학 관계자가 병원의 관리 소홀을 비난하고 일어나겠지."

다테시나 사키는 가구라팀의 프로젝트에 협력했을 뿐만 아니라 독자적으로 다양한 연구를 수행했다. 그 성과는 다테시나 고사쿠의 손으로 전세계에 발신했다. 일반인에게는 전혀 유명하지 않지만 수학계에서는 슈퍼스타였다.

"기자회견이 열립니까?"

"내일 오후, 대학에서 연다고 하더군." 미나카미가 손목시계를 봤다. "학장이 설명하겠지만 나도 다테시나 사키의 주치의로 참석해야 하네. 어떤 사고였는지 이제부터 경찰과 상담해 결정해둬야 해. 힘든 하루가 될 것 같네. 물론 자네도 마찬가지겠지."

"교수님 말씀이 맞습니다."

"뭐가?"

"남매가 죽어 이득을 얻는 사람이 도대체 누구일까요?"

미나카미는 어깨를 으쓱해 보이며 살짝 미소를 지었다.

"일단 오늘 밤은 푹 쉬게. 못 잘 것 같으면 수면제를 처방해주지."

"괜찮습니다. 고맙습니다."

잘 쉬게, 라고 말하고 미나카미가 문으로 향했다. 그러다 걸음을 멈추고 돌아봤다.

"그 소녀는 누구인가?"

"소녀요?"

"캔버스에 그려진 소녀 말이야. 흰옷을 입은."

아아, 하고 가구라가 고개를 끄덕였다. '그'가 그린 그림을 말하고 있다.

"저도 모릅니다. 누군지 여쭤보려고 했는데요."

"'그'의 공상 속에서 탄생한 인물일까, 아니면 추억 속의 인물일까." 미나카미가 고개를 갸웃했다.

"몰래 여자친구를 데려왔다고는 생각할 수 없을까요?"

"그건 말이 안 되네. 아까 경비실에서 감시카메라를 살펴봤는데 자네…… 아니, '그'가 아틀리에로 들어간 후 아무도 5층에 오지 않았어."

"그렇다면 '그'의 머릿속에 존재하는 인물이 되는군요."

"다음에 '그'에게 물어보지. 알려줄지는 모르겠지만." 그렇게 말하고 미나카미는 방을 나갔다.

다음은 다음 주를 가리킨다. 현재 반전제 사용은 일주일에 한 번으로 제한되어 있다.

12

    과경연에서 파견된 특별 감식팀의 책임자는 호다카라는 마흔 살 정도 되는 인물이었다. 몸집은 작지만 자세가 좋아 당당하게 보였다. 살짝 고개를 들고 이야기하는 모습에서 자신감이 드러났다.

    "7층 감시카메라 영상이 사라진 원인은 케이블 절단으로 판명되었습니다. 장소는 1층 경비실 옆에 있는 제어판 안입니다. 절단이라고 해서 칼 같은 걸로 자른 게 아니라 특수한 장치를 이용해 케이블에 흐르는 전기신호를 차단한 겁니다. 이게 그 장치와 같은 것입니다." 호다카는 테이블 위에 검고 작은 상자를 놓았다. "절도범이 감시카메라가 설치된 집을 노릴 때 잠입 전에 설치합니다. 타이머가 있어서 원하는 시각에 신호를 차단할 수 있고 원격 조작도 가능합니다. 인터넷에서 판매되고 있습니다."

"한심한 물건이 나돌고 있군." 나스가 중얼거렸다.

이제 와서 무슨 소리를 하는 건지, 아사마는 한껏 비웃고 싶었다. 범죄자들이 경찰보다 인터넷을 훨씬 잘 활용한다는 건 수십 년 전부터 알려진 사실이다.

경찰청에서 회의가 열린다는 사실은 오늘 아침에서야 알려졌다. 경시청에서 참석하는 사람은 나스를 포함한 관리직 세 명과 기바, 아사마까지 다섯 명뿐이다. 그에 비해 경찰청에서는 형사국, 과경연, 특수분석연구소 인간이 열 명 이상 왔다. 아사마는 이번 수사를 결국 경찰청에서 주도할 거라고 이해했다.

호다카의 말이 이어졌다.

"경비실 감시 모니터 영상을 분석한 결과, 7층 모니터가 꺼진 동안 엘리베이터로 7층에 올라간 사람은 도야마 경비원뿐입니다. 모니터가 꺼진 시각이 18시 12분. 도야마를 태운 엘리베이터가 7층에 도착한 시각이 18시 17분입니다. 즉 범행은 오 분 사이에 이루어졌습니다."

"오 분 만에 가능한가?" 시가가 팔짱을 꼈다.

"당연하죠." 아사마가 말했다. "피해자들은 완전히 허를 찔렸습니다. 범인은 VIP실 문을 열자마자 둘을 사살하고 즉시 도주했다, 그렇게 생각하는 게 상식입니다. 아마 범인은 권총을 아주 능숙하게 다루겠죠. 적어도 사람을 죽이는 데 익숙할 테고요."

"저희 분석으로는." 호다카가 서류로 시선을 떨어뜨리면서 말했다. "두 사체에 남은 탄흔 각도와 형태로 보건대 범인은 VIP실 출입구에서 서 있는 다테시나 고사쿠의 머리를 쏜 다음, 의자에 앉아 있는 다테시나 사키에게 두세 걸음 다가와 가슴을 쏜 것으로 보입니다. 아사마 형사님의 주장을 뒷받침하고 있죠."

"범인은 어떻게 도주했지?" 나스가 말했다.

"범인은 침투와 도주에 비상계단을 사용했을 것으로 봅니다." 호다카가 대답했다. "엘리베이터를 이용하지 않았다는 점은 감시카메라로 증명됩니다. 또 비상계단으로 나가는 문은 평소 안쪽에서 잠겨 있는데 사건 직후에는 열린 상태였습니다. 참고로 손잡이 등지에서 지문은 발견되지 않았습니다."

"평소에 안쪽에서 잠겨 있다면 침입이 불가능하다는 말 아닌가?" 나스가 미간을 찌푸린다.

"미리 열어놓으면 가능합니다. 어쩌면 범인은 다른 열쇠를 가지고 있을지도 모릅니다."

아사마의 말에 나스는 무언가 생각하는 표정을 지었다.

"그렇다면 범인은 병원 관계자란 소리인데."

"아니면 그런 사람이 건넸을 수도 있습니다."

아사마가 말한 순간, 문이 열리며 한 남자가 들어왔다. 그는 호다카 옆으로 다가가 서류를 건네며 귀엣말을 했다. 호다카의 표정이 험악해졌다.

"중요한 보고 사항이 있습니다." 호다카가 일어서며 말했다. "총에 관한 정보입니다. 피해자 체내에 남은 탄환을 통해 권총이 특정되었습니다. 32구경 미국제 권총으로, 탄환에 남은 특징으로 보건대 현재 경시청에서 수사중인 연쇄부녀자폭행살인 사건, 즉 특수분석 연구소에서 NF13이라고 부르는 사건에서 사용된 총과 같습니다."

13

경찰청회의가 끝난 뒤 가구라는 시가보다 먼저 아리아케 연구소로 돌아왔다. 시가는 한 시간쯤 뒤에 왔다. 둘은 회의테이블에 마주 앉았다.

시가가 유리케이스를 책상에 놓았다. 모발 한 가닥이 들어 있었다. 가구라는 케이스를 들고 안을 응시했다.

"이건……."

"감식팀이 제출했어. 다케시나 사키의 옷에 붙어 있었다더군. 가슴 언저리에. 그녀의 머리카락이 아니라는 점은 육안으로만 보아도 명백해. 다테시나 고사쿠의 것도 아닐세."

"그럼 범인의 모발일까요?"

"지금까지는 그 가능성이 가장 높지. 다테시나 사키가 입고 있던 옷은 사건 발생 두 시간쯤 전에 세탁소에서 배달 온 것을 경비원이 방까지 가져다준 것일세. 그 후 아무도 그들 방을 찾지 않았어. 범인 이 다테시나 사키를 쏜 후 숨이 끊어졌는지 확인하기 위해 다가왔을 때 모발이 떨어졌을 거라는 게 감식팀의 견해네."

"이전부터 바닥에 떨어져 있던 모발이 붙었을 가능성은요?"

가구라의 의문에 시가가 고개를 저었다.

"없네. 다테시나 사키는 똑바로 누운 채 쓰러져 있었어. 거의 즉사 였으니 몸을 뒤집었을 리 없지. 게다가 자네는 모르겠지만 그 방은 매일 아침 다테시나 고사쿠가 청소를 하네. 남매 이외 사람의 모발 이 떨어졌을 가능성은 극히 낮아. 실제로 감식팀도 방에서 수집한 모발은 모두 남매의 것이라고 단언했네. 이걸 제외하면."

가구라는 유리케이스를 도로 책상에 놓았다.

"이 DNA를 분석해야겠군요."

시가가 고개를 끄덕이고 의자에 몸을 기댔다. 후 하고 숨을 내쉬 었다.

"이걸로 아마 사건은 정리되겠지. 동기나 범행 수단은 범인 입을 통해 자백받는 게 가장 빠르지."

시가는 범인이 체포된 거나 마찬가지인 것처럼 말했다.

"오늘 아침 이야기, 어떻게 생각하십니까?" 가구라가 물었다.

"어떤 얘기?"

"과경연 호다카 씨가 한 이야기 말입니다. 범행에 사용된 권총은 NF13의 것과 일치한다고 했습니다."

"나도 놀랐네."

"이번 사건의 범인이 NF13과 동일 인물일까요?"

"상식적으로 생각하면 그렇겠지."

가구라는 고개를 갸웃했다.

"NF13은 연쇄부녀자폭행살인 사건 용의자입니다. 그런 인물이 왜 엄중한 경계를 뚫고 다테시나 남매를 죽였을까요? 게다가 다테시나 사키에게는 폭행 흔적이 없었습니다."

시가는 별 문제 아니라는 태도로 뒷목을 주물렀다.

"범인에게 자백을 받으면 알게 되지 않겠나. 일단 모발의 DNA 분석을 서둘러주게. NF13과 동일하면 이론의 여지가 없어져."

가구라는 석연치 않았지만 받아들였다. 시가의 말이 틀리지 않았기 때문이다.

"그리고 한 가지 더." 시가가 검지를 세웠다. "이건 오늘 아침 회의에서 나오지 않은 얘기인데, 감식팀에 따르면 다테시나 사키가 사용한 컴퓨터 단말기를 조사한 결과 새로운 프로그램을 개발했던 흔적이 있다더군."

"새로운 프로그램? 어떤 종류 말입니까?"

"그걸 몰라. 흔적뿐이고 프로그램 자체는 남아 있지 않았네. 프로그램의 명칭은 '모굴'이야."

"모굴? 스키 종목요?"

"다테시나 사키가 스키를 연구하지는 않았겠지. 짚이는 데라도 있나?"

가구라는 고개를 저었다.

"들은 적 없습니다. DNA 수사 시스템과 관계없이, 개인적으로 연구하던 게 아닐까요?"

"나도 그렇게 생각하지만 일단 염두에 두게."

"알겠습니다."

"모발 분석에는 시간이 얼마나 걸리나?"

가구라는 손목시계를 봤다. 오후 1시가 조금 넘었다.

"지금 분석반에 보내면 염기배열은 저녁에 나옵니다. 그 후에야 시스템에 입력할 수 있으니 서두르면 오후 10시쯤에는 결과가 나올 수도 있습니다."

"그렇군. 그럼 시스템이 답을 내놓는 10시까지 자네가 할 일은 없겠군."

"그야 그렇지만 왜 그러시죠?"

시가는 이제까지와는 다르게 훨씬 부드러운 표정을 지었다.

"가끔은 밥이라도 같이 먹을까 해서. 오늘 밤 약속은 없겠지?"

"예, 없지만…… 저희 둘이요?"

가구라의 질문에 시가는 어깨를 흔들며 쓴웃음을 지었다.

"남자 둘이 무슨 재미로 밥을 먹나. 사실은 자네에게 소개해주고 싶은 사람이 있네. 물론 여성이야. 젊고 상당한 미인이라고 해두지."

"여성요?" 가구라가 자기도 모르게 얼굴을 찌푸렸다.

시가가 이상하다는 표정을 지으며 뚫어져라 본다.

"영문을 모르겠어. 과경연 시절부터 여성 직원 사이에서 자네 인기는 최고였지. 그런데 정작 자네에게는 여자가 있는 기색도 없었어. 설마 여성에게 관심이 없는 건 아니겠지."

"연애라면 평범합니다. 소장님께는 말씀드리지 않았지만 여성과 사귄 적도 있습니다. 하지만 처음 만나는 여성에게는 어떻게 대해야 좋을지 몰라 마음이 무거워집니다. 게다가 함께 식사를 하다니……." 가구라가 한숨을 쉬었다. "무슨 맛인지도 모르고 먹을 것 같습니다."

"긴장된다는 얘기로군. 내가 있으니 걱정 말게. 그리고 어쨌든 자네와 업무 면에서 친해지게 될 거야."

"업무 면에서요? 어떤 여성입니까?"

"얼마 전까지 미국에서 DNA 프로파일링 연구를 했네. 미국에서 자랐지만 순수한 일본인일세. 물론 일본어도 능통하고. 우리 DNA 수사 시스템 기술을 습득하기 위해 한동안 우리 연구소에서 근무하게 되었네."

"처음 듣는 이야기입니다."

"다테시나 남매 일이 터지는 바람에 말을 못 했네. 급하게 결정되기도 했고. NF13 일도 있으니 조수가 필요하겠지?"

"저는 혼자서도……."

가구라가 대답하려는데 시가가 손으로 제지했다.

"소장 명령일세. 따르게."

"……알겠습니다." 가구라가 조그만 목소리로 대답했다.

"7시에 아오야마에서 만나기로 했네. 근처에 오면 연락하게." 그렇게 말하고 시가는 자리에서 일어나 방을 나갔다.

가구라는 어깨를 으쓱했다. 입가를 일그러뜨리며 다시 유리케이스를 들었다.

마지막으로 다테시나 고사쿠를 만났을 때, 그는 NF13에 대해 할 말이 있다고 했다. 복잡한 내용이라는 의미심장한 말도 덧붙였다.

다테시나 남매는 NF13에 대해 뭔가 알았던 것일까. 그 때문에 살해되었다고 생각하면 앞뒤가 맞지만 도대체 어떻게 알게 되었을까. NF13을 찾아내지 못하는 이유는 단순한 데이터 부족이라고 생각했는데 사실은 그게 아닌 걸까.

가구라는 고개를 젓고 자리에서 일어났다. 모든 일은 직접 이 단서의 DNA를 분석한 후라고 마음을 바꿨다.

14

아사마는 모니터에서 시선을 떼고 두 손으로 눈 마사지를 했다. 빨리 감기 재생 화면이라고는 해도 이십사 시간에 달하는 분량을 온종일 보고 있으니 눈이 피곤한 것도 당연하다.

재떨이 대신 사용하는 빈 캔을 끌어오고 담뱃갑으로 손을 뻗었다. 새것을 뜯은 지 얼마 안 되었는데 이미 반 이상 없어졌다.

"정말 골초시네요." 옆에서 도야마가 졌다는 듯 말했다.

"아, 죄송합니다."

아사마가 담배를 다시 집어넣으려 하자 도야마는 황급히 손을 흔들었다.

"신경 쓰지 마십시오. 뭐라고 하려는 게 아니라 건강에 안 좋을 것 같아서요."

"그건 삼십 년 전부터 알지만 도무지 끊어지질 않네요."

"제 친구 중에도 있어요. 어딜 가든 흡연실이 있는지 확인하는 녀석이. 걱정 마시고 피우세요. 금연 스트레스로 업무 효율이 떨어지면 본말전도죠."

"죄송합니다. 그럼 실례하겠습니다." 결국 아사마는 담배를 물었다. 경비실은 금연인데 도야마가 특별히 봐준 것이다.

아사마는 연기를 내뿜고 다시 모니터로 시선을 돌렸다.

"아무리 봐도 아무도 접근하지 않는군요."

"7층 말입니까?" 도야마가 옆에서 들여다봤다.

"비상구 쪽요. 7층에 온 사람은 몇 있지만 비상구에는 아무도 접근하지 않았어요. 유일하게 접근한 사람은 젊은 경비원입니다. 사건이 일어나기 전날 밤 10시에."

"야간 순찰일 겁니다."

"맞습니다. 본인에게 확인했는데 그때 비상구 문은 분명히 잠겨 있었답니다. 그가 범인이 아니라면 말이죠."

도야마가 낮은 소리로 웃었다.

"그 남자는 믿을 수 있어요."

"의심하는 건 아닙니다. 사건 발생 당시 그는 집에서 자고 있었죠. 이번 주는 야간 근무라."

"이 주마다 교대합니다."

"힘드시겠습니다. 어쨌든 사건 전날 오후 10시 시점에서는 비상구 문은 잠겨 있었고 사건이 일어날 때까지 아무도 접근하지 않았어요. 범인이 비상구를 사용했다면 도대체 어떻게 문을 열었을까요."

아사마가 머리를 마구 헝클었다. "벌써 여러 번 물었습니다만 비상구 열쇠는 정말 세 개밖에 없습니까?"

"그렇습니다. 병원 본관에 있는 사무국에 하나, 여기에 하나, 그리고 건물 관리 회사에 하나. 적어도 저는 그렇게 들었습니다."

아사마는 담배를 문 채 고개를 끄덕였다. 그 사실은 이미 병원을 건축한 건설회사 담당자에게 확인했다. 하지만 모든 일에는 표면과 내면이 있는 만큼 뭔가 숨겨진 방법이 없을까 싶어 도야마에게 물었던 것이다.

열쇠 세 개의 소재도 이미 확인을 마쳤다. 도야마가 말한 장소에 틀림없이 다 보관되어 있었다. 물론 가지고 나간 흔적도 없다. 또 내부에 IC칩이 내장된 열쇠라서 복제 자체가 불가능했다.

그렇다면 비상구를 여는 방법은 하나밖에 없다. 안에서 누가 열어 주는 것이다.

그런데 비상구에는 아무도 접근하지 않았다. 대체 어찌 된 일인가.

모니터에는 사건이 일어나기 직전 7층의 모습이 찍혀 있다. 디지털 숫자는 18시 11분을 가리키고 있다. 그 숫자가 18시 12분으로 바뀌고 얼마 후 화면이 까매졌다.

"수없이 말씀드렸지만 이후 이삼 분 후에 저는 7층으로 갔습니다." 도야마가 말했다.

"압니다. 그 점은 엘리베이터를 감시하던 카메라가 증명하고 있습니다. 당신이 7층에 도착한 시각은 18시 17분입니다." 아사마는 빈 캔에 담뱃재를 떨었다.

18시 12분에서 17분까지 오 분이 범인에게 자유롭게 주어진 시간이다. 그 사이에 범인은 비상구로 침입해 다테시나 남매를 사살한 후 다시 비상구를 이용해 도주했다.

그럼 공범이 비상구 문을 열어준 것도 그때가 아닐까. 그러나 모니터가 꺼진 후 엘리베이터를 타고 7층으로 올라간 사람은 도야마 뿐이라는 사실도 이미 확인되었다. 그러므로 그 시점에서 공범은 이미 7층에 있어야만 한다.

의자에 기댔던 아사마는 몸을 일으켰다. 담배를 캔에 비벼 끈다.

딱 한 가지 가능성이 있다…….

다테시나 남매 중 한 명 혹은 두 명이 모두 공범일 가능성.

아니, 공범이란 표현은 적절치 않다. 살해될 걸 모른 채 누군가를 불러들였다고 해야 타당하다. 왜 엘리베이터를 이용하게 하지 않았을까. 남매의 방에 그 인물이 들어온다는 것을 다른 사람에게 알리고 싶지 않았을까. 하지만 감시카메라가 있다. 비상구를 이용했더라도 남매의 방에 들어가는 순간 경비실에 노출된다.

감시카메라는 그 인물이 멈춰놓았다는 걸 남매 중 누군가는 알고 있었단 말인가. 하지만 그런 일을 하면 경비실에서 달려올 거라는 사실 정도는 예상했으리라. 그렇게 침입자를 탈출시킬 셈이었을까. 그런 짓을 하면서까지 도대체 누구를 불러들일 필요가 있었을까. 게다가 그 짧은 시간에.

"왜 그러세요?" 도야마가 걱정스럽게 물었다. 아사마가 갑자기 입을 다물어버렸기 때문이리라.

"아, 별일 아닙니다." 아사마는 상냥하게 대답하고 담뱃갑으로 손을 뻗었다. 하지만 아무래도 미안해 얼른 손을 거둬들였다.

아주 한순간 광명을 찾아냈던 것 같은데 가느다란 불꽃처럼 사라졌다. 아무래도 이번 사건은 까다롭겠다는 생각이 들었다. 피해자에 대해 모르는 게 너무 많다.

"업무를 방해해서 정말 죄송했습니다." 아사마가 자리에서 일어났다.

"별로 도움이 안 된 모양이네요." 도야마가 유감스럽다는 듯이 말했다.

아, 아닙니다, 하고 아사마는 손사래를 쳤다.

"모니터 덕분에 범인 행동을 특정할 수 있었습니다. 문제는 모니터에 나오지 않는 부분이죠. 저희가 밝혀내야 하는데 단서가 전혀 없군요. 한심합니다."

"약한 소리 마시고 부디 한시바삐 범인을 잡아주세요. 저는 그리 오래 보진 않았지만 남매를 아주 좋아했습니다. 그 두 사람, 정말 순진했어요. 요즘 젊은이와는 달랐죠."

"인상에 남았던 일이라도 있습니까?"

"많습니다. 최근에는 이런 일이 있었어요. 지인에게 초콜릿을 받았는데 저는 단걸 별로 좋아하지 않아서 남매에게 주었죠. 여동생은 안쪽 방으로 들어가버렸지만요. 그런데 며칠 뒤 오빠가 고맙다고 하더군요. 동생이 아주 좋아했다고요. 초콜릿을 좋아하느냐고 물었더니 그게 아니라 봉투를 마음에 들어했다더군요."

"봉투요?"

"확실히 아주 세련된 봉투에 들어 있었습니다. 파란 줄무늬에 작은 리본 같은 게 달려 있었어요. 오빠 말로는 동생이 원래 귀여운 물건을 아주 좋아하는데, 가지고 다니면 사람들이 놀려서 자기 손으로 사지는 않았다고 합니다."

"왜 놀리는 거죠?"

"아니, 그게." 도야마는 일단 말을 멈췄다가 계속했다. "얼굴의 반점이 걸렸겠죠. 자기 같은 사람이 귀여운 물건을 가지고 싶어하면 다른 사람 눈에 우습게 보일 거라고 생각했답니다. 어린 시절에 실제로 그런 일을 당한 게 아닐까요. 그렇게 생각하니 불쌍했어요."

아사마는 미나카미에게 들은 다테시나 사키의 이야기를 떠올렸다. 얼굴의 반점 때문에 내성적 성격이 되었고 그것이 결국 특이한 재능으로 키워졌다고 했다.

"그러니 다른 사람에게는 그저 평범한 봉투더라도 동생에게는 아주 소중했겠죠. 실제로 얼마 후 방에 갔을 때 그 봉투가 곱게 접혀 있어서 조금 감격했습니다."

아사마가 고개를 끄덕였다. 피해자에 대해 몰랐다면 어린 소녀의 에피소드 같았으리라. 물론 그런 사소한 부분까지 알아낸 도야마의 감수성에도 경의를 표해야 할 것이다.

"약한 소리는 그만하겠습니다. 반드시 범인을 잡겠습니다." 아사마가 단언했다. "또 여러모로 여쭤볼 게 있을 겁니다. 그때도 잘 부탁드립니다."

"예. 언제든 오십시오." 도야마가 직립부동자세를 취했다.

아사마는 경비실을 나오면서 피해자에 대해 더 알 필요가 있다고 생각했다.

15

가구라는 오후 7시 정각에 아오야마에 도착했다. 아오야마 대로 변 인도를 걸으면서 시가에게 전화를 걸었다. 시가는 도보로 몇 분 정도 걸리는 일본요리점을 지정했다.

조그만 언덕길 아래, 전통가옥 양식을 따라한 것 같은 가게가 있 었다. 안으로 들어가자마자 별실로 안내되었다. 시가가 젊은 여성과 마주 앉아 기다리고 있었다.

"좀 늦었습니다." 가구라가 고개를 숙였다.

"소개하지. 이쪽이 낮에 얘기한 시라토리 씨라네."

여성이 가구라를 향해 몸을 돌려 고쳐 앉고 시라토리입니다, 하며 명함을 내밀었다. 시라토리 리사라고 적혀 있었다.

가구라도 명함을 건넸다. 그리고 다시 여성을 봤다. 아름다운 검은 머리를 어깨까지 기른 일본적인 이목구비를 지닌 여성이었다. 쌍꺼풀은 없지만 눈꼬리가 살짝 치켜 올라가 상대방을 보는 눈에서 강한 힘이 느껴진다.

가구라는 시가 옆에 앉았다. 다다미방이지만 편히 앉도록 발을 놓는 곳은 파여 있었다.

"모발 분석은 어떻게 되었나?" 시가가 물었다.

"예정대로 염기배열 확인을 끝냈습니다. 현재 프로파일링과 데이터베이스 조합을 병행하고 있습니다. 빠르면 앞으로 두 시간 뒤에 결과가 나올 겁니다. 완료되면 제 휴대전화로 결과 개요가 전송되도록 설정해놓았습니다."

시가는 만족스러운 듯 고개를 끄덕이고 시라토리 리사에게 고개를 돌렸다.

"가구라는 DNA 수사 시스템 개발 단계부터 참여했지. 누구보다 시스템 전체를 잘 이해하는 사람이야. 모르는 게 있으면 뭐든 물어보게나."

시라토리 리사는 미소를 지으며 호기심 어린 눈으로 가구라를 보았다.

"CIA와 FBI뿐만 아니라 미국의 모든 조직이 일본의 DNA 수사 시스템에 관심을 가지고 있습니다. 특히 검색 시스템에 아주 관심이 많죠. 그 노하우를 습득하고 싶습니다. 부디 잘 부탁드립니다."

"물론 제가 할 수 있는 일이라면 뭐든…… 다만 지적소유권 문제가 있어서 상부 지시를 받아야 합니다."

그러자 시가가 천천히 고개를 저었다.

"특허 이야기라면 이미 끝냈어. 앞으로 일본과 미국은 협력해 시스템을 구축할 걸세. 양국의 데이터베이스를 공유할 수 있는 체제를 만들 계획이지. 좀 더 앞서가면 전세계인의 DNA 정보를 관리해 어디서 사건이 일어나든 즉시 조회할 수 있게 한다. 전부터 자네와 했던 말이지. 그 꿈에 한 걸음 다가가는 일이라네."

"멋진 일입니다." 시라토리 리사도 말에 힘을 주었다. "구현되면 범죄 없는 세상이 실현될지도 모릅니다. 물론 상당히 먼 미래의 일이겠습니다만. 전세계인의 DNA 정보라면 모으는 데도 많은 시간이 걸릴 테니까요."

"그 점 때문에 우리가 골머리를 앓고 있다네. 가구라도 열심히 해주고 있지만 일반인의 이해를 얻기가 힘들어. 공포의 관리사회가 될 거라고 생각해서."

"미국에서도 DNA 프로파일링이 시작될 때 반발이 컸습니다. 특히 용의자의 인종을 특정한다는 점이 대다수 국민에게 저항감을 일으켰죠. 하지만 지금은 다들 이해합니다. 결국 실적을 쌓는 게 중요하죠."

시라토리 리사가 자신만만하게 얘기했을 때 장지문이 열리고 종업원이 나타났다. 요령 있게 테이블에 놓이는 요리를 보고 시라토리 리사는 감탄을 연발했다.

맥주도 나왔다. 시가는 시라토리 리사의 잔에 맥주를 따른 후 가구라에게도 병을 내밀었다. 가구라는 손으로 잔을 막았다.

"죄송하지만 다음에도 일이 있습니다."

"그건 알지만 여기까지 왔으니 건배라도 하세."

"건배요?" 가구라가 시선을 떨어뜨렸다.

"그래. 무슨 문제라도 있나?"

"그건 아니지만 사건 발생 직후에 건배라니 좀 그래서요."

시가는 맥주병을 든 채 떨떠름한 표정을 지었다.

"시라토리 씨를 환영하는 건배야. 너무 딱딱하게 굴지 말게."

"시가 소장님, 가구라 씨 말이 맞습니다. 저를 살펴주시는 건 고맙지만 오늘은 그만하죠. 사건이 해결된 후에 느긋하게 건배하면 어떨까요? 저도 오늘 밤은 알코올은 피하고 싶네요."

가구라는 놀라 눈을 깜빡였다. "아닙니다. 시라토리 씨까지 안 마실 필요는 없습니다. 어서 드세요."

"그게 아닙니다. 저는 오늘 밤부터 가구라 씨를 도울 생각입니다. 가구라 씨가 안 드시는 이상 저도 마실 수는 없어요." 입가에 미소를 달고 있지만 눈빛만큼은 날카롭다.

시가는 맥주병을 든 채 인상을 썼다.

"나 참. 알코올 없이 환영회를 하라고."

"소장님은 드셔야죠." 시라토리 리사가 앞에 있는 맥주병을 들어 시가에게 가져갔다. "환영회를 겸한 작전회의라고 하면 좋겠네요. 그렇죠? 가구라 씨."

"그럼 나는 마실까?" 시가가 잔을 들었다.

건배를 생략한 회식이 시작되었다. 시라토리 리사는 요리를 입으로 가져갈 때마다 얼굴 표정을 크게 바꾸며 조금 과장스러울 정도로 감격의 말을 내뱉었다.

가구라는 대화를 나누면서 이따금 손목시계를 확인했다. 시스템 결과가 전송될 시각이 다 되었다.

"역시 일이 걱정되시나 봅니다." 시라토리 리사가 말했다.

"아닙니다. 그건 아니지만……."

"당연히 신경이 쓰이시겠죠. 무엇보다 평범한 사건이 아니니까요." 그녀의 표정이 진지해졌다. "다테시나 사키는 미국에서도 유명합니다. 그분이 돌아가신 건 일본뿐만 아니라 세계의 손실입니다."

"사정은 대강 얘기했네." 시가가 가구라에게 말했다. "사건이 관계자끼리의 비밀이라는 것도 알렸어."

"저도 충격을 받았습니다. DNA 수사 시스템을 배우려고 하는데, 그것을 탄생시킨 부모 같은 인물이 살해되다니 뭐라고 해야 좋을지 모르겠습니다." 시라토리 리사는 슬픈 표정으로 고개를 절레절레 흔들었다. "그 사건이 제가 가구라 씨를 돕는 첫 사건이라는 것도 아이러니죠."

가구라는 놀라 시가를 바라봤다.

"이번 사건까지는 저 혼자 하겠습니다."

시가가 자기 얼굴 앞에서 젓가락을 흔들어댔다.

"굳이 시라토리 씨가 미국에서 왔는데 도움을 받게나. 문제라도 있나?"

"아니, 그건 아니지만……."

"아까도 말씀드렸다시피 오늘 밤부터 가구라 씨의 조수로 일할 생각입니다. 부디 잘 부탁드립니다." 시라토리가 새삼스럽게 고개를 깊이 숙였다.

어쩔 수 없이 가구라도 잘 부탁한다고 짧게 대답했다.

시가가 시라토리 리사에게 다테시나 남매에 대해 설명하기 시작했다. 다테시나 사키의 재능을 발견한 당사자가 바로 자기인 것처럼 떠들었지만 가구라는 끼어들지 않았다.

요리가 후반으로 접어들 때 가구라의 휴대전화에 착신음이 울렸다. 그는 재킷 안주머니에서 휴대전화를 꺼냈다. 당연히 시가와 시라토리도 대화를 멈추고 그의 손으로 시선을 던졌다.

"시스템에서 뭘 보냈나?" 시가가 물었다.

"프로파일링을 끝낸 모양입니다. 성별은 남성. 혈액형은 Rh플러스 AB형. 신장은 170센티미터 플러스마이너스 5센티미터……." 액정화면에 표시된 내용을 읽던 가구라가 고개를 들었다. "다르네요."

시가가 잠자코 미간을 찌푸렸다.

"다르다니, 뭐가?"

"NF13이 아닙니다. 이제까지 나온 프로파일링 결과로는 혈액형이 A형이고 신장도 더 작았습니다." 가구라가 다시 액정화면으로 시선을 돌렸다. "체형과 머리 색깔도 다르고……."

"NF13이 다테시나 남매를 죽인 게 아니라는 건가. 그럼 총은 왜 일치했지? 다른 사람이 같은 총을 사용했단 말인가." 시가가 팔짱을 꼈다.

"공범이라고 생각할 수 없습니까?" 시라토리가 물었다.

"그렇습니다." 가구라가 대답했다. "NF13의 범행과 이번 사건은 성격이 완전히 다릅니다. 어떤 관계가 있는 두 사람이 서로 다른 목적을 가지고 같은 총을 사용해 살인을 저질렀다고 생각하는 게 가장 타당합니다."

"검색 시스템 쪽 답은?"

"아직 안 나온 것 같습니다."

"이런, 내일 회의에서는 의견이 분분하겠어." 시가가 진저리를 내며 젓가락을 다시 움직이기 시작했다.

가구라는 액정화면을 스크롤했다. NF13에 대해 모두 기억하는 건 아니지만 혈액형과 체형, 머리 색깔 외에도 전혀 다르다고 판단되는 부분이 더 있었다. 완전히 다른 사람이라고 단정할 수 있을 정도였다.

마지막으로 DNA를 통해 예상되는 얼굴이 화면에 나타났다. 가구라는 그것을 보고 눈을 의심했다. 자기도 모르게 숨을 멈췄다.

"왜 그러십니까?" 시라토리 리사가 물었다. 식사를 계속하면서도 그의 상태를 확인한 모양이다.

"아니, 아무것도……." 가구라는 휴대전화를 주머니에 넣었다.

"뭐 다른 문제라도 있나?" 시가도 젓가락을 멈췄다.

"아닙니다. 휴대전화로는 프로파일링 일부만 와서 아무래도 전체 내용은 연구소에 가봐야……."

"내일 회의까지 잘 정리해주게. 머리 회전 느린 경시청 놈들도 잘 이해할 수 있도록."

"알겠습니다."

"경시청 사람들은 머리가 잘 안 돌아가나요?" 시라토리 리사가 시가에게 물었다.

시가가 흥 하고 콧방귀를 뀌었다.

"엘리트 코스를 밟은 사람들은 안 그러는데, 현장에서 뼈가 굵은 사람들 중에는 아직도 신발이 닳도록 뛰어다녀야 수사라고 생각하는 사람이 적지 않다네. 서서히 교육해야지."

"저, 소장님……." 가구라가 대화에 끼어들었다. "죄송하지만 저는 먼저 실례해야겠습니다. 슬슬 검색 시스템 결과가 나올 때이니 바로 작업하면 좋겠습니다."

"뭐야? 조금 더 있어도 되잖아? 메인 요리는 이제부터야."

"사실은 배가 고파 살짝 저녁을 먹었더니 이미 너무 배가 부릅니다. 모처럼 만찬을 준비해주셨는데 죄송합니다."

"흐음……."

시가는 석연치 않다는 얼굴이었다. 시라토리 리사도 이상하다는 듯 가구라를 보고 있다.

"두 분은 천천히 식사하십시오. 죄송합니다. 그럼 저는 이만."

둘이 어떤 질문을 던지기 전에 가구라는 고개를 숙이고 일어났다. 문을 열고 방을 나오면서 종업원과 스쳐 지나갔다.

"손님, 화장실은 이쪽입니다."

종업원이 하는 말을 무시하고 현관으로 향했다.

가게에서 나와 택시를 타고 "아리아케로"라고 말한 후, 휴대전화를 꺼내 조금 전 이미지를 다시 열었다. 한 남자의 얼굴이 나타났다.

왜 이런 일이…….

그 얼굴은 가구라와 매우 흡사했다.

16

가구라는 연구실로 달려와, 선 채로 시스템 단말기를 조작하기 시작했다. 우선 DNA 프로파일링 결과를 화면에 띄웠다. 거기에 나열된 신체적 특징은 자신과 일치했다. 몽타주 이미지를 표시했다.

헤어스타일은 다르지만 정면을 향한 남자의 얼굴은 가구라였다. 이미지는 3D이기 때문에 각도를 바꿀 수도 있다. 가구라는 다양한 각도에서 몽타주를 바라봤다. 아무리 봐도 자기 얼굴이었다.

이어서 DNA 검색 시스템을 가동했다. 이미 결과는 나와 있을 것이다. 키를 조작하는 손이 떨렸다.

RYUHEI KAGURA, 적합률 99.99퍼센트.

가구라는 현기증이 나서 의자에 앉았다. 가벼운 두통을 느꼈다.

현장에서 채취한 모발이 가구라의 것임은 이제 의심할 여지가 없다. 왜 이런 일이 벌어졌는지 열심히 생각했다.

가구라는 기억을 더듬었다. 사건이 일어나기 전, 그는 다테시나 남매의 방을 찾았다. 그때 모발을 떨어뜨렸나. 그리고 어떤 이유로 다테시나 사키의 옷에 붙었나.

아니야, 그는 고개를 흔들었다.

가구라가 방에 머문 시간은 불과 일이 분이다. 게다가 문을 열고 잠깐 안에 들어간 것뿐이다. 모발이 떨어졌다 해도 다테시나 사키의 옷에 붙을 수 없다. 게다가 시가 말로는 사키의 옷은 사건 발생 두 시간 전에 세탁소에서 배달되었다고 했다.

그럼 감식팀의 실수로 채취중에 가구라의 모발이 섞여 들어갔을까. 하지만 정예부대가 그런 초보적인 실수를 할 리 없다.

영문을 알 수 없어 머리를 감싸 안고 있을 때 손목 근처의 램프가 깜빡였다. 누군가 연구소 문을 연 것이다. 하지만 자유롭게 드나들 수 있는 사람은 시가와 가구라뿐이다. 시가가 돌아왔나.

숨을 죽이고 있으니 목소리가 들렸다.

"가구라 씨, 계십니까?"

시라토리 리사의 목소리였다. 가구라는 당황했다. 프로파일링과 조회 결과를 보게 해선 안 된다.

시라토리가 방문을 노크했다. 그는 서둘러 조작 패널 키 몇 개를 눌렀다.

"가구라 씨." 문 바로 밖에서 소리가 났다. "여기 계세요?"

"예. 누구십니까?" 가구라가 크게 소리쳤다.

"가구라 씨군요. 조금 전에 뵌 시라토리입니다."

"잠깐만 기다리세요. 지금 손을 뗄 수 없어서."

조작 패널 바로 위에 있는 조그만 문을 열고 사방 10센티미터 크기의 얇은 판을 꺼냈다. DNA 배열을 디지털 데이터로 만들어 저장한 것이다. 가구라팀은 이 판을 D플레이트라고 부른다.

D플레이트를 옷 주머니에 넣은 후 가구라는 출입구로 달려가 문을 조금 열었다. 시라토리 리사가 살짝 웃고 있다.

"다행이다. 이 건물은 너무 복잡해서 조금 헤맸습니다. 시가 소장님이 자세히 설명해주셨는데도."

"어째서 당신이 여기에?"

가구라가 묻자 시라토리는 미소를 지으면서도 의외라는 듯 눈을 깜빡였다.

"작업한다고 하셨죠. 그러니 제가 도와야죠. 맛있는 음식이나 먹으려고 미국에서 온 게 아니니까요."

"소장님은?"

"그러라고 하셨습니다. 들어올 때 패스워드도 소장님이 알려주셨고요."

시라토리는 당장이라도 방에 들어올 기세였다. 가구라는 손을 내밀어 제지했다.

"도와준다니 고맙지만 오늘 밤은 됐습니다. 혼자 할게요. 당신은 막 도착해서 피곤할 테니 내일부터 일해줘요."

"그럴 순 없습니다. 무엇보다 다테시나 남매를 살해한 범인에 관한 분석이죠? 그런 중요한 사례라면 꼭 처음부터 보고 싶습니다."

시라토리는 눈을 반짝이고 있었다.

정말 성가신 여자군, 이라고 말하고 싶은 것을 가구라는 간신히 참았다.

"미안하지만 오늘 밤은 좀 참아줘. 나 혼자 하고 싶으니까."

"그럼 견학이라도."

"미안하지만 그것도 거절하지. 작업에 집중할 수 없어."

드디어 시라토리의 얼굴에서 미소가 사라졌다. 쌍꺼풀이 없는 날카로운 눈매로 가구라를 응시했다.

"특수분석연구소의 기술 습득에 대해서는 미국과 일본 정부가 합의를 끝냈습니다. 애당초 당신이 거부할 권리는 없어요. 그럼에도 이렇게 정중히 부탁한 것은 훌륭한 기술을 확립한 데 경의를 표하기 위해서였습니다. 끝내 견학을 허락하지 않으시면 당장 시가 소장님에게 연락하겠어요."

가구라가 고개를 저었다. 시가에게 연락이 가면 모든 게 끝이다.

"알았다. 사실을 말하지."

가구라는 문을 활짝 열고 시라토리를 들어오게 했다.

그녀는 거대한 전자기기가 놓인 방을 둘러보고 크게 어깨를 으쓱해 보였다.

"당신들의 지혜가 모인 곳이군요. 불가사의한 느낌이네요. 무기질적인 기계에 둘러싸여 있는데 왠지 신비스러운 기분이 됩니다."

"과대평가야. 자네가 말했듯 전부 단순한 기계들이지. 따라서 고장 날 수도 있어."

"고장이 난다?" 시라토리 리사가 예쁜 눈썹을 찡그렸다. 험악한
표정을 지어도 미모에는 변함이 없었다.

"사실은 시스템이 안 좋아. 그래서 오늘은 도와줄 필요가 없다고
한 거야."

"어디가 안 좋습니까?"

"현상만 얘기하면, 검색 시스템이 작동하지 않아. 에러가 떠."

"한번 해보세요."

"벌써 여러 번 시도했어."

"제 눈으로 직접 보고 싶습니다." 시라토리는 메인 키보드 앞에
서서 가구라를 돌아봤다. "어서요."

가구라는 한숨을 쉬고 시라토리에게 다가섰다. 옆에 있는 서랍을
열어 D플레이트 한 장을 꺼냈다.

시라토리의 눈이 커졌다.

"소문으로만 듣던 D플레이트군요. DNA 정보를 컴퓨터 데이터화
하기 쉽도록 패키지로 만든 것. 당신의 위대한 공적 중 하나."

"내 공적이 아니야. 다테시나 사키의 공적이지."

"다테시나 사키를 살해한 범인의 DNA 정보가 그 플레이트에 있
습니까?"

"그래."

물론 거짓말이었다. 가구라가 들고 있는 것은 여러 사람의 DNA
정보가 섞인 실패작이다. 샘플 채취 단계에서 채취한 사람의 피부가

섰였다. 지극히 초보적인 실수가 원인이었다.

가구라는 가짜 플레이트를 기계에 넣고 평소대로 키보드를 조작했다. 옆에서 시라토리가 고개를 끄덕이며 지켜보고 있다. 장치 사용방법에 대해 이미 상당한 예비지식이 있는 듯한 표정이다.

"보통 여기서 검색 결과가 나올 때까지는 두 시간 정도가 걸려."

"저는 괜찮습니다. 열 시간이라도 상관없습니다."

"그거 든든하군. 하지만 지금은 그런 각오까지 필요 없어."

"왜죠?"

"보면 알겠지." 가구라는 시라토리 리사에게 파이프의자를 권했다. "일단 앉지. 열 시간이나 기다릴 필요는 없지만 십 분 정도는 기다려야 하니까."

"십 분요?" 그녀는 고개를 갸웃거리며 앉았다.

가구라도 의자에 앉았다. 여유로운 모습을 보여주려는 심산이었지만 마음의 동요는 가라앉지 않았다.

시라토리 리사가 백에서 수첩을 꺼냈다. 진지한 눈빛으로 장치 전체를 바라보며 메모를 적기 시작했다.

"열심이군."

"그런가요? 주어진 일을 하는 것뿐입니다." 가구라에게 옆모습을 보인 채 그녀는 대답했다.

이목구비에 깊이가 있는 건 아닌데 코가 높아 일본인 같지 않다. 화장은 옅지만 피부가 도기처럼 하얗고 윤기가 흐른다. 서구 미인 사이에 있어도 미인으로 통할 듯한 미모였다.

"왜 이런 일을 택했지?" 가구라는 저도 모르게 질문을 던졌다.

"저 같은 사람은 이런 일을 하면 안 되나요?"

"반대야. 자네라면 어떤 일이든 선택할 수 있을 것 같아서. 좀 더 화려한 일이 세상에는 많잖아. 그쪽이 더 어울릴 것 같은데."

시라토리 리사는 필기하던 손을 멈추고 가구라를 봤다. 눈빛이 차가웠다.

"겉모습만 보고 하시는 말씀이라면, 문제 발언이십니다."

"겉모습에 따라 선택할 수 있는 직업이 제한되는 사람이 실제로 존재하지 않나? 예를 들어 다테시나 사키는 얼굴의 반점이 없었다면 수학자가 되지 않았을지 모르지. 자네에게는 꼭 이 직업을 선택해야 했던 이유가 떠오르지 않아 물어본 거야. 대답하기 싫으면 안 해도 돼."

"별로 싫을 이유는 없습니다. 이유는 단순합니다. 지배를 당할 거라면 지배하는 쪽에 서는 게 스트레스가 적으니까요."

"지배?"

"관리라고 하는 게 더 알기 쉬울까요. 미국에서 처음으로 DNA 프로파일링이 실용화되었을 때, 어린 마음에 생각했습니다. 앞으로는 반드시 모든 게 관리될 거다. 위조카드, 가명, 위조여권 등 위조는 의미가 없어진다. 그러나 살아 있는 한 유전자는 위조할 수 없다, 라고요. 그러니 DNA를 국가가 관리한다는 말은 인생을 지배한다는 뜻입니다. 자유라는 단어도 의미가 없어지죠."

"그렇게까지 말할 바에는 반대 세력에 서지."

시라토리 리사가 풋 하고 웃음을 터뜨렸다.

"반대 세력이 국가의 방침을 바꾼 예가 있나요? 국가의 국민 DNA 데이터 관리는 이제 세계적인 흐름입니다. 아무도 말릴 수 없어요. 저는 그런 괜한 짓을 하느라 인생을 낭비하고 싶지 않아요."

"그래서 지배하는 쪽에 서겠다?"

"이쪽에 서도 관리를 받는다는 점에는 변함이 없겠죠. 그건 잘 압니다. 하지만 시스템을 이해하고 그 이면을 알아두고 싶었습니다. 그럼 무슨 일이 일어나더라도 다소는 제 책임이라고 납득할 수 있을 테니까요."

"잘 알았어."

가구라가 고개를 끄덕이는데 모니터 화면에 변화가 생겼다. 다양한 데이터가 물결처럼 흐르다가 마지막으로 에러 문자와 에러 코드 번호가 떴다.

"보는 대로." 가구라가 시라토리에게 말했다. "왠지 시스템이 검색을 못 하고 있어. 데이터 문제인지 시스템 문제인지."

"NF13은 지금까지도 검색 시스템에서 찾아지지 않았죠?"

"이 데이터가 NF13이라면 'NOT FOUND No.13'이라고 표시되지. NF13 데이터는 이미 시스템에 들어 있으니까. 누구 것인지는 몰라도 일치 여부는 알 수 있어."

시라토리가 팔짱을 꼈다.

"시스템 문제라면, 원인은요? 이제껏 비슷한 일이 있었습니까?"

"컴퓨터 상태가 나빠지는 원인은 무수히 많아. 물론 그동안 다양한 트러블이 있었지. 일단 시스템 전체를 다시 파악해야 해. 어쩌면 프로그램을 다시 설치해야 할지도 모르고. 그렇다면 조정에 며칠이 걸릴 거야."

"큰일이네요. 물론 돕겠습니다. 트러블 슈팅은 시스템을 이해하는 데 아주 좋은 경험이니까요."

"고맙지만 오늘 밤은 사양하겠어. 모발에서 DNA 데이터를 검출한 분석팀 이야기도 듣고 싶으니까. 시스템 체크를 시작하면 반드시 자네에게 연락하지. 그때까지는 대기해줘."

가구라의 말에 시라토리는 불만스러운 듯 날카로운 턱을 조금 들었다. 하지만 바로 입술에 미소를 띠었다.

"알겠습니다. 언제쯤 될까요?"

"아직 단언할 수 없지만 이삼 일 안으로 연락하지." 그렇게 말한 가구라는 시스템 종료 조작을 시작했다. 조금 전의 가짜 D플레이트를 꺼낸다.

"내일은 어떻게 하죠?" 시라토리 리사가 물었다.

"내일?"

"경찰에서 회의가 있다고, 거기서 분석 결과를 발표한다고 했잖아요."

가구라는 혀를 차고 싶은 심정이었다. 그게 있었지.

"이런 상황이니 보고할 형편이 못 돼. 소장님에게는 내가 직접 연락하지."

"회의에는 참석하세요?"

"상황에 따라 다르지만 일단은 갈 생각이야."

"소장님이 저도 참석할 수 있게 조치해주셨어요."

가구라는 시라토리 리사를 바라보고 고개를 끄덕이면서 숨을 토해냈다.

"그럼 내일 경찰청 회의실에서 보지."

"알겠습니다. 그럼 내일 뵙죠." 시라토리 리사가 가구라를 응시하면서 고개를 끄덕였다.

17

가구라는 연구소에서 나온 후 시라토리와 다른 택시를 탔다. 재킷 주머니에 넣은 플레이트 감촉을 확인했다.

그녀는 오늘 밤 시가에게 전화할지도 모른다. 시가는 이상하다고 생각하겠지. 초기라면 모를까 최근 들어 시스템에 문제가 생긴 일은 한 번도 없다. 그렇다고 바로 가구라를 의심하지는 않을 것이다.

가구라는 자신에게 남은 시간이 얼마나 될까 생각했다. 잘만 넘기면 내일 하루 정도는 시간을 벌 수 있을지 모른다. 하지만 그 이상은 무리다. 진짜 플레이트는 가구라 손에 있지만 플레이트를 다시 만드는 일은 간단하다.

이십사 시간일까. 그게 가구라에게 주어진 시간이었다. 그 사이에 진상을 밝혀야만 한다.

가구라는 도쿄만이 내려다보이는 맨션 옆에서 내렸다. 그가 사는 곳이다. 특수분석연구소에서 일하면서 살기 시작했다.

20층에 있는 그의 집은 유리로 감싸인 원룸이다. 직접 고른 게 아니라 연구소에서 준비해준 집이었다. 멋진 조망이 장점이라는데 한낮에도 커튼을 치고 있다.

최소한의 가구와 가재도구 외에는 아무것도 없어 살풍경했다. 가구라는 책상에서 리포트 용지와 펜을 챙겨 이인용 소파에 앉았다.

리포트 용지를 바라보다가 심호흡을 한 번 했다. 펜을 들고 우선 이렇게 썼다.

류라는 남자에게.

이런 호칭을 좋아하진 않지만 '그'가 사용하고 있으니 어쩔 수 없다. 누구에게 보내는 편지인지 분명하게 밝혀놓지 않으면 '그'도 당황하리라.

왜 다테시나 사키의 옷에 당신 머리카락이 붙어 있나. 경찰이 그렇게 묻는다면 가구라는 대답할 방법이 없다. 다테시나 남매가 살해되었을 때 그는 의식이 없었기 때문이다.

단순히 의식불명이었다면 차라리 괜찮다. 하지만 그에게는 특수한 사정이 있다. 의식이 없다고 해서 신체가 아무 일도 하지 않았다고 단언할 수 없다. 아니, 신체는 확실히 활동하고 있었다. 다만 조종한 사람이 가구라 자신이 아니라 '그'였다.

모발에 대해서는 틀림없이 '그'가 뭔가 알 것이다. 미나카미의 말로는 가구라는 '그'의 의식이 활동하는 동안 벌어지는 일을 모르는

데, '그'는 가구라의 행동을 지켜보며 무슨 일이 일어나는지 파악할
수 있는 듯하다. 그렇다면 현재 가구라의 혼란도 알아차리고 있을
것이다.

가구라는 다시 펜을 놀렸다.

인사는 생략한다. 이런 편지를 쓰는 이유는 설명할 필요 없겠
지. 네게 묻고 싶은 게 있다. 물론 다테시나 사키에 관한 일이다.

거기까지 쓰고 손을 멈췄다. 다시 읽어보니 이 문체는 어디선가
본 적 있다는 생각이 들었다.

사실 가구라는 딱 한 번 '그'에게 편지를 쓴 적이 있다. 자기 안에
또 다른 인격이 있다고 판명됐을 때, 미나카미의 권유를 받고 썼다.

"류는 자네 행동을 보고 있지만 마음까지는 알 수 없어. 지금 자
네가 어떤 마음으로 또 다른 인격을 받아들이는지 솔직히 전하게.
자네들은 앞으로 오랫동안 서로 이해하고 때로는 무시하면서 살아
야 해. 무슨 일이든 처음이 중요하지. 숨기지 말고 마음을 있는 그대
로 편지에 써보게."

그때 '그'에게 보내는 편지에 뭐라고 썼는지는 지금도 정확히 기
억한다. 다음과 같았다.

처음 뵙겠습니다, 라고 쓰는 것도 이상할지 모르겠습니다. 당신
은 어떨는지 몰라도 나는 당신을 전혀 모르므로 처음 뵙겠습니다

하고 시작해야겠군요.

내 안에 다른 인격이 존재한다는 사실을 알고 무척 놀랐습니다. 왜 이런 일이 벌어졌는지 도무지 모르겠습니다. 앞으로 미나카미 교수님이 밝혀주시겠지만 뭔가 안다면 가르쳐주십시오. 당신은 아무래도 아버지가 돌아가셨을 때 나타난 것 같은데 그때 일을 설명해주면 조금은 알 수 있을지도 모르겠습니다.

지금 나는 아주 당황스럽습니다. 솔직히 당신을 어떻게 대해야 할지 잘 모르겠습니다. 더 솔직히 말하면 이 상황에서 벗어나고 싶습니다. 당신이 사라져줬으면 좋겠습니다.

이런 얘기를 쓰면 틀림없이 기분이 나빠지겠죠. 하지만 미나카미 교수님은 있는 그대로 쓰라고 하셨습니다. 그래야 우리가 잘 지내는 길을 만들어갈 수 있다고 합니다. 이 상태가 얼마나 계속될지는 교수님도 모르고, 평생 계속될 수 있다고도 하셨습니다. 그렇다면 처음인 지금, 서로 마음을 솔직히 터놓아야 한다고 생각합니다.

자, 당장 이 상황에서 벗어날 수 없다면 우리는 현실적인 문제를 생각해야만 합니다. 즉 어떻게 하면 서로 불이익을 보지 않고 살 수 있느냐 하는 문제입니다.

우선 내 희망과 제안을 쓰겠습니다.

첫째, 당신의 존재를 주변에는 비밀로 하고 싶습니다. 당연히 현재 미나카미 교수님 말고는 우리 사정을 아는 사람은 없습니다. 모두 나라는 인격만 압니다. 그게 전부라고 믿습니다. 나는 그 믿음을 뒤집어봐야 얻을 게 없다고 생각합니다. 당신은 아마 납득하기 힘들겠죠. 주위 사람이 가구라 류헤이로 인식하는 인격이 나인 이상, 당신이 육체를 지배할 때도 당신은 내 인격을 연기해야만 하기 때문입니다. 그 점에 대해서는 이야기 나눌 필요가 있겠죠.

둘째, 상대의 생활에 간섭도 방해도 하지 않는다는 겁니다. 나는 내가 원하는 대로 살고 싶고 당신도 마찬가지겠죠. 육체가 하나밖에 없는 이상 양보해야 할 일이 있으리라 생각합니다. 당신이 앞으로 어떻게 살고 싶은지 숨김없이 알려주면 좋겠습니다.

셋째, 이게 가장 중요한 문제일 수 있습니다. 우리 치료에 관한 겁니다. 미나카미 교수님의 치료로 이 증상이 고쳐지면 우리 중 누군가, 혹은 둘 다 소멸할 수도 있습니다. 그래도 나는 앞으로 치료받을 예정입니다. 당신은 어떻게 생각하십니까.

자신에게 편지를 쓰자니 아주 묘한 기분이 드는군요. 그러나 나는 당신을 다른 인간으로 대할 생각입니다. 당신도 거리낌 없이 당신의 생각을 알려주십시오.

이 편지는 미나카미를 통해 '그'에게 전해졌다. 미나카미에 따르면 '그'는 "거의 낯빛 하나 변하지 않고 편지를 읽어 내려갔다"라고 한다. 생각해보면 당연한 일이다. 가구라가 편지를 쓰는 동안에도 '그'는 각성해서 가구라가 쓰는 내용을 보고 있었을 테니까.

편지를 다 읽은 '그'는 편지지를 뒤집어 거기에 답장을 썼다. 그 내용도 가구라는 암기할 수 있다. 수없이 되풀이해 읽었기 때문이다.

답장은 '내 탓이 아니야'라는 문장으로 시작되었다.

내 탓이 아니야. 너에게는 내 존재가 문제인 것 같은데 왜 이렇게 되었는지 나도 몰라.

질문에 대답한다.

첫 번째에 대해서는 동감. 나를 타인에게 알리고 싶지 않아. 나는 누구와도 접촉하고 싶은 마음이 없으니까 네게도 좋겠지.

두 번째에 대해서도 동감. 나는 네 인생에 전혀 흥미가 없어.

세 번째에 대해서는 관심이 없음. 나로 있을 시간을 나답게 지내고 싶을 뿐이야. 이상.

가구라는 답장을 읽고 머리끝까지 화가 났던 걸로 기억한다. 이쪽은 최대한 정중하게 썼는 데 이 거만한 태도는 뭔가 싶었다. 필적도 가구라와는 완전히 달라 휘갈겨 쓴 듯 난잡했다.

그 후에는 편지를 주고받는 대신 미나카미를 통해 서로의 생각을 전달했다. 그 결과 몇 가지 결론을 이끌어냈다.

우선 호칭. 가구라와 구별하기 위해 '그'를 류라고 부르게 되었다. '그'가 그렇게 불러주기 바란다는 사실을 알았을 때 정말 건방진 녀석이라는 생각이 들었다.

류는 그림을 그릴 수 있는 환경을 만들어달라는 요구만 했다. 자신이 지정한 물감과 캔버스, 그리고 방을 준비해달라고 했다. 그 방에는 함부로 사람들이 드나들지 않게 해달라는 조건도 달려 있었다.

가구라 측은 인격을 반전하는 주기에 대해 원하는 바를 요구했다. 이 주일에 한 번이었다. 류는 그렇다면 한 번에 열 시간 이상 인격을 유지하고 싶다고 답했다. 경험상 반전제를 한 번 사용하면 다섯 시간 동안 인격이 유지되었다. 가구라는 미나카미와 상의해 반전 주기를 일주일에 한 번으로 정했다.

이 약속은 오늘까지 깨지지 않았다. 덕분에 류의 존재는 극히 한정된 사람만 알았고, 가구라가 류 때문에 피해를 입은 적도 없었다. 물론 가구라 역시 류에게 폐를 끼친 적 없었다.

그림 그리기만 좋아하는 타인이 세상 어딘가에 있다. 가구라에게 류는 그런 존재였다. 결코 만날 리 없으므로 무시하기도 쉬웠다. 류의 존재를 의식하는 건 유전자와 마음이라는 명제를 연구할 때뿐이었다.

가구라는 다시 리포트 용지를 봤다.

문체가 거친 건 그때 받은 답장의 영향이리라. 그쪽이 그렇게 나온다면 이쪽도 전혀 배려할 필요는 없다는 생각이 무의식적으로 작동한 것이다.

그는 다시 편지를 써나갔다.

당신도 알겠지만, 내 모발이 다테시나 사키의 옷에 붙어 있었다. 나는 짚이는 데가 없으니 당신이 원인이겠지. 어찌 된 일인지 바로 설명해주길 바란다. 미안하지만 여기에는 그림을 그릴 도구가 없어. 지루하겠지만 참아주길 바란다. 그럼 답장 기다리겠다.

내용을 다시 읽은 다음 가구라는 일어나 책상 서랍을 열었다. 그곳에서 담배 케이스와 비슷한 상자를 꺼내 소파로 돌아왔다.

재떨이를 준비하고 상자에서 담배처럼 생긴 반전제를 꺼냈다.

호흡을 가다듬고 반전제를 문 다음에 라이터를 들었다. 불을 붙여 폐 깊숙이 연기를 빨아들였다가 토해냈다. 똑같은 행동을 몇 번 반복했다.

벽에 걸린 골동품 수정발진시계가 째깍째깍 소리를 냈다.

가구라는 미간을 찌푸렸다. 반전제를 입에서 떼고 들여다본다.

이상하네…….

평소 같으면 이미 의식을 잃었어야 한다. 이렇게 시간이 걸리지 않는다. 하지만 오늘은 머리가 맑기만 하다. 몽롱하지도 않다.

피우던 반전제를 재떨이에 껐다. 조금 망설이다가 새로 반전제를 꺼내 물었다. 조금 전과 마찬가지로 불을 붙이고 크게 빨아들였다. 다시 눈을 감고 마음을 진정시키려 애를 썼다.

하지만 그는 곧 눈을 떴다. 몇 번이나 연기를 들이마시고 내뱉었다. 짧아진 반전제를 재떨이에 비벼 껐다.

가벼운 두통이 온다. 하지만 그뿐이었다. 의식은 또렷하다. 반전제를 피우기 전과 달라진 게 없다.

가구라는 자리에서 일어나 실내를 슬렁슬렁 돌아다녔다. 커튼을 열고 창유리에 비친 자신의 모습을 바라봤다. 당연히 겉으로는 아무

변화가 없었다.

어떻게 된 일이지. 왜 인격이 반전되지 않는 걸까.

미나카미에게 전화를 걸까 생각했다. 하지만 마지막으로 반전제를 사용한 지 아직 이틀도 지나지 않았다. 왜 또 사용했느냐고 물으면 할 말이 없었다.

테이블 위에 놓인 반전제 상자를 봤다. 한 대 더 피울까 생각했다. 그러나 반전제의 연속 사용은 엄격하게 금지되어 있다. 게다가 그는 이미 두 대를 피웠다. 그 이상은 위험하다. 무엇보다 두 대로 안 되었으면 세 대를 피워도 마찬가지일 것이다. 원인은 전혀 다른 데 있는 것 같았다.

세면실로 가서 찬물로 얼굴을 씻었다. 거울에 비친 얼굴을 마주보았다.

"왜 그래?" 가구라가 거울을 보고 물었다. "왜 오늘만 안 나오는 거야. 빨리 나와서 제대로 설명해봐!"

그렇게 말하고 나서 문득 깨달았다.

가구라는 이제까지 인격 반전을 컨트롤하는 사람이 '그'일 수도 있다고 생각해본 적 없었다. 반전제를 사용하면 반드시 '그'가 나오는 거라고 여겼다. 하지만 그게 아니라면…….

'그'는 이미 편지 내용을 보았을 것이다. 나오면 가구라의 질문에 답해야만 한다. 그래서 나오지 않는 걸까.

'그'가 인격 반전을 거부하는 거라면 '그'에게는 가구라의 질문에 대답할 수 없는 사정이 있다는 이야기가 된다.

가구라는 거울에 비친 얼굴을 노려봤다.

"네가 다테시나 남매를?"

그때, 현관 벨이 울렸다. 소리가 들려온 거리로 가늠하건대 건물 출입구는 아닌 듯했다. 누군가가 문 바로 앞에 있었다.

가구라는 눈썹을 찌푸렸다. 누구지. 직접 찾아올 사람은 아무도 없다. 게다가 지금은 한밤중이다.

현관으로 나가 도어스코프를 들여다봤다.

한 소녀가 서 있다. 얼굴은 잘 안 보였다.

가구라는 고개를 갸웃거리며 문을 열었다.

"안녕!" 한 소녀가 그렇게 말하고 미소를 지었다.

가구라는 소리도 내지 못하고 그녀를 바라보았다. 나이는 십대 후반일까. 머리가 길고 하얀 원피스를 입고 있다. 본 기억이 있는 얼굴이었다.

캔버스에 그려진 그 소녀였다.

18

"너는…… 누구?" 가구라가 물었다. 목소리가 조금 갈라져 나왔다.

머리가 긴 소녀는 이상하다는 얼굴로 그를 봤다.

"그 사람이 아니네……."

"그 사람?"

"얼굴은 똑같은데 아니구나. 알았다. 가구라 군이지? 맞지?" 그녀는 눈을 반짝였다. "깜짝이야. 당신을 만날 줄은 몰랐어. 당신에 대해선 그 사람에게 들었지. 속내를 말하지 않는 겁쟁이라던데."

그녀가 말하는 '그 사람'이 누구인지 가구라도 깨달았다.

"류와 이야기 나눈 적이 있나 보군."

"응. 당신의 또 다른 인격이지." 그녀가 고개를 기울이고 싱긋 웃었다.

가구라는 당혹스러웠다. 그가 이중인격이라는 사실은 아주 한정된 사람만 알 뿐이다.

"그래서 너는 누구지?"

"나는 스즈란."

"스즈란?"

"그가 붙여준 이름이야. 저기, 들어가도 돼? 여기 좀 춥거든." 그녀가 미간을 찌푸렸다.

가구라는 망설였지만 들어오라며 문을 활짝 열었다. 정체 모를 여자를 방으로 들이는 데 저항감도 있었지만 이 소녀에게 묻고 싶은 게 태산 같았다.

자신이 스즈란이라고 밝힌 소녀는 방에 들어와 소파에 앉았다. 테이블에 놓인 잡지를 들었다가 곧바로 제자리에 놓았다. 그러고는 실내를 두리번거리지도 않고 검은 눈동자로 가만히 가구라를 보았다.

"당신도 앉아."

가구라는 컴퓨터 책상 앞에서 바퀴 달린 의자를 끌어와 그녀와 마주 앉았다. "본명은?"

"응?"

"당신 본명 말이야. 스즈란이라는 별명은 들었고 본명을 알려줘."

그녀가 불쾌한 듯 입을 쭉 내밀었다.

"그는 그런 거 안 물었는데. 이름에 무슨 의미가 있어? 단순한 기호잖아. 그는 류, 나는 스즈란. 그걸로 충분해."

"미안하지만 나는 '그'가 아니야. 진짜 이름을 말해."

"못 하겠다면? 쫓아낼 거야? 하지만 당신, 묻고 싶은 게 많지 않아? 내 본명 같은 거보다 더 중요한 게 있을 텐데."

어딘가 재미있어하는 듯한 말투였다. 가구라를 놀리고 있는 것 같았다.

"알았어. 본명은 보류하지. 그럼 스즈란 씨, 당신과 '그'의 관계에 대해 말해주겠나. 당신은 류에게 어떤 사람인가?"

그녀는 소파에 몸을 기대고 가는 팔로 팔짱을 꼈다.

"물론 연인이지. 하지만 내 존재는 다른 사람에게 비밀이야. 그러니까 당신도 다른 사람들에게 얘기하면 안 돼."

"류의 연인?" 가구라가 고개를 저었다. "그런 일은 있을 수 없어."

"왜?"

"류는 미나카미 교수님 말고는 아무하고도 접촉하지 않으니까. 정말 연인이라면 어디서 만났는지 말해봐."

"그야 간단하지. 아틀리에에서 만났어."

"아틀리에?"

"뇌신경과 병동 5층에 있잖아. 잘 알 텐데."

"류가 그림을 그리는 방 말인가."

"응. 거기서 만났어. 그가 나를 그려줬다는 건 당신도 알잖아."

맞는 말이다. 지금 눈앞에 있는 스즈란은 캔버스에 그려진 모습 그대로였다. 옷도 헤어스타일도 똑같다.

"알 수가 없군." 가구라가 말했다. "그 방은 우리 말고는 출입금지야. 당신과 류가 만날 수 있을 리 없어. 무엇보다 당신이 출입했다면 감시카메라에 찍혔을 텐데."

스즈란은 어깨를 으쓱하고 고개를 기울였다.

"그거야 별거 아니지. 카메라란 원래 기계의 눈이잖아. 광학적으로만 사물을 보지. 그런 기계를 속이는 일은 쉬워. 아주 쉽지."

"도대체 어떻게 한 거야?"

가구라가 묻자 스즈란은 지긋지긋하다는 듯 얼굴을 찡그렸다.

"저기, 가구라 군. 그런 질문이 무슨 의미가 있어? 나와 그가 어떻게 만났는지는 당신과 상관없잖아. 당신은 연애드라마를 볼 때 연인이 만난 장소와 연락방법을 모르면 성에 차지 않나 봐? 보통은 둘이 어떻게 친해지게 되었는지, 어떻게 시간을 보내는지 궁금해하지 않나? 나는 그런데."

가구라는 한숨을 쉬었다.

"나는 연애드라마 같은 건 안 봐. 하지만 그런 건 됐어. 둘이 어떻게 만났는지 추궁은 그만두지. 언젠가 알게 될 테니. 그럼 질문을 바꾸지. 둘이 만나면 뭘 하지? 그는 당신에게 무슨 얘기를 하나?"

스즈란이 기쁘다는 듯 눈을 가늘게 떴다.

"그래, 그렇게 물어야지. 우리는 멋진 시간을 보내. 구체적으로 얘기하면 그는 그림을 그리고, 나는 그림 그리는 그를 바라보고. 그게 우리에게는 가장 행복한 시간이야. 아무에게도 방해받지 않는 소중한 시간."

"내가 반전제로 인격을 전환하면 언제나 둘이 그렇게 지냈나?"

"맞아. 그가 사라지면 나도 방에서 나가. 그래서 당신을 만난 적이 없는 거야." 그녀는 팔짱을 낀 채 가구라를 뚫어져라 봤다. "그런데 참 이상하네. 왜 오늘은 당신이지? 어째서 그가 아니지?"

"내가 묻고 싶은 말이야. 반전제를 두 대나 피웠는데 아무 변화도 없어. 도대체 어떻게 된 일이지?" 그렇게 묻고 나서 그는 머리를 흔들었다. "당신에게 물어봤자 모르겠지만."

"나도 그를 만날 수 있을 거라 생각하며 여기로 왔어."

"그 점도 묻고 싶어. 왜 당신은 여기로 왔지? 왜 그를 만날 거라고 생각했지? 내가 반전제를 사용한다는 걸 알았을 리 없을 텐데."

스즈란은 곤란한 듯 얼굴을 찌푸렸다.

"그걸 꼭 설명해야 해?"

"꼭 듣고 싶어."

"사실은 나도 잘 몰라. 굳이 말하자면 불려서 왔다고 할까."

"불려 와?"

"그에게." 스즈란이 말했다. "류가 불러. 내 마음에. 나는 그걸 알아차리고 그가 지정한 장소로 가는 거고. 그럼 만날 수 있어."

"믿을 수 없어. 그건 텔레파시잖아."

"그럼 안 돼? 텔레파시는 현대 과학에서 증명하지 못하니까 받아들일 수 없다?" 그녀는 의미심장한 미소를 지었다. "그러고보니 류가 말했어. 가구라는 계측기와 컴퓨터가 인정하는 것만 믿는다고. 불편한 삶이라고."

가구라는 팔짱을 끼고 스즈란을 마주 봤다. 진심으로 텔레파시 얘기를 하고 있는지, 단순히 놀리려고 하는 것인지 알아내려 했다. 하지만 그녀는 그의 목적을 다 안다는 듯 생글생글 웃고 있다. 계산된 웃음인지 진심으로 즐거운 건지조차 알아낼 수 없었다.

"그가 불러서 여기에 왔다?"

"물론. 그러니까 그가 없는 게 이상하다는 거야. 어떻게 된 일이지?"

"뭐라고 불렀는데?"

"그런 건 말로 설명할 수 없어. 텔레파시라는 게 원래 그래."

가구라가 머리를 헝클었다. 이 소녀가 중요한 열쇠를 쥐고 있다는 건 분명한데 뭐 하나 유익한 정보를 끌어내지 못하고 있다.

"류가 그림을 그릴 때 당신은 계속 함께 있었겠군. 그는 왜 그림을 그리는 거야? 그런 말을 한 적 있나?"

"있어. 영혼의 해방이라고 했어."

"흥. 잘난 체하기는."

"그는 자신이 왜 존재하는지 아는 것 같았어. 그림에 그 열쇠가 숨어 있다고 했고."

"존재? 열쇠? 그가 그린 그림에 이중인격의 비밀이 숨겨져 있다고?"

"가구라 군이 그걸 깨달으면 모든 비밀이 풀린댔어. 하지만 그건 무리라고도 했어. 아마 그림의 의미를 알 수 없을 거라고."

"어떤 그림? 그는 그림을 여럿 그렸어."

"그는 보이지 않는 것을 그려. 예를 들어, 손을 많이 그리지?"

"손 그림이라면 알아. 내게는 정말 알 수 없는 그림이지."

"당신도 틀림없이 볼 수 있는 거야. 하지만 동시에 보이지 않는 거지. 그래서 의미를 알 수 없어."

가구라는 오른손 주먹으로 관자놀이를 눌렀다.

"선문답 같군. 왜 그렇게 빙빙 돌려 말하지? 좀 더 직접적으로 말해줘."

그러자 스즈란은 슬픈 듯한 눈빛을 하고 고개를 흔들었다.

"미안하지만 더는 설명할 수 없어. 이 문제는 당신이 스스로 해결해야 해. 그래야 저주가 풀려."

"텔레파시 다음은 저주야? 당신과 얘기하고 있으니 머리가 다 아프군."

"그럼 그만둘까?"

"그러라는 건 아니야. 그에 대해 물어볼 게 많아. 사실은 그에게 편지를 썼는데 반전제가 듣지 않아 곤란하던 참이야. 당신이 대신 대답해줬으면 좋겠어."

"좋아. 내가 대답할 수 있는 거라면."

"그럴 거야. 왜냐면 그와 마지막까지 함께 있었던 사람이 당신이니까. 그때 그가 어땠는지 알려줘."

"어땠느냐고? 평소와 별로 다른 게 없었는데. 그날은 전에 약속한 대로 나를 그려줬어. 그림 모델은 처음이라 살짝 부끄러웠어. 하지만 정말 기뻤어. 그가 나를 바라보는 눈빛은 항상 따뜻해. 그것만으로도 마음이 따뜻해져."

"그림을 그리면서 어떤 얘기를 했지?"

"이런저런 얘기. 내가 모르는 나라 이야기라든가."

"모르는 나라?"

"그의 머릿속에만 존재하는 나라야. 차별도 전쟁도 범죄도 없는 나라. 사람들은 자연에 경의를 표하고 모두 도우며 살지. 그곳에 문명의 이기는 없지만 그를 능가하는 지혜가 있어."

"동화책에나 나올 세계군."

가구라의 감상에 스즈란은 살짝 쓸쓸한 미소를 지었다.

"그가 말했어. 가구라는 엉뚱한 상상이라 할 거라고. 하지만 류에게는 지금 있는 현실이 더 비현실적이라고. 왜 다들 이런 SF 같은 세상을 좋아하는지 모르겠대. 가구라 군이 하는 일도 좋아하지 않는댔어."

"그래서? 그런 세상을 부수고 싶다고 했나?"

스즈란이 미소를 지우고 험악한 눈빛으로 본다.

"그는 그렇게 과격한 생각은 안 해. 슬퍼할 뿐이지."

가구라는 일단 시선을 피했다가 다시 스즈란을 봤다.

"그는 계속 그림만 그렸나? 다른 일은 안 했고? 가령 방을 나갔다거나."

"그런 일이 있었을 리 없잖아. 그는 그 방에서 내내 그림만 그렸어. 그림 말고는 하고 싶어 하는 일이 없다는 건 당신도 잘 알잖아."

"그럼 당신은 계속 그와 함께 있었나? 아까 그의 의식이 사라질 때까지라고 했는데 그때는 어땠어?"

"응. 조용히 눈을 감더니 그대로 잠드는 걸 보고 방을 나왔어."

"그게 몇 시쯤이었지?"

스즈란은 조금 생각에 잠겼다가 모르겠다는 듯 두 손을 살짝 벌렸다.

"시간 같은 건 몰라. 나는 시계가 없는걸."

"휴대전화는?"

"없어. 인터넷 같은 데 얽매이고 싶지 않아서."

"그러고도 잘도 현대 사회를 살고 있네."

"별로 어렵지 않아. 누구나 그럭저럭 할 수 있어."

거침없이 얘기하는 스즈란의 얼굴을 보면서 가구라는 열심히 머리를 굴렸다. 그녀가 거짓말하는 건지는 모르지만 설령 진실을 말하고 있더라도 류가 사건과 무관하다고 단언할 수는 없다. 일단 잠든 척했다가 그녀가 방을 나간 후에 일어나서 다테시나 남매의 방으로 갔다고 생각할 수도 있기 때문이다.

"류가 다테시나 남매에 대해 뭐라고 하지는 않았나?" 가구라가 스즈란에게 물었다.

"무슨 말?"

"뭐든 괜찮아. 아까 당신은 류가 내 일을 좋아하지 않는다고 했어. 그 말은 다테시나 남매도 좋게 생각하지 않는다는 뜻 아닌가."

스즈란은 오른손을 뺨에 댔다.

"그 사람들은 자기가 좋아하는 일을 했을 뿐이잖아. 류가 그에 대해 불쾌하게 생각할 일은 없어. 수학이나 컴퓨터를 사랑하는 게 나쁜 건 아니야. 어떻게 사용하느냐가 중요한 거잖아?"

"우리는 사용방법이 틀렸다?"

"글쎄." 스즈란이 긴 머리를 쓸어 올렸다. "그건 스스로 생각해야 겠지."

가구라는 답답해졌다. 일어나 스즈란을 내려다봤다.

"아주 그럴듯한 얘기로군. 너는 도대체 누구야? 보아하니 고교생 같은데 어디서 왔지? 부모님은 뭘 하시고?"

소리에 위압감을 실으려 했는데 스즈란은 전혀 겁먹은 얼굴이 아니었다. 변함없이, 의미심장한 미소를 지은 채 이상하다는 표정으로 가구라를 올려다보고 있을 뿐이다.

더 추궁하려고 한 걸음을 뗐을 때 가구라의 휴대전화가 울렸다.

"전화 왔어." 스즈란이 말했다.

"알아."

가구라는 컴퓨터 책상으로 다가가 휴대전화를 들었다. 시가였다. 스즈란에게 등을 돌린 채 전화를 받았다. "예, 가구라입니다."

"시가일세. 지금 얘기할 수 있나?"

"괜찮습니다."

"시라토리에게 얘기 들었네. 시스템에 문제가 생겼다고."

"그렇습니다. 원인은 아직 모릅니다."

"무슨 일인가? 초기라면 모를까 요즘 들어 트러블은 없었는데."

"데이터가 늘어 어딘가에 과부하가 걸렸을 수도 있습니다. 일단 내일부터 전력을 다해 조정할 생각입니다."

"그거 말인데, 시라토리의 요청을 거절했다고 들었네. 그녀는 문제 해결을 돕고 싶다는데."

"우선 제 손으로 원인을 규명하고 싶습니다."

"뭐든 혼자 하려고 하지 말게. 그녀는 손님이 아니야. 자네의 좋은 파트너가 되어야지. 게다가 시스템도 한시바삐 복구해야 하네. 좋은 기회니까 조수로 쓰게. 소장 명령이야."

"……알겠습니다."

"내일 회의에서는 내가 알아서 설명하겠네. 싫은 소리는 좀 듣겠지만."

"죄송합니다. 부탁드립니다."

전화를 끊고 가구라는 입술을 깨물었다. 역시 시라토리 리사는 일찌감치 시가에게 보고한 모양이었다.

그녀에게 시스템 체크를 돕게 해선 안 된다. 그랬다가는 시스템에 문제가 없다는 사실이 금방 들통날 것이다.

이 국면을 타개하려면 왜 다테시나 사키의 옷에 가구라의 모발이 붙었는지 알아내야만 한다. 그리고 그 진실을 아는 사람은 류밖에 없다.

"조금 전 하던 얘기를 계속……." 가구라가 돌아봤다.

하지만 스즈란은 어디에도 없었다. 가구라는 서둘러 집안을 뒤지기 시작했다. 어차피 원룸이다. 목욕탕과 화장실에 없다면 방을 떠났다는 의미이다.

가구라는 현관문을 열고 밖으로 나왔다. 엘리베이터를 타고 1층에 내려 재빨리 건물 로비를 가로질렀다.

거리까지 나가보아도 그녀의 뒷모습은 찾을 수 없었다.

19

아사마는 새벽 2시가 넘어 기바의 전화를 받았다. 그는 집에서 위스키를 따른 얼음 잔을 기울이고 있었다. 알코올을 섭취하지 않으면 잠들지 못한 지 벌써 여러 해가 지났다.

기바는 지금 당장 신세이키 대학병원 경비실로 가라고 했다.

"감식팀이 뭔가 발견한 모양이야. 내일 회의에 보고할 수 있게 제대로 이야기 듣고 와."

자신이 가볼 생각은 없는 모양이었다. 알겠다고 데면데면 대답한 뒤 전화를 끊었다. 잠들기 전이라 다행이었다. 잠들었다가 전화 때문에 깼으면 훨씬 더 불쾌한 목소리를 냈을 것이다.

택시를 타고 병원으로 향했다. 경비실에는 감식팀 사람이 셋 있었다. 그중 한 명은 책임자인 호다카였다. 경비원 도야마도 있다. 사복인 걸 보니 그도 불려나온 모양이었다.

"서로 고생입니다." 아사마가 도야마에게 말했다.

"아닙니다. 저는 괜찮은데……."

"분석에 시간이 걸려 시간이 이렇게 됐습니다." 호다카가 말했다. "내일 아침에 회의가 있죠? 그때까지 수사책임자에게 보고하는 게 나을 것 같아서 책임자인 아사마 형사님께……."

호다카는 책임자라는 말을 강조했다. 밤중에 불려나온 것 정도로 불평하지 말라는 뜻이리라.

"물론 적절한 판단이라고 생각합니다. 그런데 분석은요?" 아사마가 물었다.

"이겁니다. 이걸 발견했습니다." 호다카는 사방 20센티미터 정도 크기의 평평한 금속 박스를 보여줬다. 코드 달린 단자가 몇 개 붙어 있다.

"어디서요?"

"감시카메라에서 신호가 들어오는 제어판 옆입니다. 7층 감시카메라 케이블이 원격 조작으로 차단되었다는 것은 이미 말씀드렸습니다만, 또 다른 장치를 발견했습니다. 장치가 이중일 줄은 생각지도 못해서 발견이 늦었습니다. 실수를 인정합니다."

"아, 됐습니다. 그런데 어떤 장치입니까?" 아사마가 계속하라고 재촉했다.

"백문이 불여일견이니, 일단 보시는 게 제일 빠를 겁니다."

호다카는 상자를 옆에 있는 부하에게 건넸다. 부하는 익숙한 손놀림으로 상자를 모니터와 연결했다.

"자, 그럼." 호다카가 도야마를 향해 말했다. "평소처럼 모니터를 사용해주세요."

도야마는 당혹스러운 표정을 지으며 감시 모니터 앞에 앉아 조작판 스위치를 눌렀다. 모든 모니터에 전원이 들어오고 영상이 나오기 시작했다. 심야라 어느 층에도 사람은 없었다.

"7층 모니터를 주목해주세요." 호다카가 말했다.

아사마에게도 익숙한 영상이 모니터에 흐르고 있다. 다테시나 남매의 방으로 이어지는 출입구가 보였다. 평소와 달리 정맥인증 시스템 위에 뭔가가 놓여 있었다. 자세히 보니 곰 인형이었다.

"저건?" 아사마가 물었다.

"제가 놓아두었습니다. 얼마 전까지 입원했던 여자아이가 두고 간 물건인데 경비실에 맡겨놓은 걸 잠깐 빌렸습니다." 호다카가 대답했다.

"왜 저런 물건을?"

"그건 이제 아시게 될 겁니다."

호다카가 휴대전화를 꺼내 한 손으로 조작했다.

"자, 화면을 잘 보세요." 그렇게 말하고 버튼 하나를 눌렀다.

모니터를 응시하는 아사마의 눈앞에서 모니터가 깜빡거렸다. 다음 순간, 그는 앗! 하고 소리를 질렀다.

곰 인형이 화면에서 사라졌다.

돌아보는 아사마를 보고 호다카가 씩 웃었다.

"다시 한 번 보세요." 그는 다시 휴대전화를 조작했다.

다시 곰 인형이 나타났다. 하지만 그 이외에 다른 변화는 없었다.

"어떻게 된 겁니까?" 아사마가 물었다.

"지금 보시는 게 진짜 영상입니다. 현재 7층 모습을 비추고 있습니다."

"그럼 아까 나온 영상은요?"

아사마의 질문을 받고 호다카가 휴대전화를 조작했다. 아까와 마찬가지로 곰 인형이 사라졌다.

"이건 가짜 영상입니다."

"가짜요?"

"조금 전 보여드린 상자에는 메모리가 내장돼서 감시카메라 데이터 대신 저장된 데이터가 모니터에 나오게 되어 있습니다. 완전히 다른 시간에 촬영된 것으로 보입니다."

"그게 제어판에 설치되어 있었다?"

"그렇습니다. 조사 결과 이처럼 휴대전화로 조작할 수 있다는 게 밝혀졌습니다. 즉 이 장치가 있다는 사실을 아는 사람은 언제 어디서라도 모니터를 속일 수 있다는 겁니다."

"왜 이런 장치를……."

호다카가 고개를 저었다.

"그건 저희도 모릅니다. 감시카메라를 설치하는 의미가 없어지므로 병원 측은 아닌 것 같습니다만."

"범인이 설치했다는 말입니까?"

"그렇게 생각하는 게 타당하겠죠."

"그럼 감시카메라 케이블이 원격 조작으로 절단된 건 뭐죠?"

호다카가 떨떠름한 표정을 지었다.

"아마 우리를 속이기 위한 덫일 겁니다. 갑자기 모니터가 꺼져도 케이블 절단이 원인이라 판명되면 더는 감시카메라를 조사하지 않을 테니까요. 동시에 범행은 그 사이에 저질렀다고 추정하게 되므로 범인은 알리바이 공작이 가능해집니다. 사실 범인은 언제든 범행이 가능했던 겁니다. 애당초 7층은 감시되지 않고 있었으니까요."

아사마는 신음을 내뱉었다.

"어떻게 그런 일이…… 그럼 수사가 원점으로 돌아갔다는 얘기입니까. ……그 장치를 설치하는 데 시간이 얼마나 걸립니까?"

호다카가 고개를 갸웃했다.

"보신 대로 직접 제작한 장치입니다. 이 정도 물건을 만들 수 있다는 건 상당한 기술이 있다는 뜻이죠. 설치하는 시간만 따지면 삼십 분도 안 걸렸을 테지만 준비에는 시간이 제법 걸렸을 겁니다. 내부 사정에 밝은 자의 소행이라고 생각하는 게 좋지 않을까요."

아사마의 입가가 일그러졌다.

"회의에서 이 사실을 보고하면 윗선은 깜짝 놀라겠군요."

"아마 그렇겠죠. 게다가 놀랄 일이 더 있습니다."

"무슨 뜻입니까?"

"이 장치를 사용하면 7층뿐만 아니라 다른 모니터도 속일 수 있습니다. 예컨대 범인이 엘리베이터 모니터에 가짜 영상을 내보내고 엘리베이터를 이용했을 가능성도 생깁니다."

아사마가 고개를 흔들며 한숨을 내쉬었다.

"그걸 당장 확인할 수 있습니까?"

"지금부터 서둘러 분석할 생각입니다. 내일 회의까지는 가능할 겁니다. 철야 작업이 될 수도 있습니다."

"고생하시겠네요. 잘 부탁드립니다." 아사마는 진심으로 말하고 고개를 숙였다.

아사마의 보고를 들은 상사들은 예상대로 얼굴을 구겼다.

"그럼 7층 모니터가 꺼진 시각은 의미가 없어지는 건가. 지난번 회의에서는 그 시간 동안 다테시나 남매가 살해되었다고 얘기했네만." 나스가 불쾌함을 그대로 드러내며 말했다.

"모니터 영상 자체가 가짜라면 당연히 그렇습니다." 아사마가 대답했다.

나스는 혀를 끌끌 찼다.

"뭐 하는 거야. 과경연 특별 감식팀이라더니 그렇게 중요한 걸 빼먹고."

"죄송합니다만 그들은 일을 훌륭하게 처리했습니다. 일반적인 감식이었다면 모니터가 꺼진 원인을 규명하고는 끝냈을 겁니다. 하지만 감식팀에서 더 조사해 가짜 영상 데이터를 송출하는 장치를 발견했습니다."

아사마가 반론하자 나스가 불쾌한 표정을 지었다.

"그 발견이 사건 해결에 도움을 주길 바라겠네. 그런데 시가 소장 쪽은 어떤가. 오늘은 DNA 분석 결과를 알려준다고 하지 않았나."

그러자 시가가 어딘지 떨떠름한 표정으로 일어났다.

"죄송하게도 시스템 문제로 오늘은 결과를 보고드릴 수 없습니다. 이삼 일 기다려주시면 반드시 결과가 나올 겁니다."

"시스템 문제? 무슨 소리지?"

"어젯밤, 가구라에게 연락받았습니다. 현재 복구중입니다. 정말 죄송합니다." 시가가 고개를 숙였다.

그래서 가구라가 없었구나. 아사마는 시가의 옆자리를 보며 생각했다. 가구라 대신 지금까지 본 적 없는 젊은 여성이 앉아 있었다. 미국에서 DNA 수사 시스템을 배우러 왔다는 말만 들었다.

"그건 또 무슨 소리야. 그럼 이렇게 이른 아침부터 모일 필요가 없었잖나. 진전이 전혀 없다니."

"그렇지 않습니다." 아사마가 말했다. "설치된 장치는 상당히 특수한 것이라 아마추어가 쉽게 만들 수 없다고 합니다. 또 범인은 병원 내부 사정에 밝은 게 분명합니다. 두 가지 조건을 통해 용의자를 상당히 좁힐 수 있습니다."

니스는 납득할 수 없다는 표정으로 간신히 고개를 끄덕였다.

"이번에는 그런 답답한 수사에 기대는 수밖에 없는 건가."

그때 문이 열리고 한 남자가 들어왔다. 호다카였다. 표정이 험악하다.

"왜? 가짜 영상이 모니터로 송출되었다는 얘기는 아사마에게서 들었네." 나스가 말했다.

"그와 관련해 새로운 사실을 발견했습니다. 보고드려도 되겠습니까?" 호다카의 목소리가 살짝 상기되어 있었다.

"그래. 어서 얘기하게."

호다카는 회의테이블로 다가와 옆에 끼고 있던 파일을 열었다. 모두를 둘러본 후 천천히 입을 열었다.

"방범 시스템 제어판에 설치된 장치를 면밀히 조사한 결과 7층 감시 모니터 이외에도 가짜 영상이 송출된 모니터가 있는 것으로 밝혀졌습니다."

아사마의 눈이 커졌다.

"엘리베이터입니까?"

"아닙니다. 엘리베이터 모니터에는 이상이 없었습니다. 가짜 영상이 송출된 곳은 5층 모니터였습니다."

"5층? 뭐가 있는 층이지?" 아사마는 혼자 중얼거렸다.

"설비는 아무것도 없는 층입니다." 호다카가 대답했다. "그 층을 이용한 사람은 딱 한 사람. 특수분석연구소의 가구라 주임 분석원뿐입니다. 그리고 영상을 분석한 결과 사건 당일, 가짜 영상은 약 다섯 시간에 걸쳐 송출되었습니다. 따라서 사건은 그 시간 안에 발생한 것으로 추정됩니다."

20

늘 보던 어두컴컴한 복도. 복도에 면해 미닫이문이 쭉 늘어서 있다. 가구라는 그 앞을 걸었다. 끝없이 이어지는 복도를 따라 미닫이문도 한없이 나타난다.

불길한 예감을 품고 미닫이문을 열었다.

방에는 커다란 거울 하나가 놓여 있었다. 그곳에 가구라의 모습이 비친다. 그러나 그는 자기 모습이 아니라는 것을 바로 깨닫는다.

"왜 안 나오는 거지?" 가구라가 물었다.

"나가고 싶지 않으니까." 거울 속의 그가 대답한다. "이제 다 진저리 나. 나를 그냥 내버려둬."

"네 얘기가 듣고 싶어."

"나는 아무것도 몰라."

"그럴 리 없어. 솔직히 말해줘. 정보가 필요해."

거울 속의 그가 지긋지긋하다는 듯 입술을 일그러뜨렸다.

"정보, 정보. 네 머릿속에는 그거뿐인가. 나이를 먹어 귀가 안 들리면 오히려 장수한다는 말도 있지. 정보를 얻는다고 반드시 행복해지는 건 아니야. 모르고, 안 보고, 기억하지 못하는 편이 더 행복할 수도 있어."

"그럼 사랑하는 사람은 어때? 모든 것을 알고 싶어하는 게 당연하지 않나?"

"모든 걸 알 수 없기 때문에 끌리는 거야. 알게 되면 사랑은 끝나지. 사랑이란 빈 정보를 채우는 행위야." 거울 속의 그가 그림 한 장을 꺼냈다. 손을 그린 그림이다. "뭘 그렸는지 모르겠어?"

"누군가의 손이겠지."

가구라가 대답하자 그는 슬퍼하며 고개를 흔들었다.

"네게는 아무것도 보이지 않는군."

그가 몸을 돌렸다. 거울에 비친 미닫이문을 열고 방에서 나가려 한다.

"잠깐만. 네 도움이 필요해."

"이제 진저리가 난다고 했을 텐데."

"기다려. 이봐."

고개가 툭 떨어지는 바람에 놀란 가구라가 잠에서 깼다. 택시 뒷좌석에 앉아 있었다. 택시는 신세이키 대학병원 앞에서 멈췄다.

다양한 의문을 해결하려면 어떻게 해서든 류를 나오게 해야 한다.

그래서 미나카미를 만나봐야겠다고 생각했다. 반전제가 듣지 않는 이상 그에게 의지하는 수밖에 없다.

택시를 내렸을 때 휴대전화가 울렸다. 시가에게서 온 전화였다. 그는 경찰청에서 열리는 회의에 참석하고 있을 터였다.

"가구라입니다. 회의는 끝났습니까?"

"응. 막 끝났네." 시가가 말했다. "자네는 지금 어딘가? 집인가?"

아닙니다, 라고 말하려다 입을 다물었다. 병원에 있다고 하면 이유를 물을 것이다. 게다가 어젯밤 통화에서 오늘부터 시스템 복구에 나서겠다고 얘기했다.

"이동중입니다." 가구라가 답했다. "연구소로 가려던 참입니다."

"그래. 고생하네. 여기가 정리되는 대로 나도 곧 돌아가지."

"알겠습니다."

전화를 끊은 후 가구라는 입술을 깨물었다. 시가가 시스템을 보면 가구라가 한 짓을 금방 알아차릴 것이다.

역시 한시라도 빨리 류에게서 얘기를 듣는 수밖에 없다…… 그렇게 생각하고 병원 정면 현관으로 향하려는데 또 휴대전화가 울렸다. 이번에는 시라토리 리사였다.

가구라는 순간 무시하려 했다. 시스템 복구를 돕겠다고 나설 것이라 예상했기 때문이다. 하지만 그는 결국 전화를 받았다. 시라토리는 시가와 함께 있을 것이다. 전화를 받지 않으면 의심받는다.

"가구라다."

"시라토리입니다. 지금 어디 계십니까?" 시라토리 리사가 물었다.

왠지 목소리를 죽이고 있는 듯하다.

"시가 소장에게 못 들었나?"

"소장님과 따로 행동하고 있습니다. 계신 곳을 알려주세요." 말투는 정중했지만 여유가 느껴지지 않았다.

"특수분석연구소로 가는 중이야. 말하지 않았나? 서둘러 시스템을 복구해야 한다고."

그러자 그녀는 잠시 말이 없다가 물어왔다.

"시스템 문제는 사실입니까?"

놀랐다. 휴대전화를 잡은 손에 땀이 배어나왔다.

"무슨 뜻이지?"

"정말로 트러블이 생겨 그걸 복구할 생각이라면 연구소로 가세요. 하지만 만약 그게 아니라면…… 어떤 이유로 의도적으로 일으킨 트러블이라면 연구소에 접근하는 것은 위험합니다. 구속될 수 있습니다. 시가 소장이 아사마 형사와 함께 연구소로 향했습니다."

가구라의 몸이 뜨거워졌다. 심장 박동도 빨라졌다.

"왜 그런 일이 일어난다는 거지?" 최대한 평정을 가장했다.

"정말 짚이는 게 없으십니까?"

가구라는 뭐라고 대답할지 궁색했다. 그러나 그 반응은 질문에 대답한 거나 마찬가지였다.

"역시 짚이는 데가 있으시군요."

"잠깐만, 무슨 소릴 하는지 하나도 모르겠어."

"그런 식으로 얼버무리는 건, 제게는 불필요하고 또 무의미합니다. 당신을 그냥 잠히게 둘 생각이었다면 이런 식으로 알리지도 않았겠죠."

맞는 말이다. 가구라는 휴대전화를 귀에 댄 채 한숨을 쉬었다.

"내가 체포된다고 했지. 혐의는 뭔가?"

"물론 살인입니다. 다테시나 남매 살해 사건의 용의자입니다."

가구라는 휴대전화를 다른 손으로 바꿔 들고 빈손으로 주먹을 쥐었다.

"무슨 증거라도 나왔나?"

"놀라지 않으시는군요. 평범한 사람은 갑자기 살인 사건 용의자가 되면 당황하기 마련입니다. 그렇지 않다는 건 이미 예상하고 있었다는 소리죠."

"예상하고 있었다고 꼭 범인인 건 아니야."

"맞는 말씀입니다. 그럼 어떻게 예상하셨습니까? 의심받을 여지가 있었다는 뜻이겠네요."

가구라가 침묵하자 시라토리 리사는 계속 추궁했다.

"아무래도 그 시스템 트러블과 관련 있는 것 같네요."

가구라는 어금니를 꽉 문 다음에 입을 열었다.

"그래. 내가 일부러 시스템을 망가뜨렸어."

"역시 그랬군요. 어젯밤, 당신은 정말 태도가 이상했습니다."

"시스템을 망가뜨렸다는 이유로 내가 의심받는 건가?"

"그건 아닙니다. 무엇보다 시스템 트러블이 의도적이었다는 사실은 아직 확인되지 않았습니다. 그래서 소장님 일행이 연구소로 향하고 있는 겁니다."

"그럼 왜 내가 의심을 받게 됐지?"

"새로운 사실이 나왔다고만 알려드리지요. 하지만 그것만으로 체포할 순 없습니다. 그러니 트러블이 진짜이고 진심으로 복구할 생각이라면 그대로 연구소로 가십시오. 하지만 시스템이 복구될 경우, 당신에게 불리한 데이터가 발견된다면 이야기는 다릅니다."

가구라는 마른 입술을 적셨다.

"믿지 않을지도 모르겠지만 나는 전혀 모르겠어."

"아까도 말씀드렸지만 당신을 의심한다면 이런 일은 하지 않습니다. 제 말을 믿고 연구소로 가지 마십시오."

"괜찮아. 연구소로 가고 있다는 건 거짓말이야. 지금 병원 앞에 있어. 신세이키 대학병원으로 간다."

시라토리 리사가 조그맣게 숨을 들이켜는 소리가 들렸다.

"그곳도 위험합니다. 경찰은 당신이 연구소에 나타나지 않았을 때를 대비해, 들를 만한 곳에 수사원을 보냈습니다. 당장 거기서 떠나세요."

"자네 말이 사실이라면 그렇게 하는 게 낫겠군." 가구라는 휴대전화에 대고 그렇게 말하면서 천천히 병원에서 멀어졌다. 주위를 둘러봤지만 아직 경찰이 온 것 같지는 않다.

"제가 거짓말할 이유가 있나요? 게다가 이런 치밀한 거짓말을?"

"그렇게 생각하지 않기 때문에 자네 지시대로 따르기로 했어. 하지만 질문이 있어. 자네 목적은 뭐지? 도와주는 건 고맙지만 그 점은 알고 싶어."

"물론 제게는 목적이 있지만 그건 지금 할 얘기가 아닙니다. 어딘가, 당신이 잘 아는 장소를 지정해주십시오. 거기서 만나죠. 사람이 많아 혼잡하면서도 감시카메라가 적은 곳이 좋겠죠."

현재 대부분의 번화가는 곳곳에 감시카메라가 설치되어 있다. 가구라는 한참 생각한 후 교외에 있는 대형 서점을 지정했다. 물론 거기에도 감시카메라가 있겠지만 책을 훔치려는 손님을 찾을 때만 모니터를 들여다볼 것이다.

"좋습니다. 거기라면 삼십 분 안에 도착할 수 있습니다. 당신은 이제 휴대전화 전원을 끄세요. 켜놓으면 경찰의 추적 시스템에 걸릴 우려가 있습니다."

"그 정도는 나도 알아. 내가 과경연 인간이라는 사실을 잊었나."

"아, 그랬죠. 혹 무슨 일이 일어나 약속 장소에 올 수 없게 되면 컴퓨터로 메일을 주십시오. 제 메일주소는 아시죠?"

"알아."

"그럼 거기서 뵙죠." 그렇게 말하고 시라토리는 전화를 끊었다.

가구라는 휴대전화 전원을 끄고 잰걸음으로 병원 부지에서 나왔다. 빈 택시가 지나가기에 손을 들어 잡았다. 하지만 미터기 숫자가 바뀌자 차에서 내려 다른 택시를 잡았다. 병원 정문에도 감시카메라가 설치되어 있다는 사실이 떠올랐기 때문이다.

21

아사마가 그 건물을 찾아온 것은 두 번째였다. '경찰청 도쿄창고'라는 작은 간판은 여전히 알아보기 힘들다. 물론 일부러 그렇게 해놓았으리라.

"최첨단 과학수사를 연구하는 시설이 이렇게 살풍경한 곳에 있네요." 철제문을 바라보면서 도쿠라가 말했다.

"그렇지? 나도 처음 왔을 땐 놀랐어. 사실 그때는 여기가 어떤 시설인지도 몰랐지만." 아사마가 대답했다.

경비원과 대화를 나누던 시가가 두 사람에게 돌아왔다.

"가구라 군은 아직 오지 않았답니다. 경비원 말로는 어젯밤에 나간 후 돌아오지 않았다는군요. 나갈 때는 시라토리와 함께였다고 하고요."

아사마는 손목시계를 봤다.

"소장님이 가구라에게 전화한 지 삼십 분이 넘었습니다. 집에서 여기로 오는 거라면 벌써 도착했어야 하는데 이상하네요."

"그렇습니다." 시가는 난처한 표정으로 고개를 끄덕였다.

아사마가 도쿠라에게 눈짓을 했다. 도쿠라는 안주머니에서 휴대전화를 꺼내 조작한 후 귀에 댔다. 그러고는 이내 고개를 저었다. "역시 연결되지 않습니다."

아사마는 얼굴을 찡그리며 고개를 끄덕였다. 가구라의 전화는 전원이 꺼져 있을 가능성이 크다.

"괜한 소리를 하신 건 아니죠?"

"괜한 소리라뇨?"

"가구라가 뭔가 알아차릴 수 있을 만한 얘기요. 소장님 전화를 받고 전원을 껐다는 게 아무래도 이상합니다."

시가가 입을 내밀었다.

"연구소로 오고 있다기에 나도 바로 가겠다고 한 게 다입니다. 형사님도 옆에서 들었잖습니까."

"그 후에 가구라에게 다시 전화한 적은?"

시가가 불쾌하다는 눈빛으로 휴대전화를 내밀었다.

"자, 조사해보세요. 통신회사에 문의해도 됩니다."

아사마는 쓴웃음을 짓고 휴대전화를 밀었다. "혹시나 해서 물은 겁니다."

시가는 휴대전화를 도로 넣고 크게 한숨을 쉬었다.

"어젯밤 통화에서는 최선을 다해 시스템을 복구하겠다고 했는데 말입니다."

"일이 이렇게 된 이상 시스템 트러블 자체가 의심스럽습니다. 가구라가 자기 범행이 드러나지 않도록 무슨 짓을 저질렀을 수도 있습니다."

"가구라가 범인이라고 결정하신 것 같습니다."

"그건 아닙니다. 가능성을 말하는 겁니다."

"가구라가 다테시나 남매를 죽였을 리가 없습니다. 뭔가 착오가 있을 겁니다."

"저도 그러길 바랍니다. 하지만 현재 중요 참고인이라는 건 사실입니다."

시가는 말문이 막혔는지 표정이 굳은 채 말없이 연구소 안으로 향했다. 아사마와 도쿠라가 뒤따라갔다.

다양한 보안 시스템으로 무장한 통로를 지나 특수분석연구실 앞에 도달했다. 시가가 정맥을 인증해 문을 열었다.

방에 들어가자마자 도쿠라가 놀라워했다. 중앙에 놓인 거대한 장치는 아사마의 기억에도 남아 있었다.

"SF 세계 같네요." 도쿠라가 장치를 올려다보며 중얼거렸다.

"나는 처음 봤을 때 우주에라도 갈 생각이냐고 말했다가 실소를 샀어."

그때 도쿠라의 휴대전화가 울렸다. 그는 두세 마디 한 후 아사마를 봤다.

"B팀 사람들이 신세이키병원에 도착했다고 합니다. 오늘 가구라가 온 흔적은 없답니다."

"알았어. 그대로 대기하라고 해."

아사마는 자기 휴대전화를 꺼냈다. 가구라의 집으로 보낸 수사원에게 연락하기 위해서였다. 편의상 그쪽은 A팀이라고 부르고 있다.

"맨션 감시카메라에 오늘 아침 일찍 나가는 가구라가 찍혀 있습니다. 그러고는 돌아오지 않았습니다." 전화를 받은 A팀 수사원이 말했다.

"방 안은 봤나?"

"아직 못 봤습니다. 영장이 없어서……."

"그건 그렇지. 지시가 있을 때까지 거기 있어."

아사마는 통화를 끝내고 시가에게 다가갔다. 시가는 컴퓨터 모니터 앞에서 계속 키보드를 두드렸다. 표정이 심각했다.

"뭔가 알아내셨습니까?" 아사마가 물었다.

시가가 낮게 신음한 후 입을 열었다.

"이건 시스템 문제가 아닙니다. 의도적으로 불량 데이터를 읽혀 트러블이 발생한 것처럼 보이게 했을 뿐입니다."

"복구는요?"

"간단합니다. 사실 트러블 자체가 일어나지 않았으니까요."

"가구라가 한 짓이군요."

"그렇게 생각할 수밖에 없습니다. 그런데 왜 이런 짓을……."

"시스템이 정상이라면 뭔가 불리해지는 게 있기 때문이겠죠."

"하지만 가구라는 다테시나 남매 살해 사건의 DNA를 분석하고 있었을……."

"다테시나 사키의 옷에 붙어 있던 모발 분석이죠."

"그렇습니다."

"그 결과는 나왔습니까?"

"프로파일링은 끝나서 어젯밤 시라토리와 회식하는 중에 결과를 보고받았습니다. 다음으로, 등록된 DNA 데이터의 검색 결과를 기다리고 있었습니다. 시라토리 말로는 그때 가구라가 시스템에 문제가 생겼다고 했답니다."

"실제로는 이미 검색 결과가 나왔을 수도 있겠네요."

"그건…… 그럴지도 모르겠습니다."

"확인해볼 수 없나요?"

"유감스럽게도 불가능합니다. 기록이 지워졌습니다."

"그럼, 처음부터 다시 해보면 어떨까요? 가능하겠죠?"

"가능하기는 한데 당장은 무리입니다."

"왜요?"

"DNA 정보를 패키지로 만든 D플레이트라는 카드가 필요합니다. 그런데 그 D플레이트도 찾을 수가 없습니다. 빠져 있습니다."

"가구라가 가지고 갔을까요?"

"그럴 가능성도 있습니다." 시가가 궁색하게 대답했다.

"D플레이트를 새로 만들 순 없습니까?"

"가능합니다. 한나절이 걸리지만."

"그럼 당장 그것부터 해주십시오. 최대한 빨리."

시가는 어쩔 수 없다는 듯 어딘가에 전화를 걸기 시작했다. D플레이트를 만드는 부서인 모양이다.

"저녁까지 만들어준답니다." 전화를 끊고 시가가 말했다.

"됐습니다. 그걸 검색 시스템에 돌리면 가구라가 뭘 숨기고 싶어 했는지 알게 되겠지요."

"하지만 아사마 형사님, 가구라가 사건과 관련되어 있는 거라면 행동이 이상하지 않습니까?" 도쿠라가 말했다. "DNA를 분석하면 자신에게 불리한 결과가 나오리라는 것 정도는 예상했을 텐데요. 그런데 결과가 나온 다음에야 당황하다니 부자연스럽습니다."

"잘 속여넘길 계획이었는데 어떤 실수로 잘 되지 않은 게 아닐까요. 그래서 서둘러 데이터를 삭제하고 시스템이 망가진 것처럼 보이게 했다, 그렇게 생각하면 앞뒤가 맞아요."

"아닙니다. 가구라는 정식 절차대로 분석을 진행했을 겁니다." 시가가 말했다. "어떤 불리한 결과가 나올지 그는 전혀 예상하지 못했을 거라고 생각합니다. 그래서 당황한 거죠."

아사마가 어깨를 으쓱해 보였다.

"왜 당황하죠? 켕기는 부분이 없다면, 그런 결과가 나왔어도 당당하게 얘기하면 될 텐데요."

"가구라에게는 켕기는 부분이 없다, 하지만 짚이는 구석은 있다…… 그런 복잡한 사정이 있습니다."

"복잡한 사정이란 게 뭡니까?"

시가가 뭐라고 대답하려다가 일단 입을 다물었다. 그리고 다시 말을 이었다.

"그 질문에 대답하기 전에 확인하고 싶은 게 있습니다."

"뭡니까?"

"프로파일링 결과 데이터라면 남아 있을지도 모릅니다. 그걸 조사해보고 싶습니다. 시간이 많이 걸리진 않습니다."

아사마는 조금 생각한 끝에 받아들였다.

"좋습니다. 무슨 생각이 있으신 모양이군요. 맡기겠습니다."

시가가 다시 컴퓨터를 조작하기 시작했을 때 아사마의 휴대전화가 울렸다. B팀 수사원이었다.

"병원 감시카메라에 가구라가 찍혔습니다. 정문에 설치된 카메라입니다."

아사마가 휴대전화를 든 손에 힘을 주었다. "오늘 아침에?"

"그렇습니다. 오전 10시 17분으로 표시되어 있습니다."

"10시 17분? 조금 전이잖아?"

"저희가 도착하기 직전입니다. 카메라 영상을 보면 가구라는 일단 병원에 들어왔다가 갑자기 택시를 타고 사라졌습니다."

"택시는 특정할 수 있겠나?"

"회사는 알아냈습니다."

좋았어, 하고 아사마가 읊조렸다. 그리고 그의 눈이 시가 앞에 있는 컴퓨터 화면에서 멈췄다. 컴퓨터가 완성한 몽타주 이미지가 나오고 있었다.

이미지 완성과 동시에 시가가 뒤돌아봤다. 눈이 벌겋게 물들어 있었다.

몽타주는 가구라 류헤이와 매우 비슷했다.

"무슨 짓을 해서라도 그 택시를 찾아!" 아사마가 휴대전화에 대고 명령했다.

22

가구라는 자동문을 통해 서점으로 들어가 안을 둘러봤다. 영상 소 프트웨어나 음반도 풍부하게 갖춘 대형 서점이다. 어느 매장이나 사 람들로 가득하다. 학생으로 보이는 손님이 많은 것은 근처에 학교가 많기 때문일지도 모른다.

1.5층 라운지에 시라토리 리사가 있었다. 난간에 팔꿈치를 대고 아래쪽을 내려다보고 있다. 바로 시선이 마주쳤다.

가구라는 계단을 올라가 그녀에게 다가갔다.

"어느 정도 변장은 꼭 해야 해요." 시라토리 리사가 그를 훑어보 며 말했다. "지금 복장은 맨션 감시카메라에 찍혔을 테니까요."

가구라가 자기 셔츠를 만지며 살짝 고개를 끄덕였다.

"여기서 나가면 바로 사지."

"현금은요?"

"조금 있어. 카드도 있고."

시라토리 리사는 눈살을 찌푸리며 고개를 저었다.

"카드는 절대로 사용하지 마세요." 시라토리 리사가 말했다. "돈을 인출하는 순간 경찰이 움직일 테니까요. 다른 IC카드 사용도 자제하세요. 전화 사용도 엄금입니다. 세상에 퍼져 있는 연결망이 모두 당신을 찾아내기 위해 이용된다고 생각하세요."

가구라가 고개를 흔들었다.

"도대체 무슨 영문인지 모르겠어. 왜 경찰은 나를 의심하기 시작했지? 자네 말로 판단컨대 내가 시스템에 한 짓을 안 것 같지는 않은데."

"간단합니다. 신세이키 대학병원 뇌신경과 병동에서 방범용 모니터를 속이는 장치가 발견됐습니다. 경찰은 그 장치가 알리바이 공작에 사용됐을 가능성이 높다고 보고 있습니다."

시라토리 리사에 따르면, 신세이키 대학병원 뇌신경과 병동 7층과 5층 감시 모니터에 언제라도 가짜 영상을 흘려보낼 수 있는 장치가 설치되어 있다고 한다. 그리고 사건이 일어난 시간대, 5층 모니터에는 가짜 영상이 흘렀다는 것이다.

"나는 모르는 일이야." 가구라가 고개를 저었다.

시라토리 리사는 갸웃거리며 관찰하는 눈빛으로 가구라를 봤다.

"거짓말인지 아닌지는 몰라도, 어쨌든 시스템이 고장 난 것처럼 보이게 한 이유는 당신에게 예상외의 일이 벌어졌기 때문이라고 생각합니다. 그렇죠?"

가구라는 주위에 듣는 사람이 없는지 확인하고 찌푸린 얼굴로 수궁했다.

"맞아. 다테시나 사키 옷에 붙은 모발을 분석했더니 컴퓨터가 말도 안 되는 결과를 내놓았어. 내 머리칼이라고."

그렇지 않아도 선이 분명한 시라토리 리사의 눈이 더욱 커졌다.

"흥미진진하네요."

"어떻게 된 일인지 전혀 모르겠어. 짚이는 구석이 하나도 없어."

그러자 그녀는 의심스럽다는 표정을 지었다.

"정말인가요? 그럼 시스템 트러블이라고 하지 말고 솔직하게 얘기하지 그러셨어요?"

이 의문에 가구라는 대답할 수 없었다. 가구라가 입을 다물자 그녀는 표정을 풀었다.

"아무래도 전혀 짚이는 데가 없는 건 아닌 것 같네요. 오히려 당신은 알고 있어요. 본인은 기억이 없다지만 자신이 범인일 가능성이 있다는 사실을."

가구라가 그녀를 노려봤다.

"알고 있었나, 내 병에 대해?"

"류라는 화가 이야기라면 시가 소장님에게서 들었습니다." 시라토리 리사는 별일 아니라는 듯 말했다.

23

이젤에 놓인 캔버스는 아사마도 본 적이 있다. 처음 이 연구소에 왔을 때 봤다. 뭔가 감싸고 있는 듯한, 사람의 양손이 그려져 있었다.

"가구라가 이중인격⋯⋯." 아사마가 팔짱을 끼고 캔버스의 그림을 바라봤다.

세 사람은 연구실 안쪽에 있는 방에 있었다. 가구라의 작업실이다. 중앙에 회의테이블이 놓여 있고 책장과 캐비닛이 있다. 아사마가 전에 왔을 때와 거의 달라진 게 없었다.

"약으로 인격 전환을 조절하고 있어서 일상생활에 지장은 전혀 없었습니다. 나도 류라는 인격과 접한 적은 거의 없습니다. 형사님이 처음 이곳에 왔을 때, 제가 방문을 열었더니 안에 있던 사람이 호통쳤죠? 그 사람이 류입니다."

아사마가 고개를 끄덕였다. 그때 일은 잘 기억하고 있다.

"그 후 이 방에 들어왔더니 가구라밖에 없었죠. 그런데도 그는 자신이 그린 그림이 아니라고 했어요. 그린 사람은 방을 나갔다고. 다른 출입문이 없으니 이상하다고 생각했죠."

"당신에게 설명하기는 어려울 것 같았죠. 설명할 필요도 없었고."

"그건 충분히 이해하지만 상황이 여기까지 왔으니 이야기가 달라지죠." 아사마는 회의테이블에 놓인 사진 한 장을 가리켰다. 컴퓨터가 그려낸 몽타주 이미지를 프린트한 것이다. 몇 번을 다시 봐도 가구라 류헤이이다.

시가는 고심하는 표정이었다.

"가구라가 자신이 다테시나 남매 살해와 관련 있다고 자각했다면, 도쿠라 씨가 얘기했듯 DNA 분석 자체를 진행하지 않았을 겁니다. 그전에 어떤 공작을 했을 테죠. 이 결과를 보고 가장 놀란 사람은 가구라 본인일 겁니다."

"그러니까 가구라의 또 다른 인격…… 류라는 인물이 범인일 가능성이 높다는 말씀이시군요."

"믿고 싶진 않지만 그렇게 생각할 수밖에 없습니다."

아사마는 서 있는 도쿠라를 올려다봤다.

"A팀에 연락해. 가구라의 방을 조사해야 해. 영장 없어도 하라고 해. 내가 책임진다."

도쿠라가 전화 거는 걸 지켜본 다음, 아사마는 다시 시가를 봤다.

"가구라가 들를 만한 곳을 알려주십시오. 친구, 지인, 친척, 뭐든 좋습니다."

"그를 체포하실 겁니까? 가구라는 아는 게 없을 텐데."

"어쩔 수 없습니다." 아사마가 고개를 끄덕이며 말했다. "어떤 인격의 의사였든, 행동한 건 그의 육체니까요."

24

"반전제가 듣지 않는다고요? 그러니까 그…… 류를 불러낼 수 없습니까?" 시라토리 리사가 미간에 주름을 잡았다.

둘은 서점 안에 있는 카페로 이동했다. 가구라는 블랙커피를, 시라토리 리사는 밀크티를 마시고 있다.

"왜 그런지 나도 모르겠어. 그래서 미나카미 교수님과 상담하러 대학병원에 간 거고."

"지금 상황에서 신세이키 대학병원에 가면 바로 체포될 겁니다."

가구라가 커피를 마시면서 혀를 찼다.

"체포되어 형사에게 심문받는다고 해도 지금 나는 대답할 게 하나도 없어. 일단 어떻게 해서든 류를 불러내야 해."

"미나카미 교수님은 그를 불러낼 수 있나요?"

"그건 몰라. 하지만 다른 방법이 생각나질 않아."

시라토리 리사는 생각에 잠긴 다음 뭔가 결심한 듯 고개를 끄덕였다.

"알겠습니다. 그 부분은 제가 어떻게 해보겠습니다."

"어떻게?"

"제가 교수님에게 왜 반전제 효과가 없는지 물어보겠습니다. 괜찮습니다. 제가 당신과 접촉하고 있다는 사실은 경찰은 물론 교수님에게도 들키지 않도록 하겠습니다."

가구라는 시라토리 리사의 얼굴을 가만히 봤다.

"핵심을 물었어야 하는데 잊고 있었군. 왜 나를 도와주지? 자네 목적은 뭔가?"

시라토리 리사는 등을 꼿꼿하게 펴고 컵을 천천히 입으로 가져갔다. 밀크티를 한 모금 마신 후 컵을 받침 위에 올려놓았다.

"드디어 본론에 들어갔네요. 당신을 돕는 이유는 지금 당신이 경찰에 구속되면 곤란하기 때문입니다. 당신 혹은 류에게 듣고 싶은 얘기가 있습니다."

"그게 뭐지?"

"다테시나 사키가 마지막으로 만든 프로그램, '모굴'에 대해서입니다."

"아……."

가구라는 분명 어디선가 그 명칭을 들었다. 이번 수사에서 감식팀이 다테시나 사키의 단말기에서 찾아냈다는 그것이다. 다만 그게 무엇인지는 모른다.

가구라가 그 사실을 알려주자 시라토리 리사는 천천히 고개를 끄덕였다.

"그래요? 시가 소장님도 모르시는 것 같더군요. 그럼 다테시나 남매가 아무에게도 프로그램 내용을 말하지 않았을지도 모릅니다."

"자네는 모굴 내용을 아나?"

가구라의 질문에 그녀는 고개를 살짝 기울였다.

"안다는 말은 정확하지 않습니다. 추측하고 있다고만 말해드리겠습니다."

"그걸로 충분해. 어떤 식으로 추측하는지 듣고 싶군."

그녀는 의미심장하게 미소를 지었다.

"지금 단계에서는 말할 수 없습니다. 모굴을 찾아내 내용을 확인하면 당신도 알게 되겠죠."

가구라는 시라토리 리사의 단정한 얼굴을 바라보며 커피 컵을 입으로 가져갔다. 그녀는 계속 웃고 있었다.

"이상하군." 가구라가 말했다. "자네는 우리 수사 시스템을 배우기 위해 미국에서 파견되었어. 그런데 다테시나 사키가 마지막으로 만든 프로그램에 대해 우리보다 더 많이 아는 것 같은 말투야. 도대체 어떻게 된 거지?"

"당신이 의문을 갖는 건 당연합니다. 하지만 유감스럽게도 그 질문에 지금은 대답할 순 없어요. 다만, 제가 결코 거짓말하지 않았다는 사실만은 알아주셨으면 합니다. 시스템을 배우기 위해 파견된 건 사실입니다. 하지만 제게는 또 다른 임무가 있어요. 한마디로 표현하면 DNA 수사 시스템의 완성을 지켜보는 것입니다."

가구라가 미간을 찌푸렸다.

"그게 무슨 소리지?"

"말 그대로예요. 당신이 현재 사용하는 시스템은 엄밀히 말하면 미완성입니다. 완성되려면 마지막 조각이 필요합니다. 조각을 프로그램이라고 바꿔 불러도 좋고요."

"그게 모굴이란 말인가?"

"저는 그럴 가능성이 높다고 생각합니다."

가구라가 머리를 긁적였다.

"아무래도 납득이 가질 않아. 시스템이 미완성이라는 말은 한 번도 들어보지 못했어. 어떻게 미국에서 알고 있지?"

드디어 시라토리 리사의 얼굴에서 미소가 사라졌다. 그녀는 조금 주저하는 것 같았지만 입을 열었다.

"어떤 수학자가 정보를 주었습니다. 그는 다테시나 남매와 정기적으로 메일을 교환했습니다. 그 메일을 통해 시스템이 미완성이라는 게 드러났습니다."

"그 수학자 이름은?"

"죄송하지만 알려드릴 수 없습니다."

가구라는 후 하고 한숨을 내쉬었다.

"중요한 부분은 죄다 비밀이군. 뭐, 됐어. 방금 말했듯 나는 모굴에 대해 아무것도 몰라. 다테시나 남매가 내게 알리지 않고 맘대로 만든 거야. 그러니 자네에게 줄 만한 정보도 없어. 나를 도와주는 이유는 모굴에 관한 정보를 입수하기 위해서 아닌가? 완전히 예상을 벗어났는데 이제 어떻게 할 건가? 나를 경찰에 넘길 텐가?"

시라토리 리사는 여유롭게 밀크티를 마셨다. 어떻게 할지 생각한다기보다 거드름을 피우는 것처럼 보였다.

"당신이 모굴을 모를 가능성도 크다고 생각했으니 그 자체는 놀랄 일이 아닙니다. 문제는 모굴이 행방불명이란 사실이죠. 감식팀은 다테시나 사키가 프로그램을 개발했다는 흔적만 발견했습니다."

"우리도 그렇게 들었어."

"모굴은 어디로 사라졌을까요. 당신이 그걸 추리해줬으면 합니다. 추리하고 찾아주세요. 다테시나 남매와 가장 밀접하게 교류한 당신만이 할 수 있는 일이라고 생각하니까."

가구라는 커피 컵을 테이블에 놓고 시라토리 리사를 응시했다.

"그래서 나를 돕는다는 건가?"

"납득이 되셨나요?"

"그 점에 관해서는. 하지만 다 납득한 건 아니야. 애당초 나는 시스템이 미완성이라는 이야기는 들어보지도 못했어. 시스템은 아무 문제없이 기능하고 있어. 어디에 부족한 부분이 있다는 거지? 프로파일링은 완벽하고, 검색 시스템으로 발견하지 못하는 케이스도……." 거기까지 얘기하고 가구라가 입을 다물었다. 자신이 방금 한 말 속에 시스템의 미숙한 부분을 암시하는 말이 담겨 있음을 깨달았기 때문이었다.

그의 속마음을 간파한 듯 시라토리 리사는 다시 미소를 지었다.

"짚이는 데가 있나 보군요."

"NF13…… 혹시 그걸 말하나?"

"연쇄부녀자폭행살인 사건…… 아직 해결하지 못하셨죠. 현장에서 범인의 다양한 흔적을 발견했다고 들었습니다. 하지만 범인의 꼬리조차 잡지 못하고 있습니다. 그게 단순히 데이터 부족 탓일까요? 아무래도 그렇게 생각할 순 없지요."

"프로그램에 결함이 있고, 그 문제를 숨기고 있다고……."

"그렇게 생각하는 편이 합리적인 것 아닐까요?"

"그런 결함이 있다면 NF13 이외에도 검색이 불가능한 케이스가 더 많이 나와야 해. 하지만 아직까지 그런 조짐은 없어."

"아직까지는 그렇죠. 앞으로는 어떻게 될지 모르죠."

가구라는 머리를 마구 헝클다가 손을 멈추고 시라토리 리사를 바라봤다.

"다테시나 남매를 죽인 범인의 목적도 모굴일까?"

순간 시라토리 리사의 눈이 커졌다.

"물론 그렇게 생각할 수 있습니다."

"그렇다면 모굴은 범인이 가져갔다고 생각해야 하지 않을까?"

"그럴 가능성은 지극히 낮습니다."

"왜지?"

"아까 말씀드린 수학자에게, 다테시나 고사쿠는 모굴이 완성되었다며 안전한 장소에 보관할 계획이라고 했습니다. 남매를 살해한 후 범인이 실내를 뒤진 흔적은 없습니다. 그럴 만한 시간이 없었습니다. 누가 남매를 죽였든 모굴은 어딘가에 숨겨져 있는 것으로 추측됩니다."

가구라는 완전히 식은 커피를 다 마셨다.

"그렇게까지 많은 걸 알고 있다면 시가 소장님과 의논하면 되겠군. 경찰청에 맡기면 모굴도 금방 찾을 텐데."

"그럴 수 없기에 이렇게 당신을 돕는 겁니다. 우리는 당신이 모굴을 찾아주길 바랍니다." 목소리는 작았지만 단호한 말투로 시라토리 리사가 말했다. 초조함과 답답함이 느껴졌다.

가구라는 시라토리 리사를 노려봤다.

"미국은 일본을 앞지를 생각이군. 미국과 일본이 협력해 시스템을 구축한다거나 쌍방의 데이터베이스를 공유할 수 있는 체제를 만든다고 얘기하면서."

"그 방침에 변화는 없습니다. 하지만 미국이 일본과 똑같은 방법으로 문제를 해결할 필요는 없죠."

"말은 그럴듯하군."

"모굴은 그 정도로 다루기 까다로운 겁니다." 그렇게 말하고 시라토리 리사는 손목시계를 봤다. "시간이 별로 없습니다. 바로 대답해주세요. 우리에게 협력한다면 우리도 당신을 지원하겠습니다. 어떻게 하시겠습니까?"

가구라는 한숨을 쉬며 고개를 저었다.

"선택의 여지가 없잖아. 거절하면 경찰에 체포되겠지."

"우리가 신고할 일은 없습니다. 다만 계속 도망 다니기가 쉽지는 않겠죠. 그럼 승낙하신 걸로 알겠습니다."

"하지만 나는 정말 짐작 가는 게 없어. 모굴이라는 것도 지금 처음 알았어."

"생각해보세요. 다테시나 남매가 모굴을 어디에 숨겼을지. 다시 얘기하지만 당신만 할 수 있는 일입니다."

가구라가 손끝으로 두 눈을 눌렀다.

"머리 아프군."

"이걸 받으세요."

시라토리 리사의 말을 듣고 가구라가 고개를 들었다. 그녀는 휴대전화를 들고 있었다.

"저와 연락할 때 쓸 휴대전화입니다. 다른 건 되도록 사용하지 마십시오. 어쩔 수 없을 때라도 가급적 본명은 말하지 마세요."

"알았어."

그녀는 백에서 봉투를 꺼냈다.

"휴대전화에 전자화폐가 충전되어 있지만 현금이 필요할 때도 있을 겁니다."

가구라는 봉투를 받아 안을 확인했다. 돈다발이 들어 있다. 백만 엔 이상은 될 듯하다. 이런 때가 아니라면 휘파람이라도 불었을 것이다.

"그리고 이것도 받으세요." 그녀는 열쇠와 종잇조각을 꺼냈다. 종이에는 지도가 그려져 있었다. "맨션 키입니다. 방은 1208호, 12층입니다. 당분간 그곳에서 지내시고 감시카메라에 얼굴이 찍히지 않도록 조심하세요."

"준비성이 상당히 좋군. 내가 경찰에 쫓길 거라고 예상이라도 한 것 같아."

"괜한 상상은 말아주십시오. 요즘 세상에 숨어 있을 장소를 급히 구하는 것 정도는 일도 아니니."

"나를 도와주다가 경찰청에 들키면 어떻게 할 셈인가?"

"그건 저 같은 말단이 걱정할 일이 아닙니다."

"국가끼리 얘기할 거란 말인가."

시라토리 리사는 질문에 대꾸하지 않고 다시 시계를 봤다.

"그럼 행운을 빕니다. 정기적으로 연락할 테니까 휴대전화를 꼭 켜놓으세요."

"잠깐만. 다시 한 번 묻겠는데 자네는 나를 다테시나 남매를 죽인 범인이라고 생각하나. 아니면 범인이 아니라고 생각하나."

시라토리 리사는 의외라는 얼굴로 가구라를 봤다.

"당신은 아니죠. 류라면 모를까."

"류가 범인이라면 어쩔 건가?"

그녀가 어깨를 으쓱였다.

"범인이 누군지는 관심 없습니다. 모굴이 어디에 있는지만 알고 싶을 뿐입니다. 물론 류가 그걸 안다면 무슨 짓을 해서라도 추궁하고 싶지만, 지금은 그것도 불가능한 것 같네요."

"류는 모굴에 대해 모를 것 같은데."

"그렇다면 범인이든 아니든 관심 없습니다."

서두르자고 말하고 그녀는 의자에서 일어났다.

가구라는 시라토리 리사와 서점 안에서 헤어진 뒤 밖으로 나왔다. 조금 앞에 대형 쇼핑몰이 있다는 사실이 떠올라 택시를 타지 않고 걷기 시작했다.

쇼핑센터에서 옷과 구두, 선글라스까지 사서 화장실에서 갈아입었다. 입고 있던 옷은 종이봉투에 넣어 쇼핑센터에서 나온 후 가까운 맨션 쓰레기장에 버렸다.

시라토리 리사에게 받은 지도를 꺼냈다. 숨어 있을 맨션은 고토 구에 있었다.

25

아사마는 가구라 류헤이의 맨션에 와 있다. 이미 수사원들이 실내 수색을 끝냈다. 하지만 가구라의 행선지를 알아낼 만한 실마리는 찾지 못했다. 다테시나 남매 살해를 증명하는 것도, 살해 동기와 이어질 실마리도 전혀 발견할 수 없었다.

유일한 발견은 가구라가 쓴 것으로 보이는 편지였다. 내용은 다음과 같았다.

류라는 남자에게.

인사는 생략한다. 내가 이런 편지를 쓰는 이유는 설명할 필요가 없겠지. 네게 묻고 싶은 게 있다. 물론 다테시나 사키에 관한 일이다.

당신도 알지 모르겠지만 내 모발이 다테시나 사키의 옷에 붙어 있었다. 나는 짚이는 데가 없으니 당신이 원인이겠지. 어찌 된 일인지 바로 설명해주길 바란다. 미안하지만 여기에는 그림을 그릴 도구가 없다. 지루할지 모르지만 참아주길 바란다. 그럼 대답을 기다리겠다.

류가 가구라의 또 다른 인격의 이름이라는 사실은 아사마도 이미 알고 있다. 요컨대 이 편지는 가구라가 또 하나의 자신에게 쓴 것이다. 내용으로 보건대 가구라 본인은 다테시나 남매 살인에 대해 아무것도 모르고 있는 듯하다. 그 점은 의심할 여지가 없다고 아사마는 생각했다. 자신은 사건과 관계가 없다고 생각했기에 가구라는 일상적인 절차에 따라 DNA 분석을 실행했다. 그런데 컴퓨터가 내놓은 결과가 자신을 범인이라고 지목한 것이다. 너무 당황해 시스템에 문제가 생긴 척했다고 해도 이상할 게 없다.

문제는 가구라가 이제 어떻게 행동할 것인가이다.

아사마는 창밖을 봤다. 그때 도쿠라가 다가왔다.

"감시카메라 영상 속 가구라는 짐을 가지고 나가지 않았습니다. 여권도 서랍 안에 들어 있는 걸로 보아 방에서 나갈 당시에는 도주할 생각이 없었던 모양입니다."

"그럼 어디로 갔다는 거지? 신세이키 대학병원 앞에서 사라진 후 특수분석연구소에는 무단결근했고 집에도 돌아오지 않았어. 시가 소장에게 연락도 없고."

"이곳을 나간 후, 이대로 있다가는 자신이 체포된다고 생각해 모습을 감춘 게 아닐까요?"

"그렇다고 치면, 녀석은 지금 뭘 하고 있을까? 그저 숨어만 있을까? 녀석도 경찰청 사람이야. 계속 도망칠 수 있으리라고 생각하진 않을 텐데."

"하지만 함부로 움직이지도 않겠죠."

"그럴까. 나는 움직일 거라 생각해. 녀석은 단순한 살인 사건 용의자가 아니야. 용의자인 동시에 탐정이지. 자기 몸에 숨은 범인을 쫓는 탐정." 아사마는 옆에 있는 소파에 앉았다. 센터테이블에 놓인 재떨이를 바라보았다. "이 재떨이에 꽁초가 두 개 있었어."

"그랬다더군요."

"조사 결과 평범한 담배가 아니었어. 아마 반전제라는 것이겠지. 가구라는 류에게 보내는 편지를 쓴 뒤 그가 편지를 읽게 하기 위해 반전제를 사용했다. 그렇게 생각해야겠지?"

"그렇습니다."

"가구라가 류에게서 대답을 얻었을까?"

글쎄요, 하며 도쿠라가 고개를 갸웃했다.

"신세이키 대학병원에 가보자. 류에 대해 가장 잘 아는 사람의 말을 들어볼 수밖에." 아사마가 소파에서 일어났다.

아사마와 도쿠라가 신세이키 대학병원 정신분석연구실로 갔더니 먼저 온 손님이 복도에서 기다리고 있었다. 시라토리 리사였다.

"아사마 형사님, 오늘 아침에는 감사했습니다." 그녀는 자리에서 일어나 인사했다. 오늘 아침, 경찰청 회의실에서 처음 봤다.

"댁이 왜 여기?" 아사마가 물었다.

시라토리가 웃었다.

"가구라 씨와 류에 대해 미나카미 교수님에게 이야기를 들을까 해서요. 형사님도 같은 목적이겠지요?"

아사마가 도쿠라와 서로 바라보는데 문이 열리고 미나카미가 고개를 내밀었다.

"다 오셨군요. 마침 잘되었습니다. 다 같이 얘기하죠."

아사마 일행은 시라토리의 뒤를 따라 방에 들어갔다. 작은 테이블이 있고 의자 두 개가 마주 보고 놓여 있었다. 예비 의자는 없는 것 같아 아사마와 도쿠라는 서 있기로 했다.

"자, 어느 분이 먼저 질문하시겠어요?" 미나카미는 시라토리 리사와 아사마 일행을 번갈아 봤다.

"형사님부터 하시죠." 시라토리 리사가 양보했다. "사실상 수사책임자는 형사님이시니까."

"그럼 제가 먼저." 아사마가 선 채 테이블에 양손을 짚었다. "가구라 류헤이에게 다테시나 남매 살해 용의가 걸려 있다는 사실은 아시지요?"

"시가 소장님에게 들었습니다. 정확하게는 가구라가 아니라 류가 의심받고 있다던데요."

"그렇습니다. 상황 증거와 물증이 몇 가지 포착됐습니다. 그래서 묻고 싶은데, 류가 범인이라면 범행 동기는 뭐라고 생각하십니까?"

미나카미가 허리를 쭉 펴고 진지한 눈빛으로 아사마를 봤다.

"저는 정말 모르겠습니다. 아니, 그보다 류가 사람을 죽인다는 것 자체를 상상할 수조차 없습니다."

"살인자와 가까운 사람은 대체로 그렇게 얘기합니다."

미나카미가 고개를 저었다.

"그는 사람을 죽일 악인이 아니라는 말씀을 드리는 게 아닙니다. 그 이전의 이야기입니다. 류는 사람과 얽히는 일 자체를 피해왔습니다. 내게도 쉽게 마음을 열지 않아요. 이해되십니까? 타인에게 다가가려 하지 않는 사람에게는 애당초 타인을 죽일 동기가 생기질 않습니다."

"하지만 아까 말씀드렸듯 증거가 여럿 있습니다."

"말도 안 됩니다. 뭔가 착오가 있는 거라고 단언할 수 있습니다."

부드러운 말투였지만 강한 의지가 느껴졌다.

아사마는 입술을 축이고 상체를 더 내밀었다.

"가구라의 방에서 편지를 찾아냈습니다."

"편지요?" 미나카미가 미간을 찌푸렸다.

"가구라가 류에게 쓴 편지입니다."

아사마는 재킷 주머니에서 서류 한 장을 꺼냈다. 복사한 편지를 미나카미에게 보여주었다.

"어떻게 생각하십니까? 가구라 자신이 류를 의심하고 있어요."

"가구라의 마음을 생각하면 당연하겠죠."

"무슨 뜻입니까?"

"당신이 세상에서 가장 믿을 수 있는 사람은 누군가요?"

"저요? 저는…… 글쎄요." 절로 쓴웃음이 지어졌다. 믿을 수 있는 사람은 없다고 생각했기 때문이다.

미나카미는 그 속마음을 알아차린 듯 고개를 끄덕였다.

"사람을 그다지 믿지 않으시는군요."

"의심하는 게 제 일이니까요."

"믿을 수 있는 사람은 자신뿐이다, 그런 뜻 아닌가요?"

"뭐, 그렇지요."

"가구라는 자신조차 믿을 수 없습니다." 미나카미가 말했다. "가구라에게 류는 결코 만난 적 없는 존재입니다. 어떤 인간인지 직접 알 방법도 없습니다. 류가 무슨 생각을 하고 어떤 행동을 할지 가구라는 전혀 예상할 수 없고, 저지른 행동에 대해서도 누가 알려주지 않는 한 알 수 없습니다. 당연히 류의 행동을 제어하는 것도 불가능합니다. 류가 사람을 죽였다는 얘기를 들어도 부정할 도리가 없습니다. 다중인격자는 당신이나 나 같은 사람이 이해하기 어려운 괴로움을 안고 삽니다."

아사마는 미간에 주름을 잡았다. 정말 이해하기 어려운 말이다. 그러나 이해할 필요도 없다고 생각했다.

"반전제에 대해 알려주십시오." 아사마가 말했다. "반전제를 써서 인격이 류가 되어 있는 건 얼마 동안입니까?"

"사람에 따라 다르지만 류는 다섯 시간 정도 인격이 유지됩니다."

"한 개비에 다섯 시간요?"

"그렇습니다."

"그럼 두 개비면 열 시간입니까?"

"무슨 소리죠? 두 개비라니?" 미나카미가 물었다.

"현재 가구라는 모습을 감추었습니다. 류의 의지일지도 모릅니다. 현장에는 반전제 두 개비가 남아 있었습니다."

미나카미가 의아한 표정으로 아사마를 봤다.

"정말 반전제였습니까?"

"그렇습니다. 사진이 있습니다."

아사마는 휴대전화를 꺼내 액정화면을 미나카미에게 보여주었다. 사진 속에는 꽁초 두 개가 담긴 재떨이가 있었다.

미나카미의 표정이 험악해졌다.

"…… 이상하군요."

"왜 그러십니까?"

"반전제 사용은 일주일에 한 번, 한 번에 한 개비로 정해져 있습니다. 계속 사용하면 정신착란을 일으킬 우려가 있기 때문입니다. 그런데 이 사진을 보니 두 대를 연거푸 사용한 것 같습니다. 그런 일은 이제까지 한 번도 없었습니다. 어째서 이런 짓을……." 미나카미가 고개를 갸웃했다. 액정화면을 뚫어져라 보고 있다.

그 순간 옆에서 이야기를 듣고 있던 시라토리 리사가 끼어들었다.

"한 개비로 효과가 없었다……거나."

아사마가 그녀의 단정한 얼굴을 봤다.

"죄송합니다. 끼어들어서." 그녀가 손으로 자기 입을 가렸다.

"가능합니다." 미나카미가 말했다. "맞는 말씀입니다. 한 대로 반전이 일어나지 않았을 수도 있습니다. 가구라 군도 반전제의 연속 사용이 얼마나 위험한지 잘 아니까 웬만한 일이 아니면 두 번째는 피우지 않았을 겁니다."

"반전제 효과가 없을 때도 있습니까?" 아사마가 물었다.

"아주 드물긴 합니다."

"원인은요?"

"두 가지를 생각할 수 있습니다." 미나카미가 손가락 두 개를 세워 보였다. "첫째는 다중인격 증상이 호전되었을 때입니다. 즉 다른 인격이 사라졌기에 반전이 일어나지 않습니다. 바람직한 케이스이죠. 둘째는 어떤 이유로 다른 인격이 겉으로 드러나길 거부할 때입니다. 이건 바람직한 경우가 아니지만 유감스럽게도 가구라는 둘째인 것 같군요."

"그러니까 류가 나오기를 거부하고 있다는 겁니까?"

"그럴 가능성이 높습니다."

"반전제를 사용해도 인격이 나오느냐 아니냐는 류의 의사에 달려 있습니까?"

"그렇지는 않습니다. 근본적으로는 잠재의식 문제입니다. 류라는 다른 사람이 가구라의 몸을 빌려 사는 것처럼 볼 수도 있지만 사실은 그렇지 않습니다. 류를 만들어내는 게 가구라의 뇌라는 점은 움직일 수 없는 사실입니다. 가구라 안에, 뇌 속의 류를 각성시키고 싶지 않다는 잠재의식이 있다면 반전제는 소용이 없습니다."

아사마는 입가를 일그러뜨리고 크게 혀를 찼다. "얘기가 까다롭군요."

"곤혹스러우실 겁니다. 그러나 결코 가구라 탓이 아닙니다. 다양한 심리적 요인이 그런 복잡한 상황을 만들어내고 있다고 이해해주십시오."

아사마는 한숨을 쉬었다. 이해만으로 사건이 해결된다면 얼마든지 노력할 것이다.

"반전제가 들지 않으면 류를 불러낼 수 없습니까?" 시라토리 리사가 질문했다.

"최면 요법을 사용해 불러낼 수 있을지도 모릅니다. 하지만 일단 그를 여기로 데려와야만 합니다."

"가구라가 어디에 있을지 짐작되는 곳은 없습니까?" 아사마가 미나카미에게 물었다.

"모르겠습니다. 최근에 그는 자택과 연구소만 오갔고, 다른 곳이라고 해야 이 병원밖에 없었습니다."

"분명 그는 오늘 아침, 병원 앞까지 왔습니다. 그런데 들어오지 않고 어딘가로 사라졌습니다. 왜 그랬다고 생각하십니까?"

미나카미는 고통스러운 표정으로 고개를 갸웃했다.

"반전제가 들지 않자 제게 상담하러 왔을지 모릅니다. 그러나 도중에 돌아간 이유는 모르겠습니다."

아사마가 입술을 깨물었다. 그때 미나카미가 들고 있던 휴대전화에서 착신음이 났다.

실례합니다, 하고 아사마는 휴대전화를 건네받았다. 문을 열고 복도로 나가면서 통화를 시작했다. 기바였다.

"예, 아사마입니다."

"나야. 뭘 좀 알아냈나?" 기바가 말했다.

"도주중인 것은 류가 아니라 가구라 같습니다."

"응? 무슨 소리야?"

아사마는 미나카미에게 들은 말을 그대로 전했다. 알아들었는지는 모르겠으나 기바는 일단 흠, 하고 대답했다.

"가구라의 도주처를 찾고 있는데 이렇다 할 장소를 알아내지 못했습니다. 호텔이나 여관 등을 하나씩 찾아볼 수밖에 없습니다."

"알았다. 다른 지역 경찰에도 협력을 요청하지."

"부탁드립니다. 전할 말씀은 이게 전부입니까?"

"아니, 더 중요한 일이 있어. 그쪽 일 끝나면 바로 내 쪽으로 와."

"무슨 일입니까?"

"나중에 얘기하지. 최대한 서둘러." 기바는 일방적으로 그렇게 말하고 전화를 끊었다.

26

　맨션은 강변에 서 있었다. 창문을 열자 조명을 받은 다리가 바로 옆에 보였다. 방은 세 평 정도의 원룸으로, 담요 두 장과 작은 탁자 그리고 노트북 한 대가 놓여 있을 뿐이었다.

　편의점 도시락으로 저녁을 먹은 가구라는 컴퓨터를 사용해 자신에 관한 정보를 조사해봤다. 그러나 다테시나 남매 살해 사건에 관한 기사 자체가 전무했다. 경찰청 시스템에도 침투해봤지만 결과는 마찬가지였다.

　가구라는 바닥에 누워 천장을 올려다봤다. 시라토리 리사와 나눈 대화를 곱씹어봤다.

　모굴이란 도대체 무엇인가.

　이해할 수 없는 점이 몇 가지 있었다. 우선 다테시나 남매는 DNA

수사 시스템이 미완성이라는 점을 왜 가구라와 시가에게 숨겼는가. 시스템은 일 년도 더 전에 현재 형태로 완성되었다. 그 후 다테시나 고사쿠는 여러 번에 걸쳐 "시스템은 완벽해서 더는 손댈 데가 없다"라고 단언했다. 그들도 놓친 결함이 있단 말인가. 그렇다면 왜 알아낸 시점에 보고하지 않았단 말인가.

모굴이 시스템 문제를 보완할 목적으로 개발된 프로그램이라고 치자. 그럼 왜 그걸 가구라에게 넘기지 않았을까. '안전한 장소에 보관'할 필요가 있었던 걸까.

거기까지 생각했을 때 가구라의 머릿속에 번뜩이는 게 있었다. 그는 몸을 일으켰다.

사건 직전, 다테시나 고사쿠와 나눈 대화를 떠올렸다. 다테시나 고사쿠는 시스템은 어떠냐고 물었다. 가구라가 순조롭다고 대답하자 정말 그러냐고 확인했다. 게다가 NF13에 대해 하고 싶은 말이 있다고도 했다.

틀림없다. 그때 다테시나 고사쿠는 시스템 문제와 모굴에 대해 밝히려 했던 것이다.

그렇다면 다테시나 고사쿠는 가구라에게 모굴을 보여줄 준비를 하고 있었을 터이다. 당연히 바로 옆에 뒀으리라. 그런데 발견되지 않았다는 것은 무얼 뜻하는가. 역시 남매를 죽인 범인이 가져갔나.

거기까지 생각했을 때 인터폰이 울렸다.

깜짝 놀란 가구라가 현관문을 바라봤다. 그러자 다시 한 번 벨이 울렸다.

그는 발소리를 죽이며 천천히 문으로 다가갔다. 소리를 내지 않도록 최대한 조심하며 도어스코프를 들여다봤다. 다음 순간, 자기 눈을 의심했다.

미소를 짓고 서 있는 스즈란이 보였기 때문이다.

멍한 상태에서 잠금장치를 풀고 문을 열었다.

스즈란은 웃음을 머금은 채 고개를 살짝 기울였다. "안녕!"

"어떻게……."

뭐가, 하고 물으면서 그녀는 가구라 옆을 지나 방으로 들어왔다.

"음, 이번에는 이런 방이네. 조금 좁지만 심플한 생활을 하려면 이쪽이 나을지도 모르지." 창가에 서서 아래를 내려다봤다. "와, 강이 보이네. 다리가 정말 예뻐."

가구라는 그녀의 가녀린 뒷모습을 노려봤다.

"어떻게 된 거야?"

"그러니까 뭐가?" 스즈란은 계속 밖을 보고 있다.

"어떻게 내가 여기에 있는지 알았지?"

"또 그 얘기야? 전에도 설명했는데."

가구라는 그녀에게 다가가 어깨를 잡고 힘껏 흔들었다.

"텔레파시로 느꼈다고? 그런 얘기를 내가 믿을 것 같아?"

"아파……."

그녀가 괴로운 듯 얼굴을 찡그려서 가구라는 손을 뗐다.

"사실을 알고 싶을 뿐이야. 속일 생각 마."

"속일 생각은 없어. 왜 믿질 못해?"

슬프게 바라보는 바람에 가구라의 마음이 흔들렸다. 아무래도 그녀가 거짓말을 하는 것 같진 않았다. 하지만 텔레파시 같은 걸 믿을 수는 없었다.

"너는…… 누구야?"

"그것도 전에 얘기했잖아. 나는 류의 애인. 그래서 그의 파장을 느껴. 아직 깨닫지 못하는 것 같은데 당신에게서는 류의 오라가 나와."

가구라는 고개를 흔들고 그녀의 얼굴을 바라봤다.

"미안하지만 믿을 수 없어."

"그럼 어떻게 이렇게 됐다고 생각해? 내가 이곳을 어떻게 안 것 같아? 무슨 일이든 논리적으로 설명돼야 납득할 수 있다면 스스로 추리하면 되잖아." 그녀는 가구라를 올려다봤다. 그 눈에는 강한 빛이 담겨 있다.

"이 장소를 아는 사람은 시라토리뿐이야. 즉 네가 그녀와 한패라고 생각하면 의문은 풀리지."

"시라토리? 그게 누군데? 그런 사람, 나는 몰라." 스즈란은 부루퉁하게 내뱉었다. 태도를 보건대 연기하는 것 같진 않다.

텔레파시, 류의 파장…… 그런 게 정말 있을까.

가구라가 생각하고 있는데 "앉아도 돼?" 하고 그녀가 물었다. 그러라고 대답했다.

스즈란은 바닥에 앉아 벽에 등을 기대고 무릎을 세워 안았다. 가구라는 그녀와 마주 보듯 반대편 벽에 기대앉았다.

"질문을 바꾸지. 그럼, 너는 여기 무얼 하러 왔지? 목적이 뭐야?"

스즈란이 고개를 들었다. 입가가 조금 풀어졌다.

"그야 당연히 류를 만나러 왔지. 그를 만나고 싶어."

"그건 우리 생각이 일치하는 것 같군. 나도 너와 마찬가지야. 류에게 용건이 있어. 그에게 묻고 싶은 게 태산이야. 하지만 나오질 않아. 내게 살인 용의를 씌우고는 내 몸으로 도망가버렸어. 반전제도 도움이 안 돼. 대체 어떻게 해야 할지 잘 모르겠어." 스즈란의 얼굴을 보면서 마구 내뱉은 후 가구라는 한숨을 쉬었다. "네게 투덜거릴 생각은 아니었어."

"당신에게 살인 용의를 씌우다니…… 류도 무죄야. 살인 같은 건 하지 않았어."

"어떻게 단언하지? 그날 너는 그가 잠든 뒤에 방을 나왔다고 했지만 자는 척했을 수도 있잖아."

"그는 그러지 않아."

"그걸 어떻게 알아. 나는 너와 달리 그를 믿지 않아. 믿을 만한 근거가 없어." 그렇게 말한 후 가구라의 머리에 번뜩인 것이 있었다. "전에 만났을 때 네게 질문했어. 뇌신경과 병동 5층 방에서 어떻게 감시카메라를 피해 류를 만났느냐고. 넌 광학적으로만 물건을 보는 기계는 쉽게 속일 수 있다고 했어. 기억해?"

"응."

"그때는 네 말을 알아듣지 못했지만 그 후에 판명됐어. 방범용 모니터에 가짜 영상을 송출하는 장치를 설치했다더군. 그 장치가 설치된 곳은 다테시나 남매의 방이 있는 7층과 너와 류가 만난 5층이야.

그 장치도 류가 설치했지?"

스즈란은 안고 있던 무릎을 풀고 다리를 쭉 뻗었다.

"아니라고 해도 가구라 군은 안 믿을 거잖아."

"그럼 누가 한 건데?"

스즈란은 눈을 내리깔고 포기했다는 듯 작게 고개를 끄덕였다.

"맞아. 류가 설치했어. 내가 자유롭게 그를 만날 수 있게 해준 거야. 그 건물, 관계자 외 출입금지잖아."

"드디어 솔직하게 말하네. 그럼 이제 다 얘기 좀 해줘. 5층 장치는 그런 로맨틱한 설명도 가능하겠지. 하지만 같은 장치가 7층에도 있는 것은 설명이 되질 않아. 범인은 그걸 이용해 경비의 눈을 속이고 다테시나 남매를 살해했어. 범인은 장치의 존재를 아는 사람, 즉 류가 되지."

"아니야. 류는 그런 짓 안 해!" 스즈란이 벌떡 일어나 가구라를 내려다봤다. "부탁이니까 그를 의심하지 말아줘. 좀 믿어줘. 당신 분신이잖아."

"놈은 분신이 아니야. 병 덩어리지."

"병 덩어리라니……." 스즈란은 얼굴을 찡그렸다.

"이 안에 사는 병 덩어리야." 가구라는 자기 머리를 가리켰다. "언젠가 쫓아낼 거야. 하지만 그전에 사실을 말하게 해야지. 어떤 수를 쓰더라도."

스즈란이 천천히 고개를 저었다. 그러고는 몸을 돌려 문 쪽으로 걷기 시작했다.

"어디 가는 거야?"

그녀가 멈췄다.

"오늘 밤은 이만 돌아갈래. 함께 있어도 좋은 일은 별로 없을 것 같아."

가구라가 재빨리 일어났다.

"그건 안 돼. 얘기 아직 안 끝났어." 그는 스즈란의 어깨를 잡았다. "뭔가 알고 있지? 숨기지 말고 다 얘기해줘."

"이거 놔. 왜 이렇게 거칠어?" 그녀가 그를 올려다본다. 눈이 빨갛다. 금방이라도 눈물이 흘러넘칠 것 같다. "이 이상 거칠게 굴면 소리 지를 거야. 소동이 벌어지면 경찰이 올 텐데 곤란하지 않겠어?"

가구라가 손을 뗐다.

"아프게 할 생각은 없었어. 사실을 알고 싶을 뿐이야."

"나는 사실만 얘기하고 있어. 아무것도 숨기지 않아."

"그럼 마지막으로 하나만 더 물을게. 류에게 모굴이라는 단어를 들은 적 없어?"

스즈란의 표정은 거의 변함이 없었다. 속눈썹만 까딱 움직였다.

"그런 거 몰라."

"정말? 모굴은 프로그램이야. 다테시나 사키가 만든 프로그램. 무슨 일이 있어도 그걸 찾아야 해. 뭔가 알면 가르쳐줘."

스즈란의 얼굴에 살짝 미소가 돌아왔다. 동정하는 듯한 표정으로 보였다.

"가구라 군. 우리에 대해 아무것도 모르는구나. 나와 류는 그런 애기는 안 해. 전에도 얘기했잖아. 그는 그림을 그리고 나는 그걸 볼 뿐이야. 둘이 하는 대화는 그의 머릿속에 있는 세계에 대한 것 정도지. 그 세계에는 프로그램 같은 건 없어."

가구라가 깊은 한숨을 쉬었다. 어깨에서 힘이 빠졌다.

"알았어. 이제 됐어. 가도 돼."

스즈란은 구두를 신고 문을 열었다. 하지만 돌아보더니 가구라 군, 하고 불렀다.

"미안해. 도움이 안 되어서. 다시 만나러 와도 돼?"

"되긴 하는데 언제 류를 만날 수 있을지 몰라."

"그래도 좋아. 가구라 군과 같이 있으면 류를 느낄 수 있으니까."

가구라가 끄덕였다.

"그렇다면 언제든지."

"고마워. 그럼 또 봐."

응, 하고 가구라가 대답했다. 스즈란은 안심한 듯 미소를 짓고 방을 나갔다.

가구라는 문을 잠갔다. 이상하다는 생각이 들었다. 그녀가 누군지 전혀 모르지만 의심스러운 마음은 없다. 오히려 자기도 모르게 마음을 주게 된다.

그때 휴대전화가 울렸다. 역시 시라토리 리사였다.

"맨션은 어떻습니까?" 전화를 받자마자 물었다.

"괜찮아. 그보다 확인하고 싶어 묻는 건데, 이곳을 아는 사람은 당신뿐인가."

"물론입니다. 누구에게도 알려주지 않았습니다. 왜 그러시죠?"

"아니, 확인이야."

시라토리 리사가 거짓말하는 것 같진 않았다. 그렇다면 역시 스즈란은 텔레파시를 받고 이곳에 왔단 말인가.

"미나카미 교수를 만났어요. 반전제는 효과가 없을 수도 있다고 합니다. 원인은 당신 자신에게 있을 가능성이 높답니다. 당신의 잠재의식이 류의 표출을 억제하는 것 같다고요."

"내 잠재의식이? 왜 갑자기 그렇게 된 건지?"

"그것까지는 모르겠습니다. 제가 당신과 연락을 취한다는 말은 교수에게도 할 수 없으니 거기까지 묻는 게 최선이었어요."

"그래서? 이 상황을 어떻게 해결할 수 있나?"

"류를 불러내려면 최면 요법을 사용하는 수밖에 없답니다."

가구라는 휴대전화를 귀에 댄 채 고개를 저었다.

"최면 요법을 받으려면 일단 경찰에 체포되어야만 해. 그래서 무사히 류를 불러내면 모르겠지만 만약 안 되면 어떻게 하지."

"압니다. 저도 최면 요법에 전부를 거는 건 리스크가 크다고 생각해요. 당신이 해줘야 할 일이 있으니까요."

"모굴을 찾으라는 거겠지. 하지만 단서가 하나도 없어."

"알려드릴 게 하나 있습니다. 지난달, 다테시나 남매는 사흘 동안 병원을 나갔어요. 어디로 갔는지 짐작이 가십니까?"

"그건 알아. 부산에서 열리는 수학자회의에 출석했어. 대단한 회의가 아니라 늘 결석했는데 이번에는 다테시나 사키가 가겠다고 우겨서······."

"참석하지 않았습니다." 시라토리 리사가 말을 잘랐다.

"어?"

"다테시나 남매는 회의에 참석하지 않았어요."

"그럴 리가······."

"확실합니다. 그 회의에서 남매가 모굴에 대해 누설했을까 봐 출석자를 조사했는데 남매는 참석하지 않은 것으로 밝혀졌습니다."

"회의에 간다고 하고 다른 데 갔다는 말인가?"

"그렇습니다. 그래서 짐작 가는 데가 없냐고 묻는 거예요." 시라토리 리사의 목소리에 살짝 초조함이 묻어나왔다.

순간적으로 몇 가지 생각이 가구라의 뇌리를 스쳤다. 그는 심호흡을 한 번 하고 말했다.

"알았어. 지금 당장은 뭐라고 할 말이 없지만 생각해보지. 뭔가 알아내면 연락하겠어."

"부탁드려요. 저희는 당신만 믿습니다."

"부담 주지 마."

전화를 끊은 후 가구라는 자기도 모르게 고개를 끄덕였다.

그곳이라고 생각했다. 다테시나 남매가 몰래 갈 곳이라면 그곳밖에 없다.

27

아사마는 뺨이 경직되는 걸 느꼈다. 온몸이 뜨거워졌다.

"그게 무슨 소립니까?" 책상에 두 팔을 대고, 의자에 앉아 있는 기바를 노려봤다. "다시 한 번 말씀해주십시오. 무슨 얘기인지 전혀 모르겠습니다."

기바는 곤란하다는 표정으로 혀를 찼다.

"그렇게 화내지 마. 나도 영문을 모르겠어. 위에서 떨어진 명령이니 어쩔 수 없지."

"사건에서 손을 떼라니 도대체 무슨 소립니까? 우리 보고 이제는 수사하지 말라는 겁니까?"

"그게 아니야. 수사지휘권이 경찰청으로 옮겨갔다는 말이야. 필요한 경우에는 도움을 청하겠다고 했어."

"지금은 필요 없다는 말 아닙니까?"

"그게 아니라고. 지금은 가구라를 찾는 데만 전력을 다해 달라는 거지."

"그럼 가구라만 찾으면 되는 겁니까? 진상을 알려준답니까?"

기바는 어쩔 줄 몰라 하며 아사마를 올려다봤다.

"다테시나 남매 살해 사건에 사용된 총이 NF13 사건과 동일한 것도 놀라운 일인데, 이번에는 특수분석연구소 주임 분석원 가구라가 용의자야. 경찰청이 당황한 것도 당연하지. 좀 어른스럽게 굴어."

"하지만 가구라는 NF13이 아닙니다. DNA가 달라요."

"관련 있는 것만은 확실해. 이제까지 NF13은 단순히 시스템 데이터가 부족해서 검색되지 않는 것으로 봤는데 주임 분석원이 연루되면서 상황이 완전히 변했어. 범인을 특정하지 못한 건 가구라가 시스템에 무슨 짓을 했기 때문일지도 몰라."

"계장님, 전화로도 말씀드렸지만 다테시나 남매 살해와 관련 있는 사람은 가구라가 아니라 류라는 다른 인격입니다. 그 녀석은 특수분석연구소와 관계가 없습니다."

기바는 불가사의하다는 듯 미간을 찌푸렸다.

"다른 인격인지 뭔지는 모르겠지만 몸은 하나야. 그렇다면 가구라도 같은 짓을 할 수 있다는 말 아닌가."

아사마는 고개를 저었다.

"가구라는 반전제를 이용해 류의 출현을 조절하고 있습니다. 가구라가 자각하지 못한 상태에서 류가 함부로 나와 시스템을 만질 수는 없습니다."

기바가 귀찮다는 듯 손을 내저었다.

"그런 건 아무래도 상관없어. 어쨌든 NF13과 다테시나 남매 살해 사건에 대해서는 경찰청이 지휘권을 갖기로 했네. 일단 가구라를 찾아. 다른 건 아무것도 생각하지 마."

아사마가 깊은 한숨을 쉬고 고개를 돌렸다.

"가구라의 지명수배는요? 그것도 안 되겠네요."

"비밀리에 찾으라는 게 경찰청 지시야."

아사마는 어깨를 으쓱하고 말없이 기바에게 등을 돌렸다. 그대로 문으로 향했지만 그를 부르는 소리는 들리지 않았다.

자리로 돌아오니 도쿠라가 보고서를 쓰고 있었다.

"네 컴퓨터에 NF13에 관한 데이터가 있어?" 아사마가 물었다.

"예. 정리는 안 했지만."

"그럼 그걸 메모리에 넣어서 이 가게로 가져와." 아사마는 명함 한 장을 책상 위에 놓았다.

"경찰 데이터를 외부에요? 그거 완전히 규정 위반이에요." 말은 그렇게 하면서도 도쿠라는 싱글싱글 웃고 있다.

"그게 뭐? 난 상대에게 유리한 규정으로 시합할 정도로 좋은 사람이 아니야."

"상대요?"

"나중에 얘기하지. 기다릴게." 아사마는 도쿠라의 등을 두드리고 그대로 밖으로 나왔다.

바 '구모노이토'에는 모든 자리에 인터넷 설비가 마련되어 있다. 가져온 프로그램도 자유롭게 사용할 수 있다.

아사마가 짐렛을 홀짝이며 뉴스 속보를 보고 있으니 숄더백을 맨 도쿠라가 다가와 옆자리에 앉았다.

"빠르네."

"그냥 컴퓨터를 들고 왔어요."

"그거 참 대담하군."

"어차피 규정 위반은 마찬가지예요. 게다가 이런 출처도 알 수 없는 컴퓨터에 수사데이터를 넣다뇨. 만에 하나 가게를 나가기 전에 하드디스크를 지울 수 없으면 어쩌시려고요."

"NF13의 데이터를 훔쳐다가 누가 어디다 쓰겠어?"

"그야 모르죠. 요즘 세상에는 데이터라면 뭐든 좋아하는 놈들도 있으니까." 도쿠라가 웨이터에게 맥주를 주문한 후 숄더백에서 노트북을 꺼내 전원을 켰다. "계장님이 뭐라고 했어요?"

"응. 이런저런."

아사마는 기바와 나눈 얘기를 도쿠라에게 들려줬다. 도쿠라는 얘기를 들으면서 NF13 데이터를 불러냈다.

"이번 사건이야 처음부터 경찰청이 나서긴 했지만 기어코 수사권까지 빼앗아가는군요. 지난 몇 주 동안 NF13을 쫓은 건 우린데……."

"뭔가 꿍꿍이가 있어. 이 사건이 드러나면 안 되는." 아사마가 컴퓨터 화면을 응시했다.

NF13의 소행으로 추정되는 사건은 이제까지 세 건 발생했다. 처음에는 하치오지, 다음은 센주신바시, 그리고 세 번째는 기타시나가와. 피해자는 모두 젊은 여성이고 머리에 총을 맞았다. 그리고 폭행 흔적이 있으며 체내에서는 범인의 것이라 추정되는 정액이 발견되었다. 탄환 조사 결과 총은 모두 일치한다. 정액 분석 결과도 마찬가지였다. 즉 세 건 모두 동일범의 소행으로 단정할 수 있다.

DNA 프로파일링 결과는 '혈액형 Rh플러스 A형, 신장 160 플러스마이너스 5센티미터, 비만 체질이 될 가능성 높음' 등으로 되어 있다. 특수분석연구소가 자랑하는 몽타주도 작성되었다. 둥근 얼굴에 눈꺼풀이 두껍고 입꼬리가 처졌다. 나이에 따라 머리가 벗어졌을 가능성도 높다고 한다.

분석 결과가 매우 신빙성이 높다는 사실은 아사마도 잘 알고 있다. DNA 수사 시스템을 바탕으로 한 수사로 이미 여럿을 체포했는데 범인의 용모든 성격이든 하나같이 분석 결과와 멋지게 일치했다.

몽타주 이미지는 언론에도 공개했다. 공공시설의 눈에 띄는 장소에도 붙어 있다. 그 덕분인지 목격 제보가 매일같이 들어온다. 그러나 모두 착각이었다. 몽타주와 너무 안 닮은 경우도 있어서 인간의 눈이 얼마나 한심한지 통감하게 했다.

이렇게 증거가 수두룩한데 왜 범인 체포로 이어지지 못하는 걸까.

"생각해보면 이상해." 아사마가 화면을 보며 중얼거렸다.

"뭐가요?"

"이 몽타주는 센주신바시 사건 발생 후 공개되었어. 기타시나가와 사건은 그 뒤에 일어났고."

"그랬죠. 피해 여성이 몽타주를 못 봤을 거라고 추측했죠. 봤다면 범인이 접근하자마자 알아차렸을 테니까요."

"아니, 나는 범인이 이상하다는 말이야. 범인이야말로 몽타주를 못 본 게 아닐까. 봤다면 다음 범행을 저지르지 않았을 테니까."

"못 봤다……고요?"

아사마가 고개를 저었다.

"그럴 리가 없지. 범인 입장에서 생각해봐. 여자를 계속 습격했어. 경찰수사가 얼마나 진행되었는지 알고 싶어서 눈이 벌개진 채 TV나 인터넷을 뒤질 테니 당연히 몽타주가 나온 것도 알겠지."

"그런데 다음 범행을 저지르는 데 주저함이 없었다…… 정말 이상하네요. 어떻게 된 걸까요?"

"몽타주가 본인과 전혀 닮지 않았다면 어떨까?"

"예?" 도쿠라가 미간을 찌푸렸다.

"완전히 다른 사람 얼굴이라면 말이야. 그럼 범인이 걱정할 일은 없어져. 활보하며 다음 먹잇감을 찾을 수 있어."

"다른 사람 얼굴이라면 그렇죠. 하지만 아무리 성형을 해도 완전히 다른 얼굴이 되긴 어려워요."

"자기 얼굴을 바꾼 게 아니라 몽타주 쪽을 바꿔치기했다면. 본인 얼굴과는 전혀 다르다면."

"그게 가능합니까?"

"몰라. 그럴 수도 있겠다는 얘기야." 아사마가 웨이터를 불러 짐 렛을 한 잔 더 시켰다. "그렇게 생각하면 검색 시스템도 수상해져."

"어떻게 수상한데요?"

"특수분석연구소 설명으로는 본인 DNA를 등록하지 않았더라도 피가 섞인 가족이나 친척이 등록했다면 그들 이름이 출력된다고 했어. 그런데 NF13에 대해서는 아무것도 나오질 않아. 범인과 피가 섞인 사람이 한 명도 등록하지 않았다고 생각했는데 근본부터 틀렸을 가능성이 있어." 아사마는 주머니에서 담배를 꺼냈다. 이 가게가 타르 1밀리그램 담배라면 피울 수 있다는 사실을 미리 확인했던 터라 주저하지 않고 입에 물었다. 불을 붙이고 제대로 맛도 안 나는 담배 연기를 내뱉었다. "사실은 범인과 연결된 실마리를 하나도 출력하지 않도록 시스템을 조작해놓았다면 어떨까. 그럼 범인은 당당하게 정액이든 모발이든 현장에 남길 수 있어."

짐렛이 왔다. 아사마는 잔을 받자마자 꿀꺽꿀꺽 들이켰다. 몸이 뜨거워졌다.

"그 가설이 옳다면 범인은 분명히 내부 인물과 연결되어 있습니다. 역시 가구라가 공범일까요?"

"가구라가 공범이라면 앞뒤가 딱 맞아. 시스템은 주로 그 녀석이 만졌으니까. NF13의 정체가 드러나지 않게 손을 쓰려 했으면 얼마든지 할 수 있었어. 그렇다면 왜 정작 본인에게는 안 그랬을까. 그렇게 대놓고 자기 몽타주를 표시하게 하다니."

"그 점은 이상하네요." 도쿠라가 고개를 갸웃했다.

아사마는 가구라를 떠올렸다. NF13을 알아내지 못해 그는 분해했다. 그 표정이 연극 같지는 않았다.

"어쩌면 그 녀석은 함정에 빠졌는지도 몰라."

"함정? 누가 판 함정요?"

"그야 모르지. 어쨌든 이 사건의 이면은 아주 복잡한 것 같아. DNA 수사 시스템 자체와 관련이 있을 수도 있겠어."

"그렇게 생각하면 경찰청이 초조해하는 이유도 이해가 가네요."

"좋아!" 아사마가 일어났다. "상상만 한다고 되는 일은 없지. 직접 부딪히며 확인해보자."

"어디에 부딪힙니까?" 도쿠라가 서둘러 컴퓨터를 정리하면서 물었다.

"당연히 DNA 수사 시스템이지." 그렇게 말하고 아사마가 씩 미소를 지었다.

약 삼십 분 후, 아사마 일행은 아리아케에 있었다. '경찰청 도쿄창고'라고 적힌 간판을 보면서 경비원과 대치중이었다.

"왜 안 된다는 거야? 오늘 아침에도 여기 왔었어. 그런데 왜 지금은 안 된다는 건가?"

아사마가 항의하자 경비원은 힘없이 눈썹을 늘어뜨렸다.

"그렇게 말씀하셔도, 아무도 들여보내지 말라는 명령을 받았습니다. 꼭 들어가셔야 하면 절차를 밟아주세요."

"어떻게 하면 되나?"

"이곳은 경찰청 관할입니다. 그쪽 허가를 받아오세요."

아사마는 도쿠라와 마주 봤다. 아무래도 경찰청은 황급히 아사마 팀을 사건에서 배제하려는 모양이었다.

"알았네. 그럼 소장을 불러줘. 시가 소장 말이야. 우리가 못 들어간다면 소장 보고 여기로 오라고 해." 아사마가 발밑을 가리켰다.

경비원은 떨떠름한 표정을 지으면서 수화기를 들었다. 조그맣게 뭐라고 얘기한 후 아사마 쪽을 봤다.

"소장님이 전화로 말씀하시겠답니다."

"직접 만나 얘기하고 싶은데."

"지금은 자리를 뜰 수 없다고요. 이 이상의 편의는……."

아사마는 콧방귀를 뀌고 경비원이 내민 수화기를 잡았다.

"아사마입니다. 시가 소장님, 이게 무슨 일입니까? 몇 시간 전까지 함께 행동하지 않았습니까?"

"당신 상사가 설명하지 않았습니까?" 시가의 목소리는 차가웠다. 억양도 없다.

"도무지 알아듣지 못할 소리는 들었습니다. 다테시나 남매가 살해되기 전까지 NF13 사건은 우리가 수사했습니다. 그런데 갑자기 손을 떼라니 납득할 수가 없죠. 제대로 된 이유를 듣고 싶습니다."

"마음은 잘 알겠지만 지금은 일선 수사관의 기분을 우선시할 상황이 아닙니다. 당신들을 무시하는 게 아닙니다. 해야 할 일이 잔뜩 있습니다. 그러니 이쪽에서 지시할 때까지 대기해주세요."

"시스템인가요?" 아사마가 말했다.

"네?" 시가의 말투가 조금 흐트러진 것 같다.

"이번 사건과 DNA 수사 시스템이 관계되어 있는 게 아닙니까? 좀 더 짚어 얘기하자면 시스템에 중대한 비밀이 있다, 아닙니까?"

"이상한 이야기를 하시는군요. 상상은 자유지만 괜한 말을 퍼뜨리고 다니면 우리도 생각이 있습니다."

"흥미롭네요. 이번에는 나를 어찌 할 셈입니까. 듣고 싶……."

"일하던 중이라 이만." 전화가 끊겼다.

아사마는 수화기를 한참 바라본 다음 경비원에게 건넸다.

"시가 소장이 뭐라던가요?" 걸으면서 도쿠라가 물었다.

"오전에 만났을 때와 태도가 완전히 달라. 우리가 신세이키 대학에 가 있는 동안 무슨 일이 있었던 것 같아."

"무슨 일요?"

"그건 몰라. 하지만 이렇게 나온다면 우리가 할 일은 하나지."

"어쩔 셈이세요?"

도쿠라의 얼굴을 보고 아사마는 걸음을 멈췄다. 고개를 돌려 '경찰청 도쿄창고' 건물을 올려다봤다.

"DNA 수사 시스템과 특수분석연구소를 믿을 수 없다면 거기 의존하지 않는 수사를 할 수밖에. 옛날부터 해왔듯 발로 정보를 모으는 방법이지. 원래 우리는 그쪽이 특기니까. 그 방법으로 NF13의 정체를 밝혀내야지."

28

가구라는 깊숙이 눌러쓴 모자로 눈가를 가리고 티켓 판매기로 다가갔다. 다행히 줄선 사람은 없었다. 기계 앞에 서서 휴대전화를 꺼냈다. 시라토리 리사에게 받은 전화다. 확인해보니 상당한 액수의 전자화폐가 충전되어 있었다. 도주 자금, 아니 모굴을 수사하라고 현금과 함께 준 자금이리라. 그냥 쓰기로 했다.

그는 도쿄 역에 있다. 어딘가로 가기 위해서였다.

북쪽으로 향하는 열차 승차권과 지정석 특급권을 구입했다. 자리가 많아 이인석의 창가 자리를 확보할 수 있었다.

손목시계를 봤다. 오후 5시를 조금 넘어서고 있었다. 열차는 약 이십 분 후에 출발한다.

도시락이라도 살까 싶어 매점으로 가려는데 바로 앞에 누군가가

서 있었다. 모자 차양 때문에 얼굴이 잘 보이지 않았다. 하지만 하얀 원피스는 낯이 익다. 그는 천천히 시선을 들었다.

예상대로였다. 스즈란이 심각한 표정으로 가구라를 노려보고 있었다.

"정말 신출귀몰하네." 가구라가 한숨을 섞어 말했다.

"어디 가?"

"어떤 곳. 어제 얘기했잖아. 나는 모굴이라는 걸 찾아야 해. 그걸 찾을 수 있을지도 몰라."

"나도 같이 가. 데려가줘."

가구라는 고개를 저었다.

"그건 안 돼. 미안하지만 너 같은 여자아이를 데리고 가면 행동이 불편해. 모르는 모양인데 나는 도망치는 신세야."

"싫어. 같이 가."

"안 된다니까." 가구라가 개찰구로 걸음을 옮겼다.

"안 데리고 가면 여기서 사람들에게 알릴 거야."

가구라가 걸음을 멈추고 돌아봤다. "알려?"

"가구라 류헤이가 여기 있다고 소리 지를 거야. 그리고 경찰에 전화해 어떤 열차를 탔는지도 말하고."

가구라는 입술을 깨물고 스즈란의 오른손을 잡았다. 그대로 기둥 뒤로 끌고 갔다.

"아파. 거칠게 대하지 말라고 했지!"

"네가 그렇게 만들잖아. 왜 곤란한 소리만 하는 거야?"

"그게 당신을 위한 거니까. 부탁해. 함께 가자. 가구라 군도 나중에는 잘한 일이라고 생각할 거야, 틀림없이."

부탁이라며 그녀가 계속 매달렸다. 가구라는 모자를 쓴 채 머리를 긁었다.

"놀러 가는 게 아니야. 찾으러 가는 거지. 시간이 얼마나 걸릴지 몰라."

"그건 상관없어. 나는 같이 있을 수만 있으면 행복해."

"내가 아니라 류와 같이 있으면 그렇다는 거겠지."

"그럼 안 돼? 그리고 나는 가구라 군도 좋아."

가구라는 고개를 흔들었다. 앞으로 어떤 일이 일어날지 모른다. 혼자 행동하는 게 편한 건 사실이다. 그러나 그녀를 데려가고 싶은 마음도 있었다.

"이대로 가도 괜찮아? 네게는 가족이 있잖아?"

"괜찮아. 걱정하지 마."

"혼자 살아?"

"응. 나는 혼자야. 늘 혼자였어. 류를 만나기 전까지는." 그녀가 고개를 끄덕였다.

가구라는 어깨를 으쓱했다.

"차표 사올 테니까 여기서 기다려."

그 말에 스즈란의 표정이 밝아졌다. "응!"

가구라는 티켓 판매기로 돌아가 다시 구입 절차를 밟았다. 지정석은 그의 옆자리로 했다.

약 이십 분 후, 두 사람은 북쪽으로 향하는 열차 안에 있었다. 차 안은 거의 비어 있었다. 도쿄 역을 출발할 때, 좌석은 사분의 일쯤 차 있었다.

스즈란을 창가에 앉히고 가구라는 통로 쪽에 자리를 잡았다.

"지금 가는 곳에 뭐가 있어?" 스즈란이 물었다.

"한마디로 말하자면 다테시나 남매의 생가가 있어. 다테시나 사키는 열한 살 때 신세이키 대학병원 정신분석연구실에 맡겨졌는데, 그전까지 살던 집이야. 다만 그 집은 지금 없어졌지."

"그랬구나. 그럼 부모님은?"

"모두 세상을 떠났어. 그래서 다테시나 남매는 생가에서 조금 떨어진 곳에 있는 집을 샀어. 별장으로 나온 건물이었지."

"왜?" 스즈란이 고개를 갸웃했다.

"자신들의 성城을 가지고 싶어했어. 다테시나 사키의 천재성이 인정된 후에도 그들은 신세이키 대학병원의 관리 아래 살도록 강요당했어. 내가 남매를 만난 게 바로 그때였어. 다테시나 사키가 만든 이론에 감격해 DNA 수사 시스템 구축에 협력해달라고 부탁했을 때 다케시나 고사쿠는 한 가지 조건을 달았어. 남매끼리만 지낼 수 있는 시간과 공간을 확보해달라는 거였어. 그들은 그토록 정신적으로 피폐해 있었어. 나는 장소는 어렵지만 시간은 만들어줄 수 있다고 얘기했지. 남매가 병원에서 나올 수 있도록 적당한 구실을 붙여 경찰청과 병원에 신청하면 되니까 어렵지 않았지. 물론 그런 사실은 나 말고 아는 사람이 없어. 시가 소장에게도 말 안 했어. 자유로운 시간을 손에 넣은 남매는 남몰래 둘만의 거주지를 만들고는 이따금 그곳에 틀어박혀 연구에 몰두했지. 다테시나 사키가 만들어낸 획기적인 이론은 대부분 병원 VIP실이 아니라 그 은신처에서 만들어졌다고 할 수 있지."

가구라는 눈을 깜빡이거나 고개를 끄덕이는 스즈란을 보면서 낮은 목소리로 말했다. 시가 소장에게도 숨겼던 사실을 정체 모를 소녀에게 밝히는 데 전혀 저항감이 없었다. 아무런 근거도 없었지만 그녀는 배신하지 않을 거란 확신이 있었다.

"그랬구나. 감시당하는 생활은 싫지." 스즈란이 말했다. "그래서 그 은신처에 가는 거야?"

"그래."

가구라가 시트에 몸을 기대고 정면을 봤다. 그때 앞자리 좌석 틈으로 가구라를 보는 시선이 느껴졌다. 앞자리 승객이다. 열심히 얘기하다가 가구라의 목소리가 커진 모양이었다.

눈이 마주쳐 어색했는지 그 승객이 자리에서 일어났다. 양복을 입은 마흔 살 정도의 남자였다. 뭐라고 한마디 하지 않을까 생각했는데 가구라에게는 고개조차 돌리지 않고 그대로 통로로 걸어 나갔다. 그러고는 다섯 열쯤 떨어진 자리에 앉았다.

"우리 얘기 소리가 싫었나 봐." 스즈란이 소곤소곤 얘기했다.

"그렇게 크게 떠들지도 않았는데." 가구라가 고개를 갸웃했다.

"젊은 남녀 둘이 뒤에서 소곤거리면 목소리가 크지 않아도 싫을 수 있지. 분명 부러웠을 거야."

"실제로는 저 사람이 생각하는 것처럼 즐거운 여행이 아닌데."

"그래? 나는 즐거운데. 둘이 여행할 수 있어서 엄청 신나. 모처럼 생긴 기회니까 즐겨." 스즈란이 밝은 목소리로 말했다.

"아, 너무 침울해 보이면 눈에 띌 테니 짧은 여행이라도 하는 커플처럼 보일 정도의 연기는 필요하겠어."

차내에서 식음료를 파는 여성이 카트를 밀면서 다가왔다. 카트에는 도시락과 음료수가 실려 있었다.

가구라는 판매원을 불렀다.

"요기라도 하자. 뭐가 좋아?" 스즈란에게 물었다.

"나는 다 좋아. 가구라 군이 알아서 사."

그럼, 하고 가구라가 카트 안을 들여다봤다.

"솥밥 도시락이 있네. 이거 괜찮아?"

좋아, 하고 스즈란이 대답했다.

가구라는 판매원에게 솥밥 도시락 두 개와 페트병에 든 녹차를 주문했다. 여성 판매원은 스즈란이 앉은 자리를 슬쩍 보고 가격을 말했다.

도시락은 아직 따뜻했다. 가구라는 자기도 모르게 탄성을 질렀다. 연기가 아니었다. 자신이 진심으로 이 여행을 즐기고 있다는 걸 깨닫고 그는 조용히 쓴웃음을 지었다.

29

공기청정기와 배연장치를 풀가동하고 있었지만 좁은 실내의 공기는 허옇고 탁했다. 아사마가 정화되는 것 이상으로 담배 연기를 뿜고 있기 때문이었다.

"이제 좀 그만해주면 안 되겠어요? 삼십 분 뒤면 영업을 시작해야 해. 공기가 탁하면 담배 연기를 싫어하는 손님에게 한소리 듣는다고." 마루누마 레이코가 카운터 안에서 팔짱을 꼈다. 검은 블라우스에 청바지 차림이다.

"문 열자마자 손님이 들어오는 것도 아니잖아. 심지어 손님이 하나도 없는 날도 있으면서." 아사마가 새 담배를 꺼내 입에 물려고 하자 레이코가 재빨리 빼앗았다. "무슨 짓이야?"

"수도 없이 얘기했죠. 우리는 흡연 허가를 받지 않았다고. 담배 냄새 난다고 신고당하면 여러모로 골치 아프다고요. 그렇게 피우고 싶으면 다른 가게에 가든가."

아사마가 입을 찡그렸다.

"알았어. 그럼 마지막 한 대."

"안 된다니까." 레이코가 꽁초로 가득한 재떨이를 치웠다.

아사마가 혀를 찼다.

"담배가 없으면 머리가 안 돌아가."

앞에 있는 카운터에는 NF13의 자료가 놓여 있었다. 도쿠라가 프린트해준 것이다. 컴퓨터나 전자책 리더기 같은 작은 화면으로는 아무래도 여러 자료를 동시에 보며 비교할 수 없다. 종이 자료를 늘어놓고 전체를 부감하면서 사건 해결과 이어지는 열쇠를 찾아내는 게 아사마의 오랜 수사방법이었다.

그럴 때 자주 이용하는 곳이 여기 '라운드'라는 가게였다. 원래는 마루누마 레이코의 어머니가 운영하던 카운터 바로, 레이코는 가끔 어머니를 도왔다. 하지만 십 년 전에 어머니가 쓰러지자 뒤를 이었다. 여덟 명이 들어오면 꽉 차는 작은 가게였다.

"담배가 안 되면 술이라도 마셔야지. 아무거나 버번으로 줘. 얼음 넣어서."

"괜찮겠어요? 끝나고 경시청에 돌아가는 거 아니에요?"

"괜찮아. 술 냄새 풍기는 형사는 얼마든지 있어."

흠, 하고 레이코는 선반에 놓인 와일드터키 병을 꺼냈다.

"그나저나 웬일이래. 형사님이 이러고 있는 게 몇 년 만인지."

"그동안 나는 형사가 아니었으니까."

"어머, 그래요? 그럼 뭐였는데?"

"뭐라고 해야 할까. 굳이 말하자면 컴퓨터의 부하라고 해야 하나. 컴퓨터가 지시 내린 대로 움직이고 컴퓨터가 예상한 인물을 체포하지. 우리 상사는 틀림없이 이렇게 생각할 거야. 로봇보다 비용이 싸니까 인간을 쓴다고."

레이코는 웃음을 터뜨리고 온더록 잔을 아사마 앞에 놓았다.

"로봇은 술도 안 마시고 술집에서 불평도 안 하죠. 그건 그렇고 왜 갑자기 옛날 방식으로 돌아왔는데요?"

"여러 사정이 있어. 자세한 얘기는 못해. 그냥 사소한 반항이라고 해두지." 아사마는 온더록 잔을 입으로 가져갔다. 독특한 향을 음미하면서 버번을 입에 머금었다. 체온이 단숨에 오르는 것 같다. 이 자극으로 뇌세포가 조금은 활발하게 움직여주길 바랐다.

'라운드'는 오후 8시에 문을 연다. 오 분 전이 되자 아사마는 카운터에 펼쳐놓은 자료를 치우기 시작했다. 가게 운영을 방해할 마음도 없고 갑자기 들어온 손님에게 수사자료를 보일 수도 없다.

그가 자료를 막 가방에 넣었을 때 문이 열리고 사람이 들어왔다. 손님이 아니라 도쿠라였다.

안녕하세요, 하고 인사하며 도쿠라는 아사마 옆자리에 앉았다.

"위는 어때? 나에 대해 뭐라고 해?"

"선배님 혼자 가구라의 인간관계를 훑고 있다고 얘기했어요. 그랬더니 일단 오늘은 계장을 비롯한 윗선이 납득한 것 같아요. 하지만 언제까지 그럴지는 모르겠습니다. 가구라의 행방을 잡지 못해 상당히 초조해하고 있어요."

"경찰청 움직임은 좀 알아냈어?"

도쿠라가 떨떠름한 얼굴로 고개를 저었다.

"완전히 정보를 차단했어요. NF13 때문에 설치한 합동수사본부세 곳도 실질적으로 동결 상태입니다. 아주 이상해요."

"그러니까 경시청 인간 중에 NF13을 수사하는 사람은 우리뿐이라는 얘기군."

"그렇습니다. ……아사마 선배님, 이거 위스키예요?"

"그래. 너도 한잔해. 오늘 밤은 이제 돌아갈 일 없을 테니."

"그럼 기네스로 할게요. 그런데 선배님은 어때요? 성과는 있었습니까?"

아사마가 아랫입술을 내밀고 온더록 잔을 흔들었다. 잔 속의 얼음이 짤랑짤랑 소리를 냈다.

"종이에 구멍이 날 정도로 자료를 봤는데 단서랄 게 없어. 한마디로 말해 초동수사가 너무 안이했어. 주변 탐문을 제대로 하지 않았으니 목격 정보도 없고 피해자 행적도 제대로 몰라. 관할 경찰이나 기동수사 녀석들은 도대체 뭘 한 건지."

레이코가 흑맥주 잔을 카운터에 놓았다. 부드러운 거품이 적당하다. 도쿠라는 맛있게 맥주를 마신 후 입가에 묻은 거품을 손등으로 닦았다.

"그야 당연하죠. 모든 사건에서 피해자 체내에 남아 있는 정액을 발견했어요. 범인 DNA를 확보하면 다음은 특수분석연구소 보고를 기다린다, 그게 최근 수사방침이잖아요. 실제로 그 방식으로 실적을 올렸고요. 정액이 남아 있다는 소리를 들으면 관할이나 기동수사가 움직이지 않는 게 당연하죠."

"그런데 그 특수분석연구소가 찾지 못했다. 놈들이 자랑하는 DNA 수사 시스템이 반대로 이용되었으니 전혀 도움이 안 되지." 내뱉듯 말한 후 아사마는 살짝 고개를 끄덕였다. "아, 그건가."

"뭐가요?"

"범인이 정액을 남긴 이유 말이야. 지금까지는 DNA 수사 시스템망에 걸리지 않는다는 사실을 아는 범인이 단순히 욕망에 따라 저지른 짓이라고만 생각했어. 하지만 다른 의미가 있을 수도 있겠어. 정액을 남기면 경찰은 안심하고 초동수사를 게을리한다. 그 결과, DNA 수사 시스템뿐만 아니라 기존 수사망에서도 벗어날 수 있다."

도쿠라는 잔을 든 채 수긍했다.

"분하지만 그 추리가 맞는 것 같네요."

"그렇다면 범인이 다음 사건을 저지르길 기다리는 수밖에 없어. 도움이 될 만한 자료가 너무 적어." 아사마가 옆에 놓인 가방을 두드렸다.

"아, 깜빡했네." 도쿠라가 양복 안주머니에 손을 넣어 네 번 접힌 종이를 꺼냈다. "도움이 될지는 모르겠지만 추가 자료가 있어서 가져왔어요. 센주신바시 제방에서 발견한 사체에 관한 겁니다."

아사마는 건네받은 종이를 폈다. 복사된 사진에 의견이 적혀 있다. 사체의 귀를 촬영한 사진이었다.

"오른쪽 귀에 작은 화상 흔적……이라." 아사마가 중얼거렸다. 확실히 귓불 조금 위쪽이 검붉다.

"사인이 분명한 데다 피해자 머리가 길어 검시와 해부 때는 놓쳤다고 합니다. 안치실에 옮길 때 누가 발견한 모양입니다. 왼쪽 귀는 손상이 심해서 같은 화상이 있는지는 불명입니다."

"귀에 화상? 뭘 하면 그렇게 되지?"

"덴토리 아닐까요?" 도쿠라가 말했다. "그 환각기기요. 귀에 전극을 붙이잖아요."

아사마가 고개를 갸웃했다. "그럴까?"

"아닐까요?"

"덴토리에 쓰는 전류는 아주 약해. 피부가 탈 정도는 아니지."

"그런가요?"

"전에 덴토리에 빠진 고등학생에게 들었어. 찌릿하고 감전되는 정도지 열은 느껴지지 않는다고."

"그럼, 아니네요." 도쿠라는 낙담한 듯 말했다. 자기가 착안한 부분에 자신이 있었던 듯하다.

"저기, 잠깐만." 갑자기 레이코가 말을 걸었다.

아사마가 그녀 얼굴을 바라봤다. "왜?"

"미안해요. 엿들으려던 건 아닌데 그냥 들려서."

"괜찮아. 들어서 곤란한 얘기도 아니고 입이 무겁다는 것도 아니까. 왜?"

그러자 레이코는 조금 망설이다가 입을 열었다.

"얼마 전에 덴토리로 귀에 화상을 입었다는 얘기를 들었어요."

아사마가 레이코 쪽으로 몸을 내밀었다.

"정말? 언제?"

"아주 최근. 이삼 일 전이려나. 젊은 애들이 얘기했어."

"그 녀석들이 덴토리 때문에 화상을 입었다고 했어?"

레이코는 고개를 갸웃했다.

"걔들도 자세히 모르는 것 같았어. 하지만 이상한 소문이 나도는 모양이던데."

"소문?"

"덴토리의 출력을 올리는 방법이 있다는 소문. 형사님이 말한 것처럼 보통은 약한 전류가 흐르지만 그 방법을 쓰면 꽤 강한 전류가 흐른다나. 기존 덴토리보다 자극적이고 느낌도 장난 아니랬어. 얘기한 애도 직접 경험한 건 아니었어요. 그런데 그 덴토리로 놀면 귀에 화상을 입기도 한다고."

아사마는 다시 사진을 봤다. 듣고 보니 화상 흔적이 클립 모양인 것 같다.

"출력을 높인 덴토리라."

"이 피해자는 성실한 전문대생이라 덴토리 같은 것에 손을 댈 사람은 아닙니다. 범인에게 유혹되었거나 강제로 당한 거라고 생각합니다." 도쿠라가 말했다. "즉 범인 자신이 덴토리에 빠져 있을 가능성이 큽니다."

"그렇다고 해도 이걸로 어떻게 수사망을 좁히지?"

아사마가 묻자 도쿠라가 얼굴을 찌푸렸다.

"그러게요. 덴토리라면 암시장에서 얼마든지 구입할 수 있어서, 업자에게 구입자를 알아내는 것도 사실상 불가능하고……."

아사마가 잔을 집어 들었다. 하지만 잔을 입에 대기 전에 레이코를 봤다.

"그 이야기를 하던 애들은 출력 높은 덴토리를 실제로 봤대?"

레이코는 설거지를 하면서 고개를 갸웃했다.

"내가 듣기로는 그건 아닌 것 같았어요. 한 명이 어디서 소문을 들은 느낌."

"그럼 아직 대량으로 유통되는 건 아닌 것 같군."

"인터넷에서 찾아보겠습니다." 도쿠라가 휴대전화를 만지기 시작했다.

서둘러 손가락을 움직이던 도쿠라는 이윽고 포기한 듯 한숨을 쉬었다.

"틀렸어요. 여러 사이트를 조사해봤는데 아직 그런 정보는 없는 것 같습니다."

"흥미롭군." 아사마는 버번을 다 마시고 빈 잔을 카운터에 내려놓았다. "불법 루트로도 나오지 않은 물건을 범인이 사용하고 있다면 그건 큰 실마리가 되지."

"아키하바라를 조사해볼까요?"

"아니야, 아사쿠사바시야." 아사마가 벌떡 일어났다.

그로부터 약 삼십 분 후, 아사마 일행은 낡은 건물 2층에 있었다. '도쿄 안심생활연구소'라는, 아주 그럴듯하지만 어딘가 수상쩍은 간판이 달린 사무실이었다. 좁은 실내에는 다양한 전자기기와 광학기기가 진열되어 있다.

"아사마 형사님이 하이덴을 아신다니 놀랍네요. 아직 생활안전부나 조직범죄대책부에서도 구체적인 내용은 모르는 것 같던데."

소장 직함을 달고 있는 시오바라라는 남자가 누런 이를 드러내며 말했다. 이 사무소에서는 방범 상품 판매 외에도 도청기나 몰래카메라를 찾아내는 일도 청부로 하고 있다. 다만 그런 나쁜 기계를 몰래 판매도 한다는 사실을 아사마는 알고 있었다.

"그 기계를 하이덴이라고 하나?"

"하이퍼 덴토리의 약칭입니다. 한심한 이름이죠."

"그건 어디서 취급하나? 자네한테 살 수 있나?"

아사마의 질문에 시오바라는 손을 크게 내저었다.

"아이고, 살려주세요. 저희는 건전한 일만 합니다. 게다가 하이덴이라는 상품이 따로 존재하는 게 아닙니다. 기존 덴토리를 개조한 겁니다."

"강한 전류를 흐르게 한다?"

"한마디로 하면 그렇지만 그렇게 간단한 일이 아닙니다. 무엇보다 덴토리 자체가 상당히 위험한 도구이니까요. 전기로 뇌를 자극하는 물건이잖아요. 출력을 높인다고 해서 단순히 배터리를 큰 걸로 바꾼다거나 전압을 올리는 게 아닙니다. 상당한 노하우가 필요하기 때문에 일반인은 물론 덴토리를 취급하는 업자도 쉽게 할 수 있는 일이 아닙니다."

"그럼 누가 개조할 수 있나?"

아사마가 묻자 시오바라는 싱글싱글 웃으면서 숱 없는 머리를 긁적였다.

"대답하기 조금 어려운데요. 아무나 할 수 있는 게 아니라고도 할 수 있지만, 거꾸로 말하면 누구나 할 수 있다는 얘기니까요."

아사마는 시오바라의 얼굴을 노려봤다. "날 놀리나?"

"사실대로 말씀드리는 겁니다. 애당초 하이덴 소문이 퍼진 계기는 어떤 이상한 메일 때문입니다. 덴토리 취급 업자에게 온 메일인데, 기존 덴토리의 파워를 높이는 방법을 알고 있으니 기술을 사지 않겠느냐는 내용이었습니다."

"메일을 보낸 사람은?"

"정체를 알면 이상한 메일이라고 하지 않죠. 메일이 도착하고 얼마 후부터 하이덴에 대한 소문이 퍼지기 시작했습니다. 귀에 화상을 입을 위험성이 있다는 얘기도 들었고요. 요컨대 어떤 업자가 노하우를 샀다는 말이죠. 누구나 개조할 수 있다고 한 건, 그 때문입니다."

아사마는 도쿠라와 마주 본 후 다시 시오바라에게 시선을 돌렸다.

"어떤 업자가 샀는지 알아낼 수 있나?"

시오바라는 몸을 웅크리듯 팔짱을 꼈다.

"힘들 겁니다. 하이덴은 상당히 위험한 물건입니다. 사고로 사람이 죽을지도 모르니까 어느 정도 영향이 있는지 확인되기 전까지는 자기가 취급한다는 걸 숨기지 않겠습니까."

아사마가 수긍했다. 그럴 수 있겠다고 생각했다.

"고마워. 참고가 되었어. 하이덴을 취급하는 업자를 알게 되면 연락 줘."

시오바라는 혀를 내밀어 입술을 핥았다.

"그럼 저희에게도 정보를 주세요. 아사마 형사님이 움직이신다는 건, 하이덴이 살인 사건과 관련 있다는 뜻이죠?"

"그건 아직 몰라. 한 달 전에 살해된 여자가 하이덴을 사용했을 가능성이 있다는 정도지."

시오바라의 눈이 휘둥그레졌다.

"한 달 전요? 그건 이상한데요."

"왜?"

"그 이상한 메일이 온 지 아직 삼 주 밖에 안 지났습니다. 한 달 전에 하이덴은 존재하지 않았어요. 만약 존재했다면 그건 업자가 만든 게 아닙니다. 메일을 보낸 인물 본인 혹은 그와 가까운 사람이 만든 거란 얘기죠."

30

역에서 버스를 탔다. 막차였다. 승객은 가구라와 스즈란 외에는 지역 주민으로 보이는 중년 남녀가 전부였다. 가구라와 스즈란은 맨 뒷자리에 앉았다. 가구라는 이번에도 스즈란을 창가에 앉혔다. 하지만 밖이 캄캄해 창밖 전원 풍경을 즐길 순 없었다.

이십 분 정도 지나 버스는 목적지 정류장에 도착했다. 낡은 버스지만 운임은 전자화폐로 결제 가능했다. 두 사람 차비를 지불하고 가구라는 차에서 내렸다.

도로는 포장되어 있었지만 가로등 같은 게 없어 달빛에 의지해 걸었다. 스즈란이 가구라의 팔에 매달렸다.

"괜찮아. 여러 번 와봐서 눈 감고도 찾을 수 있어." 가구라는 그녀 등에 팔을 둘렀다.

실제로 얼마 안 가서 가구라는 옆길로 빠지는 계단을 발견했다. 표지판 대신 세워진 간판에는 아무것도 적혀 있지 않았는데 그게 표시였다.

계단을 올라가자 2층짜리 목조주택이 나타났다. 통나무집을 연상시키는 디자인이지만 통나무는 사용하지 않았다. 내부는 아주 평범한 서양식 주택이었다.

우편함 밑에 아무것도 심지 않은 화분이 있다. 화분을 움직이자 땅에 묻힌 플라스틱 상자가 보였다. 뚜껑을 열고 안에서 열쇠를 꺼냈다.

"굉장하다. 정말 은신처 같아." 스즈란이 들뜬 목소리를 냈다.

가구라는 그 열쇠로 현관문을 열었다. 들어가자마자 있는 배전판을 열고 전원을 넣었다. 따뜻한 빛이 실내를 가득 채웠다.

1층에 거실과 부엌 겸 다이닝룸, 2층에 서양식 침실이 두 개 있는 고즈넉한 집이었다. 그러나 남매에게는 이 세상에서 유일하게 마음 편히 지낼 수 있는 곳이었다. 가구라는 이 집에서 처음으로 다테시나 사키가 웃는 걸 봤다.

흥미롭다는듯 거실을 살피는 스즈란을 남겨두고 가구라는 2층으로 올라갔다. 방 두 개를 각자 침실로 사용한 게 아니라 하나가 침실이고 하나는 연구실이었다. 가구라는 연구실 문을 열고 불을 켰다.

벽을 따라 거대한 책상이 놓였고 그 위에는 컴퓨터 단말기가 늘어서 있다. 신세이키 대학병원에 있는 남매의 방과 흡사했다.

가구라는 한 단말기에 다가가 전원을 켰다. 지난달, 몰래 병원을 빠져나온 다테시나 남매는 여기서 뭘 했을까. 그걸 알아내야 한다.

꼬박 한 시간, 가구라는 단말기 앞에서 격렬한 싸움을 벌였다. 그러나 노력한 보람도 없이 남매가 한 일의 흔적조차 발견하지 못했다. 유일하게 알아낸 사실은 지난달에 이 컴퓨터가 켜졌다는 것뿐이었다.

가구라는 신음했다. 아무래도 그때 데이터는 모두 삭제한 듯했다. 이제 손쓸 방법이 없다.

계단 밑에서는 아무 소리도 들리지 않았다. 스즈란이 올라오는 기척도 없다. 방해해선 안 된다고 생각하는 모양이었다.

불현듯 시라토리 리사에게 들은 말이 떠올랐다. 다테시나 남매가 한 미국 수학자와 메일을 교환했다고 했다. 그 메일은 지금까지 발견된 적이 없다.

가구라는 키보드를 두드렸다. 혹시 다테시나 남매는 여기서 메일을 보낸 게 아닐까.

있다.

메일함을 살펴보니 정말 지난달에 메일이 송신되었다. 받는 사람은 킬 노이먼이라는 인물이다. 물론 문장은 영문이었다. 가구라는 메일을 읽고 온몸이 뜨거워졌다. 메일을 번역하면 다음과 같다.

시간이 조금 걸렸지만 보완 프로그램이 드디어 완성되었습니다. 이로써 '플래티나 데이터'를 찾아낼 수 있습니다. 드디어 잘못을 바로잡을 수 있게 되었습니다. 이것은 우리의 참회의 선물입니다.

31

　그 가게는 지저분한 빌딩 지하 1층에 있었다. 아사마는 좁고 어두운 계단을 내려갔다. 도쿠라가 뒤따라왔다.

　막다른 곳에 있는 문을 열었다. 카운터가 있고 손님 몇 명이 등을 보이고 있다. 담배 연기가 가득했다. 보건 기준에 맞지 않는 공기청정기를 사용하고 있으리라.

　화려한 무늬의 셔츠를 입은 바텐더가 예리한 시선으로 아사마 일행을 바라봤다. 손님을 맞는다기보다 낯선 이를 경계하는 느낌이었다. 바텐더의 시선을 따라 손님 몇이 고개를 돌렸다. 빈말이라도 인상이 좋다고는 할 수 없는 얼굴들이다.

　도쿠라가 카운터로 다가갔다.

　"가쓰야마라는 녀석이 왔을 텐데. 가쓰야마 고로."

바텐더의 눈빛이 한층 더 험악해졌다.

"당신들 누구야?"

도쿠라가 재킷 안주머니에서 경찰수첩을 꺼냈다. 그러자 바텐더
는 지긋지긋하다는 표정으로 얼굴을 찌푸렸다.

"그런 사람, 안 왔어요."

아사마는 크게 혀를 찼다.

"가쓰야마가 이 가게에 들어왔다는 거 알고 있어. 피차 시간 낭비
할 필요 없잖아? 어떤 녀석이 가쓰야마인지 알려주면 나도 시간을
절약하고 가게에도 영향이 없을 텐데. 어때, 나쁜 얘기는 아니지?"

바텐더가 어깨를 으쓱해 보였다.

"애석하게도 손님 이름을 일일이 물어보질 않아서. 들어도 기억
도 못 하고. 직접 찾아보시죠."

도쿠라가 돌아보며 아사마에게 쓴웃음을 지었다.

"그럼 그렇게 할까?" 아사마가 말했다.

그때였다. 안쪽 테이블에 있던 젊은 남자가 일어났다. 머리를 긁
적이며 느릿느릿 걷는다. 아사마와 눈이 마주치자 "화장실요"라고
짧게 말했다. 화장실은 가게 출입구 옆에 있다.

젊은 남자는 화장실 문손잡이를 잡았다. 그러나 다음 순간, 반대
쪽 손으로 출입구를 열고 재빨리 뛰어나갔다.

잡으라고 아사마가 명령하기도 전에 도쿠라가 뛰기 시작했다. 계
단을 올라가는 구두소리가 가게 안까지 들렸다.

"형사님은 안 쫓아가세요?" 바텐더가 아사마에게 물었다.

아사마는 대답 대신 안쪽 테이블로 시선을 옮겼다. 젊은이 몇 명이 불량한 자세로 앉아 있다. 가장 끝에 있는 사람이 니트모자를 고쳐 썼다.

아사마는 그 남자에게 성큼성큼 다가갔다.

"모자 좀 벗어볼까?"

남자는 가만히 아사마를 올려다봤다. 하지만 대답할 생각은 없다는 듯 캔맥주를 잔에 따랐다. 니트모자 밑으로 긴 머리가 보였다.

"안 들려? 모자 벗으라고."

"아저씨 뭔데? 나는 관계없어."

"관계 있는지 없는지는 내가 판단해. 어서 벗어."

"뭐야, 이 자식!" 남자는 아사마의 멱살로 손을 뻗었다.

하지만 아사마는 그 손목을 잡고 재빨리 비틀었다. 남자는 비명을 지르며 몸을 꼬았다. 아사마는 니트모자를 벗겼다. 긴 머리 사이로 귀가 드러났다. 귓불에 작은 흉터가 보였다.

"네가 가쓰야마지?" 그 귀에 대고 말했다. "교활한 짓을 했어. 부하를 대신 뛰쳐나가게 하고는 뒤를 쫓는 동안 도망칠 셈이었나."

가쓰야마는 대답이 없다. 아사마는 팔을 잡은 채 힘을 줘 일으켜 세웠다.

"아파! 나는 아무 짓도 안 했어. 형사면 이래도 되는 거야?"

"참 시끄럽네. 이러쿵저러쿵 떠들지 말고 따라와."

아사마는 가쓰야마의 팔을 잡아끌고 가게를 나왔다. 가쓰야마는 저항했지만 키에 비해 힘이 약했다. 팔이 가늘고 몸도 가벼웠다. 계단을 다 올라가 바닥에 내던졌다.

"하이덴 가지고 있지? 어디서 입수했나."

"그게 뭔데? 난 몰라."

아사마는 화상 입은 가쓰야마의 귀를 잡았다.

"네가 보여주고 다녔다는 거 알아. 빨리 불어."

"가게 이름은 잊어버렸어. 아키하바라에서 아무 가게에나 들어가 샀어."

아사마가 가쓰야마의 귀를 더 힘껏 잡아당겼다. 아악, 하고 가쓰야마가 작은 비명을 질렀다.

"솔직히 말 안 하면 귀를 찢어버릴 테니까."

"알았어. 말할게. '타이거 전기'라는 가게야. 거기서 덴토리를 사려고 했는데 파워가 향상된 게 있다고 해서 그걸 샀어. 문제될 거 없잖아? 전자기기를 산 것뿐이잖아. 이상한 짓을 한 것도 아니고 다른 사람에게 한 것도 아닌데."

'타이거 전기'라는 이름을 듣는 순간 아사마는 크게 실망했다.

"지금 가지고 있어?"

가쓰야마는 점퍼 주머니에 손을 넣어, 담뱃갑 크기의 금속 상자를 꺼냈다. 코드 두 개가 달려 있다.

아사마는 주머니에서 비닐봉투를 꺼냈다.

"여기 넣어."

가쓰야마가 하이덴을 넣자 아사마는 비닐봉투를 빼앗고 귀에서도 손을 뗐다.

그때 도쿠라가 돌아왔다. 아사마와 가쓰야마를 보고는 눈을 크게 떴다.

"가짜는 놓친 모양이군."

도쿠라는 콧등에 주름을 잡았다.

"이 녀석이 가쓰야마입니까?"

"맞아. 자, 이제 가봐. 하이덴은 당분간 내가 맡지."

가쓰야마가 귀를 문지르면서 건물 밖으로 나갔다. 바에 돌아가기에는 체면이 말이 아니리라.

아사마는 비닐봉투를 바라보며 입가를 일그러뜨렸다.

"또 빈손이야. 이것도 타이거 전기였어."

"가쓰야마의 말을 믿어도 될까요?"

"거짓말은 아닐 거야. 저런 녀석에게 살인은 무리야."

아사마와 도쿠라는 NF13과 하이덴이 서로 연관이 있다고 보고 정보를 모았다. '도쿄 안심생활연구소'의 시오바라가 하이덴을 취급하는 가게를 알려주었다. 그게 타이거 전기였다. 이미 그 가게를 방문해 주인에게서 사정을 들었다. 주인은 처음에는 부정했지만 영장을 청구해 수색하겠다고 위협하자 어쩔 수 없이 하이덴 판매를 인정했다. 타이거 전기는 덴토리를 몰래 입수해 하이덴으로 개조한 뒤 판매했다고 한다.

덴토리든 하이덴이든 명목상으로는 단순한 펄스 발생기로 팔린다. 전극을 귀에 붙여 뇌를 자극하는 행위는 손님들이 맘대로 하는 짓이라고 주장할 수 있기 때문에 판매와 개조에 죄를 물을 수 없다.

물론 구입자도 마찬가지다. 뇌자극을 권하거나 강요했을 때만 죄가 된다. 마약과 같은 효과가 있어 조직폭력단이 자금줄로 이용한다는 사실을 알면서도 생활안전부와 조직범죄대책부가 좀처럼 대대적인 단속에 나서지 못하고 있다.

시오바라의 말대로, 타이거 전기에도 이상한 메일이 왔다. 주인이 개조 노하우를 살 의향이 있다고 답장을 보냈더니 며칠 후에 실물과 개조방법을 담은 메모리가 도착했다고 한다. 재빨리 시험해보니 정말 효과가 높아져 있었다. 사기가 아닐까 하는 의심은 풀렸다.

그런데 이상하게도 물건을 보내면서 대금청구서는 보내지 않았다. 이 주가 지난 지금까지도 청구하지 않았다고 했다.

타이거 전기에서는 이제까지 열 명 이상에게 하이덴을 팔았다. 개조 자체는 의외로 간단하고 비용도 들지 않지만 노하우를 모르는 한 혼자 하는 건 무리라고 가게 주인은 말했다. 구입자의 신상은 물론 남아 있지 않았다.

그 후 아사마와 도쿠라는 번화가에서 활동하는 정보원에게 하이덴에 관한 소문을 들으면 바로 연락 달라고 부탁했다. 그 결과 하이덴이 있는 인간을 몇 명 찾아낼 수 있었다. 모두 타이거 전기에서 입수한 것이었다.

"선배님, 아무래도 지금 나도는 하이덴은 전부 타이거 전기 제품인 것 같은데요." 도쿠라가 말했다. "그런데 NF13이 하이덴을 범행에 사용한 시기는 타이거 전기에서 판매하기 전이에요. 즉 하이덴을 고안한 인간이 메일을 보낸 사람이자 NF13 사건의 범인이라는 거죠. 아닐까요?"

아사마는 머리를 헝클었다.

"그렇다고 해도, 그 녀석이 어디 사는 누군지 어떻게 알아내지? 타이거 전기가 메일을 보낸 상대는 이미 존재하지 않아."

"바로 그 점 말인데요, 왜 그 녀석은 개조 대금을 청구하지 않을까요?"

아사마는 한숨을 쉬고 머리를 흔들었다.

"모르겠어. 애당초 개조 노하우를 팔겠다는 발상 자체가 무의미해. 한 가게에만 팔아도 정보가 퍼질 건 불 보듯 뻔한데 말이야. 전문가가 실물을 보면 어떤 식으로 개조했는지 금방 알아낼 테니까."

"그럼 도대체 왜 그런 메일을 보냈을까요?"

"그걸 알면 이 고생을 안 하지."

"선배님, 이제 상부에 보고해야 하지 않을까요? 저희 둘이 이 이상 수사하는 건 무리예요."

아사마는 대답할 수 없었다. 주머니를 뒤져 담뱃갑을 꺼냈다.

"선배님."

"소용없어." 아사마가 말했다. "괜한 짓 하고 다니지 말라는 소리나 들을걸. 그리고 하이덴에서 손 떼라고 하겠지. 이제껏 모은 정보를 경찰청 놈들에게 넘기고 끝. 그렇게 될 게 빤해."

"그야 그럴지도 모르지만……."

도쿠라가 말끝을 흐렸다. 그때 그의 재킷 안쪽에서 휴대전화가 울렸다.

"예, 도쿠라입니다. ……예, 아사마 선배님도 같이 있습니다. 가구라의 교우관계에 대해 탐문중입니다. ……예? ……알겠습니다. 바로 돌아가겠습니다." 전화를 끊은 도쿠라는 놀란 표정으로 아사마를 봤다. "기바 계장님입니다. 즉시 복귀하랍니다. 가구라에 관한 정보가 있다고 합니다."

"가구라?"

아사마는 불붙이지 않은 채 물고만 있던 담배를 근처 쓰레기통에 던져 넣었다.

32

회의실에서 나스와 기바, 그리고 시가 세 사람이 아사마 일행을 기다리고 있었다.

"정말 소수정예네요." 아사마가 빈정거리면서 자리에 앉았다.

나스가 흘깃 노려봤다.

"상부 협의는 이미 끝났다. 앞으로는 현장 사람들이 지시대로 움직이기만 하면 돼."

"장기판 말에게 일일이 자세한 얘기는 필요 없다는 겁니까?"

"자네를 말로 취급하진 않아. 그 증거로 이렇게 부르지 않았나."

"그럼 다 설명해주시겠습니까? 갑자기 NF13의 수사권을 빼앗긴 데 대해서요."

"아사마!" 옆에서 기바가 호통을 쳤다.

시가가 설핏 웃었다.

"정보 공유는 필요하지만 무질서하게 해봐야 오히려 혼란을 야기합니다. 전에도 말씀드렸죠? 당신들이 할 일은 아주 많다고."

"그땐 그쪽이 지시를 내려주시겠군요. 아하, 그래서 내가 불려왔군. 이제 일회용 부대가 나설 차례인가요?"

"적당히 좀 해!" 다시 기바의 목소리가 날아왔다. "나도 자세한 건 몰라. 주어진 임무를 수행할 생각만 해."

아사마는 기바의 늘어진 뺨을 바라봤다. 한심한 당신은 그걸로 충분하겠지, 라고 말하고 싶은 걸 꾹 참고 시가와 나스에게 시선을 돌렸다.

"그래서 이번에는 저에게 어떤 임무가 주어졌습니까?"

"그전에 중요한 이야기를 해두지." 나스가 말했다. "가구라의 도주처가 판명되었다."

아사마의 눈이 자기도 모르게 커졌다. "어딥니까?"

"북쪽일세."

"북쪽요?"

나스는 시가를 보고 고개를 끄덕였다. 그러자 시가는 옆에 놓아둔 노트북을 아사마에게 돌렸다. 이윽고 거기에 모자를 눌러쓴 남자의 정지 화면이 나왔다. 고개를 숙인 채 뭔가를 조작하는 듯했다.

"이건 뭡니까?"

"도쿄 역 티켓 판매기에 설치된 감시카메라 영상입니다." 시가가 말했다. "현재 전국 주요 역의 일부 판매기에는 감시카메라가 설치되어 있습니다. 도주중인 범인의 행방을 쫓는 게 주요 목적입니다. 참고로 말씀드리면, 네트워크를 전국적으로 전개해야 하는 일이므로 영상 관리는 경찰청에서 하고 있습니다."

"그 말은 알겠는데 이 모자 쓴 남자가 가구라라고요?"

"아마 그럴 겁니다."

아사마가 화면을 응시했다.

"하지만 이 정지 화면은 모자로 얼굴을 다 가렸어요. 영상을 좀 돌려보면 알 수 있으려나."

"아닙니다. 이 인물은 마지막까지 모자를 벗지 않았습니다. 감시 카메라를 의식해서겠죠." 시가가 담담하게 말했다.

"그런데 어떻게 가구라라고 확신하십니까."

"귀입니다." 시가가 화면 속 남자의 귀를 가리켰다. "아실 수도 있겠지만 인간의 귀 모양은 각자 달라서 개인 식별에 응용할 수 있습니다. 우리는 주요 역에 설치된 감시카메라 영상을 컴퓨터로 분석해 가구라와 귀 모양이 일치하는 인물을 찾았고, 그 결과 이 인물을 발견했습니다."

"언제 촬영된 영상입니까?"

"닷새 전 오후 5시 3분입니다."

"닷새나 지났습니까?" 아사마가 쓴웃음을 지었다. "일본을 일주하고 도쿄로 돌아왔겠네요."

시가가 차가운 눈으로 아사마를 봤다.

"도쿄 주요 역에서 날마다 얼마나 많은 사람이 판매기를 이용할지 상상해보세요. 컴퓨터를 풀가동한 결과입니다. 이것도 빨리 나온 겁니다."

"노력을 인정해달라는 말입니까. 과경연과 특수분석연구소에는 우리 상상을 초월하는 예산이 투입되고 있다던데 감시카메라 영상 분석에 닷새나 걸리다뇨."

"우리는 판매기 패널에 정맥인증 시스템 도입을 제안하고 있습니다. 그게 실현되면 도주자가 터치 패널을 만지는 순간 자동으로 신고가 되죠. 하지만 프라이버시 보호 문제 탓에 계획이 추진되질 못하고 있습니다. 예산이 아니라 법률 문제죠."

아사마는 아랫입술을 내밀었다.

"DNA 다음은 정맥패턴을 등록해라……? 당신들은 나와는 전혀 다른 인종 같군요. 뭐, 좋습니다. 그래서 가구라가 어디로 가는 차표를 끊었는지는 알아냈습니까?"

"밝혀졌습니다. 가구라로 추정되는 인물이 찍힌 것은 5시 3분이므로 해당 시각에 이 판매기에서 발행된 차표를 조사하면 됩니다. 그에 따르면 북쪽으로 향하는 열차표를 구입했습니다."

"어느 역입니까?"

"열차를 몇 번 갈아탄 최종 목적지는……."

시가는 '보레로'라는 역 이름을 말했다.

"아주 시골이네요. 왜 그런 곳에?"

"당신이 그 이유까지 생각할 필요는 없습니다. 어쨌든 가구라가 보레로 시에 있는 것만은 확실합니다."

"자, 알겠지? 자네 임무는 당장 보레로로 가서 가구라를 잡아오는 걸세." 나스가 말했다.

아사마는 상사 얼굴을 바라봤다. "저 혼자요?"

"나도 같이 간다. 자네 혼자면 멋대로 이상한 짓을 할 것 같아서." 기바가 말했다.

"저와 계장님 단둘이요? 보레로 시는 몇몇 시정촌이 합병한 곳이라 상당히 넓다고 들었는데요."

"형사님더러 직접 찾으라는 건 아닙니다." 시가가 말했다. "이미 경찰청에서 현지 경찰에게 연락했을 겁니다. 지금쯤 인해전술로 수색하고 있겠죠. 발견은 시간문제라고 생각합니다."

"그쪽 경찰에게는 가구라를 뭐라고 설명했습니까?"

"과경연 직원으로, 살인 사건에 관한 중요한 데이터를 지닌 채 실종되었다고 했습니다. 새빨간 거짓말은 아니지요?"

아사마는 한숨을 쉬었다.

"가구라의 신병을 인도받으면 어떤 취조도 하지 말고 경찰청에 넘겨라, 이 말이군요."

"가구라는 경찰청 사람입니다. 경찰청 문제는 경찰청에서 해결하는 게 당연하죠. 물론 모든 게 해결된 후, 발표 가능한 정보가 있으면 발표하겠습니다." 시가는 담담하게 말했다.

아사마는 책상을 내리치고 벌떡 일어났다. 시가를 노려본 후 몸을 획 돌렸다.

"아사마, 임무 거부인가?" 나스가 물었다.

아사마가 후 하고 숨을 내뱉은 후 돌아봤다.

"하겠습니다. 보레로 시로 가면 되죠? 바로 준비하겠습니다."

"아사마 형사님, 잠깐만 기다려주십시오." 시가가 그렇게 말하고 컴퓨터 키보드를 두드렸다.

액정화면 영상이 움직이기 시작했다. 수많은 손님이 차표를 사는 모습이 빠르게 지나간다. 이윽고 한 화면에서 영상이 멈췄다. 화면 속 인물을 보고 아사마는 놀라고 말았다. 조금 전 인물, 모자를 눌러 쓴 가구라로 추정되는 인물이었다.

"이건…… 뭐죠?"

"보시는 대로 가구라가 다시 나타났습니다. 판매기 기록을 보니 행선지가 똑같은 차표를 한 장 더 구입했습니다. 게다가 옆자리 표입니다."

"동행이 있다는 겁니까?"

"그렇게 생각하는 게 타당하겠죠. 다만 사전에 동행이 결정되어 있지는 않았던 것 같습니다. 미리 정해져 있었다면 처음에 차표를 구입할 때 상대 표까지 한 번에 샀겠죠."

"그게 누굴까요…… 아, 안다고 해도 내겐 알려주지 않으시겠죠."

시가가 천천히 고개를 저었다.

"그렇다면 굳이 당신에게 이 영상을 보여주지도 않았겠죠. 가구라가 누구와 동행하는지 저희도 전혀 모릅니다. 경우에 따라서는 그 사람도 연행해야 할 겁니다."

아사마는 허리에 손을 올리고 나스를 내려다봤다.

"누구를 연행하든 우리에게는 취조할 권한이 없다…… 과장님, 정말 이대로 괜찮겠습니까?"

나스는 침묵했다. 대신 기바가 일어났다.

"가자고. 이미 열차도 다 준비했어. 삼십 분 안에 준비해." 기바는 나스와 시가에게 목례하고 회의실을 나갔다.

"계장님." 복도에서 기바를 불러 세웠다. "대체 왜 그러세요? 왜 우리가 특수분석연구소의 심부름꾼이 되어야 합니까?"

기바는 걸음을 멈췄다. 회의실 쪽을 돌아본 후 아사마를 보며 천천히 고개를 저었다.

"몰라. 아무래도 과장님은 사정을 아는 것 같은데 우리에게는 얘기해주지 않겠지."

"도저히 받아들일 수 없습니다."

"나도 그래. 하지만 어쩔 수 없어. 우리는 조종당하는 사람들이야. 조종하는 사람이 되고 싶으면 더 출세해. 그러려면 공을 세워야지." 기바가 아사마의 어깨를 두드리고는 다시 걷기 시작했다.

33

가구라가 리턴 키를 누르자마자 숫자들이 화면을 가득 메우기 시작했다. 맥락을 전혀 알 수 없는 숫자들이 그를 비웃기라도 하듯 줄지어 화면을 통과한다.

나 참, 또 컴퓨터가 미쳐 돌아가는군…….

가구라는 머리를 감쌌다. 이번이 몇십 번째 시도일까. 다테시나 사키가 이 집에서 어떤 프로그램을 만들었는지, 컴퓨터에 남겨진 흔적을 찾아보려 했는데 제대로 되는 게 하나도 없다.

이제까지 얻은 정보와 조합해 생각하면, 다테시나 남매가 킬 노이먼이라는 수학자에게 보낸 메일에서 언급한 보완 프로그램이 아무래도 모굴인 것 같다. 하지만 메일 내용으로 보건대 중요한 것은 모굴 자체가 아니라 모굴을 이용해 추출되는 플래티나 데이터인 듯하다. 시라토리 리사도 그게 필요해서 모굴을 찾는지 모른다.

가구라는 무의미한 숫자로 가득한 모니터에서 몸을 돌리고 바닥을 둘러봤다. 책, 노트, 파일이 흩어져 있다. 이 집에 있는, 글자가 있는 걸 전부 뒤졌다. 천재 수학자 다테시나 사키가 대체 무슨 연구를 했는지 알아보려 했는데 헛수고였다. 그는 십분의 일도 이해할 수 없었다.

인기척을 느낀 가구라는 방문 쪽을 봤다. 문은 열린 채 그대로 있다. 잠시 후 스즈란이 나타났다.

"조금 쉬면 안 돼? 차라도 마시자."

"아, 그럴까." 가구라가 자리에서 일어났다.

"숫자가 잔뜩 있네. 이대로 둬도 돼?" 스즈란이 컴퓨터 화면을 보며 물었다.

"괜찮아. 이 상태에서는 내가 할 수 있는 일이 없어. 숫자를 다 토해내면 저절로 화면이 멈춰."

다섯 시간 정도 걸리겠지만, 이라고 속으로 말을 이었다.

1층으로 내려가 홍차를 끓였다. 거실에 있는 꽃무늬 소파에 나란히 앉아 유리문 너머로 보이는 흐린 하늘을 올려다봤다.

이 집에 온 지 닷새가 흘렀다. 보존 가능한 식재료가 비축되어 있지만 그것도 얼마 남지 않았다.

"여기, 무척 좋아. 아까 근처를 산책했어. 빨강이나 하양 튤립이 가득 핀 곳도 있어서 정말 꿈처럼 아름다웠어." 스즈란은 즐거워 보였다.

"그 튤립 꽃밭은 나도 본 적 있어. 사진을 찍으러 먼 곳에서 오는 사람도 있어."

"자연도 아름답고 물도 공기도 좋고. 계속 여기서 살고 싶어."

"동감이지만 그러고 있을 순 없어. 한시바삐 모굴을 찾아야 해." 가구라가 찻잔을 기울였다. 잎을 너무 많이 넣어서인지 홍차는 조금 썼다.

아직 이곳에 왔다고 시라토리 리사에게 알리지 않았다. 휴대전화 전원을 계속 꺼놓고 있다. 만약 그녀가 이 집에 대해 알게 되면 바로 달려와 다테시나 사키가 모굴 작성에 사용한 컴퓨터를 직접 분석하려 들 터이다. 그러면 가구라는 바로 제외될 것이다. 모굴도 플래티나 데이터에 대해서도 무엇 하나 알려주지 않으리라.

하지만 이대로는 아무것도 할 수 없다는 생각이 들기 시작했다. 모굴이 뭔지 전혀 모르는 자신이 다테시나 사키의 연구 내용을 컴퓨터로 분석하는 일은 불가능할 것 같았다. 시라토리 리사의 힘을 빌리는 수밖에 없는 걸까.

정신을 차리니, 스즈란이 슬픈 표정으로 가만히 그의 얼굴을 보고 있다.

"왜 그래?"

그녀가 눈을 깜빡였다.

"아무것도 아니야. 그냥 좀 불쌍해서."

"불쌍해? 뭐가?"

"아니, 가구라 군은 인생을 전혀 즐기지 못하잖아. 애써 이렇게 멋진 곳에 왔는데, 밖에는 나가지도 않고 컴퓨터만 노려보고 있고. 그런 인생, 즐겁지 않아. 불쌍해."

가구라는 찻잔을 테이블에 놓았다.

"나라고 늘 이렇게 사는 건 아니야. 지금은 특별한 상황이니까."

"그래?"

"당연하지. 살인 용의자가 된 채 도망치고 있어. 게다가 그 와중에 모굴을 찾아야 해. 인생을 즐길 때가 아니야."

"하지만 가구라 군은 범인이 아니잖아. 그러면 도망치지 않아도 되잖아."

"나는 범인이 아니야. 적어도 사람을 죽인 기억 같은 건 없어. 하지만……." 거기까지 얘기하다가 가구라는 입을 다물었다.

스즈란의 눈동자가 움찔했다.

"류가 그랬다고? 가구라 군, 아직도 그를 의심해?"

"나도 의심하고 싶지 않아. 하지만 논리적으로 생각해보면 아무래도……."

가구라가 말을 끝내기도 전에 스즈란이 일어서더니 재빨리 문으로 향한다.

"잠깐! 어디 가?"

대답도 하지 않고 방을 나갔다. 쿵 하고 문이 닫히면서 살짝 먼지가 일었다.

가구라는 일어나 천천히 문으로 다가갔다. 스즈란이 아직 복도에 있으리라고 생각했다. 그런데 문을 열어보니 이미 사라진 뒤였다.

벌써 밖으로 나간 모양이다.

가구라는 머리를 긁적이며 소파로 돌아왔다. 옆에 놓은 휴대전화를 들었다.

이대로는 방법이 없다고 속으로 중얼거리며 전원을 켰다. 예상대로 시라토리 리사에게서 여러 번 전화가 왔던 모양이다. 심호흡을 한 번 하고 전화를 걸었다.

연결된 것 같은데도 상대는 한동안 침묵했다. 이윽고 후 하고 숨을 내쉬는 소리가 들렸다.

"왜 전원을 껐습니까? 연락이 끊어지지 않게 해달라고 부탁했는데요." 생각했던 대로 날카로운 목소리가 들려왔다.

"미안해. 혼자 생각하고 싶은 게 있었어. 물론 모굴에 대해."

"그래서 뭘 좀 알아냈습니까?"

"아니, 실패했어. 포기했다. 자네 힘을 빌리는 수밖에 없어. 자네도 어쩔 수 없을지 모르지만. 무엇보다, 상대는 다테시나 사키가 사용하던 컴퓨터이니."

"다테시나 사키라…… 역시 지금 보레로 시에 있군요."

깜짝 놀랐다. "그걸 어떻게 알았지?"

"경찰이 움직이기 시작했습니다. 거기 있으면 위험합니다. 바로 이동하세요."

가구라는 휴대전화를 귀에 댄 채 고개를 흔들었다.

"이 집은 아무도 모를 거야."

"당신이 보레로로 갔다는 게 밝혀졌습니다. 그리고 경찰은 보레로가 다테시나 남매의 고향이라는 사실을 파악한 것 같습니다."

가구라는 벌떡 일어났다.

"어디서 들킨 거지? 무슨 실수라도 있었나?"

"과학경찰의 능력을 과소평가해선 안 됩니다. 그건 당신이 제일 잘 알 텐데요. 다행히 정확한 장소까지는 파악하지 못한 것 같습니다. 다테시나 남매의 생가는 이미 철거되었으니까."

"몰래 구입한 별장이야. 명의도 다른 사람이고."

"그래도 안심할 수 없습니다. 이미 경찰청에서 현지 경찰에 연락했을 겁니다. 대량 동원된 경찰이 모든 가옥을 뒤지겠죠."

가구라는 입안이 급속히 마르고 있음을 느꼈다.

"곤란해졌군."

"바로 이동하세요. 모굴은 그 집 컴퓨터로 만들었을지 모르지만 이미 삭제됐을 테고 복원도 불가능할 겁니다. 다테시나 남매가 그렇게 허술할 리 없으니까요."

"그렇게 말해도 다른 방법이 없어."

"우선은 도망치세요. 그리고 당신에게 묻고 싶은 게 있습니다. NF13에게서 채취한 샘플은 어디에 보관하죠?"

"샘플? 범인의 체액 말인가?"

"그렇습니다. 당신이 DNA를 분석한 것 말입니다."

"D플레이트는 연구소에 있어."

"D플레이트는 DNA 정보를 전자화한 거죠. 그게 아니라 샘플 자체가 필요합니다. 보관실에서 찾아봤는데 없었습니다."

"그거라면 시가 소장에게……."

"소장님 몰래 꺼내오고 싶습니다. 보관 장소를 알려주세요." 시라토리 리사는 빠른 말투로 따지고 든다.

"목적이 뭐지?"

"그걸 말할 여유는 없습니다. 어서 알려주십시오."

가구라가 입술을 적셨다.

"미해결 사건 샘플은 분석실 냉동보관고에 있어. 문을 여는 패스워드는 데스티니. D, E, S, T, I, N, Y."

"'운명'입니까? 알겠습니다. 행운을 빕니다. 어떻게 해서든 계속 도망쳐서 모굴을 찾아주세요."

"나도 질문이 있어. 플래티나 데이터가 뭔가?"

시라토리 리사는 다시 침묵했다. 하지만 이번에는 순간 할 말을 잃은 것 같았다.

"아직 그걸 생각할 단계가 아닙니다." 목소리가 떨렸다. "우선은 도망치세요. 안전한 장소에 도착하면 연락주세요. 그럼."

"잠깐만 기다려!"

"다시 한 번 말씀드립니다. 행운을 빕니다." 시라토리 리사는 일방적으로 전화를 끊었다.

가구라는 휴대전화를 꼭 쥔 채 방에서 나와 그대로 현관으로 향했다.

구두를 신고 집에서 뛰어나왔다. 스즈란은 어디에도 없었다. 큰소리로 이름을 불렀지만 답이 없다.

가구라는 집 옆에 있는 작은 창고로 들어갔다. 거기에는 다테시나 고사쿠의 바이크가 있다. 식료품을 사러 갈 때 사용하던 것이다. 키는 옆에 놓인 빈 캔에 들어 있었다.

바이크를 타고 가솔린이 충분한지 확인한 뒤 시동을 걸었다.

34

보레로 역에서 내린 사람은 아사마와 기바 둘뿐이었다. 작은 개찰구를 통과한 뒤 계단을 내려와 역사에서 나왔다. 주변에는 가로등이 늘어섰지만 먼 곳에는 깊은 어둠이 한없이 펼쳐져 있었다.

"여기는 뭐야? 일본이긴 한 건가?" 아사마 옆에서 기바가 중얼거렸다.

역 앞에는 로터리 같은 게 있고 버스정류장이 쭉 늘어서 있었다. 하지만 마지막 버스는 이미 떠난 모양이었다. 택시 승강장도 보이지 않는다.

그 자리에 우두커니 서 있으니 세단 한 대가 나타나 두 사람 앞에 멈춰 섰다. 차에서 마른 체형의 젊은 남자가 내렸다.

"경시청에서 오신 분들이십니까?" 두 사람을 번갈아보며 물었다.

"그렇습니다." 아사마와 기바가 경찰 배지를 내밀었다.

상대 남자도 신분증을 꺼내 보였다. 다마하라라고 했다. 보레로 경찰서 형사과 소속이었다.

"기다리셨죠. 경찰서로 모시겠습니다."

"고맙습니다."

기바를 뒷좌석에 태우고 아사마는 조수석에 올랐다.

"너무 촌이라 놀라셨죠?" 차를 출발시키면서 다마하라가 말했다.

"그렇진 않지만 생각보다 머네요."

"저도 처음 배속되고는 놀랐습니다. 육지의 무인도 같은 곳이거든요. 그런데 그 점이 좋은지 도시에서 이주해오는 사람이 꽤 많습니다. 여기저기 작은 공동체가 생기고 있습니다. 어쨌든 땅은 넓으니까요."

"범죄는 얼마나 일어나나요?" 특별히 관심 있는 건 아니지만 아사마는 일단 물어봤다.

"예전에는 이렇다 할 사건이 없었는데 요즘에는 가끔 흉악 범죄가 일어납니다. 요즘은 어디나 그렇지 않나요?" 다마하라는 그렇게 말하고는 "하지만 이번 같은 경우는 처음입니다"라고 말을 이었다. "무엇보다 현경본부에서 백 명이 넘는 사람이 지원을 나왔으니까요. 내일은 헬리콥터까지 띄운다니 무슨 할리우드 영화 같다고 동료와 얘기했습니다."

아사마는 다마하라의 갸름한 옆얼굴을 봤다. 가구라의 수색을 말하는 모양이었다.

"수색은 진전이 좀 있나요?"

다마하라는 핸들을 조작하면서 고개를 기울였다.

"자세히는 모릅니다. 우리는 단순한 졸병이니까요. 게다가 관할서
는 지시대로 뛰어다니느라 정신이 없습니다. 하지만 오늘 하루 동안
상당한 범위에서 탐문이 끝났다고 합니다. 내일은 뭔가 잡히지 않을
까요?"

"지휘는 누가 합니까?"

"그게 말이죠, 놀랍게도 본부장님이 직접 하고 계십니다."

"본부장?" 뒷좌석에 앉아 있던 기바가 몸을 세웠다. "기타미네 본
부장이 지휘를 맡았습니까?"

현경 본부장이 기타미네라는 사람이라는 것은 여기 오기 전에 조
사해 알아냈다.

"그렇습니다. 형사부장과 경비부장까지 와서 우리 서장은 완전
패닉 상태입니다." 신나서 얘기하더니 다마하라는 목소리를 죽였다.
"물어도 되는지 모르겠는데 실종된 사람은 도대체 누굽니까? 과경
연 직원이라는 것 말고는 아무것도 몰라요. 수배중인 용의자도 아닌
데 이렇게 대대적인 수색은 뭘까 싶습니다."

아사마는 기바를 슬쩍 살핀 후 고개를 저었다.

"저희도 자세한 얘기는 듣지 못했습니다. 일단 그 직원을 연행해
오라고만 하더군요."

"그래요? 흐음. 알고 계시더라도 저 같은 말단 형사에게 얘기하실
수는 없겠죠." 다마하라는 비굴한 웃음을 지으며 말했다.

아사마는 입을 다문 채 앞을 봤다. 얼마 후, 어둠 속에서 불빛이 보이기 시작했다.

보레로 경찰서는 아담한 건물이지만 주위에는 크고 작은 경찰차량이 수십 대나 집결해 있었다. 현경본부에서 온 것이리라. 잠시 바라보니 나가는 차도 있고 들어오는 차도 있어 분주한 분위기였다.

아사마와 기바는 다마하라의 안내를 받아 경찰서 대회의실로 갔다. 출입구에는 'K관련 특별수색대책실'이라는 표시가 있었다.

회의실 안은 사람들의 열기와 담배 연기로 가득했다. 중앙에 놓인 거대한 테이블을 남자 열댓 명이 둘러싸고 대화를 나누고 있다.

다마하라가 제복을 입은 나이 든 남자에게 다가갔다.

"서장님, 경시청에서 오신 분들을 모셔왔습니다."

서장이라 불린 남자는 아사마 일행을 바라보며 어험 하고 헛기침을 했다.

"멀리 오느라 고생하셨습니다."

"폐를 끼치게 되었습니다." 기바가 고개를 숙였다.

"잠시만 기다려주십시오." 서장은 회의테이블을 내려다보는 남자 중 한 명에게 말을 걸었다. "본부장님. 지금 잠깐 시간되십니까?"

왜? 하고 고개를 돌린 남자는 몸집은 작지만 눈빛에 박력이 넘쳤다. 입가가 살짝 일그러져 있다. 현경 본부장 기타미네인 모양이다.

"경시청에서 오신 분들이 지금 도착했습니다."

서장의 말에 기바가 한 걸음 앞으로 나섰다.

"경시청 수사1과 기바입니다. 이쪽은 부하인 아사마입니다."

잘 부탁드린다고 아사마가 인사했지만 기타미네는 귀찮다는 듯 손을 내저었다.

"문제의 인물은 아직 발견하지 못했네. 발견하고 확보하면 연락하지. 그때까지는 어디선가 대기하고 있으면 돼. 누가 두 사람을 숙소로 안내해주게."

예, 라고 대답하며 다마하라가 다가왔다. 아사마는 손으로 그를 막았다.

"잠깐만요. 현재 상황을 알려주십시오. 상부에 보고하고 싶습니다." 기타미네를 향해 말했다.

기타미네는 오른쪽 눈썹만 꿈틀거렸다.

"도쿄에는 내가 직접 연락할 테니 걱정 말게. 자네들은 문제의 인물을 무사히 연행하는 것만 생각해. 오늘 밤은 느긋하게 쉬고."

"하지만……."

"미안하네만 우리는 지금 수색중이야. 부하들 보고를 기다리고 있어. 보레로는 지역이 넓고 산도 강도 있어. 물론 주택지도 있지. 사람 한둘이 숨을 장소는 얼마든지 있단 말이지. 자네들 상대하고 있을 시간이 없어. 빨리 두 사람을 숙소로 안내해!" 기타미네는 몸을 획 돌렸다.

아사마는 그에게 다가가려 했지만 옆에 있던 기바가 말렸다. "그만해" 하고 낮게 중얼거렸다.

다마하라가 아사마 앞에 섰다. "안내해드리겠습니다. 이쪽으로 오시죠."

아사마는 다마하라와 기바의 얼굴을 번갈아 바라보고 크게 한숨을 내쉬었다.

다마하라가 안내한 숙소는 역 옆에 있는 작은 비즈니스호텔이었다. 경찰서 부지 안에도 숙박시설이 있지만 그쪽은 현경본부에서 온 사람들이 쓸 것이다. 물론 기바와 아사마가 묵을 공간쯤은 있겠지만 기타미네는 두 사람이 부하들과 접촉 못 하도록 조치한 것이다.

"본부장은 알고 있네요. 자신들이 어떤 인물을 찾는지." 다마하라가 사라지자 아사마가 말했다.

"그야 그렇겠지. 안 그랬으면 나서서 지휘봉을 잡았겠어?"

"게다가 우리가 모르는 것까지 아는 것 같습니다. 그래서 우리에게 정보를 주지 않으려 하고요. 아마 경찰청 지시겠죠."

"그럴지도 모르지. 무엇보다, 엘리트야. 원래 경찰청 사람이고."

"하지만 이상합니다. 가구라가 체포되면 우리에게 신병을 인도할 거 아닙니까? 그런데 왜 중간 정보를 가르쳐주지 않죠?"

"거기까지는 나도 몰라." 기바는 폭이 좁은 침대에 몸을 던졌다.

아사마는 뚱뚱한 상사의 몸에서 시선을 돌려 창밖을 봤다. 레이스 커튼 너머에는 새까만 어둠이 깔려 있다.

이 마을에 비밀이 있나 하는 생각이 들었다. 가구라가 이런 곳에 온 이유를 시가는 아는 듯했다. 어쩌면 이 마을은 가구라에게 중요한 의미가 있는 장소일지도 모른다. 수색 과정에서 그 사실이 드러날까 봐 시가도 경찰청도 기타미네도 두려워하는 건 아닐까.

기바가 코를 골기 시작했다. 아사마는 옷 주머니에서 담배와 라이터를 꺼냈다. 방에 재떨이가 없는 것으로 보아 금연이라는 사실은 알 수 있었다. 하지만 담배를 물고 불붙인 다음, 깊이 연기를 빨아들였다가 기바의 얼굴 쪽으로 내뿜었다.

35

가구라는 날이 바뀐 뒤에야 다테시나 남매의 집으로 돌아왔다. 그
때까지 바이크를 타고 스즈란을 찾아다녔다. 하지만 어디에서도 보
이지 않았다. 걸어갔으니 그리 멀리 가지 못했을 텐데 도무지 찾을
수 없었다. 대신 민가를 방문하고 다니는 수상한 인물들을 보았다.
그들은 분명히 누군가를 찾고 있었다.

아무래도 시라토리 리사의 말이 사실인 듯했다. 경찰 수사망은 이
마을까지 뻗어 왔다.

시라토리가 말한 대로 당장 이 마을을 떠나야 했다. 내일이면 좀
더 많은 수사원을 동원해 융단폭격 같은 수색을 펼칠 게 틀림없다.

그러나 스즈란을 두고 갈 수는 없었다. 자기 뜻대로 따라왔고 맘
대로 사라졌으니 가구라가 신경 쓸 필요는 없을지 모른다. 하지만

경찰이 그녀를 발견하면 틀림없이 구속할 것이다. 그리고 심문을 벌일 게 분명하다. 아무것도 모를뿐더러 사건과도 무관한 그녀가 그런 일을 당하리라고 생각하니 도저히 혼자 도망칠 수 없었다.

남매의 집은 가구라가 나갔을 때와 마찬가지로, 불 꺼진 채 정적에 휩싸여 있었다. 스즈란이 돌아왔을지도 모른다는 기대는 완전히 무너졌다. 그렇다고 경찰이 냄새를 맡은 것 같지도 않았다.

그래도 수사원이 숨어 있을 가능성을 생각해 가구라는 숨을 죽이고 신중하게 집에 다가갔다. 현관으로 들어가지 않고 차고로 돌아갔다. 그쪽에도 출입문이 있었다.

소리 나지 않게 노력하며 잠금장치를 풀고 문을 열었다. 인기척은 없는 듯했다. 살짝 숨을 내쉬고 안으로 들어갔다. 조명을 켜려다가 그만뒀다. 심야에 불이 켜져 있으면 수사원이 방문할 우려가 있다.

스즈란이 경찰에 잡혔다면 집은 이미 들켰을 것이다. 하지만 누구도 오지 않은 걸 보니 아무래도 아직 붙잡히지 않은 모양이다. 아니, 경찰은 그녀에게서 이 장소를 알아내고 쳐들어올 타이밍을 계산하고 있을지도 모른다. 그렇게 생각하니 당장이라도 도망치고 싶은 심정이 굴뚝같았지만 가구라는 계속 안으로 들어갔다. 이대로 자기가 사라지면 혹 스즈란이 돌아왔을 때 당황할 것이다.

게다가, 하고 그는 생각했다. 만약 스즈란이 경찰에 잡혔다고 해도 이곳을 말하리라는 법은 없다. 오히려 이제까지 그녀의 언동을 생각해보면 완고하게 침묵을 지킬 가능성이 높다.

거실로 가 소파에 앉았다. 찻잔이 여전히 테이블에 놓여 있었다.

차갑게 식은 홍차가 삼분의 일쯤 남아 있었다.

스즈란과 나눈 대화를 떠올렸다. 그녀는 가구라가 불쌍하다고 했다. 애써 이렇게 멋진 곳에 왔는데 컴퓨터만 노려보고 있는 인생은 불쌍하다고.

스스로 불쌍하다고 여기지 않지만 옆에서 보면 그렇게 보일지도 모른다. 확실히, 아주 오랫동안 자연과 접한 기억이 없다. 계절 변화를 느낀 적도 없고 공기 냄새가 바뀌는 것도 전혀 느끼지 못했다. 그래도 괜찮다고 생각했다. 인간 생활을 풍요롭게 하기 위해 가장 필요한 것은 과학 문명이고, 그것을 발전시키는 일을 한다는 자긍심이 있었다. 자연 보호가 필요한 건 인간이 살아가는 데 필요한 환경을 유지해야 하기 때문이고, 자연과 친해지거나 마음을 빼앗기는 일은 인생 낭비라고 생각해왔다.

갑자기 가구라의 뇌리에 그림 한 장이 떠올랐다. 두 손이 그려진 그림이었다. 류가 그린 그림이다. 그는 손을 자주 그렸다. 그 그림들이 차례차례 생각났다.

그건…… 무슨 손이지? 어떤 의미일까…….

지금껏 맛보지 못한 감각이 가구라의 가슴에 퍼졌다. 그립기도 하고 애절하기도 한 감정이 솟아올랐다. 그 그림을 보고 이런 감정을 느낀 적은 한 번도 없었다.

가구라의 망막 속에서, 그림 속 두 손이 움직이기 시작했다. 조금씩 형태가 다른 손 그림이 아주 빠르게 바뀌어 나타나자 움직이는 것처럼 보였다. 애니메이션의 원리이다.

바라보고 있으니 그림이던 손이 어느새 진짜 손으로 바뀌었다. 그 손은 점점 더 복잡하게 움직이다가 갑자기 멈추는가 싶더니, 가구라를 향해 다가왔다.

비명을 지르며 눈을 떴다. 몸이 경련을 일으키고 있었다.

옅은 어둠 너머로 어렴풋이 벽이 보였다. 벽에 걸린 둥그런 시계가 새벽 3시가 넘었음을 알리고 있었다.

가구라는 눈을 깜빡이고 심호흡을 계속했다. 식은땀이 잔뜩 흐르고 있었다. 목덜미를 손등으로 닦으려고 할 때 오른쪽에서 인기척이 났다. 깜짝 놀라 그쪽을 봤다.

스즈란이 서 있었다. 아무 일도 없었다는 듯 웃고 있다.

"거기서 뭐 해?" 목소리가 지독하게 갈라져 나왔다.

"가구라 군을 보고 있었지. 기분 좋게 자기에."

가구라는 미간을 찌푸렸다.

"말도 안 돼. 기분이 최악이야. 지독한 꿈을 꾸었어. 그건 그렇고……." 가구라는 스즈란을 봤다. "어디 갔었어? 찾았잖아."

꽤나 날카롭게 얘기했는데도 스즈란은 조금도 겁먹은 기색 없이 생글생글 웃었다.

"아무 데도 안 갔어. 그냥 근처를 걸어 다녔지. 말했잖아. 이 주변은 아주 멋지다고."

"이런 밤중에?"

"밤이 돼야 볼 수 있는 것도 있으니까."

그녀가 뭘 말하는지 금방 알았다. "별?"

"오리온자리, 카시오페이아자리, 쌍둥이자리를 그렇게 또렷하게 본 것은 처음이야. 가구라 군도 같이 갔으면 좋았을 텐데."

"너를 찾아다녔다고 했잖아." 가구라가 일어났다. "아, 어쨌든 무사하니 다행이야. 경찰관을 만나지 않았어?"

"경찰? 무슨 소리야?" 스즈란이 고개를 기울였다.

정말 태평해서 쓴웃음을 지을 수밖에 없었다.

"자세한 얘기는 나중에 하지. 일단 한시바삐 여기서 나가야 해."

"지금?"

"그래. 가져 가고 싶은 게 있으면 오 분 안에 챙겨."

"저게 좋아. 창가 옆에 있는 흔들의자."

가구라는 고개를 크게 저었다. "저런 건 못 가져 가."

"그럼 아무것도 필요 없어."

"좋아. 그럼 얼른 나가자." 가구라가 자기 배낭으로 손을 뻗었다.

손전등을 들고 뒷문을 통해 밖으로 나왔다. 스즈란도 뒤따라왔다. 현관 앞 계단을 천천히 내려간 다음 길가를 살폈다. 캄캄해서 거의 아무것도 보이지 않았다.

"손전등을 쓰겠지만 발밑만 비출 거야. 괜히 빛이 흘러나가면 여기에 수상한 사람이 있다고 알려주는 꼴이니까. 어두워서 걷기 힘들겠지만 내 손 꼭 잡고 발밑 조심하면서 걸어. 알았지?"

스즈란은 알았다고 대답했다. 목소리에 긴박함이 전혀 없다. 자신이 처한 상황을 이해하지 못하기 때문이리라.

포장도로라고 해도 캄캄한 밤중에 산길을 걷는 건 쉽지 않았다.

손전등이 없으면 1미터 앞도 보이지 않는다. 스즈란의 손을 잡고 인도하다보니 걷기가 더 어렵다.

"저기, 도대체 얼마나 걸어야 해?" 스즈란이 불안한 듯 물었다.

"저 앞쪽에 바이크를 숨겨놓았어. 거기까지만 고생해."

"왜 집까지 안 타고 왔어?"

"밤중에 엔진 소리가 울리면 누가 이상하게 생각할 수도 있잖아. 헤드라이트 빛이 경찰에게 보일 수도 있고."

스즈란이 갑자기 그 자리에 멈춰 섰다. "아, 맞다."

"왜?"

"좋은 은신처를 발견했어. 이 근처일 거야. 거기서 밤을 새자."

"은신처? 어딘데?"

"교회야."

"교회? 왜 이런 산속에 교회가 있지?"

"그건 나도 몰라. 어디든 신자는 있을 테니까. 그거 알아? 스페인이나 이탈리아에는 기독교인이 지하에 만든 교회의 흔적이 지금도 많이 남아 있대."

"그런 말은 들은 적 있지만, 네가 말한 교회가 지하에 있는 건 아니지? 사람이 살고 있을 텐데 알아차리면 신고할 거야."

"그게 말이야, 지금은 아무도 살지 않는 것 같아. 유리가 깨져 있고 문이 잠겨 있지도 않아. 폐허인 것 같아. 폐허라고 해도 안은 아주 예뻐. 나쁜 느낌이 전혀 없어."

가구라는 손전등을 비춘 발밑으로 시선을 떨어뜨리고 그녀의 제

안에 대해 생각했다. 바이크를 숨겨둔 곳까지는 아직 조금 더 걸어야만 한다. 도착한대도 이 시간대에 도주하는 것이 좋은 방법인지는 알 수 없었다. 경찰은 가구라가 밤중에 움직일 가능성도 고려하고 있을 것이다. 심야, 모두 잠들어 고요한 마을에 시끄러운 바이크 소리를 울리는 일은 자멸 행위에 가깝다.

"그 교회, 가까워?"

"가까워. 저 근처야." 스즈란이 한 방향을 가리켰다.

저런 데 교회 같은 게 있을까 싶었지만 가구라는 걷기 시작했다. 이곳에는 여러 번 온 데다 주변도 걸어다녀봤지만 그런 건물을 본 기억은 없었다.

하지만 스즈란의 말은 사실이었다. 이삼 분 걷자 나무에 둘러싸이듯 세워진 작은 교회가 나타났다. 지붕 위에 십자가가 서 있다.

"봐. 거짓말 아니지?" 스즈란이 한껏 신이 나 말했다.

"정말 사람이 안 살아?"

부서진 문을 지나 짧은 통로를 따라 정면 현관으로 다가갔다. 녹슨 문손잡이를 잡고 천천히 밀자 나지막하게 삐거덕 소리를 내며 열렸다. 정말 잠겨 있지 않았다.

가구라는 조심스럽게 발을 들여놓고 손전등으로 실내를 비췄다. 긴 의자가 늘어서 있고 안쪽에는 제단이 있었다. 정면 벽에는 커다란 십자가가 걸렸고 그 주위를 둘러싸듯 식물 조각이 새겨져 있었다.

"정말 폐허 같네. 그다지 망가지지 않은 걸 보니 버려진 지 얼마 안 된 모양이야."

"느낌 괜찮지?" 스즈란은 옆에 놓인 긴 의자에 앉았다. "가구라 군도 좀 앉아. 그렇게 더럽지 않아."

가구라는 고개를 끄덕이고 다른 의자에 앉았다.

"왜 그렇게 떨어져 앉아?"

"왜라니…… 특별한 이유는 없어."

"그럼, 이리 와. 몸을 붙여야 따뜻해."

"……알았어."

가구라는 자리에서 일어나 스즈란 옆에 앉았다. 조금 간격을 두었는데 그녀가 가까이 다가와 앉았다.

"봐, 따뜻하지?"

그러네, 하고 가구라가 대답했다. 그녀의 천진난만함에 웃음이 새어나왔다.

밖에서 보이면 안 될 것 같아 손전등을 껐다. 갑자기 새까만 어둠이 둘을 감쌌다. 스즈란이 더욱 몸을 바싹 붙였다. 가구라의 오른팔에 자기 팔을 감고 손을 잡았다. 차갑고 메마른 손이었다.

"괜찮아." 가구라가 말했다. "너는 내가 꼭 지킬게."

응, 하고 그녀가 대답했다. "그건 나도 잘 알아."

가구라는 눈을 감았다. 졸려서가 아니었다. 눈을 떠도 어차피 보이는 게 없기 때문이었다.

시야가 차단된 탓인지 다른 감각이 예민해지는 기분이었다. 먼지 냄새가 강해진 것 같고 희미하게 바람 소리가 들리는 것 같았다. 벌레 소리도 들린다. 그리고 스즈란의 온기도…….

자연과의 동화란 이런 것일지도 모르겠다고 가구라는 생각했다. 평소에는 너무 많은 정보에 둘러싸여 있어서 주위에서 자연이 어떻게 변하는지 전혀 깨닫지 못했다. 보이는데 보지 못한 것, 들리지만 듣지 못한 것, 만질 수 있지만 만지지 못한 것이 잔뜩 있었으리라.

그러고보니 스즈란이 류의 그림에 대해서 얘기한 적 있었다. 그가 그린 손은 가구라가 보고 있지만 보지 못한다고. 그래서 중요한 의미를 모른다고.

그 그림이 보고 싶었다. 지금이라면 그림의 의미를 알 것 같았기 때문이다.

얼마나 그러고 있었을까. 산비둘기 소리에 가구라는 정신을 차렸다. 잠들었던 모양이다. 천천히 눈을 떴다. 유리가 깨진 창문에서 하얀 빛이 들어왔다. 빛 속에서 먼지가 춤추듯 날아다닌다.

가구라는 다시 교회 안을 살펴봤다. 어둠 속에서 봤을 때는 조금 넓다고 느꼈는데 실제로는 초등학교 교실만 한 크기였다. 손전등으로 비췄을 때는 장엄한 분위기를 자아내던 제단도 태양광 아래에서는 바랜 듯 보였다.

게다가…….

가구라는 이 광경을 어디선가 본 것 같았다. 이것과 똑같은 교회에 들어간 적이 있는 것 같다. 단순한 데자뷔일까.

"잘 잤어?"

등 뒤에서 소리가 들려 돌아봤다. 스즈란이 웃으면서 서 있었다.

"안 잤어?"

"조금 잤어. 하지만 이렇게 기분 좋은 아침에 잠만 자는 건 아깝잖아."

그녀는 손에 꽃을 들고 있었다. 밖에서 따온 모양이다. 제단까지 가서 꽃을 올려놓더니 양손을 맞잡고 무릎을 꿇었다.

"기독교인이야?" 가구라가 물었다.

"지금은." 기도하는 자세를 유지한 채 그녀가 대답했다. "가구라 군도 같이 기도할래?"

"뭘?"

"뭐든 좋아. 건강이든 행복이든 세계평화든."

가구라는 제단으로 다가가 십자가를 올려다봤다.

"이제까지 인생에서 한 번도 신에게 빌어본 적 없어."

"기도는 신에게 소원을 비는 게 아니야." 스즈란이 그를 올려다보며 말했다. "스스로 정화하는 거지. 보답을 구하면 안 돼."

"흐음."

이전의 가구라라면 바로 반론했을 것이다. 종교나 신앙에는 전혀 관심이 없었고 그런 데 심취한 사람을 바보 취급했다. 하지만 지금은 이상하게 순순히 받아들일 수 있었다.

스즈란이 일어섰다.

"저기, 부탁이 있는데."

"뭔데?"

"류와 이야기한 적 있어. 언젠가 결혼식을 올리자고. 인적 드문 교회에서 단둘이. 멋지지?"

"동화 속 세계로군." 가구라가 고개를 갸웃했다. "그래서 뭘 부탁하고 싶은데?"

그녀는 싱긋 웃으면서 오른손을 내밀었다. 손바닥에는 풀로 엮은 반지 두 개가 놓여 있었다.

"설마……."

스즈란이 고개를 끄덕였다.

"류 대신 나와 반지를 교환해줘."

"내가?"

"이런 기회는 또 오지 않을 테니까. 안심해. 가구라 군에게 결혼해 달라고 하는 건 아니니까. 어디까지나 대리인이야."

"대리인이라." 가구라는 콧등을 긁으며 고개를 끄덕였다. "알았어. 어떻게 하면 돼?"

"우선 가구라 군은 이걸 들어." 스즈란이 작은 반지를 내밀었다. "그리고 마주 서. 됐어? 시작한다."

제단 정면에서 마주 서자 그녀가 작게 헛기침을 했다.

"류, 당신은 스즈란을 반려자로 맞아 평생 사랑할 것을 맹세합니까?"

어? 하고 가구라가 놀라 소리를 냈다.

스즈란이 입술을 쭉 내밀었다. "'어'라니. 서약하는 자리니까 맹세한다고 해야지."

"아, 그래? 알았어."

"다시 할게. 류, 당신은 스즈란을 반려자로 맞아 평생 사랑할 것을 맹세합니까?"

"맹세합니다."

"다음은 가구라 군 차례. 똑같이 질문해."

"아아…… 스즈란, 당신은 류를 반려자로 맞아 평생 사랑할 것을 맹세합니까?"

"네, 맹세합니다. 그럼, 다음은 반지 교환이야. 우선 신랑이 신부에게. 아까 그 반지를 내 약지에 끼워줘."

그녀가 왼손을 내밀자 가구라는 풀 반지를 끼웠다.

"다음은 신부가 신랑에게 반지를 선물합니다. 왼손 내밀어."

가구라가 시키는 대로 왼손을 내밀 때였다. 창문을 통해 사람 소리가 들렸다. 누군가 다가오고 있었다. 가구라는 스즈란과 얼굴을 마주 봤다.

"숨어!"

가구라가 스즈란을 안듯 감싸고 제단 뒤로 몸을 숨기자마자 문이 거칠게 열렸다.

"여긴 이미 사용하지 않을 텐데." 남자 목소리가 들렸다.

"하지만 일단은 봐둬야 해." 또 다른 남자가 말했다. 안으로 들어오는 구두소리가 들렸다. "어이, 여길 봐. 이곳만 먼지가 없어. 최근에 누가 들어왔나 봐."

"그렇다고 수배중인 인물이라고 단정할 순 없어."

"그야 그렇지만 일단 본부에 보고하자."

대화로 보건대 남자들은 역시 경찰인 듯하다. 이윽고 그들이 서둘러 나갔다.

가구라는 제단 뒤에서 얼굴을 내밀고 상황을 살폈다. 문은 닫혔지만 아직 밖에 있을지 모른다.

그는 배낭을 메고 스즈란의 손을 끌었다.

"결혼식은 중지야. 창문으로 나가자."

녹슨 창문을 소리 나지 않도록 신중하게 열고 가구라는 밖으로 나왔다. 스즈란도 의외로 재빠르게 뒤를 따랐다.

교회 뒤편은 숲으로, 완만한 내리막이었다. 가구라는 스즈란의 손을 잡고 주위를 살피면서 나아갔다.

얼마 후 좁은 길이 나왔다. 낯익은 길이었다.

"이 앞쪽 폐가에 바이크를 숨겨뒀어. 서둘러."

가구라는 종종걸음이 되었다. 스즈란은 굽 높은 샌들을 신었지만 우는 소리는 하지 않았다.

길 옆에 공터가 있고 구석에 낡은 가게가 있었다. 특산품 가게였던 것 같은데 간판 글자가 다 떨어져서 전혀 읽을 수 없었다.

가구라는 가게 뒤쪽으로 돌아갔다. 거기에 지푸라기를 덮어 바이크를 숨겨뒀다.

바이크를 밀면서 가게 앞으로 나와 스즈란 앞에서 올라탔다.

"뒤에 타."

"멋지다! 설레는데!" 뒷자리에 탄 스즈란이 가구라의 몸을 꼭 안았다.

그때였다. 이봐! 하는 소리가 들렸다. 자전거를 탄 제복 경찰이 다가오는 게 보였다.

"큰일 났다. 꽉 잡아." 가구라는 시동을 걸고 급히 바이크를 출발시켰다. 경찰이 뭐라고 소리 지르는 게 들렸다.

달린 지 오 분도 지나지 않아 멀리서 사이렌 소리가 울리기 시작했다. 가구라는 액셀에 더 힘을 주었다. 하지만 이윽고 앞쪽에 경찰차가 서 있는 게 보였다. 검문중인 모양이었다.

가구라는 재빨리 주위를 둘러봤다. 끊어진 가드레일 사이로 좁은 농로가 뻗어 있었다. 그는 바이크를 돌려 그 길로 들어갔다.

검문중이던 경찰이 알아차렸는지 경찰차가 사이렌을 울리며 쫓아왔다. 가구라는 바이크의 속도를 최대한 높였다.

"스즈란, 절대 손을 놓으면 안 돼."

"응. 죽어도 안 놓을게."

스즈란의 가는 팔이 가구라의 몸을 단단히 조였다. 부드러운 감촉이 등을 통해 전해지는 걸 느끼면서 바이크를 몰았다. 둘의 신체가 바람을 가른다.

사이렌이 조금 멀어진 것 같았다. 게다가 농로는 산길로 이어지며 도로 폭이 갑자기 좁아졌다. 여기라면 경찰차는 들어올 수 없다.

따돌렸다고 안심했을 때였다. 좁은 산길 앞쪽은 급커브였다. 맹렬하게 달리던 가구라는 바이크를 맘대로 조작할 수 없었다. 큰일 났다고 생각한 직후, 가구라와 스즈란은 바이크와 함께 공중으로 내던져졌다.

36

눈을 떴을 때, 자신이 지금 어디에 있는 건지 순간 알 수 없었다. 뺨에 닿는 시트 감촉이 평소의 눅눅함과는 달랐다. 침대는 상당히 딱딱했다.

아사마는 엎드린 상태에서 고개를 옆으로 돌린 채 잠들어 있었다. 잠버릇이었다.

눈을 깜빡여 천천히 초점을 맞췄다. 누군가 옆 침대에서 자고 있다. 살집이 붙은 뒷모습을 보고 기바임을 깨달았다. 맞다, 여기는 호텔이다. 가구라의 신병을 인도하기 위해 기바와 보레로 시에 왔다.

아사마는 몸을 일으켰다. 나이트테이블에 붙은 알람시계는 오전 7시 오 분 전을 가리켰다. 알람은 7시 정각에 맞춰두었다. 그는 혼자 쓴웃음을 지었다. 집에서도 종종 알람이 울리기 전에 눈을 뜬다. 체내시계가 정확하다고 자랑스러워했는데, 아는 의사는 스트레스 때문이라고 지적했다. 요컨대 신경이 조금도 쉬지 못한다는 뜻이었다.

기바는 아사마가 잠자리에 들기 전과 마찬가지로 낮은 소리로 코를 골고 있다. 정말 스트레스가 없는 사람이다 싶어 아사마는 속으로 혀를 찼다. 더 자도록 두는 게 덜 귀찮을 것 같아서 알람을 껐다.

침대에서 나와 욕실로 가서 소변을 보고 샤워를 했다. 상사보다 먼저 사용하는 데 별다른 저항감은 없다. 기바도 별 소리 않을 것이다. 젖은 몸 그대로 이를 닦고 속옷 차림으로 욕실에서 나왔다.

타월로 머리를 닦으면서 창가로 다가갔다. 커튼이 열린 상태라 옅은 빛이 들어오고 있다. 오늘은 날이 흐린 듯했다.

창 옆에 서서 바깥 풍경을 바라보았다. 바로 옆에 보레로 역사가 있다. 로터리에는 노선버스가 정차해 있었다.

다음 순간, 아사마는 눈이 휘둥그레졌다. 택시 승강장 옆에 경찰차 세 대가 서 있기 때문이었다. 한 대는 왜건이었다. 자세히 보니 여기저기 제복 경찰도 보였다. 표정까지는 모르겠지만 긴박한 분위기를 풍겼다.

"계장님!" 아사마가 뒤돌아보며 소리쳤다. 그러나 기바의 둥근 등은 규칙적으로 오르내릴 뿐이다.

아사마는 침대로 다가가 상사의 몸을 흔들었다. "계장님, 일어나세요!"

기바가 겨우 통통 부은 눈을 떴다. 왜, 하고 얼빠진 소리를 냈다.

"일어나세요. 상황이 심상치 않습니다."

"뭐가?" 기바가 얼굴을 찌푸리며 눈을 비볐다. 입가에 침 흘린 흔적이 있다.

"움직임이 있는 것 같습니다. 역 앞에 경찰차가 대기하고 있고 경찰들이 바쁘게 움직입니다."

"가구라를 찾고 있으니까 그렇겠지."

아사마는 답답한 마음에 기바의 두 팔을 잡았다. "일단 보세요."

"아파. 잡아당기지 좀 마."

기바를 창가에 세우고 아사마는 레이스 커튼을 활짝 열었다.

"생각해보세요. 역에서 가구라를 잡으려는 거라면 저렇게 경찰차를 세워놓겠어요? 여기 경찰이 있다고 선전이라도 하는 것처럼 말입니다."

드디어 기바의 가는 눈이 크게 벌어졌다.

"그러고보니 그렇군……."

아사마는 의자에 걸쳐둔 바지로 손을 뻗었다.

"보레로 경찰서에 가보죠. 틀림없이 무슨 일이 있습니다."

"잠깐만. 소변 좀 보고. 그리고 샤워도 하고 싶어."

"십 분 안에 준비하세요. 안 되면 저 먼저 가겠습니다!"

"알았어. 그렇게 소리 좀 지르지 마." 기바는 머리를 긁적이면서 욕실로 향했다.

실제로 약 십 분 후, 둘은 방을 나왔다. 역 앞까지 걸어가서 택시를 타고 보레로 경찰서로 향했다.

"손님, 경찰이신가요?" 흰머리가 성성한 운전사가 물었다.

아사마는 옆자리에 앉은 기바를 슬쩍 본 후 "아닙니다. 아는 사람이 교통사고를 내서 경찰서에 가는 겁니다" 하고 운전석을 향해 말했다.

"아아, 그래요? 그거 큰일이군요."

"우리가 경찰이면 무슨 문제라도 있습니까?"

"아니, 그건 아니고 묻고 싶은 게 있어서요. 조금 전 회사에서 배낭 멘 사람을 보면 알리라고 연락이 왔어요. 그럴 때는 대부분 경찰에서 협력을 요청했을 때거든요. 그래서 무슨 사건인가 싶어서."

아사마와 기바는 마주 보았다. 현경이 택시회사에 협력을 요청했다는 건 가구라가 어딘가 숨어 있는 게 아니라 도주중이라고 판단했다는 소리다.

"그게, 몇 시쯤이었습니까?"

"글쎄요. 6시쯤 아니었을까."

아사마는 손목시계를 봤다. 아직 두 시간도 지나지 않았다.

보레로 경찰서에 도착하자마자 잰걸음으로 회의실로 향했다. 회의실 문이 열린 채 수많은 수사원이 서둘러 드나들고 있었다.

"계장님!" 어디선가 목소리가 들렸다. 다마하라가 잔뜩 상기된 채 달려왔다. "무슨 일이십니까? 두 분은 숙소에서 대기하기로 하시지 않았습니까."

아사마는 다마하라를 무시하고 중앙에 있는 회의테이블로 다가갔다. 어젯밤과 마찬가지로 기타미네 일행이 심각한 표정으로 책상을 둘러싸고 있었다. 책상 위에는 거대한 지도가 펼쳐져 있었다.

"본부장님." 아사마가 기타미네의 옆얼굴에 대고 말했다. "가구라를 찾으셨습니까?"

기타미네가 짜증이 드러나는 얼굴로 돌아봤다. 하지만 그의 시선은 아사마가 아니라 다마하라에게 멈췄다.

"이봐, 어떻게 된 거야!"

"죄송합니다. 대기해달라고 부탁했는데."

아사마가 다시 기타미네를 불렀다.

"본부장님, 알려주십시오. 가구라는 지금 어디 있습니까? 아니면 도주중입니까?"

하지만 기타미네는 아사마의 얼굴을 보려고도 하지 않고 등을 돌렸다.

"어제 말했을 텐데. 발견해 신병을 확보하면 자네들에게 넘긴다고. 그때까지는 얌전하게 있어. 우리 일에 참견하지 말고."

"그건 잘 알겠으니 상황만이라도 좀 알려주십시오."

"이봐, 누가 좀!" 기타미네가 소리쳤다.

옆에 있던 부하 두세 명이 아사마 일행 앞을 가로막았다. 그중 하나가 말했다. "숙소에서 대기해주십시오."

아사마는 입술을 깨물고 옆에 있는 기바를 봤다.

"여기 있으면 안 됩니까? 절대 방해하지 않겠습니다." 기바가 물었다.

부하들이 기타미네를 보았다. 하지만 기타미네는 입을 꾹 다물고 있었다.

기바가 아사마를 보고 말했다. "아무래도 그냥 있는 건 괜찮은 모양인데."

"그런 것 같습니다."

아사마는 재빨리 주변을 둘러보다가 벽 쪽에 놓인 파이프의자를 발견하고는 성큼성큼 다가가 앉았다. 기바도 나란히 옆에 앉았다.

"자, 하던 일들 계속 하십시오." 당혹스러워하는 기타미네의 부하들에게 아사마가 말했다.

그때였다. 전화를 받던 제복 경찰이 기타미네를 불렀다.

"본부장님, 잠복했던 것으로 추정되는 집을 찾아낸 것 같습니다."

"뭐?" 기타미네의 표정이 더 험악해졌다. 제복 경찰에게서 수화기를 빼앗아 들더니 "기타미네다. 틀림없나?" 하고 호통치듯 물었다. "……그래? 장소는 어디야? 아니, 잠깐 기다려…… 어이, 누가 지도 좀 가져와."

기타미네 앞에 지도가 펼쳐졌다. 열 명 이상의 부하가 그를 둘러쌌다. 아사마도 보고 싶었는데 바로 옆에 덩치 큰 남자가 다가와 조금이라도 다가가는 모습을 보이면 쫓아내겠다는 듯 위협적인 눈초리를 보냈다.

"알았다. 출입구 중심으로 보초를 세우고 절대 안에는 들어가지 마. 너희도 들어가지 마. 알았나." 기타미네는 그렇게 내뱉고 거칠게 수화기를 내려놓았다. 그러고는 옆에 있던 부하에게 "보초와 주변 탐문이 필요하니 지원 몇 명 더 보내" 하고 명령했다.

곧 수사원 몇 명이 모여 짧게 이야기를 나누고 방에서 나갔다.

기타미네는 다시 회의테이블 옆에 서서 지도를 가리키며 부하와 이야기를 나눴다. 아사마 일행은 완전히 무시하고 있다.

다마하라가 회의실에서 나가는 모습을 보고 아사마는 자리에서 일어나 그의 뒤를 쫓았다.

"다마하라 형사님." 복도로 나와 그에게 말을 걸었다. "잠깐만요!"

"뭐죠? 저는 아무것도…….."

다마하라가 말을 채 끝내기도 전에 아사마는 그의 어깨를 잡고 계단까지 데려갔다.

"알려주십시오. 지금 상황이 어떤지 정도는 아시죠?"

"어제도 말씀드렸다시피 저는 말단 형사에 불과합니다." 다마하라가 울 것 같은 표정을 지었다.

"그럼, 한 가지만 알려주십시오. 가구라는 아직 이 마을에 있습니까? 아니면 도망쳤습니까?"

다마하라는 지긋지긋하다는 듯 고개를 흔들었다.

"이른 아침, 가구라로 보이는 인물이 바이크를 타고 가는 걸 검문 중인 경찰이 발견했습니다. 바로 경찰차로 추적했지만 폭이 좁은 길로 도망가 놓쳤다고 합니다."

"가구라가 틀림없습니까?"

"아마…… 맞는 것 같습니다."

"그 뒤의 행방은 전혀 모르겠군요."

다마하라는 괴로운 표정으로 고개를 살짝 끄덕였다.

기타미네의 표정이 어제보다 더 험악해진 이유를 알 수 있었다. 발견했는데 잡지 못했다면 큰 실수다. 자세한 상황을 아사마 일행에게 얘기하고 싶지 않은 사정도 알 만하다.

"가구라가 숨어 있던 장소가 밝혀진 것 같은데 어디입니까?"

"그런 건 저희도 모릅니다. 애당초 가구라라는 사람이 왜 보레로 시에 왔는지도 알려주지 않았으니까요. 본부장님이 전화로 한 말 들으셨죠? 발견했는데도 안으로 들어가는 것은 금지되었습니다."

"금지라뇨? 누구에게 말입니까? 경찰청요?"

"모릅니다. 저처럼 말단에게 더는 묻지 마세요." 다마하라의 말투가 날카로워졌다.

아사마는 고맙다는 인사를 건네고 그를 놓아주었다. 회의실에 돌아와 기바에게 사정을 말했다.

"도망쳤다고? 성가시게 됐네." 기바는 남의 일처럼 중얼거렸다.

"숨어 있던 장소에 들어가지 못하게 하다니, 무슨 뜻일까요? 거기에 뭔가 있는 걸까요?"

"아마 그렇겠지. 가구라가 이 마을에 온 이유도 그 '뭔가' 때문이 아닐까?"

속삭이듯 전한 기바의 말에 아사마도 동감했다.

그 후 기타미네 일행의 움직임에 큰 변화는 없었다. 경찰들이 빈번하게 드나들고 기타미네에게 어떤 보고를 했지만, 이렇다 할 성과가 없다는 점은 표정만 봐도 알 수 있었다.

그렇게 두 시간 이상이 지났을 무렵, 마음에 걸리는 대화가 아사마의 귀에 들렸다. 누군가가 보레로 역에 도착해 이 경찰서로 오고 있다는 말이었다. 기타미네의 말투로 보건대 아무래도 중요한 손님인 것 같았다.

"내빈실에서 만나겠다. 도착하면 거기로 안내해." 기타미네가 부하에게 말하고 회의실을 나갔다. 형사부장과 경비부장도 그 뒤를 따랐다.

아사마는 조금 시간을 두었다가 눈에 띄지 않도록 자리에서 일어났다. 자연스럽게 내빈실로 다가가 전화를 사용하는 척하면서 상황을 살폈다.

얼마 후 옆에 있던 엘리베이터가 도착을 알리며 문이 천천히 열렸다. 남자 몇 명이 내린다. 아사마는 귀에 휴대전화를 대고 창문 쪽으로 얼굴을 돌렸다. 물론 곁눈질로 내빈실을 보고 있었다.

하지만 그런 척하는 일도 바로 그만두었다. 엘리베이터에서 내린 남자 중에 아주 잘 아는 얼굴이 있었기 때문이다.

상대도 아사마를 알아본 듯 그 자리에 멈춰 섰다.

"아, 안녕하세요." 시가는 일부러 느긋한 목소리로 인사했다. "수고하십니다."

"놀랐네요. 누가 오나 했더니……."

"기대에 어긋났다면 죄송합니다. 그런데 가구라는 아직 못 찾은 모양이군요."

"그래서 이런 데서 어슬렁거리고 있습니다. 우리는 나서지 말라고 해서요."

"잡는 건 시간문제겠지요. 느긋하게 기다리시지요."

"어떨까요. 소장님이 여기까지 오셨으니 우리가 더 있을 이유가 없는 것 같은데."

"가구라는 살인 사건 주요 참고인이니까 수사1과에서 연행하는 게 맞지요. 우리가 온 건 다른 용건 때문입니다."

"그래요? 어떤 용건입니까?"

아사마가 물었을 때, 옆에 있던 젊은 남자가 시가에게 말을 걸었다. "소장님, 이제 가보셔야 합니다. 본부장님 일행이 기다리고 계십니다."

시가는 알았다고 대답한 후 무표정한 얼굴로 아사마를 봤다.

"전에도 말한 것 같은데 당신들은 지시대로 따르기만 하면 됩니다." 그러고는 휙 몸을 돌리고 걷기 시작했다.

"가구라에게 용건이 없다면 목적은 그 녀석이 숨어 있던 장소겠네요. 현경 수사원도 못 들어가게 하는 곳에서 도대체 뭘 조사할 생각입니까?"

시가가 걸음을 멈췄다.

"여러모로 복잡한 사정이 있다는 것 정도는 당신도 알겠죠. 말단 형사가 참견해봐야 좋은 일은 없습니다." 시가는 돌아보지도 않은 채 그렇게 말하더니 다른 사람들을 데리고 내빈실로 사라졌다.

37

눈을 뜨자 회색 벽이 눈앞에 있었다. 하지만 시야가 흐릿해 잘 모르겠다. 오른손으로 눈을 비볐다. 손이 젖어 있다.

눈에서 손을 떼고 깜빡여보았다. 드디어 윤곽이 잡히기 시작했다. 동시에 자신이 똑바로 누워 있다는 사실을 깨달았다. 벽이라고 생각한 곳은 사실 천장이었다.

손뿐만 아니라 온몸이 젖어 있음을 깨달았다. 하지만 그런 것치고는 별로 춥지 않았다. 뭔가가 몸을 감싸고 있다. 아니, 덮고 있다고 해야 할까.

가구라는 천천히 고개를 들었다. 그의 몸을 덮은 것은 종이박스였다. 어디에 쓰던 박스를 편 모양이다.

몸을 더 일으키려고 하자 기침이 나왔다. 동시에 격렬한 통증이 등을 스쳤다.

"오, 드디어 정신이 들었나 보네." 옆에서 남자의 쉰 목소리가 들렸다.

농부 작업복 같은 옷을 입은 마른 중년 남자가 가구라의 배낭을 들고 있었다. 그 배낭도 젖어 있다.

"당신, 누구야?" 가구라가 누운 채 물었다.

남자는 백발 섞인 머리를 긁적였다.

"생명의 은인한테 그렇게 말하는 건 아니지. 적어도 누구십니까, 정도는 해야지."

"은인?"

가구라는 기억을 더듬었다. 경찰차에 쫓겨 바이크를 타고 도주한 것까지는 기억난다. 그리고 커브를 제대로 돌지 못해 공중으로 날아오른 일도 생각났다.

"맞아…… 강에 떨어졌어."

"어디서 떨어진 거야? 낚시하려다가 강가에 사람이 쓰러져 있어서 얼마나 놀랐는지."

"떨어진 장소는 모릅니다. 당신이…… 아니, 선생님이 구해주셨습니까?"

"뭐, 여기로 데려온 것밖에는 없지만." 남자는 코밑을 문질렀다.

가구라는 주위를 휙 둘러봤다. 방은 다다미 석 장 정도 넓이이고, 가마니 같은 게 구석에 쌓여 있다.

"여기는 어디입니까?" 가구라가 물었다.

"창고야. 수확물을 보관하지."

"수확? 그럼, 농가……."

"농가와는 좀 다르지만 별 상관없겠지. 하는 일은 크게 다르지 않으니까."

가구라는 통증을 참으면서 천천히 상반신을 일으켰다. 타박상이 심하다. 관절도 아프다. 하지만 골절 같은 큰 부상은 없는 것 같았다.

"괜찮아? 스스로 헤엄친 걸 보면 크게 다친 것 같진 않지만."

"헤엄요?"

"자네 입으로 그랬다고 말했어. 발견했을 때 몽롱하긴 했지만 의식이 있었거든. 그래서 큰 소리로 물었더니 더는 헤엄치지 못하겠다고 말하고 뻗었지."

"기억나지 않아요."

"정신이 없었을 테지."

가구라는 기억의 조각을 모아보려 했다. 그러나 아무리 머릿속을 뒤져보아도 헤엄친 기억은 없었다. 그 대신 중요한 일이 떠올랐다.

"여자아이는 없었습니까?"

"여자아이?" 남자는 미간을 찌푸렸다.

"긴 머리에 하얀 옷을 입은 여자아이입니다. 나이는 십대 후반 정도이고요."

남자가 고개를 저었다.

"없었어. 적어도 자네 옆에는 없었어. 함께 있었나?"

가구라는 일어나려고 했다. 하지만 온몸이 아파 도저히 움직일 수 없었다. 얼굴을 찌푸리고 원래 자세로 돌아왔다.

"좀 더 누워 있는 게 나을 거야."

가구라는 입술을 깨물고 고개를 저었다.

"그녀를 찾아야만 합니다. 아무래도 어디 다른 곳으로 흘러간 것 같은데요."

"글쎄, 자네처럼 헤엄을 쳤다면 그럴 가능성도 있겠지."

몸이 부들부들 떨렸다. 추워서가 아니었다. 혹시 스즈란이 죽은 게 아닐까 하는 불길한 생각이 일으킨 공포 때문이었다.

그때 미닫이문이 열리고 온 얼굴이 수염으로 뒤덮인 남자가 고개를 내밀었다. 어이, 하고 백발 남자에게 말을 걸었다.

백발 남자는 가구라 옆에 배낭을 놓고 나갔다. 하지만 바로 밖에서 무슨 얘기를 하는지 소곤대는 낮은 목소리가 들렸다.

가구라는 배낭을 끌어당겼다. 젖긴 했어도 갈아입을 옷과 생활용품, 현금 등은 무사했다. 휴대전화도 있지만 전혀 작동하지 않았다. 이대로는 시라토리 리사와 연락을 취할 수 없다.

백발 남자가 돌아와 가구라 옆에서 책상다리를 하고 앉았다.

"자네, 경찰이 찾는 사람인가?"

깜짝 놀랐다. 어떻게 대답해야 할지 몰라 입을 다물고 있자 남자가 얼굴을 찡그렸다.

"역시 그랬군. 귀찮게 됐어."

"부탁드립니다. 경찰에는 알리지 말아주십시오. 저는 범인이 아닙니다. 누명을 쓰고……."

가구라의 말을 막듯 남자가 얼굴 앞에서 손을 내저었다.

"그런 말은 됐어. 자네가 어떤 사건의 범인이든 아니든 상관없어. 중요한 건, 우리는 경찰과 얽히기 싫다는 거지. 그 녀석들이 여기까지 오면 안 돼."

"여기는 대체 어떤 곳입니까?"

"이상한 곳은 아니야. 우리가 사는 곳이지. 다만 보레로에서도 아주 벽지야. 마을까진 오솔길 하나뿐 교통수단도 없어. 자네처럼 강에 뛰어들지 않는 한 보통은 올 수 없는 곳이지."

"그런 곳에서 뭘 하십니까?"

남자는 아무렇게나 자란 수염으로 뒤덮인 입가에 미소를 띠었다.

"특별한 일은 아니야. 인간 본래의 생활을 하지. 밭을 갈고 채소를 키우고 강에서 낚시하고. 기본은 자급자족이지. 그래도 돈이 전혀 없으면 안 되니까 가끔 마을에 채소를 팔러 나가. 채소 절임이나 훈제는 인기가 꽤 많아."

"자연주의자입니까?"

가구라의 말에 남자는 몸을 흔들며 웃었다.

"그렇게 대단한 일은 아니야. 그냥 정상적인 생활을 하고 싶다고 생각하는 사람들이 어쩌다가 모인 거지. 원래는 전부 도시 사람이었어. 나도 이래 봬도 건축사 자격증이 있는 사람이야."

"예?" 가구라는 다시 남자를 봤다. 햇볕에 그을려 피부가 거칠고 흰머리인 탓에 나이가 들었다고 생각했는데 아직 쉰 살 전후일 수도 있겠다.

"그나저나 큰일이네. 동료들은 자네를 빨리 내쫓으래. 만일 경찰이 와서 자네를 발견하면 성가셔지니까. 하지만 지금 몸으로 바로 움직이는 건 무리이고."

"아닙니다. 폐를 끼치고 싶진 않습니다. 뼈는 괜찮은 것 같으니 움직일 수 있을 겁니다."

"무리하지 말게. 여기를 나가자마자 잡혀도 곤란해. 자네를 숨겨줬다고 경찰은 이곳을 조사할 테니까."

"경찰을 상당히 싫어하시네요."

"관리당하는 게 싫어. 녀석들, 우리 지문을 찍어갈지도 몰라. 잘못하면 DNA 데이터도 모으려 들겠지. 그건 정말 싫거든. 그렇게 관리당하기 싫어서 도시를 떠나왔는데."

진지한 표정으로 하는 말을 듣고 가구라는 시선을 떨구었다. 얼마 전까지 그들이 그토록 싫어하는 관리사회의 중추에 속해 있었다.

남자는 팔짱을 끼고 생각에 잠기더니 잠시 후 좋았어, 하고 낮게 읊조렸다.

"밤까지 여기에 있게. 어두워지면 어떻게 해서든 밖으로 데리고 나가주지. 최대한 먼 곳까지 간 다음에 거기서 놔주지. 경찰에 잡히고 싶진 않을 테니 힘껏 도망쳐주게. 가능한 한 멀리 도망치는 거야. 어떤가?"

"도망치게 해주시는 겁니까?"

"안 그러면 곤란해. 어때? 나쁘지는 않지?"

가구라가 고개를 끄덕였다. "그렇습니다."

"다만 말이야." 남자가 검지를 세웠다. "앞으로 어디서 붙잡히더라도 절대로 우리 얘기는 경찰에 하지 말아줘. 그것만 약속해주겠나. 안 된다면 다른 방법을 생각해야 해."

"알겠습니다. 약속드립니다. 이곳에 대해서는 누구에게도 말하지 않겠습니다."

"부탁하네. 만약 약속을 깨면 우리도 가만있진 않아. 자네를 숨겨준 게 아니라 인질로 잡혀 있었다고 할 거야. 그러면 죄가 더 무거워지겠지."

"괜찮습니다. 약속은 지킵니다."

그럼 됐네, 라고 대답하고 남자가 일어났다.

"선생님을 뭐라고 부르면 좋겠습니까?" 가구라가 물었다. "부르는 이름이 없으면 불편하니까요."

남자는 출입구에 서서 어깨를 으쓱이고 대답했다. "그럼, 치쿠시라고 불러."

"치쿠시? 성입니까?"

"아니야. 아까 말했지. 전직 건축사라고. 겐치쿠시建축사의 일본어였으니까 치쿠시. 이곳에서 본명을 쓰는 놈은 없어." 그렇게 말하고 남자는 창고를 나갔다.

손목시계는 멀쩡해서 시간을 알 수 있었다. 몸의 통증은 시간이 지나면서 조금씩 완화되었다. 젖은 옷은 불쾌하고 땅에 종이박스만 깐 침상은 딱딱해 좀처럼 숙면할 수 없는 환경이었다. 하지만 일단 머물 곳을 얻은 건 행운이었다. 게다가 치쿠시는 음식도 마련해주었

다. 맛이 강하지 않은 된장죽에 당근과 무 절임뿐인 소박한 식단이
지만, 제대로 된 음식을 거의 먹지 못한 가구라에게는 생각지도 못
한 성찬이었다.

마지막 밥알 하나까지 다 먹은 다음에야 가구라는 양산품이 아
니라 손으로 만든 식기라는 사실을 깨달았다. 뒤집어보니 바닥에
'자滋'라는 글자가 새겨져 있었다.

"그게 왜?" 옆에서 소리가 났다. 치쿠시가 들어오던 참이었다. 손
에 종이봉투를 들고 있다.

"이건 누가 만들었습니까?"

치쿠시는 흥 하고 콧소리를 냈다.

"나야. 곁눈질로 배워 따라해본 거야. 부끄러우니까 그렇게 자세
히 보지 말게."

"여기서 만드셨어요?"

"그래. 동료 중에 전문가가 있네. 제대로 된 가마도 있고."

"굉장하군요."

"자네, 도예에 관심이 있나?"

"아버지가 도예가였습니다."

"오호, 그거 기막힌 우연이네. 그럼 좀 더 제대로 된 물건을 보여
줄까? 여기서 사용하는 식기는 모두 직접 만든 걸세."

부탁드립니다, 하고 가구라가 대답했다. 도기만이 아니라 그들이
어떻게 사는지도 보고 싶었다.

치쿠시가 종이봉투를 놓았다.

"그전에 옷 갈아입게. 배낭에 있던 옷을 말려 왔어."

"여러모로 죄송합니다."

"신발은 이걸로 괜찮을까. 낡았지만 없는 것보다는 낫겠지." 치쿠시가 종이봉투에서 아주 낡은 운동화를 꺼냈다. 가구라는 그제야 비로소 자신이 맨발이라는 걸 깨달았다.

고맙습니다, 하고 그는 인사를 했다.

치쿠시를 따라 창고를 나왔다. 눈앞에는 밭이 펼쳐져 있다. 밭을 둘러싸듯 목조오두막이 몇 채 세워져 있고 주위는 울창한 숲이었다. 이곳이라면 분명히 마을과는 격리되어 있을 것이다.

"옛날에는 이곳에도 부락이 있었다고 해. 하지만 과소화가 진행되어 사람이 사라졌다더군. 거기에 우리가 와서 살기 시작했고." 걸으면서 치쿠시가 설명했다.

"집은 누가 지었습니까?"

"우리가 지었지. 여기서는 기본적으로 뭐든 직접 해야 해. 모두 힘을 합하면 집 같은 건 금방 지어."

"하지만 태풍이 오면 금방 무너질 것처럼 보이는데요." 나무를 엮어놓은 듯한 오두막을 보고 가구라는 솔직한 감상을 말했다.

"무너지면 다시 지으면 그만이지. 별거 아냐."

한 오두막 앞에서 덩치 큰 남자가 장작을 패고 있었다. 굵은 두 팔에는 전갈 문신이 새겨져 있다.

사소리, 하고 치쿠시가 그 남자를 불렀다. 전갈 문신 때문에 사소리전갈의 일본어라고 부르는 모양이다. "이 젊은이에게 도자기 좀 보여줘도 되겠나?"

"마음대로 해." 사소리라고 불린 남자가 무뚝뚝하게 대답했다.

치쿠시는 오두막 문을 열었다. 작업대와 구석에 있는 물레가 보였다. 벽에 설치된 선반에는 크고 작은 도기가 헤아릴 수 없이 많이 놓여 있었다.

대단하네, 하고 가구라는 중얼거렸다.

"저 남자는 말일세, 옛날에는 조직폭력배가 경영하는 바에서 바텐더로 일했다는군. 그 가게에서는 다양한 개인정보를 거래했다네. 주소, 성명, 연령, 직업, 학력, 본적, 가족 구성, 그런 것들이 점점 그쪽 세계에서 유통되었다나. 공무원은 자기들 일을 편하게 하기 위해 국민 정보를 모으려 들지. 하지만 그렇게 모은 정보를 엄격하게 관리해야 한다는 생각이 없어. 결국 나쁜 놈들 손에 넘어가 서민만 고통받지. 그런 일을 여러 번 경험하다보니 그 사회에서 사는 게 싫어졌다고 하더군."

"그래서 이런 데서 도예를……."

"흙을 만지고 있으면 인간으로 돌아온 것 같다는 말을 자주 했네. 예전의 자신은 인간이 아니었다고."

가구라는 선반에 놓인 찻잔을 들었다. 적토에 하얀 화장토를 입히는 '고비키'라는 기법을 사용했다. 딱 알맞은 거친 느낌이 오히려 부드러움을 잘 드러낸다.

"정말 잘 만들었네요."

"대단하지? 하지만 사소리는 작품의 완성도 같은 건 상관없다고 하네. 마음을 담는 게 중요하다고."

"마음요? 그걸 어떻게 담습니까?"

"마음을 비워야지." 갑자기 뒤쪽에서 소리가 났다. 사소리가 출입구에 서 있었다.

"장작은 다 팼어?"

치쿠시의 질문에 대답하지 않고 사소리가 안으로 들어왔다.

"좋은 물건을 만들겠다거나 누구 것을 베끼겠다거나 하는 생각을 아예 안 하는 거야. 마음은 반드시 손으로 전달돼. 그 손이 흙의 형태를 만들지."

"손이……." 가구라는 찻잔을 선반에 돌려 놓고 다른 작품도 보았다.

그 순간, 그의 머릿속에서 두 손이 움직이기 시작했다. 류가 그린 손이다.

숨을 삼켰다. 불현듯 손의 정체를 알았기 때문이었다.

동시에 의식이 급속도로 멀어짐을 느꼈다.

38

눈을 뜨자 마루방에 누워 있었다. 누가 담요를 덮어준 모양이다. 둘러보니 치쿠시의 창고는 아니었다. 옅은 어둠 너머로 판자를 끼워 맞춘 천장이 보였다.

웡웡, 뭔가가 돌아가는 소리가 들린다. 그 소리에 눈을 뜬 것 같았다. 가구라는 몸을 일으켰다. 큰 숨을 한 번 내뱉었다.

아, 그렇다. 기억이 돌아왔다. 치쿠시와 사소리가 한창 도기를 보여주던 중 정신을 잃었다. 그런데 왜 쓰러졌던가. 아무리 생각해도 그 부분이 떠오르지 않았다.

바로 옆에 나무로 만든 미닫이문이 있다. 소리는 그 너머에서 들려온 듯했다. 하지만 지금은 소리가 멈췄다. 가구라는 살짝 문을 열어보았다.

"정신 차렸나?"

사소리가 말했다. 그는 램프 밑 의자에 앉아 있었다. 앞에는 물레가 있고 그 위에 성형중인 흙이 놓여 있었다.

죄송합니다, 라고 가구라가 대답했다. 얘기하면서도 한심한 대답이라는 생각이 들었다.

"다행이야. 머리를 다쳤나 싶어 신경 쓰였는데. 자네를 병원에 데려가면 성가신 일이 벌어질 테니까."

"정말 폐를 끼쳤습니다."

"그렇게 생각하면 빨리 떠나주게."

"그럴 생각입니다. 치쿠시 씨가 밤이 깊어지면 데리고 나가주신다고 하셨습니다."

"알아. 그 사람은 지금 준비중이야." 사소리는 그렇게 말하고 물레를 돌리기 시작했다. 아무래도 전동이 아닌 모양이다. 그는 발을 움직이고 있었다. 페달을 밟아 턴테이블을 돌리는 방식이다.

미닫이문 바로 아래 치쿠시에게 받은 운동화가 놓여 있었다. 가구라는 신발을 신은 다음 천천히 사소리에게 다가갔다.

"발물레는 처음 봤습니다."

사소리가 홍 하고 콧소리를 냈다.

"그렇겠지. 이건 메이지 시대 거야. 망가진 걸 내가 고쳤지."

"여기 있는 도기를 전부 이걸로 만드신 겁니까?"

"그래. 옛날에는 전동물레 같은 건 없었어. 전부 이렇게 만들었지. 흙을 회전시키는 속도와 강도를 발로 느끼면서 돌린다. 그게 원래

물레야."

사소리는 천천히 양손을 흙에 댔다. 왼손은 바깥쪽을 받치고 오른손으로 안쪽부터 넓혀간다. 아직 세로로 긴 모양이지만 둥근 공기를 완성할 생각인 모양이다.

갑자기 류가 그린 그림이 가구라의 뇌리에 떠올랐다. 다양한 손 그림이 한 컷씩 돌아가는 애니메이션처럼 속속 나타난다. 정신을 잃기 전에도 똑같은 일이 벌어졌다. 하지만 이번에는 아무렇지도 않았다. 가구라는 움직이는 그림을 떠올리는 자신을 냉정하게 받아들이고 있었다.

저것은 아버지의 손이다. 흙을 만져 작품 하나를 완성할 때까지의 아버지의 손. 류는 그 손의 움직임을 캔버스 위에서 재현하려 했던 것이다.

"마음은 반드시 손에 전해진다……."

가구라의 중얼거림이 들렸는지 사소리가 고개를 들었다. "뭐라고?"

"마음은 반드시 손에 전해진다. 그 손이 흙의 형태를 만든다…… 그렇게 말씀하셨죠."

"아, 그랬지. 내 신념이야. 손끝만으로 좋은 작품을 만들려고 해야 의미 없어. 설령 그렇게 해서 보기 좋은 도기가 만들어진다 해도 그게 다야. 도기는 거울이야. 자신의 마음을 비추는 거울. 잡념을 버리고 자기 마음을 솔직히 드러내면, 다른 사람이 형편없다고 생각하더라도 멋진 작품이야. 나는 그렇게 생각해."

사소리는 얘기가 너무 길었다고 생각했는지 코를 훌쩍이는 듯한 소리를 내더니 다시 물레를 돌리기 시작했다. 그릇은 이제 거의 완성 단계에 들어간 것처럼 보였다.

류는…….

아버지의 손을 봤구나, 하고 가구라는 생각했다. 그 손에 가치가 있다는 것을 알고 있었다. 작품은 아버지의 마음을 담은 결정結晶이지만 그것은 결과에 불과하다. 작품 형태만을 모방하는 건 아무 의미도 없다.

"예술은 작가가 의식해서 만들어내는 게 아니다. 그 반대이다. 예술은 작가를 조종해 작품으로 이 세상에 나타난다. 작가는 노예다."

아버지인 가구라 쇼고가 한 말이다. 그런 경지에 올랐으면서도 아버지는 컴퓨터로 만든 위작을 알아내지 못한 자신에게 실망해 목숨을 끊었다. 그 죽음과 맞닥뜨린 가구라도 무엇인가를 잃어버렸다. 어차피 인간의 마음이란 한심한 거라고 착각하게 되었다. 데이터야말로 모든 것이라고 확신했다. 아버지의 작품도 결국 데이터의 집적에 불과하다며 실망했다.

그러나 류는 가구라가 잃어버린 '무엇'을 놓지 않았다. 오히려 자신의 최대 보물로 여겼다. 그래서 손을 계속 그려온 것이다. 아마 그는 그것이 아버지의 손이라는 걸, 그것이야말로 가장 소중하다는 걸 가구라에게 알리려 했으리라.

어떤 예술 작품이든 데이터화는 할 수 있을지 모른다. 실제로 가구라 쇼고의 작품은 컴퓨터와 로봇으로 재현해냈다. 하지만 거기에 대단한 의미는 없다. 작품도 데이터에 불과하다면 그 데이터를 만들어낸 게 무엇인지가 더 중요해진다.

갑자기 가슴속에 치밀어 오르는 게 있었다. 아버지의 위대함을 재확인하는 기쁨이었고, 그렇기에 당시 아버지를 도울 사람은 자신밖에 없었다는 후회의 마음이었다. 류처럼 아버지의 작품이 아니라 그의 손을 계속 봤다면, 컴퓨터와의 싸움에 진 것 정도는 아무 의미도 없다고 당당하게 아버지에게 알려줬을 것이다.

"왜 그러지?" 사소리가 일손을 멈추고 가구라에게 물었다.

가구라는 황급히 눈을 문질렀다. 자기도 모르는 사이에 눈물이 흐르고 있었다.

죄송하다고 말한 뒤 가구라는 등을 돌렸다. 방으로 들어가 미닫이 문을 닫았다.

자신이 틀렸던 것 같다. 유전자는 인생을 결정하는 프로그램이라는 게 지론이었다. 인간의 마음도 유전자라는 초기 프로그램에 의해 결정된다고 믿었다.

지금, 그 생각이 격렬하게 흔들리고 있다.

그로부터 꼬박 한 시간이 흘렀을 때 치쿠시가 왔다. 시곗바늘이 12시 13분을 가리키고 있었다.

"연구 좀 했어. 조금 좁지만 경찰에게 들키지 않으려거든 참아주게." 치쿠시가 가구라를 보고 말했다.

"연구요?"

"보면 알아."

치쿠시를 따라 밖으로 나갔다. 소형트럭 한 대가 세워져 있었다. 짐칸에는 드럼통 말고도 목재와 금속 폐자재 따위가 실려 있었다.

"검문에 걸리면 처리장으로 폐기물을 가져가는 중이라고 대답할 거야. 허가증도 있으니 의심하진 않겠지. 시청 공무원은 이 지역 쓰레기 처리를 방기하고 있네. 살고 싶으면 알아서 처리하라는 거지. 우리에게 뭐라고 할 처지가 아니야."

치쿠시가 짐칸에 올라 드럼통 윗부분을 잡고 돌렸다. 그러자 뚜껑이 쉽게 열렸다.

"돌리기만 해서는 안 열리게 해놨네. 설마 안에 사람이 있다고는 생각 못 하겠지." 치쿠시가 씩 웃었다.

"그 안에 들어가라는 말씀입니까?"

"불평할 자격이 있나?"

"아닙니다. 기꺼이 들어가겠습니다."

가구라는 짐칸에 올라 치쿠시 옆에 서서 드럼통 안을 들여다봤다. 등유 냄새가 살짝 난다고 얘기하자 그럴 거라는 대답이 돌아왔다.

"한번 헹궜는데 냄새가 없어지지 않는군. 괜찮을 것 같기는 한데 안에서 너무 많이 움직이지는 말게. 마찰로 불꽃이라도 튀면 큰일 나니까."

"조심하겠습니다."

가구라는 조심스럽게 드럼통 안으로 들어갔다. 치쿠시가 뚜껑을 집어 들었을 때 사소리가 녹슨 자전거를 밀며 나왔다. 그러고는 소형트럭 뒤로 오더니 자전거를 짐칸에 실었다.

"뭐 하는 거야?" 치쿠시가 물었다.

"이 녀석도 가지고 가. 밤중에 걷다가는 언제 검문을 당할지 모르니까."

"아닙니다. 아침까지는 어디 숨어 있을 생각입니다."

사소리가 고개를 저었다.

"최대한 멀리 달아나지 않으면 우리가 곤란해. 기차나 비행기는 이용 못 하지? 히치하이킹 같은 것도 안 하는 게 좋아."

치쿠시가 가구라를 봤다. "자네, 자전거는 탈 줄 아나?"

"예. 일단은."

"그럼, 타고 가게. 자전거가 있으면 그렇게 먼 곳까지 데려다주지 않아도 될 테니."

가구라는 사소리에게 고맙다며 고개를 숙였다. 사소리는 대답 없이 집 안으로 사라졌다.

가구라가 드럼통 안에 들어가자 치쿠시가 뚜껑을 닫았다. 완전한 어둠이 가구라를 감쌌다.

얼마 후 엔진 진동이 몸으로 전해졌다. 차가 달리고 있다는 사실을 격렬한 상하 흔들림으로 실감했다. 치쿠시는 안에서 움직이지 말라고 했지만 엉덩이가 마음대로 튕겨대는 것은 어쩔 수 없었다.

이윽고 흔들림이 줄어들었다. 산길에서 포장도로로 나온 모양이다. 어둠 속에서는 시간의 흐름이 짐작되지 않았다. 꽤 오랫동안 달린 듯한데 그 정도로 오래된 건 아닐지도 모른다.

아직 안심할 때는 아니지만 이대로라면 어떻게든 탈출할 수 있을 것 같았다. 문제는 그 후의 일이다. 다테시나 남매의 집에서는 모굴의 단서를 찾지 못했다. 이제 어떻게 해야 할까.

일단 시라토리 리사에게 연락하는 게 최우선 과제이다. 유일한 연락수단인 휴대전화가 망가졌으니 공중전화를 사용하는 수밖에 없었다. 다행히 번호는 메모해두었다.

또 하나 마음에 걸리는 게 있다. 아니, 가장 걱정되는 일이다. 스즈란이다. 그녀는 도대체 어떻게 되었을까. 함께 강에 떨어졌지만 다른 곳으로 흘러간 것 같다. 누군가 도와줬을까. 아니라면 살아 있을 가능성이 극히 낮다.

그녀가 어떤 사람인지, 가구라는 결국 알아내지 못했다. 왜 자기 앞에 나타났는지도 불분명하다. 사실 적인지 아군인지조차 모른다. 하지만 그녀가 죽었을지도 모른다고 생각하자 격렬한 초조감과 상실감이 밀려와 온몸이 떨렸다. 이유는 알 수 없었다. 류 대신 결혼식을 올렸기 때문일까.

몸이 크게 흔들리며 어깨가 드럼통에 부딪혔다. 가구라는 깜짝 놀라 눈을 떴다. 아무래도 살짝 잠들었던 모양이다.

흔들림이 전혀 없음을 깨달았다. 희미하게 진동음이 들리는 것으로 보아 시동을 끈 건 아니었다. 자동차가 멈추면서 몸이 흔들린 듯한데 문제는 왜 멈추었느냐는 것이었다. 신호를 기다리는 거라면 좋을 텐데…….

누군가 얘기 나누는 소리가 들렸다. 내용까지는 모르겠으나 한 사람은 치쿠시였다. 이 시간대에 우연히 지인을 만났을 리는 없다.

그렇게 생각하고 있는데, 짐칸 뒷부분이 열리는 소리가 들렸다. 그리고 바로 옆에서 소리가 들린다. 누군가 다가오는 기척이 났다.

가구라는 온몸이 굳었다. 아무래도 검문에 걸린 모양이다. 경찰이 짐칸에 올라온 것 같다. 조금이라도 소리를 내면 의심받을 것이다.

쿵쿵, 드럼통을 두드리는 소리가 났다. 온몸에서 땀이 솟았다.

시간이 너무도 길고 무섭게 느껴졌다. 경찰인 듯한 인물은 한없이 드럼통 주변을 걸어 다녔다. 가구라가 안에 숨은 것을 알고 일부러 그러는 게 아닐까 하는 생각마저 들었다.

하지만 공포의 시간도 마침내 끝을 맞이했다. 발소리가 사라지더니 이내 자동차가 출발했기 때문이다. 가구라는 등유 냄새를 한껏 들이마시고 다시 내뱉었다.

시간 감각이 뒤틀린 데다 가끔씩 졸았던 탓에 출발하고 얼마나 달렸는지 전혀 알 수 없었다. 그러나 한 시간 이상은 지나지 않았을까 생각되었다. 출발 전에 용변을 봤는데 슬슬 요의가 느껴졌기 때문이다.

같은 자세를 유지하는 것도 힘들어져 좁은 드럼통 안에서 움찔움찔 움직이고 있는데 다시 자동차가 멈춰 섰다. 이번에는 시동도 꺼졌다.

잠시 후 다시 누군가 다가오는 기척이 났다. 아까와 마찬가지로 쿵쿵 드럼통 두드리는 소리가 났다. 가구라는 숨을 죽였다.

갑자기 주위가 밝아졌다. 찬 공기가 한꺼번에 밀려들었다. 가구라는 고개를 들었다. 뚜껑이 열렸다. 치쿠시가 들여다보고 있었다.

"수고했네. 도착했어."

가구라가 고개를 끄떡이고 천천히 일어났다. 관절이 조금 아프다. 치쿠시의 도움을 받아 드럼통에서 나왔다.

밝아졌다고 느낀 것은 완벽한 어둠 속에 있던 탓일 뿐, 실제로는 아직 심야였다. 시계를 보니 새벽 2시가 다 되어 있었다. 생각보다 오래 달렸다는 생각이 들었다.

"검문에 걸렸던 것 같은데요."

치쿠시가 그랬다고 대답했다.

"의욕 없는 경찰이라 다행이었지. 짐칸을 조사도 안 하더군."

"안 했다고요? 하지만 누가 드럼통을 두드렸습니다."

치쿠시가 어깨를 으쓱했다.

"그건 나였네. 검문으로 멈춘 김에 짐이 잘 있나 확인해봤지."

"그랬군요……."

가구라는 주위를 둘러봤다. 아무것도 없는 평원 끝에 화려한 장식을 한 건물이 몇 채 세워져 있다. 지방에는 아직 저런 러브호텔 거리가 많다.

"저기까지 가면 바로 간선도로가 나와." 치쿠시가 말했다. "조심하게. 이 시간대에는 트럭이 엄청나게 빨리 달리거든."

"알겠습니다."

치쿠시의 도움을 받아 사소리의 자전거를 짐칸에서 내렸다. 잔뜩 녹슬었지만 타는 데는 문제가 없었고 타이어에 공기도 충분했다.

"이건 대답하지 않아도 되는 질문이지만, 앞으로 어떻게 할 생각인가? 그저 계속 죽어라 도망칠 건가?" 치쿠시가 물었다.

가구라는 고개를 저었다.

"처음에 말씀드렸듯 저는 누명을 썼습니다. 무슨 일이 있어도 의혹을 풀 겁니다. 동시에 진실도 밝힐 생각입니다."

"그래? 자세한 얘기는 못 들었지만 아무래도 복잡한 사정이 있는 모양이군. 조심하고 힘내게."

"고맙습니다. 정말 큰 신세를 졌습니다. 만약 경찰에 붙잡히더라도 마을 얘기는 절대 하지 않겠습니다."

"그 점은 잘 부탁하네."

치쿠시가 소형트럭에 탔다. 시동을 건 후 창문을 열었다.

"그럼, 조심하게."

"치쿠시 씨도 건강하세요."

치쿠시는 고개를 끄덕이고 사이드 브레이크를 풀었다. 하지만 출발하기 전에 다시 한 번 가구라를 봤다.

"왜 그러십니까?"

"아니, 별로 대단한 일은 아닐세. 그냥 자네와는 어디선가 또 볼 것 같아서."

가구라가 입가에 미소를 지었다. "만나면 좋지요."

"그때까지 서로 몸조심하자고." 치쿠시가 차를 출발시켰다.

가구라는 좁은 길을 따라 멀어져가는 소형트럭을 지켜봤다. 완전히 보이지 않게 되자 자전거를 타고 천천히 움직이기 시작했다.

39

아사마는 기바와 함께 플랫폼에서 상행선 열차를 기다렸다. 갈아
입을 옷이 든 여행가방 말고도 허무함이라는 짐도 있었다. 여기 온
뒤로 일다운 일은 하나도 못 했다. 그래서 그다지 피곤하진 않았지
만 몸은 마음만큼이나 무거웠다.

오늘 아침, 나스에게서 도쿄로 돌아오라는 지시를 받았다. 이유는
알려주지 않았다. 하지만 아사마와 기바는 이미 저간의 사정을 알고
있었다.

다마하라에게 가구라가 바이크를 타고 도망쳤다는 얘기를 들은
게 사흘 전이다. 그 후 기타미네 현경 본부장이 지휘하는 'K관련 특
별수색대책실'은 가구라를 잡기는커녕 목격 정보조차 얻지 못했다.
성과가 없다는 사실은 보레로 경찰서에 얼굴을 내밀기만 해도 금방

알 수 있었다. 기타미네가 초조해하며 부하를 질책하는 광경은 지난 사흘 동안 변함이 없었다.

가구라가 현 밖으로 탈출하는 데 성공한 것은 명백했다. 기타미네는 자기 실수를 주위에 알리고 싶지 않아 인근 현경에 협력을 요청하지 않았다. 하지만 어제, 결국 체념하고 서둘러 각 현경 본부장에게 연락했다. 이틀이면 검문을 피해 도보로 이동하더라도 상당한 거리를 갈 수 있다. 당연히 어제 온종일 실시한 일제 검문에서도 가구라는 발견되지 않았다.

요컨대, 보레로 시에 더 남아 있어봐야 가구라를 연행할 가능성은 제로이므로 빨리 도쿄로 돌아와라. 나스의 지시는 이런 뜻이었다.

"그건 그렇고 가구라 녀석, 잘도 도망쳤네. 도대체 어떤 루트를 이용한 거지?"

기바가 고개를 갸웃했다.

"도보겠죠. 바이크로 도주하는 모습을 발견했다지만 계속 타고 다녔다면 반드시 어딘가 검문에서 걸렸을 겁니다. 목격 정보도 없는 걸 보면 경찰차를 따돌린 후 바이크는 버렸겠죠."

"대중교통은 이용하지 못했을 테고."

"그렇게 엄중하게 경비했으니 놓쳤다고 생각하긴 힘듭니다. 가구라도 충분히 경계했겠죠."

"그건 그렇고, 은신처가 드러난 건 어떻게 알았을까."

"저도 의문입니다." 아사마가 말했다. "도쿄 역에서 기차표를 살 때만 해도 거의 경계하지 않았습니다. 그 탓에 목적지가 시가 일행에게 발각됐죠. 그런데 수색이 시작되자마자 도주를 시작했습니다. 우연이 아니라, 경찰의 움직임을 파악한 게 틀림없는 타이밍입니다. 처음 가구라의 신병을 확보하려던 때가 떠올랐습니다. 병원 감시카메라를 조작한 혐의로 녀석을 잡으려 했습니다. 저는 연구소로 가고 자택과 병원으로도 사람을 보냈죠. 그런데 녀석은 한 발 먼저 도망쳤습니다. 나중에 병원 감시카메라 영상을 보니 바로 앞까지 왔다가 무엇 때문인지 갑자기 사라졌습니다. 마치 우리 움직임을 읽은 것처럼요. 맨션을 나갈 때 영상도 봤는데, 그때는 도주 의사가 전혀 없어 보였습니다. 분명히 갑자기 행동을 바꾼 겁니다."

기바가 신음했다. "대체 뭘까."

"생각할 수 있는 것은 하나입니다. 누군가 가구라에게 정보를 흘리고 있어요. 경찰 수사상황을 상당히 자세하게 파악할 수 있으면서 자유롭게 행동할 수 있는 사람입니다. 가구라에게 연락하는 장면을 다른 사람에게 들키면 안 되니까요."

"그런 사람이 있을까?" 기바는 팔짱을 끼고 고개를 갸웃했다.

아사마에게는 짐작 가는 사람이 한 명 있었다. 수사회의에 참석했지만 그 후의 행동이 드러나지 않고, 가구라와 개인적인 연관도 있다…… 조건이 딱 들어맞는다. 그러나 입 밖으로 꺼내진 않았다. 도쿄로 돌아간 다음 직접 알아낼 생각이었다.

열차가 플랫폼으로 미끄러져 들어왔다. 내리는 승객이 적다. 기바를 따라 아사마도 탔다. 자유석 차량은 반쯤 차 있었다. 삼인석이 비어 있어서 가운데 자리를 비우고 둘이 앉았다. 사람이 많아지면 옮기면 된다.

"그런데 동행한 사람에 대해서는 아무도 말을 안 하네요."

"동행?"

"가구라의 동행 말입니다. 왜, 녀석은 도쿄 역에서 자기 표를 산 다음에 옆 좌석 차표도 샀잖아요. 그래서 동행이 있다고 추정했는데 현경은 그에 대해 조사한 움직임이 없어요."

"단서가 없었나 보지."

"하지만 열차 내 목격 정보 정도는 모았겠죠. 예를 들어 차장에게 묻는다든가."

"글쎄. 요즘은 차장이 돌아다니는 일이 거의 없으니 기억 못한 거 아닐까."

"한번 확인해보시죠."

"알았어. 문의해보지. 그 정도는 알려줄 테지." 기바가 품에서 휴대전화를 꺼내면서 일어나 연결 통로로 나갔다.

아사마는 멍하니 창밖을 봤다. 방음벽에 가로막혀 경치 같은 것은 보이지 않는다. 하지만 생각을 정리하기에는 좋았다.

가구라에게 동행이 있었다면 어떤 사람일까. 도쿄 역 감시카메라 영상만으로 판단하면 처음에 가구라는 보레로 시에 혼자 가려 했다. 그런데 갑자기 동행이 생긴 느낌이었다. 도대체 누가 그의 앞에 나타났을까.

기바가 연결 통로에서 돌아왔다. 석연치 않은 표정을 짓고 있다.

"어떻게 됐습니까?"

기바는 고개를 갸웃거리면서 자리에 앉았다.

"목격자가 한 명 있다는군. 객차에서 식음료를 파는 여성 판매원인데 가구라가 도시락을 샀나 봐. 일단 현경 수사원이 이야기를 들었다는데."

"역시 그랬군요. 그래서 그 여성은 뭐라고 했답니까?"

"아니, 그게 말이지." 기바가 머리를 긁었다. "뭐 하나 잡히는 게 없어. 보고서에 따르면 쓸 만한 정보는 하나도 못 들은 것 같아. 동행에 대해서도 몰라."

"그게 뭡니까? 어떤 신참이 사정을 들으러 간 거죠?"

"아니, 듣기로는 상당한 베테랑이 다녀온 모양이던걸. 일단 판매원의 연락처는 받아뒀어. 도쿄 역내에 사무실이 있다더군." 기바는 메모장을 찢어 아사마에게 건넸다.

"그거 잘 됐네요. 도쿄 역에 도착하면 바로 만나보시죠." 메모를 받으며 이번에는 아사마가 휴대전화를 들고 일어났다.

약 두 시간 후, 두 사람은 도쿄 역 플랫폼에 내렸다. 오후 3시를 막 넘어서고 있었다.

문제의 판매원은 현재 근무중이라 4시가 넘어야 도쿄 역에 돌아온다고 했다. 경시청에 가봐야 한다는 기바와 헤어져 아사마는 찻집으로 들어갔다. 물론 커피가 목적은 아니었다. 휴대전화를 꺼내 도쿠라에게 걸었다. 내내 기바와 함께 있어서 연락하기 힘들었다.

"도쿄로 돌아오셨습니까? 정말 고생 많으셨습니다." 도쿠라가 태평하게 말했다.

"놀려? 그런 촌구석까지 갔다가 빈손으로 돌아왔는데."

"그런 것 같더군요. 과장님이랑 윗분들 신경이 꽤 날카로워요."

"곧 계장님이 거기 도착할 거야. 뭐, 보고를 듣는다고 과장님 혈압이 내려갈 것 같진 않지만. 그나저나 하이덴에 대해서는 뭐 좀 알아냈어?"

도쿠라의 한숨소리가 들렸다.

"유감스럽게도 수확은 없어요. 굳이 말하자면 타이거 전기가 당분간 하이덴 판매를 자숙한다는 것 정도죠. 저희가 탐문을 다니니까 귀찮은 사건에 얽힌 줄 알고 경계하는 게 아닐까요. 덕분에 덴토리에 빠진 녀석들 사이에서는 실망의 소리가 나오고 있답니다. 하이덴이 굉장하다는 소문만 잔뜩 퍼져 있으니까요."

"그렇군. 아니, 잠깐만!" 아사마가 휴대전화를 고쳐 잡았다. "그래! 그런 가능성이 있군."

"뭐가요? 혼자만 알지 말고 좀 알려주세요."

"아니, 문득 생각났어. 타이거 전기 덕분에 하이덴 소문이 퍼졌다며. 이제까지 덴토리에 만족하던 녀석들이 새로운 자극을 원하는 계기가 된 거잖아. 그러니까 사실 아주 훌륭하게 하이덴을 선전한 셈이야."

"앗!" 도쿠라가 소리를 질렀다. "정말 그러네요."

"하이덴을 고안한 자는 타이거 전기에 대금을 청구하지도 않았어. 처음부터 돈이 목적이 아니었어. 하이덴 확산을 노린 거라면 어떨까?"

"맞는 말씀입니다. 그럼 퍼뜨리려는 목적은 뭐죠? 사람들을 다 미치게 할 생각인가요? 아니면 치안 혼란을 유발하려는 걸까요?"

"그건 몰라. 하지만 하이덴 고안자가 NF13의 범인이라면, 하이덴이 확산됐을 때 확실히 유리한 점이 하나 생겨. 범행에 하이덴을 사용해도 그 자체는 단서가 되긴 힘들다는 거지."

"아, 그렇죠……."

"하이덴 정보에 관심을 가져줘. 작은 거라도, 무슨 일이 있으면 알려주고."

"알겠습니다."

전화를 끊고 시계를 보면서 차갑게 식은 커피를 마셨다. 4시 10분이 되었을 때 판매원 직장에 전화를 걸었다. 아직 그 판매원은 돌아오지 않았는지 상사가 전화를 받았다. 찾아가겠다고 했더니 당사자를 이쪽으로 보내겠다며 지금 있는 곳을 물었다. 아무래도 직장은 번잡해 외부인이 오는 게 꺼려지는 모양이었다.

십 분쯤 기다리자 하얀 블라우스 위에 핑크색 조끼를 입은 젊은 여성이 들어왔다. 조금 전까지 기차를 타고 있었기에 아사마는 판매원 제복이라는 걸 금방 알아봤다.

말을 걸고 명함을 건네면서 자기소개를 했다.

"얼마 전 열차에서 이 남자를 목격한 일과 관련해 다시 한 번 이야기를 듣고 싶습니다." 아사마는 가구라의 사진을 꺼냈다.

"그건 괜찮은데 지난번에 한 말 외에는 달리 더 말씀드릴 게 없는데요."

"예. 괜찮습니다. 똑같은 이야기를 해주셔도 좋습니다." 아사마는 메모 준비를 했다. "보신 그대로 말씀해주십시오. 이 남자가 도시락을 샀다고 하셨죠."

"네. 카트를 밀고 가는데 이 사람이 말을 걸었어요. 도시락 두 개와 페트병에 든 차를 샀습니다. 분명 솥밥 도시락이었고요."

아사마는 잘 기억하고 있다 싶어 감탄했다. 게다가 그녀 발언 중에 중대 정보가 포함되어 있었다.

"도시락 두 개라고 하셨습니다. 그 말은 남자에게 동행이 있었다는 말씀입니까?"

그녀는 곤혹스럽다는 듯 미간을 찌푸렸다.

"전에 오신 형사님도 똑같은 질문을 하셨는데, 저는 모르겠어요."

"왜요?"

"그야 보지 못했으니까요."

"보지 못하셨다고요? 뭘요?"

"동행하신 분요. 이 남자는 이인석 통로 쪽에 앉아 있었는데 창가 자리는 비어 있었어요. 아무도 없었어요."

"아하……." 아사마는 상대 여성을 바라봤다. "화장실에 갔다든가 했나 봅니다."

"그럴지도 모르죠."

"짐은 있었습니까?"

"아뇨. 아무것도 없었습니다."

"그래요? 전에 형사가 왔을 때도 똑같은 말씀을 하신 거죠?"

"네. 얘기한 건 이게 전부입니다." 그녀가 대답했다.

아사마는 드디어 수궁이 갔다. 가구라에게는 동행이 있었던 것 같은데, 판매원이 못 봐서 보고서에 아무것도 쓰지 않았던 것이다.

"차내 판매라는 게 여러 번 왕복하기 마련인데, 이 남자가 또 말을 걸진 않았습니까?"

"예."

그렇다면 가구라의 동행이 자기 자리에 돌아왔더라도 모를 거라고 아사마는 생각했다. 판매원은 승객 수백 명 사이를 이동하기 때문이다.

"바쁘신데 죄송했습니다. 협력해주셔서 감사합니다." 아사마가 고개를 숙였다.

"이제 가도 되나요?"

"그렇습니다. 큰 도움이 되었습니다."

그녀는 살짝 고개를 끄덕이고 일어났다. 하지만 출구로 가다가 다시 돌아왔다.

왜 그러시느냐고 아사마가 물었다.

"이건, 전에 오신 형사님에게는 말씀드리지 않았는데요. 조금 마음에 걸리는 게 있어요."

"뭡니까?" 아사마는 손으로 의자를 권했다.

그녀는 다시 자리에 앉아 조금 주저하며 입을 열었다.

"제가 그 손님을 잘 기억하는 데는 이유가 있어요. 사실은 도시락을 주문할 때 좀 이상하다고 생각했거든요."

"무슨 말씀이신지."

"그게…… 그 손님이 혼잣말을 했어요."

"혼잣말을요?"

"도시락은 뭐로 할까, 이런 말요. 심지어 옆자리를 보면서 꼭 거기에 누가 있는 것처럼요. 정신적으로 뭔가 이상한 사람이 아닐까 싶었어요."

뜻밖의 말에 아사마는 당혹했다. 메모하는 것도 잊고 있었다.

"전에 형사가 왔을 땐 이 말씀은 하지 않으셨다고요."

"죄송해요. 모르는 사람을 이상하다고 생각했다는 말을 꺼내기 힘들어서요."

아사마가 수긍했다. "그럴 수도 있겠네요."

"제가 드릴 말씀은 이게 전부예요. 다른 건 없어요."

"알겠습니다. 정말 고맙습니다."

판매원 여성은 후련한 표정으로 자리에서 일어나 깊이 고개를 숙이고는 가게를 나갔다.

아사마는 테이블에 팔꿈치를 대고 얼굴을 문질렀다. 그녀의 얘기를 머릿속에서 되뇌며 당시 상황을 상상해봤다. 애당초 가구라에 대해 잘 모르는 데다 이상한 혼잣말을 하는 버릇이 있는지까지는 파악하지 못했다.

아니면 이중인격 중 다른 인격이 나타났나…….

신세이키 대학의 미나카미에게 상담해봐야겠다고 생각했다. 그 교수라면 뭔가 알고 있으리라.

아사마가 자리에서 일어났을 때 휴대전화가 울렸다. 기바였다.

"과장님에게 보고는 하셨습니까?" 전화를 받자마자 아사마가 물었다.

"그게 문제가 아니야. 엄청난 일이 벌어졌어." 기바의 목소리에서 절박함이 느껴졌다.

"왜 그러십니까?"

"살인이야. 새로운 살인 사건이 일어났어. 게다가 피해자가 관계자야."

"관계자요? 누굽니까?"

기바는 잠시 뜸을 들이다가 대답했다.

"시라토리 리사야."

40

    시라토리 리사는 니혼바시 옆에 있는 맨션을 임대해 살고 있었다. 40층이 넘는 타워맨션의 13층이다. 하지만 택시를 타고 달려간 아사마는 주 출입구가 있는 1층이 아니라 지하로 내려갔다. 살해 현장이 지하 주차장이란 걸 알고 있었기 때문이다.

    지하에도 맨션 출입구가 있는데 그 앞에는 경비원 대신 제복 경찰이 있었다. 드나드는 사람을 체크하는 모양이었다.

    주차장으로 가는 아사마를 발견하고 젊은 경찰이 달려왔다. 하지만 아사마가 배지를 제시하자 멈춰 서서 경례를 했다.

    "고생 많으십니다."

    "수사1과 아사마다. 현장은?"

    "게이트를 지나 왼쪽으로 가시면 됩니다."

"다른 사람들은?"

"경시청에서 감식팀과 기동수사팀이 와 있습니다만……." 젊은 경찰은 왠지 우물쭈물했다.

"왜? 무슨 일 있나?"

"아니요, 그런 게 아니라…… 가보면 아실 것 같습니다."

"흠. 그래?" 아사마는 경찰에게 등을 돌리고 걷기 시작했다.

주차장으로 통하는 게이트 옆을 통과한 다음 왼쪽으로 나아갔다. 현장은 금방 알 수 있었다. 감식팀이 보였기 때문이다. 이미 폴리스라인을 치고 그 앞에 모여 있다. 관할서 수사원으로 보이는 남자들도 있다.

아사마는 이상하다는 생각이 들었다. 평소 같으면 감식팀이 라인 안쪽에서 움직이고 있어야 하기 때문이다. 그들이 작업을 끝내지 않으면 원칙적으로 누구도 현장에 들어갈 수 없다. 이미 작업이 끝났다는 말인가.

감식책임자인 다시로가 아사마를 알아보고 살짝 손을 들었다.

"일찍 왔네. 기바 계장 쪽에서는 자네가 처음이야."

"도쿄 역에 있었거든요. 그런데 작업은요?"

다시로가 입을 내밀고 어깨를 으쓱했다.

"우리가 도착하자마자 연락이 왔어. 과경연 스태프가 도착할 때까지 현장에 들어가지 말래. 작업도 하지 말라는 소리지."

"과경연요?"

"도대체 왜 그러는 거지? 신세이키 대학 살인 사건이 생각나네.

그때도 우리가 쫓겨났지. 소문으로는 과경연이 감식을 맡았다던데." 다시로는 거기까지 얘기하고 아사마를 물끄러미 보았다. "자네는 뭔가 알지? 과경연이랑 짜고서 몰래 뭔가 한다는 소문이 있어."

"저는 위에서 시키는 대로 움직이는 졸병일 뿐입니다."

"그래? 뭐, 쓸데없는 얘기는 관두자고." 다시로가 손목시계를 봤다. "그건 그렇고 과경연 녀석들 늦네. 시간이 좀 걸린다고는 했지만 대체 언제까지 기다리게 할 셈이야."

"시간이 걸린다고 했습니까?"

"아, 뭐라더라, 전임專任 스태프 몇 명이 도쿄로 오는 중이라 사람이 모일 시간이 필요하다던데."

전임 스태프란 보레로 시에 있는 녀석들일 거라고 아사마는 알아차렸다. 기바와 함께 그곳에서 출발할 때에도 시가 일행은 남아 있었다. 가구라가 숨어 있던 집을 조사한다고 했는데 그 목적은 전혀 모른다.

"사체는요?" 아사마가 물었다.

"그대로 있어. 손대지 말라니 어쩔 수 없지."

"누가 발견했습니까?"

"그걸 알고 싶으면 관할에게 물어봐. 발견한 사람한테서 자세한 얘기를 들은 모양이니까." 다시로가 턱짓으로 회색 양복을 입은 남자를 가리켰다.

아사마는 남자에게 다가가 인사했다. 관할 경찰서 형사였다.

"발견한 사람은 맨션 경비원입니다. 오후 4시 무렵에 순찰을 돌다가 우연히 피해자의 차를 발견했다고 합니다." 형사가 말했다.

"어떤 상태였습니까?"

"운전석에 앉은 채 조수석 쪽으로 쓰러져 있었답니다. 앞에서 보면 아무도 타지 않은 것처럼 보입니다." 형사가 말을 이었다. "뒤에서 총을 쏘았습니다."

"뒤에서요? 그러니까 범인이 뒷좌석에 타고 있었단 말입니까?"

"그런 것 같습니다."

"차는 어디 있습니까?"

"저겁니다." 형사가 가리킨 곳에 하얀색 일본 세단이 있었다. 과연 이 자리에서는 사체가 보이지 않는다.

아사마는 주차장 안을 둘러봤다.

"감시카메라가 설치된 것 같은데 찍힌 건 없나요?"

"어젯밤 10시쯤에 피해자 차량이 돌아오는 모습이 기록되어 있습니다. 그 이후 차는 움직이지 않았습니다."

"타고 내린 사람은요?"

형사는 떨떠름한 표정을 지었다.

"그게…… 뒷문으로 내린 다음 거주자용 출입문을 이용해 맨션으로 들어간 것 같은데, 몸을 숙이고 움직였는지 카메라에는 찍히지 않았습니다."

"그게 뭡니까. 감시카메라가 무의미하잖아요."

"경비원 설명으로는 차량털이 때문에 설치한 거라, 밖에서 온 사람이 차에 접근하는 모습은 확인할 수 있지만 거주자는 되도록 찍히지 않게 배려하고 있답니다."

아사마는 한숨을 쉬고 고맙다고 말한 후 다시로에게 돌아왔다.

"부탁이 하나 있는데요." 아사마가 말했다. "앞으로 딱 오 분만 눈 감아주시겠어요?"

다시로가 깜짝 놀랐다.

"이봐 이봐, 우리 입장도 생각해줘."

"아무것도 못 봤다고 하시면 되잖아요. 잠깐 눈을 뗀 사이에 얼빠진 형사 놈이 멋대로 들어갔다고요. 과경연 녀석들이 맘대로 설치는 걸 보고만 계실 겁니까?"

"정말 맘대로 떠드는군." 그렇게 말하면서도 다시로는 손목시계를 봤다. "정말 오 분이면 되는 거지?"

"약속합니다. 절대 폐 끼치는 일은 없습니다."

"알았어. 얼른 해치워."

죄송하다고 말하고 아사마는 장갑을 꼈다. 폴리스라인을 넘으려는데 "어이, 이거" 하고 다시로가 신발 커버를 내밀었다.

차에 다가가자 상황을 알 수 있었다. 관할 형사가 말한 그대로였다. 시라토리 리사의 창백한 옆얼굴이 앞 유리창 너머로 보였다. 옅은 파란색 정장을 입었는데 가슴 언저리가 검게 물들어 있었다. 총알이 관통했으리라.

아사마는 운전석 문을 조심스럽게 열었다. 비릿한 냄새가 코를 찔렀다. 사체를 찬찬히 관찰한다. 총상 이외에는 외상이 없어 보였지만, 옆얼굴로 시선을 옮겼을 때 이상한 점을 깨달았다. 귀 뒤에 화상 흔적이 있었다. 틀림없이 하이덴 때문이다.

아사마는 차 안을 둘러봤다. 뒷좌석에 핸드백이 던진 듯 놓였는데 가방이 열려 내용물이 시트에 흩어져 있었다. 범인이 안을 뒤진 흔적일까.

아사마는 운전석 문을 닫고 뒷문을 열었다. 휴대전화, 콤팩트, 립스틱, 약통, 지갑, 여권 같은 게 눈에 들어왔다.

우선 휴대전화를 조사했다. 착신과 발신 목록을 확인했는데 영어 이름만 가득했다. 시라토리 리사가 일본계 미국인이라는 사실이 떠올랐다.

다음으로 지갑을 보니 현금만 없었다. 하지만 아사마는 특별한 의미를 두지 않았다. 단순 강도처럼 보이게 할 계획이었으리라.

차 안으로 들어가 좀 더 자세히 살폈다. 이윽고 시라토리 리사의 정장 주머니에 눈길이 닿았다. 아까는 몰랐는데 살짝 부풀어 있다. 손을 뻗어 안을 더듬었다. 다른 휴대전화가 들어 있었다.

재빨리 착신과 발신을 조사한다. '모굴K'라는 글자가 나왔다. 시라토리 리사는 '모굴K'라는 인물과 연락을 주고받은 모양이었다.

이거다. 아사마는 확신했다.

차에서 나와 휴대전화를 자기 주머니에 넣으려고 했다. 그때, 누군가 아사마의 팔을 붙들었다.

깜짝 놀라 돌아보니 기바가 기세등등하게 노려보고 있다.

"무슨 짓이야!"

"계장님……."

아사마는 그의 등 너머로 시선을 옮겼다. 다시로가 항복 포즈를 해 보이고 있다.

"제자리에 돌려놔." 기바가 말했다.

"계장님, 부탁입니다. 저한테 딱 사흘만 시간을 주십시오. 이 휴대전화를 가지고 있게 해주십시오."

"바보 같은 소리 마. 도대체 무슨 짓을 하려는 거야."

"이대로 시가 일당이 시키는 일만 하실 겁니까? 진상을 알고 싶지 않으세요? 보레로에서, 계장님도 분하셨죠?"

"분명히 말했을 텐데. 우리는 조종을 당하는 쪽이니 조종을 하고 싶으면 더 출세하라고."

"출세는 안 해도 되니까 진상을 알고 싶습니다. 책임은 전부 제가 지겠습니다. 경찰에서 잘리더라도."

기바는 여전히 아사마를 노려보고 있었다. 하지만 한숨과 동시에 그 눈에서 힘이 사라졌다. 아사마의 팔에서도 손을 뗐다.

"부하의 잘못은 내 책임이야. 무슨 일이 생기면 내가 그만둔다." 기바는 혀를 차며 계속 말했다. "다만 하루야. 하루가 지나도 단서를 못 잡으면 휴대전화는 과경연에 넘겨."

"적어도 이틀……." 아사마는 매달려보려다가 기바의 눈이 다시 험악해지자 바로 체념했다. "알겠습니다. 하루 안에 결과를 내겠습니다."

좋아, 하고 기바는 끄덕였다.

조금 뒤, 시가가 십여 명의 스태프를 이끌고 나타났다. 이미 폴리스라인 밖으로 나온 아사마를 발견하고 시가는 기분 나쁜 미소를 던졌다.

"보레로에 가도 도쿄로 돌아와도 만나는군요. 합이 잘 맞는다고 해야 하나, 나쁘다고 해야 하나."

그 말을 무시하고 아사마가 물었다. "이번에도 우리를 배제할 생각입니까?"

시가는 입가를 일그러뜨리며 살짝 고개를 저었다.

"그럴 생각은 없습니다. 지금까지도 그랬고요. 필요한 때는 상담도 하고 도움도 받을 거라고 하지 않았습니까. 실제로 보레로까지 가구라를 체포하러 가셨잖아요."

"헛걸음만 했죠."

"그쪽 경찰이 그렇게 무능할 줄 몰랐습니다. 실망했어요."

"가구라가 숨어 있던 장소를 조사한 걸로 아는데, 뭐 찾은 게 있습니까?"

이 질문에 시가는 살짝 찔린 듯한 표정을 지었다. 아무래도 성과가 없었던 모양이라고 아사마는 생각했다.

시가는 대답 없이 기바를 봤다.

"두 분은 경시청으로 돌아가 대기해주십시오. 기동수사팀이 초동수사를 시작한 것 같은데, 그 결과는 우리에게 직접 보고하도록 해놓았습니다."

기바가 미처 대답하기도 전에 시가는 다시로에게 고개를 돌렸다.

"지금부터 우리가 작업에 들어갑니다. 이쪽에서 지시할 때까지

차에서 대기해주십시오."

다시로가 고개를 끄덕이자 시가는 부하들 쪽으로 돌아가서 작업을 시작하라고 말했다.

"미안하네." 기바가 다시로에게 말했다.

"기바 씨가 사과할 일은 아니지." 다시로는 아사마를 보고 "정말 그쪽은 졸병에 불과한 것 같군" 하고 말했다. "어떻게든 실력 한번 보여줘."

다시로 역시 아사마가 시라토리의 휴대전화를 주머니에 넣은 것을 본 모양이다. 아사마는 미소를 지으며 살짝 고개를 끄덕였다.

맨션 지하에서 나온 아사마는 일단 집으로 가겠다며 택시를 탔다. 옷을 갈아입는 것이 목적이었지만 혼자 있고 싶다는 생각도 컸다.

택시가 출발하자마자 그는 주머니에서 시라토리 리사의 휴대전화를 꺼냈다. '모굴K'라는 명칭으로 등록된 번호로 전화를 걸었다.

하지만 전화는 연결되지 않았다. 요즘 전파가 닿지 않는 곳은 거의 없다. 전원을 꺼놓았으리라.

아사마는 착신과 발신 이력을 뒤졌다. 시라토리 리사가 아주 빈번하게 전화를 걸었다. 여러 차례 연락했다기보다 연결되지 않았을 가능성이 높다. 상대가 걸어온 기록은 거의 없기 때문이었다. 하지만 최근 들어 딱 한 번 착신이 있었다.

아사마는 지난 며칠의 일을 돌이켜보았다. 이윽고 그 착신은 자신들이 보레로 시에 도착한 날 밤이었음을 깨달았다.

틀림없어! 그는 자신의 무릎을 쳤다.

모굴K는 역시 가구라이다. 마지막 착신 때 시라토리 리사는 가구라에게 보레로에서 대대적인 수색이 벌어질 거라고 알려줬을 것이다. 그 덕에 그는 은신처에서 도망치는 데 성공했으리라.

그전에도 몇 번, 가구라는 절묘한 타이밍에 경찰의 손을 벗어났다. 아사마는 누군가 그에게 정보를 흘리는 게 아닐까 생각했다. 그리고 다양한 상황을 고려해 시라토리 리사의 소행이라고 추리했는데, 아무래도 맞힌 모양이다.

그녀가 왜 그런 짓을 했는지는 모른다. 이전부터 아는 사이는 아니었던 것 같으니 개인적 사정이라고는 생각할 수 없다. 그녀는 DNA 수사 시스템을 배우러 일본에 왔다고 들었다. 어쩌면 그 연구 내용에 비밀이 있을지도 모른다. 가구라가 보레로에 간 이유도 그와 관련이 있는 건 아닐까.

아사마는 자기 맨션 앞에서 택시를 내렸다. 시라토리 리사의 주거지와 비교하면 똑같이 맨션이라고 부르기도 아까울 정도로 낡은 건물이었다. 게다가 4층까지밖에 없고 엘리베이터도 없다.

계단으로 3층까지 올라가 문을 열었다. 담배 냄새와 곰팡이 냄새가 섞여 있어 절로 얼굴이 찌푸려진다.

세면실에서 옷을 벗고 욕실로 들어갔다. 몸을 좀 담그고 싶었지만 그러고 있는 시간도 아까웠다. 무엇보다 기바에게서 얻은 건 이십사 시간뿐이었다. 문을 열어놓은 채 뜨거운 물로 샤워만 했다.

시라토리를 죽인 사람은 누구일까. 머리를 감으면서 생각한다.

총탄을 조사해보기 전에는 단언할 수 없지만 아마 다테시나 남매를 죽인 범인과 동일 인물일 것이다. 가구라가 용의자로 의심을 받지만, 지금 상황에서 그가 시라토리 리사를 죽이는 건 말이 안 된다. 가구라에게 그녀는 귀중한 정보 제공자이고, 무엇보다 지금은 도망치기에도 바쁘다.

머리에 묻은 샴푸를 모두 씻었을 때, 세면실에서 낯선 멜로디가 들려왔다.

무슨 소리인지 생각하기도 전에 욕실에서 뛰어나왔다. 발끝을 문턱에 부딪혔지만 아픔을 느낄 틈도 없다. 벗어 던진 옷을 뒤져 시라토리 리사의 휴대전화를 꺼냈다. 착신 표시는 '공중전화'라고 되어 있다.

통화 버튼을 누르고 네, 라고 답했다. "시라토리 리사의 전화입니다"라고 말을 이었다.

상대는 침묵했다. 누가 전화를 받았는지 생각하는 모양이다.

"가구라인가?" 아사마가 물었다. 상대가 숨을 죽이는 기색이 역력하다. 맞다. "기다려. 끊지 마. 내 이야기를 들어······."

하지만 전화는 딸깍 하고 끊겨버렸다. 아사마는 한숨을 쉬고 휴대전화를 세면대에 올려놓았다.

낙담하지는 않았다. 방금 전화한 사람이 가구라라면 반드시 한 번 더 할 거라는 확신이 있었다. 그는 시라토리 리사에게 무슨 일이 일어났는지 모를 것이다. 그렇다면 왜 그녀가 아닌 다른 사람이 받았는지 확인하고 싶으리라.

타월로 젖은 몸을 닦고 새 속옷을 입었다. 옷장을 열고 세탁한 셔츠를 찾는데 조금 전 멜로디가 다시 들렸다. 예상대로였다.

전화를 받고 예, 하고 말했다.

"당신, 누구지?" 가구라의 목소리이다. 틀림없다.

"나야. 모르겠나?"

잠시 침묵이 흐른 후에 "아사마 형사?" 하고 조심스럽게 물었다.

"정답. 혹시 모르니 한 번 더 확인하지. 가구라 맞지?"

하지만 상대는 이 질문에 대답하지 않고 "왜 이 전화를 당신이 받지?" 하고 물었다. 역시 그 점이 가장 마음에 걸렸으리라.

"여러 사정이 있어. 만나서 얘기하고 싶은데 지금 어디 있나?"

전화기에 숨이 부딪히는 소리가 났다.

"놀리는 건가. 내가 도망자라는 사실은 당신이 제일 잘 알 텐데. 시간 벌려고 해도 소용없으니까 빨리 시라토리 바꿔."

"시간을 벌어?"

"내가 있는 장소를 알아내려는 거겠지. 아니, 벌써 알아냈으려나. 하지만 그래봤자 소용없다고 얘기했을 텐데. 경찰이 왔을 때쯤에 이미 나는 여기에 없을 거니까. 그렇게 쉽게 잡힐 장소도 아니고. 자, 빨리 시라토리 리사를 바꿔. 아니면 전화 끊겠어. 시라토리가 필요한 거지 당신과 얘기할 만큼 한가하지 않아."

아무래도 이대로 가면 전화를 끊으리라. 그리고 두 번 다시 걸지 않을 것이다. 아사마는 어쩔 수 없이 얘기했다. "살해당했어."

"……뭐?"

"시라토리 리사는 살해당했어. 조금 전 맨션 주차장에서 사체가 발견되었어. 등에 총을 맞았지."

가구라가 침묵했다. 그러자 소란스러운 소리가 들렸다. 그는 사람이 많은 곳에 있는 듯하다.

전화는 끊지 말라고, 아사마는 마음속으로 빌었다.

41

참았던 숨을 토해냈다. 공중전화 수화기를 고쳐 잡았다. 침착해야
해, 속지 말자, 냉정하게 판단하자. 가구라는 스스로 다독였다.

아사마의 말을 믿어도 좋을까. 하지만 분명 시라토리 리사의 신변
에 무슨 일이 생겼다. 그게 아니면 형사가 전화를 받은 상황을 설명
할 수 없다.

가구라는 주위를 살폈다. 수많은 사람이 오가고 있다. 당연했다.
이곳은 현에서도 가장 승객이 많은 역이었다.

설령 역탐지로 위치를 알아냈다 해도 경시청에서 현경본부, 그리
고 현지 경찰서까지 연락이 내려오는 데 몇 분쯤 걸릴 것이다. 전화
를 끊고 바로 역 구내를 떠나면 경찰에게 발견될 가능성은 낮다고
가구라는 판단했다. 경찰은 가구라가 자전거로 이동하고 있다는 사

실은 모른다. 아마 전차를 탔다고 생각할 것이다.

숨을 고르고 마음을 다잡았다. 일단 사실 확인부터 해야 한다.

"가구라, 듣고 있나?" 아사마가 물었다.

"듣고 있다. 시라토리 리사가 누구에게 살해당했지?"

"몰라. 난 다테시나 남매를 죽인 범인의 짓이 아닐까 생각한다."

"그래서 당신이 수사지휘를 맡고 있나?"

"지휘를 맡은 사람은 시가야. 자네는 모르겠지만 수사권은 이미 한참 전에 경찰청으로 넘어갔어. 우리는 졸병 이하의 부속품 취급을 받고 있지."

"부속품이 피해자의 휴대전화를 가지고 있어? 거기 시가 소장님 있으면 바꿔줘."

"없어. 여기는 내 방이야. 이 전화기의 존재를 아는 사람은 나와 계장님뿐이야. 시가 소장에게도 알리지 않았어."

"말도 안 되는 소리!"

"거짓말 아니야. 휴대전화는 시라토리 리사가 자네와 연락하는 데 사용했을 거라 생각하고 내가 몰래 가져왔어. 언젠가 자네가 연락할 거라 생각했지."

"경찰청과 과경연을 따돌리고 나를 체포할 셈인가?"

"오해하지 마. 나는 자네가 범인이라고 생각하지 않아. 자네는 누군가가, 아마 진범이 쳐놓은 덫에 걸렸겠지."

"글쎄."

"방금도 말했지만 나는 다테시나 남매를 죽인 범인과 시라토리 리사를 죽인 범인이 동일 인물이라고 생각해. 자네가 범인이라면 전화를 걸 이유가 없지. 애당초 이 전화를 회수하지 않았을 이유도 없고. 안 그래?"

가구라는 수화기를 잡은 손에 힘을 주었다. 이 형사가 하는 말이 진짜일까. 믿어도 될까.

후후, 하고 설핏 웃는 소리가 들렸다.

"자네, 지금 어디 있나?" 아사마가 물었다.

이번에는 가구라가 비웃어줄 차례였다.

"대답할 것 같아? 그건 그렇고 역탐지는 어떻게 되었어?"

"그런 짓 안 한다니까. 뭐, 됐어. 지금 어디에 있든 도쿄로 오는 길이겠지. 그나저나 잘도 도망쳤어. 사실 우리도 오늘 아침까지 거기 있었어. 자네가 도망쳐서 현경 본부장은 아주 파랗게 질렸는데."

가구라는 수화기를 귀에 댄 채 주위를 둘러봤다. 경찰이 나타난 것 같진 않았다.

"왜 내 전화를 기다렸지?"

"그야 당연히 진상을 알고 싶으니까. 사건의 이면에 뭐가 있는지 나름대로 분명하게 하고 싶어. 그런데 핵심에 다가가면 시가가 전부 감춰. 경시청 윗사람들도 우리 같은 말단에게는 아무 말도 안 해주고. 하지만 나도 아는 건 좀 있어. 이번 사건은 DNA 수사 시스템과 관련 있지? 그렇다면 자네에게 듣는 수밖에 없지 않나. 자네 힘이 필요해."

"일방적으로 그런 말을 해봐야 어쩔 도리가 없어. 나도 뭐가 뭔지 모른 채 도망치고 있으니까."

"그러니까 손을 잡자는 거야. 자네도 언제까지 도망만 다닐 수 없
잖아? 게다가 시라토리 리사라는 동료마저 잃었어. 그녀의 정보 제
공 없이 어떻게 스스로 지킬 생각이지?"

"그건 지금부터 생각해야지."

"절대 나쁜 일은 없을 거야. 내 말을 믿어. 자네가 사는 길은 그것
뿐이야."

"타임 오버." 가구라는 수화기를 내려놓았다.

역에서 나와 인도에 세워놓은 자전거에 탔다. 역 앞에는 간선도로
가 있고 그 너머는 화려한 번화가이다. 신호가 파란불로 바뀌기를
기다렸다가 천천히 페달을 밟았다. 도로를 건너서는 브레이크를 걸
고 역 쪽을 돌아봤다. 자전거에서 내리지는 않았다. 경찰이 오는 것
같으면 바로 달려야 한다.

치쿠시의 도움을 받아 보레로를 탈출한 후에는 오로지 자전거 페
달만 밟았다. 이동거리는 100킬로미터가 넘었으리라. 이대로면 내
일 아침쯤 도쿄에 도착할 것이다.

문제는 도착해서 어떻게 하느냐였다. 아사마가 지적했듯 기댈 수
있는 사람은 시라토리 리사뿐이었다. 그녀와 접촉하는 것만을 목표
로 배고픔을 참으면서 페달을 밟아왔던 것이다.

그런데 바로 그 시라토리 리사가 살해당했다.

물론 아사마가 거짓말했을 가능성도 있다. 그녀가 죽었다고 속이
고 가구라를 회유할 셈인지도 모른다. 하지만 그렇다면 그녀는 지금

뭘 하고 있는 걸까.

살해당한 게 사실이라면 대체 어떻게 하면 좋을까. 모 아니면 도의 심정으로 아사마와 손을 잡아볼까. 그 외엔 이미 아군은 하나도 없다. 시가나 미나카미도 가구라가 범인이라고 생각할 것이다.

그녀도 없다…….

스즈란. 그녀만은 가구라를 믿어주었다. 아니, 그녀가 믿은 사람은 류였을까.

그녀는 도대체 어떤 사람이었을까. 다테시나 남매가 살해된 날, 스즈란은 류와 함께 있었으리라. 캔버스에 그녀의 초상화가 그려져 있기 때문이다.

신호가 여러 번 바뀌고 그때마다 엄청난 인파가 교차로를 지나갔다. 아무도 가구라를 신경 쓰지 않는다.

그는 옆 건물에 설치된 디지털시계를 봤다. 여기 멈춰 선 지 이미 십 분 가까이 지났다. 역탐지를 했다면 한참 전에 경찰차가 모여들었을 것이다.

아사마는 거짓말하지 않은 걸까. 적어도 역탐지에 관해서는.

가구라는 핸들을 고쳐 잡고 페달을 밟기 시작했다. 공중전화를 찾으면서 인도를 달렸다. 십 년 전에 비해 공중전화는 오분의 일로 줄었다. 그래도 완전히 사라지진 않았다.

십 분쯤 달렸을 때 공중전화 부스를 발견했다. 안에 들어가 시라토리 리사의 번호로 전화를 걸었다. 만약을 대비해 번호를 메모해두길 잘했다.

호출음이 울리기 무섭게 전화를 받았다.

"경찰은 안 왔지?" 아사마가 말했다.

"역탐지를 하지 않는다는 말은 사실 같군. 하지만 아직 전적으로 믿을 순 없어."

"그럼 어떻게 하면 믿어주겠나?"

"당신이 해줄 일이 있어. 믿을지 말지는 그다음에 생각하지."

"좋아. 뭘 하면 되나."

"우선 신세이키 대학병원으로 가. 뇌신경과 병동 5층에 내가 사용하던 방이 있어. 열쇠는 미나카미 교수가 관리하지만 경비실에도 있을 거야. 가능한 한 아무도 모르게 갔으면 좋겠어. 그 방에 들어가면 연락 줘."

"잠깐만. 연락을 달라니. 어디로 어떻게? 자네, 휴대전화 없잖아."

"여러 사정이 있어서 휴대전화는 사용할 수 없어. 연락은 메일로 받지. 지금부터 말하는 주소를 메모해."

가구라는 메일주소를 댔다. 업무용 메일 중 하나이다.

"병원까지 시간은 얼마나 걸리나?"

"서두르면 삼십 분은 안 걸릴걸."

"그럼 삼십 분이 지나면 메일 체크를 시작하지. 당신 연락을 받으면 내가 전화를 걸고."

"알았어."

"그럼 부탁하지." 가구라는 전화를 끊고 부스 밖으로 나왔다. 다시 주위를 살폈다. 경찰이나 경찰차는 없었다.

자전거를 타고 가게 간판을 살피면서 이동을 시작했다. 그러다가 대형서점 앞에서 멈췄다. 간판 구석에 'PCS'라는 표시가 있었기 때문이다. '퍼스널 컴퓨터 서비스'의 약칭으로, 돈을 내면 컴퓨터를 빌릴 수 있다는 뜻이다.

자전거를 세우고 안으로 들어갔다. 책과 컴퓨터 기록장치를 진열한 선반이 늘어서 있다. 종이에 인쇄된 책은 전부 없어질 거라고들 했지만 지난 십 년간 조금도 줄지 않았다.

안에 컴퓨터 코너가 있었다. 가구라는 카운터에 있는 점원에게 다가가 이용 신청을 했다. 점원이 원하는 소프트웨어를 물었다. 범죄방지를 위해, 신분증을 제시해야 하는 소프트웨어도 있다.

가구라는 전자메일과 전화 프로그램만 신청했다. 이 정도면 신분증 제시는 필요 없다. 전자메일은 웹메일이 아니면 익명성이 없고 전화 프로그램은 공중전화와 같아서다.

컴퓨터 코너는 비어 있었다. 가장 끝자리에 앉아 컴퓨터를 켰다. 전자메일 프로그램에 필요 사항을 적은 후 시계를 봤다. 아사마와 통화를 끝낸 지 딱 삼십 분이 지나 있었다.

시험 삼아 메일을 체크해봤다. 그러자 바로 반응이 있다. '지금 막 도착'이라는 제목의 메일이 도착해 있었던 것이다. 본문에는 '그림 앞에 있다. 연락을 기다린다. ASAMA'라고 적혀 있다. 틀림없이 그 방에 있는 모양이다.

가구라는 이어폰과 마이크를 장착하고 전화 프로그램을 실행한다. 시라토리 리사의 전화번호를 입력하니 호출음이 울리자마자 전화가 연결되었다.

"연인의 전화를 기다리는 기분이네." 아사마가 낯부끄러운 소리를 했다.

"열쇠는 누구에게 빌렸지?"

"경비원 도야마 씨. 내가 온 건 알리지 말라고 했어. 그 사람은 믿을 수 있어."

"그건 됐고. 아무한테도 들키지 않았지?"

"그럴 거야. 자, 다음은 뭘 하면 되나? 빨리 말해줘."

"어려운 일은 아니야. 거기 있는 그림을 촬영해줘."

"하얀 옷을 입은 여자아이 그림?"

"맞아. 찍으면 메일로 보내줘. 받으면 내가 다시 연락하지."

"오케이."

아사마의 대답을 듣고 가구라는 일단 전화를 끊었다. 이 단계에서 역탐지를 당하면 도망칠 방법이 없지만 이 형사는 믿어도 되지 않을까 하는 마음이 들었다. 사실 다른 방법도 없었다.

일 분 후, 그는 다시 메일을 확인했다. 기대대로 파일이 도착해 있었다. 열어보니 액정화면에 그리운 그림이 나타났다.

아니, 그리운 건 그림이 아니라 스즈란이다. 헤어진 지 며칠밖에 지나지 않았는데 아주 오랫동안 만나지 못한 느낌이 들었다.

그림 속 스즈란은 가구라의 기억 그대로였다. 마음을 조금도 숨기지 않고 화가를 완전히 믿는 듯한, 순수한 미소를 짓고 있다. 하얀 원피스도 기억 그대로였다.

왜 그녀는…….

늘 하얀 원피스 차림이었을까 하고 가구라는 생각했다. 언제 만나든 같은 옷이었다. 게다가 조금도 더러워지지 않았다.

그림 속 하얀 원피스를 바라보다가 문득 깨달았다. 원피스 주머니에 뭔가 들어 있었다. 가구라는 화면을 확대했다. 이윽고 그것이 무엇인지 알아냈다. 파란색과 하얀색 줄무늬가 그려진 종이봉투였다. 주머니 밖으로도 보인다.

저 종이봉투는…… 가구라는 기억을 파고들었다. 잠시 후, 자신도 똑같은 봉투를 본 적 있다는 사실을 떠올렸다.

살아 있는 다테시나 남매를 마지막으로 만난 날, 남매의 방에서 그 봉투를 봤다.

42

가구라가 무엇 때문에 이런 일을 시키는지 아사마는 도무지 알 도리가 없었다. 그렇지만 분명 무슨 의미가 있을 거라고 확신했다.

역시 생각했던 대로 가구라도 사건의 진상을 모른다. 누군가의 함정에 걸려 도망치고 있을 뿐이다.

휴대전화가 착신을 알렸다. 아사마는 재빨리 전화를 받았다.

"그림 사진은 받았다." 가구라가 말했다.

"왜 그러는데? 그 그림이 뭔데? 설마 이런 일까지 시키고 아무것도 안 가르쳐줄 생각은 아니겠지?"

후후 하고 낮게 웃는 소리가 들렸다.

"몇 번이나 말했지만 나도 몰라. 그래서 단서를 얻으려 하는 거야."

"이 그림이 단서가 될까?" 아사마는 책상다리를 하고 앉아 눈앞에 있는 캔버스를 올려다봤다. 하얀 원피스를 입은 소녀가 그려져 있다. 어디 사는 누군지 전혀 모른다. 이제까지 수사과정에서 만난 적 없는 인물이다. "도대체 이 여자아이는 누구야?"

"우아!" 가구라가 놀리는 듯한 목소리를 냈다. "전혀 모른다고? 정체나 이름은 모를 수 있지만 그녀의 존재 자체는 파악하고 있을 텐데. 당신들 수사능력, 의외로 별거 아닌가 보네."

아사마는 화가 나 다시 캔버스를 노려봤지만 그래도 생각나는 게 없었다.

"괜한 소리는 그만 떠들고, 누구야?"

가구라는 키득키득 웃고는 말했다. "이름은 스즈란."

"스즈란?"

"본명인지 아닌지는 모르지만. 아주 최근까지 함께 행동했어. 도쿄 역에서 만나 둘이 보레로까지 함께 갔으니까."

"보레로라면 열차로?"

"맞아. 당연한 거 아닌가."

아사마는 당혹스러웠다.

가구라가 티켓 두 장을 사서 승차한 사실은 도쿄 역 감시카메라로 확인했다. 하지만 판매원이 가구라 옆에는 아무도 없었다고 했다. 게다가 가구라는 옆자리를 보며 혼잣말을 했다고도 했다.

"경찰이니까 차장이나 판매원에게서 이야기를 듣고 나와 함께 움직인 여자아이에 대해서는 파악하고 있을 줄 알았는데." 가구라는 슬쩍 깔보는 투로 말했다.

아사마는 머릿속으로 열심히 단어를 찾은 다음 입을 열었다.

"판매원한테 들었어. 자네, 도시락을 두 개 샀다고."

"뭐야, 역시 알고 있잖아. 두 개 샀지. 그런데 스즈란은 모른다고?"

"옆에 사람이 있었는지는……." 아사마는 입술을 축이고 이야기를 계속했다. "기억나지 않는다고 했어."

"흐음. 그랬나." 가구라는 별일 아니라는 듯 말했다.

하지만 아사마는 갈피를 잡을 수 없었다. 가구라가 거짓말하는 것 같진 않다. 그는 진심으로 둘이 열차를 탔다고 얘기하고 있다. 그런 거짓말을 할 이유도 없다.

"왜 그러지, 아사마 형사?" 가구라가 물었다.

"아니, 아무것도 아니야. 그래서 이 여자아이는 누구지? 자네와 무슨 관계인가?"

"그걸 몰라. 끝까지 정체불명이었어."

"그 말은 지금은 없단 말인가?"

"없어. 여러 사정으로 지금은 헤어졌어. 살아 있는지 아닌지도 몰라." 가구라의 목소리가 극단적으로 가라앉았다.

"정체불명의 사람과 계속 함께 있었다는 건가?"

"그건 설명하기 힘들어. 어느 날 갑자기 나타나 내 주위에 있었으니까. 왠지 나를 잘 알고 있었어. 아니, 정확하게 말하면 나 자신은 아니었지만 그것까지 설명하기는 귀찮군."

"자네 자신이 아니라면 또 다른 인격 말인가?"

아사마가 말하자 침묵이 흘렀다. 한참 동안 숨소리만 들렸다.

"그렇군. 경찰이 내 증상에 대해 미나카미 교수에게 못 들었을 리가 없지. 맞아. 내게는 다른 인격이 있어. 류라는 인격이지. 스즈란은 류의 지인이야. 연인이라고 해야 좋을까."

"이 그림은 류가 그렸군."

"그래. 다테시나 남매가 살해되었을 때 내 몸은 류가 사용하고 있었어. 그 그림은 그때 류가 그린 거야. 나도 그림을 보고 처음으로 스즈란을 알게 되었어."

"류는 어디서 스즈란을 만났지?"

"그 방인 것 같아."

"여기?" 아사마는 실내를 둘러봤다. 문과 창문, 그리고 그림 여러 장과 화구 같은 것들이 조금 있을 뿐 살풍경한 방이다.

"류는 깨어나면 그 방에서 그림만 그렸어. 다른 어디에도 가지 않고. 스즈란도 류와 거기서 만났다고 했어. 그 외 자세한 이야기는 해주지 않았지."

가구라와 이야기를 나누며 아사마는 머리가 혼란스러웠다. 가구라는 스즈란이라는 소녀가 실재하는 것처럼 말하고 있다. 하지만 현실에 그런 인물은 어디에도 존재하지 않을 터이다. 즉 열차 속에서 그가 말을 건넨 상대는 그의 머릿속에만 존재하는 환각인 것이다.

어쩌면 류가 먼저 환각을 봤을지도 모른다고 아사마는 생각했다. 그것이 가구라의 두뇌에도 영향을 미쳤을 가능성이 있다. 이 그림은 단순히 류의 환각을 구현한 것일 뿐이다. 그렇다면 이런 데서 가구라와 잡담을 나눠봤자 해결책은 하나도 찾을 수 없다.

그에게 스즈란이 환각이라는 사실을 알려주는 게 선결 과제라는 생각이 들었다. 하지만 지극히 곤란한 문제다. 정신과 의사도 아닌 자신이 멋대로 얘기해도 될 일인지 알 수 없었다.

"사건이 일어난 날도 스즈란은 거기 있었어." 가구라가 말했다. "늘 류가 그림을 그리는 모습을 옆에서 보고 있었다더군. 하지만 그날은 류가 그녀의 모습을 그렸지."

"잠깐만. 이 병원의 보안 시스템은 자네가 더 잘 알 텐데. 외부인이 쉽게 출입할 수 없잖아?"

"그건 나도 이상해. 하지만 어떤 방법으로 감시카메라를 속인 것 같아. 실제로 스즈란이 그 방에 있었으니 인정할 수밖에 없어."

"여기에 왔다는 증거가 있나? 이 그림은 류의 상상이 아닐까?"

"그럴 리 없어." 가구라가 곧바로 부정했다.

"왜 그렇게 단언하지?"

"그걸 설명하고 싶어서 지금까지 한참을 스즈란에 대해 얘기한 거야. 그림을 잘 봐. 하얀 원피스 주머니에 뭔가 들어 있지?"

아사마는 캔버스로 시선을 돌렸다. 가구라의 말이 맞았다.

"파란색과 하얀색 줄무늬가 있는 상자 같은 건가?"

"상자가 아니라 봉투야. 납작한 봉투."

"아, 그러고보니 봉투 같네. 그래서 이게 어떻다는 거지?"

"사건 발생 직전까지 다테시나 남매의 방에 있던 물건이야. 틀림없어."

"이게?" 아사마가 엉덩이를 들어 그림에 얼굴을 가져갔다.

"그림에 그려져 있다는 건 곧 누군가 남매 방에서 가져왔다는 뜻이지. 류가 그랬을 리 없으니 남은 사람은 스즈란뿐이야."

"잠깐만. 자네는 다테시나 남매 방에서 이 봉투를 봤지? 그 기억 때문에 류가 그려넣은 게 아닐까?"

한숨을 내쉬는 소리가 들렸다. "그건 아니지."

"왜?"

"류는 내가 본 건 그리지 않으니까. 자신이 본 것만 그려. 자신의 눈으로 보고 자신의 마음에 담긴 것만 그린다고. 그 점은 내가 가장 잘 알아. 그림에 봉투를 그렸다는 건 그 방에 그 봉투가 있었다는 말이야."

조금 초조해진 듯한 가구라의 말을 듣고 아사마는 자리에서 일어났다. 이번에는 조금 떨어진 데서 그림을 바라봤다.

그러고보니……

경비원 도야마가 말한 적 있다. 지인에게서 받은 초콜릿을 다테시나 남매한테 줬더니, 며칠 뒤에 여동생이 무척 좋아했다는 말을 전해 들었다고. 그러나 초콜릿이 아니라 포장한 봉투를 마음에 들어했다고.

파란 줄무늬에 작은 리본이 달린 봉투. 도야마가 분명히 그렇게 말했다.

도대체 어떻게 된 일인가. 스즈란이란 소녀가 류와 가구라가 만들어낸 환각이라면 이 방에 뭔가를 가지고 올 수 없다. 스즈란은 실재하는 인물이란 말인가.

"아사마 형사, 듣고 있나?" 가구라가 불렀다.

"아…… 듣고 있어. 그래서 이 봉투가 뭔데?"

"왜 스즈란이 봉투를 가지고 왔는지는 몰라. 하지만 원래 다테시나 남매 방에 있었으니 안에 뭔가 중요한 게 들어 있었을 거야. 어쩌면 스즈란이 다테시나 남매에게서 부탁받았을지도 몰라. 그러니까그 봉투를 찾아주면 좋겠어."

"찾으라니, 어디를? 남매의 방은 과경연 녀석들이 철저하게 조사했어. 그렇게 중요한 것이라면 놓쳤을 리 없어."

"아사마 형사, 계속 같은 말 좀 하게 하지 마. 봉투는 남매 방에 없어. 그 방에 있다고. 지금 당신이 있는 방에."

"지금 이 방에?" 아사마는 휴대전화를 귀에 댄 채 다시 실내를 둘러봤다.

벽 쪽에 그림도구와 붓, 팔레트, 사용하지 않은 캔버스, 나무틀 재료, 공구함 같은 게 놓여 있었다. 하지만 그림 속 봉투는 보이지 않았다.

"그런 건 어디에도 없어."

"그럴까. 아주 중요한 곳을 놓치고 있는 건 아닐까?"

"이렇게 아무것도 없는 방에 뭔가를 숨긴다고……." 아사마는 갑자기 한 가지 사실이 떠올라 말을 멈췄다. 그의 시선은 스즈란이라는 소녀가 그려진 그림을 향해 있었다. "이 그림 밑에……."

"드디어 알아차린 모양이네." 가구라가 말했다. "거기밖에 없어."

"잠깐만 기다려."

아사마는 이젤에 다가가 캔버스 표면을 손으로 더듬었다. 딱 한 군데가 부풀어 있었다. 그림 뒤로 돌아갔다. 캔버스는 나무틀에 못으로 고정되어 있었다.

"이중이군……." 아사마가 읊조렸다.

"어, 뭐라고?"

"캔버스가 나무틀에 이중으로 겹쳐 있어. 게다가 그 사이에 뭔가 끼워져 있어. 그림을 다 그리고 나서 사이에 넣은 것 같아."

가구라가 휘파람을 불었다. "역시!"

"아무래도 그런 것 같아."

아사마는 휴대전화를 바닥에 놓고 캔버스를 이젤에서 내렸다. 공구함에서 펜치를 꺼내와 나무틀에 캔버스를 고정한 못을 뽑았다. 못 몇 개가 쉽게 뽑혔다. 예상대로다. 그림을 완성한 후 캔버스의 일부를 나무틀에서 벗겨낸 것이다.

두 장의 캔버스 사이에서 정말로 파란색과 하얀색 줄무늬가 있는 봉투가 나왔다. 그림과 똑같았다.

봉투 안을 확인한 후 아사마는 다시 휴대전화를 집어 들었다.

"찾았어. 사진을 보낼까. 아니면 영상통화로 바꿀까."

"그럴 필요는 없어. 내용물이 뭔지는 알 것 같아." 가구라가 말했다. "카드지?"

"알고 있었나?" 아사마가 손에 든 물건을 보면서 물었다. 최신형 기록 매체이다. 카드는 금빛으로 반짝였다. "이게 뭐야?"

"다테시나 사키가 마지막으로 만든 프로그램이 들어 있을 거야. 명칭은 모굴인데, 어떤 프로그램인지는 나도 몰라. 시라토리 씨는 그걸 찾고 있었어. 내게 찾아달라고 했지."

"그랬군. 그래서 자네가 도망치게 도와준 거군. 그런데 왜 보레로 같은 델 갔나?"

"그 마을은 다테시나 남매의 고향이야. 비밀리에 별장도 가지고 있었지. 그래서 거기에 모굴이 있을지도 모른다고 생각했어."

그 별장이 가구라의 은신처였던 모양이다.

"아마 그녀를 죽인 범인도 그 프로그램을 찾고 있을 거야. 조금만 빨리 발견했다면 죽지 않을 수도 있었을 텐데……." 가구라의 목소리가 무거워졌다.

"됐어. 그런 말 해봤자 소용없어. 그녀가 살해되는 바람에 우리가 지금 이걸 발견하게 됐다고 할 수도 있잖아. 자, 다음은 어떻게 하지? 이 카드를 어떻게 하면 좋겠나. 미리 말해두는데 무리한 일은 시키지 마. 컴퓨터 같은 거 잘 몰라."

"당신이 컴퓨터 기사여도 별로 다를 거 없어. 내용을 알려면 특별한 시스템이 필요해. 제일 좋은 방법은 특수분석연구소에 숨어 들어가는 거지만."

"그건 안 돼. 시라토리 리사 살해 사건 때문에 오늘 밤에는 시가 일당이 모여 있을 테니까."

"그렇다면 거기 있는 컴퓨터를 사용하는 수밖에 없네."

"여기?" 아사마가 주위를 둘러본다. "여러 번 얘기했지만 여기에는 아무것도 없어."

"그 건물 말이야. 다테시나 남매가 쓰던 컴퓨터가 있을 거야."

아아, 하고 고개를 끄덕인 후 아사마는 미간을 찌푸렸다.

"어이, 금방 얘기했지? 내게는 무리라고."

"걱정하지 마. 내가 방법을 지시할 테니. 영상통화로 바꿔서 내게 화면을 보여주면 돼."

아사마가 한숨을 쉬었다. "참 쉽게 얘기하는군."

"다테시나 남매 방에 들어가주겠어?"

"뭐, 해보지. 일단 전화를 끊고 침입에 성공하면 연락하지."

아사마는 전화를 끊은 다음 자기 휴대전화를 꺼내 경비원 도야마에게 걸었다. 조금 전 들어올 때 번호를 알아두었다.

"예. 도야마입니다." 목소리에 약간 긴장감이 감돌았다.

"아사마입니다. 아까는 감사했습니다."

"아닙니다. 일은 마치셨습니까?"

"5층에서 할 일은 끝냈습니다. 다만 7층에도 좀 확인하고 싶은 게 있습니다. 죄송하지만 열쇠를 부탁드릴 수 있을까요?"

"아, VIP실요. 알겠습니다. 그럼 제가 그쪽으로 가겠습니다."

"죄송합니다."

아사마는 전화를 끊고 카드가 담긴 봉투를 안주머니에 넣은 뒤 방을 나왔다.

엘리베이터를 타고 7층으로 올라갔다. 정면에 있는 문은 굳게 잠겨 있고 '관계자 외 출입금지'라고 적힌 종이가 붙어 있었다.

얼마 후 엘리베이터 문이 열리고 경비원 제복을 입은 도야마가 나타났다. 아사마는 우선 5층 방에 들어갈 때 사용한 열쇠를 돌려주었다.

"그 방에 찾으시던 물건이 있었습니까? 여러 번 들어가 봤지만 그림도구 같은 거만 있던데요."

"그러게요. 별다른 건 없었습니다. 뭐, 단순 확인이지요."

"7층에도 남은 게 없을 겁니다. 과경연 사람들이 전부 가져가서요." 그렇게 말하면서 도야마가 문 앞에 있는 정맥인증 패널에 손목을 대자 조용히 문이 열렸다. 어두컴컴한 가운데 복도가 안쪽으로 뻗어 있었다.

도야마는 조금 전과는 다른 열쇠를 내밀었다.

"이게 이 방 열쇠입니다. 돌아가시기 전에 경비실에 가져다주시면 됩니다."

"알겠습니다. 정말 고맙습니다."

그럼 천천히 둘러보십시오, 하고 돌아가려는 도야마를 아사마가 불러 세웠다.

"괜한 말씀이지만 이번 일은 경찰청이나 과경연 사람들에게는 비밀로 해주십시오."

도야마가 씩 웃었다. "알겠습니다."

그가 엘리베이터를 타고 사라지기를 기다렸다가 아사마는 장갑을 끼면서 안으로 들어갔다. 잠금장치를 풀고 문을 연다. 실내는 캄캄했다. 더듬어 불을 켰다.

이런, 하는 소리가 절로 흘러나왔다. 도야마의 말대로였다. 처음 여기 왔을 때 본 방대한 자료와 사무기기가 깨끗이 사라졌다. 시가 일당이 가지고 갔을 것이다. 그들은 보레로에서도 가구라가 숨어 있던 곳을 철저히 조사하려 했다. 가구라의 말로는 그곳은 다테시나 남매의 별장인 모양이었다.

살인 사건 수사 때문만은 아니다. 그들은 무언가 찾고 있다.

이건가…… 아사마는 옷 위로 안주머니를 눌렀다.

43

가구라는 손가락 끝으로 계속 책상을 두드렸다. 아사마에게서는 아직 연락이 없다. 그는 다테시나 남매 살해 사건 수사를 맡았던 수사원이니 VIP실에 들어가는 것 자체는 어렵지 않을 것이다.

드디어 모굴을 찾았다. 그것은 과연 무엇일까.

다테시나 남매가 킬 노이먼이라는 수학자에게 보낸 메일이 떠올랐다. '잘못'과 '참회의 선물'이라는 말을 썼다. 여기서 알 수 있는 사실은 다테시나 남매가 어떤 과오를 저질렀고 그것을 수정하기 위해 모굴을 만들었다는 것이다. 그리고 그 수정이란 플래티나 데이터를 찾아내는 일이리라.

어떤 천재 프로그래머라도 실수는 한다. 그 실수 때문에 사람에게 피해를 주는 경우도 있을 수 있다. 하지만 그런 경우더라도 보통 '참회'라는 말은 사용하지 않는다. 그 단어를 사용했다는 것은 단순한 실수가 아니라 의도적이었을 가능성이 높다는 뜻이다.

다테시나 남매는 의도적으로 DNA 수사 시스템에 어떤 결함을 심어놓았을까.

설마 싶었지만 그것 말고는 생각할 수 있는 게 없었다.

가구라는 다테시나 고사쿠와 나눈 마지막 대화를 떠올렸다. 그날은 특이하게도 볼일이 있다고 먼저 연락을 해왔다. 만나자마자 시스템은 어떠냐고 물었다. 순조롭지만 검색에 걸리지 않는 케이스가 있다고 가구라는 대답했다. NF13을 말했던 것이다. 그러자 다테시나 고사쿠는 이미 알고 있다는 듯 그것 때문에 할 얘기가 있다고 했다.

남매는 그 직후에 살해됐다.

그들은 NF13의 정체가 파악되지 않는 원인을 알고 있었다. 그들이 DNA 수사 시스템에 의도적으로 심은 '결함'에 기인한 것이기 때문이다…… 그렇게 생각하면 앞뒤가 다 맞는다. 그 결함을 수정하는 것이 모굴이고, 모굴로 플래티나 데이터라는 것을 끄집어낸다면 NF13의 정체도 판명될 것이다.

가구라는 온몸이 뜨거워지는 것을 느꼈다.

다테시나 남매가 살해된 이유도 이걸로 설명할 수 있다. NF13의 범행이 이어지자 그들은 모굴을 사용해 시스템의 결함을 바로잡으려 했다. 다테시나 고사쿠는 분명 그 말을 하고 싶어서 가구라를 불렀으리라. 하지만 그 사실을 안 NF13은 그를 막기 위해 남매를 살해했다…….

가구라는 이마에 손을 대고 머리를 기울였다.

여기까지의 추리에 큰 모순은 없다. 그러나 여전히 큰 의문이 남아 있다. NF13은 어떻게 다테시나 남매가 하려는 일을 알아냈을까. 애당초 남매는 왜 시스템에 그런 결함을 넣었을까. 다테시나 사키의 옷에 가구라의 머리카락이 붙어 있던 이유도 알 수 없다. 그 샘플을 가구라라고 판명한 것도 시스템 결함 때문일까.

샘플? 가구라는 고개를 들었다. 최근 누군가 샘플이라는 단어를 사용했다. 누구였더라.

시라토리 리사이다. 다테시나 남매 별장에서 전화를 걸었을 때 그녀가 먼저 물었다. NF13에서 채취한 샘플은 어디에 보관중이냐고. DNA 정보를 전자화한 D플레이트가 아니라 샘플 자체가 필요하다고 했다.

그녀는 도대체 무엇을 할 셈이었을까. 샘플을 시가 소장은 모르게 꺼내고 싶다고도 했다.

어쩌면…… 생각을 더하려고 할 때 컴퓨터가 메일이 도착했다고 알렸다. 아사마가 보낸 것이었다. VIP실에 무사히 들어간 모양이다. 가구라는 전화를 걸었다.

"시가도 필사적으로 찾아다녔어." 전화가 연결되자마자 아사마가 말했다. "이 카드 말이야."

"그런 흔적이 있나?"

"자, 한번 봐."

잠시 후 컴퓨터 화면에 영상이 나왔다. 영상통화로 바꾼 모양이다. 약간 흐릿하지만 화질은 나쁘지 않다. 다테시나 남매가 사용하던 책상이 나타났다.

"보여?" 아사마가 물었다.

"잘 보여. 과연 자료는 남김없이 가지고 갔군."

"메모리에 전자책 리더기, 노트북까지 모두. 아무것도 남아 있지 않아. 이 녀석이 남아 있는 게 신기할 정도야." 아사마가 카메라를 천천히 움직였다. 컴퓨터 단말기가 나타났다.

"그건 개인 컴퓨터가 아니야. 슈퍼컴퓨터 단말기이지. 본체는 한 층 아래에 있어."

"그런 사정이 있었군. 시가도 슈퍼컴퓨터까지는 못 가져갔군." 아사마가 신나서 말했다.

시가도 카드를 찾는 게 아니냐는 아사마의 추리에 가구라는 동감했다. 하지만 시가 역시 다테시나 사키가 살해된 시점에서는 그녀가 마지막으로 개발한 모굴이라는 프로그램에 대해 아무것도 몰랐던 게 분명하다. 가구라는 시가에게서 뭔가 짚이는 게 없느냐는 질문을 받은 기억이 있다. 그게 연기라고는 생각할 수 없다.

어떤 타이밍에 시가는 모굴의 정체를 알았다. 언제일까.

시라토리 리사라고 가구라는 생각했다. 그녀가 온 시기와 타이밍이 일치한다. 시가는 그녀에게서 모굴에 대해 들었을까. 아니, 그건 아니다. 그녀는 분명히 시가를 제외하려 했다.

혹은 반대일지도 모른다. 시가는 DNA 수사 시스템을 배우러 미국에서 왔다는 여자에게 의심을 품고 시라토리에 대해 조사한 게 아닐까. 그 결과 모굴과 그 정체를 알게 됐다고 보면 이치가 맞는다.

"어이, 왜 가만히 있어? 빨리 지시하라고." 아사마가 재촉했다.

"아니, 잠깐 추리하고 있었어."

"추리? 어떤?"

"이렇다 할 증거는 없지만." 그렇게 전제하고 가구라는 방금 생각한 것을 얘기했다.

이야기를 다 들은 아사마는 그렇군, 하고 중얼거렸다.

"그 추리, 맞는 것 같아. 그 이야기를 들으니 나도 납득되는 부분이 있어."

"그래?"

"예를 들면 우리 수사에 갑자기 방해가 시작된 거 말이야. 다테시나 남매 살인 사건 수사를 경찰청이 극비로 진행한다는 건 알겠어. 그런데 녀석들은 우리가 필사적으로 뒤쫓던 NF13 수사까지 지휘하려 들었지. NF13의 정체가 드러나지 않는 이유는 데이터 부족이 아니라 시스템 결함이라는 사실을 깨달았기 때문일 거야. 자네 신병을 확보하라고 우리를 보레로에 보냈으면서 별장이 발견됐다는 소식을 듣자마자 달려온 것도 이 녀석이 필요했기 때문이라고 생각하면 앞뒤가 맞아."

모니터에 파란색과 하얀색의 줄무늬 봉투가 보였다. 아사마가 카메라 앞에 놓은 모양이다.

"틀림없어. 그날, 그 방에서 본 거야. 다테시나 남매가 살해되기 몇 시간 전에……."

"두 사람은 위험을 감지했을지도 몰라. 그래서 카드를 자네에게…… 아니, 류에게 맡기기로 했겠지."

"아무에게도 들키지 않으려고 그 그림에 숨겼을 거야. 봉투 그림은 류 나름의 메시지겠지."

"하지만 말이야." 아사마가 목소리 톤을 떨어뜨렸다. "스즈란이라는 소녀는 도통 모르겠어. 다테시나 남매와 어떤 관계였을까?"

"확실히 그건 수수께끼야. 남매가 몰래 그 소녀와 만났다는 건 분명해. 남매는 좀처럼 밖에 나가지 않았으니 비밀 연락책으로 활용했을지도 몰라. 그러다가 스즈란이 우연히 류와 만나 친해졌고." 가구라는 이제까지의 일을 돌아보며, 가장 합리적이라고 생각하는 설명을 전했다.

그런데 이제까지 바로바로 응답하던 아사마가 왠지 침묵했다. 가구라가 불렀다. "아사마 형사, 왜 그러지?"

"아, 아니야. 정말 그럴까 싶어서."

"그럴까 싶다니?"

"만약 그렇게 드나들었다면 언젠가 누군가는 봤을 텐데."

"그렇지만 실제로 드나들었어. 그러니까 그림 밑에 카드가 숨겨져 있지. 아닌가? 이거 말고 다른 설명이 가능한가?"

"아니야. 그런 건 아니야. ……알았어. 그건 나중에 다시 생각하지. 일단 지금은 이 내용을 아는 게 먼저니까." 화면에 아사마의 손가락이 나타나 카드가 들어 있는 봉투를 툭툭 쳤다.

"찬성이야. 상세한 추리는 나중에 하고 일른 작업 시작하지. 우선 컴퓨터를 켜줘. 컴퓨터를 잠에서 깨워야지."

"어이, 나는 수없이 얘기했지만……."

"컴맹이라고? 알아. 카메라를 컴퓨터 가까이 대줘. 아니, 그건 너무 가까워. 단말기와 모니터를 다 보고 싶어. 오케이. 그 위치가 좋겠어. 당신은 의자에 앉아."

"나는 서 있는 게 좋아."

"좋지 않아. 일단 내 말대로 해."

한숨 소리와 의자가 삐걱거리는 소리가 났다.

"앉았어. 다음은 뭐야. 다리라도 꼴까?"

"다리는 상관없어. 팔걸이에 양팔을 올려놔."

"이렇게?"

다음 순간, 피아노 소리가 나기 시작하더니 슈베르트의 〈아베 마리아〉가 연주되었다. 그와 동시에 모니터에 'HELLO'라는 글자가 나타났다.

"엇! 이게 뭐지?" 아사마는 깜짝 놀랐다.

"컴퓨터 가동은 완료됐어. 다테시나 남매는 자기들이 사용하기 쉽도록 컴퓨터에 이런저런 장치를 해놓았지."

"놀라게 좀 하지 마. 그래서 다음은 뭘 하면 되는데?"

"프로그램을 읽어 들여야지. 그전에 봉투에서 카드를 꺼내야 하고. 꺼내는 방법은 아나?"

"왼손으로 봉투를 쥐고 오른손으로 열어 손가락을 집어넣은 다음 카드를 꺼낸다…… 이렇게 하면 되나?"

"왼손과 오른손 사용방법이 반대지만 괜찮아." 농담을 하면서 가구라는 자신이 아사마라는 형사에게 마음을 열었다는 사실을 깨달았다. 이전에는 가장 싫어하는 타입의 인간이었지만.

모니터에 금색 카드를 쥔 손이 나타났다.

"이걸 어떻게 해? 어디에 넣나?"

"키보드 오른쪽 끝, 맨 위에 있는 키를 눌러. 그러면 트레이가 열릴 거야. 열리면 카드를 놓고 다시 한 번 같은 키를 누르고. 다음은 가만히 앉아 상황을 지켜보는 거지."

"오케이. 오른쪽 끝에 맨 위……."

아사마의 손이 지시대로 움직이는 모습이 모니터에 비쳤다. 카드를 넣은 지 몇 초 후, 건너편 모니터에 복잡한 기하학 도형이 몇 개 나타났다.

"어이, 알 수 없는 것들이 화면 가득 나왔어."

"알고 있어. 도형 하나하나가 프로그램을 구성하는 모듈이야. 자, 그럼 작업을 시작해볼까. 키보드는 사용할 줄 아나? 아니면 전혀 못 하나?"

아사마의 신음소리가 들렸다. "아, 어떻게든 해보지."

"힘내줘. 상대는 천재가 만든 프로그램이야. 긴 여행이 될 거야."

실제로 거기서부터는 쉽지 않았다. 아사마는 자신이 말한 것만큼 컴맹은 아니어서 가구라의 지시를 제법 매끄럽게 실행했다. 하지만 프로그램은 무수한 실이 얽힌 것처럼 구성되어 있어서 전체상을 파악하는 것 자체가 매우 어려웠다.

시행착오가 한 시간 가까이 계속되고 있었는데 사고가 일어났다. 아사마가 가구라의 지시를 잘못 알아듣고 전혀 다른 행동을 해버린 것이다.

화면상의 도형이 격렬하게 형태를 바꾸며 날아다니기 시작했다.

"앗! 큰일 났다. 폭주하는데. 어떡하지?" 아사마가 당황한 목소리로 말했다.

침착하라고 말을 걸려던 순간, 컴퓨터 화면에 새로운 변화가 일어났다. 얽혀 있던 실이 풀리듯 모듈들이 정연한 형태로 모습을 바꾸기 시작한 것이다. 이윽고 그게 뭘 의미하는지 가구라에게도 보이기 시작했다.

이것은…… 그는 숨을 삼켰다.

44

　화려한 색채를 흩뿌리면서 입체도형이 화면 위를 날아다녔다. 게다가 거기에 숫자와 문자가 배열되거나 얽히기도 했다. 아사마는 뭐가 뭔지 도통 알 수 없었다. 다만 어떤 진전이 이뤄지고 있다는 것만은 맞는 듯했다. 그 증거로 가구라가 침묵을 지키고 있었다. 조금 전까지는 아사마의 일 처리가 느려 침묵하는 일이 많았지만 지금은 아니다. 그는 이 화면에서 뭔가를 읽어내기 시작한 것이다.

　침묵은 몇 분간 계속되었다. 마침내 가구라가 중얼거렸다. "놀랍군……."

　"도대체 뭔데? 이 녀석의 정체를 알았나?"

　"대충. 아무래도 엄청난 물건인 것 같아. 내가 제대로 읽었다면 말이야." 가구라가 바로 말을 이었다. "아니, 틀릴 리가 없어. 이걸로 모든 수수께끼가 풀렸어."

"무슨 소리야? 설명해줘."

가구라의 한숨 소리가 들렸다.

"말로만 설명하기는 정말 어려워. 확증도 필요하고. 그러려면 테스트를 해봐야 해."

"테스트?"

"그 프로그램을 사용해 DNA 수사 시스템을 훑어보는 거지. 틀림없이 놀라운 결과를 얻게 될 거야."

"잠깐만! DNA 수사 시스템을 쓰려면 특수분석연구소에 침입해야 해. 그건 불가능해."

"알아. 하지만 정면 돌파해야지. 침입할 수 없다면 현관으로 들어가야지. 당당하게."

"시가와 협상하겠다고? 문자 그대로 이 '카드'를 가지고?"

"맞아. 아사마 형사, 협력해줄 거지?"

"지금 와서 무슨 소리야." 아사마는 컴퓨터 화면을 향해 있는 휴대전화를 위에서 들여다봤다. 가구라의 모니터에 그의 얼굴이 크게 거꾸로 나타났다. "여기까지 왔는데 돌아갈 수도 없잖아."

"좋아. 그럼 만날 장소를 정하지. 특수분석연구소의……."

가구라가 거기까지 말했을 때 아사마의 품속에서 벨이 울렸다. 자신의 휴대전화였다. 영상통화에는 시라토리 리사의 휴대전화를 사용하고 있었다.

전화를 건 사람은 경비원 도야마였다.

"큰일 났습니다. 과경연 사람들이 왔습니다. 그쪽으로 갈지 모릅니다."

"과경연요? 왜?"

"모르겠습니다. 누가 왔느냐고 물어서 일단 아무도 안 왔다고 했습니다."

"알겠습니다. 고맙습니다."

전화를 끊고 가구라에게 사정을 짧게 전했다.

"그거 큰일이네. 빨리 카드를 회수하고 컴퓨터 시스템을 꺼줘."

가구라가 지시를 내렸다. 아사마는 들은 대로 조작했고 튀어나온 카드를 안주머니에 넣었다.

"특수분석연구소 옆에 '하리마 운수'라는 간판을 건 창고가 있어. 두 시간 후에 거기서 만나지." 가구라가 말했다.

"자네, 두 시간 안에 도쿄로 올 수 있나?"

"어떻게든 할 테니까. 당장 거기서 빠져나오기나 해. 발견되어 모굴을 빼앗기면 끝장이야."

"말하지 않아도 잘 알아." 그렇게 말하면서 전화를 끊었다.

복도를 달려 엘리베이터 홀로 나왔다. 엘리베이터 한 대가 올라오고 있었다. 몸을 돌려 반대쪽으로 향했다. 막다른 곳에 문이 있다. 그곳을 통해 비상계단으로 나갈 수 있다. 다테시나 남매를 살해한 범인의 도주 경로이다.

문을 열고 밖으로 나온 순간 뒤에서 엘리베이터가 멈추는 소리가 들렸다. 간발의 차이였다.

발소리를 죽이고 천천히 계단을 내려가면서 왜 과경연 인간들이 왔는지 생각했다. 도야마에 따르면 누가 왔느냐고 물었다고 한다. 뉘앙스가 어땠는지는 알 수 없지만 아사마가 있다는 것까지는 모르는 듯했다.

5층에서 4층으로 통하는 계단을 내려가려던 때였다. 갑자기 4층 문이 열렸다. 아사마는 걸음을 멈추고 방어 태세를 취했다. 상대가 과경연 인간이라면 완력을 써서라도 도망쳐야만 한다.

하지만 나타난 것은 하얀 가운을 입은 인물이었다. 그 매부리코는 낯이 익다. 뇌신경과 교수 미나카미였다.

미나카미는 아사마가 있는 것을 안다는 듯 천천히 올려다봤다. 당황한 기색도 아니다. 살짝 웃음을 지으며 꾸벅 고개를 숙였다.

"아직 내려가지 않는 게 좋습니다."

미나카미의 말에 아사마는 의아해졌다. "네?"

"과경연 인간이 한 사람뿐이라고 장담할 수 없습니다. 밑에서 기다리고 있을지도 모릅니다. 잠시 제 방에 계시죠." 미나카미가 재촉하듯 문 안쪽을 손으로 가리켰다.

그래도 경계를 풀지 않는 아사마를 보고 미나카미는 다시 고개를 끄덕였다.

"방금 가구라가 연락을 했습니다. 사정은 알고 있습니다."

그렇게 된 거였나. 아사마는 그제야 안심했다. 가구라는 이 인물이라면 협력해주리라 판단한 모양이다.

"자, 어서요."

죄송합니다, 라고 말하고 아사마는 안으로 들어갔다.

어두컴컴한 복도를 걸어 '정신분석연구실'이라는 표시가 있는 출입구를 지나갔다. 세 번째 오는 것이다. 첫 번째는 다테시나 남매가 살해된 직후, 두 번째는 가구라가 도주한 후였다.

진찰실이라기보다는 품격 높은 소회의실 같은 방에서, 아사마는 미나카미와 마주 앉았다. 벽에는 캐비닛과 선반이 늘어서 있다. 선반에 놓인 검은 가죽가방은 아주 오래된 애용품인 것 같았다.

"사정을 안다고는 했지만 가구라와 찬찬히 얘기를 나눈 건 아닙니다. 매우 당황한 상태인 것 같았습니다. 일단 당신을 숨겨 달라고만 말하고 전화를 끊어버렸습니다." 미나카미는 포트의 뜨거운 물을 찻주전자에 따르면서 말했다. 손놀림이 매우 차분했다. 과경연 사람은 이곳에 오지 않는다고 확신하는 듯했다. 그렇다면 한동안 여기 있는 게 낫겠다고 아사마는 생각했다.

미나카미는 아사마 앞에 찻잔을 놓았다.

"가구라는 그렇다고 치고 형사님도 도망자 신세입니까?"

"그건 아닙니다만 과경연이나 경찰청과는 별개로 움직이고 있습니다. 가구라와 연락한 것도 그쪽에는 비밀로 하고 있고요. 그러니까 이런 데서 발견되면 안 되죠."

아하, 하고 반응했지만 미나카미는 전혀 납득 못 했다는 표정으로 차를 마셨다.

"당신과 가구라 군이 손을 잡았다고 해석해야 할 것 같군요. 어떤 경위가 있었는지는 모르겠습니다만."

"설명드리기는 매우 어렵습니다. 굳이 말씀드리자면, 저와 가구라만이 사건 배후를 알아차렸습니다."

"배후라고요?"

"이 사건에는 경찰청과 과경연 녀석들이 숨기고 싶어하는 어떤 비밀이 관련되어 있습니다. 그게 무엇인지 조금 전까지 둘이서 조사하고 있었죠."

미나카미는 여전히 납득되지 않는다는 표정으로 찻잔을 테이블에 내려놓았다.

"그래서 알아내셨습니까?"

"그는 알아차린 것 같습니다. 유감스럽게도 자세히 듣기 전에 방해받고 말았습니다. 하지만 곧 알게 됩니다. 그와 만나기로 약속했으니까요." 아사마는 손목시계를 봤다. 가구라는 두 시간 후에 만나자고 말했다. 그 후로 이미 십 분 이상이 흘렀다.

"그래요? 그는 건강한가요? 계속 도망쳤으니 정신적으로도 육체적으로도 큰 부담이 됐을 텐데요."

"목소리로는 건강한 것 같은데 다만……."

아사마가 머뭇거리자 미나카미가 눈을 깜빡였다. "왜 그러시죠?"

그걸 물어보자고 아사마는 생각했다. 가구라가 스즈란이라고 부르는 소녀에 대해.

"아무래도 가구라가 환각을 보고 있는 것 같습니다."

"환요?" 미나카미가 불쾌한 듯 미간을 찡그렸다. 뇌신경과 의사의 표정으로 돌아왔다.

아사마는 류가 그린 소녀를 봤다고 얘기한 것, 그 소녀가 실제로 존재할뿐더러 함께 여행까지 했다고 착각하는 사실 등을 말했다. 미나카미의 표정이 점점 심각하게 변했다.

"그거…… 좋지 않은데요." 미나카미가 신음하듯 말했다.

"증상 말입니까?"

미나카미는 크게 끄덕였다.

"다중인격이란 자신이 누구인가 하는 자의식이 흔들리는 병입니다. 원인은 다양하지만, 현실 도피나 허구세계 동경 같은 심리가 적잖이 영향을 줍니다."

"그래서 환각을 보는 겁니까?"

"현실과 허구를 구별하지 못하게 됐다는 징후라고 할 수 있죠. 극히 위험한 상태입니다. 방치하면 허구 부분이 점점 커집니다. 스즈란이라는 소녀뿐만 아니라 좀 더 많은 환각이 나타날 염려도 있습니다. 거꾸로, 현실은 부정하고 직시하지 않게 됩니다. 그렇게 되어 버리면……." 미나카미는 아사마의 얼굴을 봤다. "잘 아는 사람조차 인식하지 못하게 될 수도 있습니다."

"……알츠하이머 같네요."

"알츠하이머는 물리적으로 뇌가 위축되어 발생합니다. 가구라가 정신적으로 같은 상태에 있다고 생각해주십시오. 한시바삐 치료해야 합니다. 형사님, 만나기로 했다고 하셨죠. 함께 가도 될까요?"

"교수님도요?" 아사마가 자기도 모르게 등을 꼿꼿하게 폈다.

"일 분 일 초라도 빨리 만나는 게 좋겠습니다. 지금 이러는 동안에도 증상은 악화되고 있어요."

"하지만 우리는 매우 위험한 일을 하려고 합니다. 그런 곳에 교수님을 데리고 갈 순 없습니다."

하지만 미나카미는 크게 고개를 저었다.

"위험한 일을 할 생각이라면 더 급합니다. 현실과 허구가 섞인 상태에서는 정확한 판단을 내릴 수 없습니다. 방해는 하지 않겠습니다. 오 분입니다. 오 분만 그를 진단하게 해주십시오. 필요한 처치를 하고 바로 떠나겠습니다. 약속합니다."

학자가 열변을 토하는데 도저히 안 된다고 할 수 없었다. 그는 환자를 도우려는 것이다. 게다가 가구라가 그런 상태라면 아사마도 곤란하다. 지금은 그의 두뇌가 유일한 무기이다.

"알았습니다. 그렇게까지 말씀하시니 함께 가지요. 다만 무슨 일이 일어날지 예상할 수 없으니 반드시 치료할 수 있다고는 생각하지 말아주십시오."

미나카미는 안도의 숨을 내쉬었다.

"다행입니다. 방해되지 않게 하겠습니다. 그럼 준비하겠습니다."
미나카미는 자리에서 일어나 하얀 가운을 벗으면서 방을 나갔다.

아사마는 다시 시계로 시선을 돌렸다. 약속 시각까지 한 시간 남짓 남았다.

45

얇은 코트를 입은 남자가 전차에 탔다. 가구라는 고개를 숙인 다음 조심스럽게 그 모습을 살폈다. 남자는 차 안을 재빨리 훑어보더니 빈자리가 없어 실망했는지 옆 칸으로 이동했다. 가구라에게는 전혀 반응하지 않았다. 즉 그를 잡기 위해 탄 것은 아니다. 수사원은 아니라는 소리다.

가구라는 몸에 긴장을 풀고 다시 손잡이를 잡았다. 차 안의 자리는 모두 다 차서 몇 명이 서 있는 상태였다.

그는 전철을 이용해 도쿄로 향하고 있었다. 감시카메라를 신경 쓰고 있지만 어디서 발각될지는 알 수 없다. 이미 발각되었을 우려도 있다. 전차가 멈추고 새로운 승객이 탈 때마다 몸을 경직시키는 것은 그럴 가능성을 생각했기 때문이다.

경찰에 잡히는 것은 괜찮다. 하지만 무슨 일이 있더라도 그전에 아사마에게서 모굴이 들어 있는 카드를 받고 싶었다. 그것을 손에 넣지 못하면 DNA 수사 시스템의 비밀을 폭로할 수도 없고 플래티나 데이터가 존재한다는 사실을 증명할 수도 없기 때문이다. 말로 아무리 주장해도 "그런 건 없다"라는 소리를 들으면 끝장이다. 자기에게 씌워진 누명도 벗을 수 없다.

자신도 모르게 그런 일이 벌어졌다니…….

직접 모굴을 해독하고 거기에 숨겨진 비밀을 알아냈는데 가구라는 아직도 믿을 수 없었다. DNA 수사 시스템을 구축해온 것은 자신이라는 자부심이 있었고, 다테시나 남매를 제외하면 누구보다 시스템을 잘 안다고 믿어왔다. 그런데 현실은 완전히 달랐다. 자신은 아무것도 몰랐다. 누구도 알려주지 않았다. 그저 시가가 원하는 대로 이용만 당했던 것이다. 그들에게는 가구라도 시스템의 일부에 지나지 않았다. 그들에게 그저 사용하기 편리한 시스템.

드디어 모든 수수께끼가 풀리고 있다. 알 수 없는 점은 NF13의 정체뿐인데 그 정도는 전체에서 놓고 보면 사소하다. 거칠게 말하자면 범인이 누구여도 상관없다. 플래티나 데이터가 가진 죄에 비하면 하찮은 일일 뿐이다.

무슨 일이 있어도 이 사실을 백일천하에 드러내야만 한다고 진심으로 생각했다.

창밖으로 흘러가는 밤 풍경이 화려해지기 시작했다. 도심이 가까워지는 모양이다. 대도시에 섞여들면 가령 어디서 발각되더라도 바로 다시 지하로 잠입하는 것도 어렵지 않다. 하지만 방심은 금물이다. 전차가 멈출 때마다 가구라는 모든 승객을 체크했다.

무사히 도쿄 역 출구를 통과하고 나니 저도 모르게 커다란 한숨이 나왔다. 물론 여전히 방심할 수 없었다. 감시카메라가 곳곳에 설치되어 있기 때문이다. 얼굴인증 시스템에 걸리면 몇 분 안에 경찰이 달려올 것이다. 가구라는 고개를 숙인 채 재빨리 역을 나왔다.

택시 승강장에도 감시카메라가 설치되어 있다. 도로 옆으로 나와 지나가는 택시를 잡았다. 아리아케로 가자고 운전사에게 말했다. 운전사가 가구라를 의심하는 것 같진 않았다.

그리 오래 떨어져 있지도 않았는데 도쿄의 거리가 아주 정겹게 느껴졌다. 자신의 방은 어떻게 되었을까. 빨리 돌아가 일단 푹 쉬고 싶다. 물론 그러려면 모든 것을 정리해야 한다.

택시는 빽빽한 오피스 빌딩 숲을 지나 복잡하게 얽힌 고속도로 아래를 거쳐 운하에 걸린 다리를 통과했다. 중간부터 가구라는 운전사에게 자세하게 길을 알려주기 시작했다. 택시는 사람이 살지 않는 창고 거리로 진입한다. 목적지에 가까워지자 차를 세워달라고 했다. 시계를 보니 아사마와 약속한 시각이 거의 다 됐다. 시간을 제대로 예측한 것 같다.

차에서 내려 경계하면서 걷기 시작했다. 가로등이 많지 않아서 건물 옆으로 붙어 걸으면 어둠에 섞여 이동할 수 있다.

칙칙한 녹색 건물이 보였다. 주위에는 검은 담이 세워져 있었다. 건물 지붕에 '하리마 운수'라는 낡은 간판이 걸려 있다. 이미 도산한 회사로, 이 창고는 다른 회사가 소유하고 있다. 옆에 특수분석연구소 건물을 지을 때 경찰청이 일 년 남짓 임대했다. 연구소에 반입하는 자재와 기기를 일시적으로 보관하기 위해서였다.

출입구를 통해 안을 살피고 담 안쪽으로 몸을 숨겼다. 현재 이 창고는 거의 사용하지 않는다. 소유 회사는 팔고 싶어하는데 살 사람이 나서지 않는다는 소문을 들은 적 있다.

건물의 문은 닫혀 있었다. 살펴보니 아사마는 아직 오지 않은 것 같다. 주차장에 움직일지 말지 알 수 없을 만큼 낡은 트럭 한 대가 세워져 있었다. 가구라는 그 그림자에 몸을 숨겼다.

얼마 후 차가 다가오는 소리가 들렸다. 헤드라이트 불빛이 주차장으로 들어온다. 타이어가 아스팔트를 천천히 밟고 오다가 이윽고 멈췄다. 헤드라이트가 꺼지고 엔진 소리가 멎었다.

가구라는 트럭 그늘에서 얼굴을 내밀었다. 운전석에서 체격 좋은 남자가 내린다. 체형을 보고 아사마임을 확신했다.

안심하고 일어났다. 아사마에게 달려가려 했을 때 조수석 문이 열렸다. 자기도 모르게 걸음을 멈춘다. 아사마에게 동행이 있다. 누구인가.

"가구라?" 아사마가 알아차린 모양이다.

가구라는 대답하지 않고 차를 바라봤다. 하지만 조수석에서 내린 인물을 보고 안도의 숨을 내쉬었다. 그가 가장 믿을 수 있는 인물이었기 때문이다.

"교수님이셨어요?"

미나카미가 천천히 다가왔다. 손에 가방을 들고 있다.

"가구라. 건강해 보이는군."

"여기서 만나기로 했다고 하니 꼭 같이 오고 싶다고 하셔서." 아사마가 말했다.

가구라가 아사마에게 시선을 옮겼다. 미간을 찌푸렸다.

"왜 교수님과 얘기를 했지? 병원에서 바로 도망친 거 아니야?"

"아니, 그게, 자네가 교수님에게 연락을……." 거기까지 얘기했을 때 아사마는 뭔가 깨달은 듯 뒤를 돌아보려고 했다. 하지만 그 움직임이 부자연스럽게 뚝 멈췄다.

미나카미는 어느새 아사마의 바로 뒤에 서 있었다. 그늘이 져 표정까지는 알 수 없었다. 하지만 아사마의 얼굴은 잘 보였다. 뺨이 딱딱하게 굳고 눈도 험악해져 있었다.

"무슨 짓입니까?" 아사마가 물었다. 목소리가 갈라져 나온다.

"그대로 가만히 있어. 목숨이 아까우면." 미나카미가 말했다. 낡은 우물 바닥에서 들려오는 것 같은 으스스한 목소리였다.

"무슨 일이지?" 가구라가 물었다.

"권총이야. 이 교수, 나한테 권총을 겨누고 있어."

가구라의 눈이 커졌다. "왜……."

"그래, 왜 이러는 겁니까? 우리가 당신에게 무슨 짓을 했다고!" 아사마가 소리쳤다.

미나카미가 뭔가 있다는 듯한 웃음소리를 냈다.

"쓸데없는 짓을 하려고 하니까. 모굴이니 플래티나 데이터니 너무 시끄러워. 세상에는 수수께끼로 두어야 하는 것도 많은 법이지."

가구라는 아사마와 얼굴을 마주 봤다.

"왜 당신이 그걸⋯⋯." 가구라가 물었다.

"나는 알고 있어. 뭐든 다. 두 시간쯤 전 자네들이 나눈 대화도 전부 들었어. 5층 회화실에도, 7층 남매의 방에도 도청기를 설치했으니까. 7층에 수상한 사람이 있는 것 같다고 신고한 사람도 나야. 아사마 형사는 기대대로 비상계단을 통해 내려오더군. 그날 내가 그런 것처럼."

그날⋯⋯ 가구라는 경악했다. 다테시나 남매가 살해된 날을 말하는 게 분명했다.

아사마가 힘없이 고개를 저었다.

"나 원, 등잔 밑이 어둡다더니. 우리 눈은 그냥 구멍이었군."

"바로 그거야. 반성하라고." 미나카미의 오른손이 움직여 아사마의 목덜미에 뭔가를 찔렀다. 아사마의 얼굴이 일그러졌다. 미나카미는 주사기를 들고 있었다. "걱정 마. 이걸로 죽지 않아. 잠시 얌전하게 만들었을 뿐이야."

미나카미가 주사기를 빼자 아사마는 무릎이 꺾였다. 고통스러운 표정을 짓고는 그대로 옆으로 쓰러졌다.

가구라는 눈앞에서 일어난 일을 믿을 수 없었다. 가장 신뢰해온 미나카미가 모든 사건의 주모자란 말인가. 너무 놀라 목소리조차 나오지 않았다.

미나카미는 땅에 놓았던 가방을 들었다. 또 다른 손에는 권총을 쥐고 있었다. 총구는 가구라를 향해 있었다.

"당신이 다테시나 남매를 죽였습니까?" 떨리는 목소리로 물었다.

"그래." 대조적으로, 미나카미는 냉혹할 만큼 차분한 목소리로 대답했다. "덧붙여 말하자면 내가 NF13이다."

너무 큰 충격에 가구라는 이명을 느꼈다. 심장 박동이 한계라고 느껴질 정도로 빨라졌다.

"……왜죠?"

"왜? 그걸 설명할 필요가 있나? 조금 전 대화를 듣고 자네는 수수께끼를 풀었다고 생각했는데."

"분명 플래티나 데이터가 뭔지는 알았습니다."

"응. 그럼 답을 맞춰봐야지. 자네 설명을 들어볼까?" 미나카미가 권총을 위아래로 천천히 흔들었다.

가구라는 침을 삼키려고 했다. 하지만 입안이 바짝 말라 어쩔 수 없이 입술을 핥았다.

"DNA 수사 시스템에 등록된 데이터는 국민이 제출한 샘플로 만들었죠. 샘플의 DNA를 분석하고 전자 정보로 바꿔 암호화해 등록했어요. 따라서 범행 현장에 범인 DNA가 남아 있고 그 범인이 시스템에 데이터를 등록해놓았다면 어디 사는 누구인지 바로 검색할 수 있죠. 본인이 등록하지 않았더라도 가족이나 친족이 등록했으면 용의자를 극히 좁은 범위까지 줄일 수 있고."

"멋진 발명이지." 미나카미는 야유가 담긴 말투로 말했다. "계속해봐."

가구라는 심호흡을 한 번 했다.

"여기서부터는 가설이지만, 그 방대한 데이터에 일부 특수한 데이터가 섞여 있을 가능성이 있어요. 특수 데이터에는 DNA 정보 외에 어떤 특별한 식별 기호가 부여되어 있고. 검색하려는 DNA가 특수 데이터와 일치하는 경우, DNA 수사 시스템은 평소와는 전혀 다른 답을 내놓는 거죠. 분석 결과로 내놓은 신체적 특징은 본인과 전혀 다를 뿐만 아니라 검색 결과는 NOT FOUND, 즉 해당 인물은 등록되지 않았다고 회답합니다. 누가 어떤 목적으로 이런 옵션을 시스템에 부가했는지는 모르지만, 그런 특수한 데이터를 섞어놓았고 그게 바로 플래티나 데이터죠. 그 데이터를 찾아내기 위한 프로그램이 모굴이고."

미나카미가 몸을 가늘게 흔들며 낮게 웃었다.

"아주 훌륭해, 가구라. 하지만 만점과는 거리가 멀어. 누구냐니. 이봐, 아주 중요한 점을 잊고 있지 않나? 그 시스템은 아무나 구축할 수 있는 물건이 아니야. 자네라도 말이야."

가구라는 눈앞에 있는 남자의 매부리코를 노려봤다. "다테시나 사키가……."

미나카미가 고개를 끄덕였다.

"그런 옵션을 설치하라고 내가 다테시나 남매에게 명령했어. 걔들은 내가 하는 말은 모두 따르거든. 물론 자네에게는 비밀로 하자고 했지."

"왜 그런 짓을……."

"이유는 따로 없어. 부탁받았으니까."

"누구에게?"

그러자 미나카미가 한쪽 눈썹을 꿈틀 움직였다.

"내게 직접 부탁하러 온 사람은 시가 소장이야. 자네 상사 말이야. 그러나 그 사람 뒤에 누가 있는지는 나도 몰라. 소장도 단순한 장기판 말에 불과할 테니까."

"과경연, 아니 경찰청의……."

"이런 걸 생각한 사람들은 좀 더 윗분들이겠지. 자네는 완벽한 수사 시스템을 만들려 했지만 너무 완벽해지면 곤란해지는 사람도 있다고."

정치가와 관료라는 의미일 것이다. 그들은 자신과 친족의 DNA 정보를 모두 플래티나 데이터로 만든 게 분명하다.

"그런 거였군. 그런 비열한……."

미나카미가 큭큭 웃었다.

"이제 와서 무슨 소리를 하나. 세상이란 게 원래 그래. 총리 아들이 어느 날 갑자기 강간범으로 체포되면 나라가 너무 혼란스럽지 않겠나?"

"그러면 당신도 플래티나 데이터에?"

"당연하지. 그들만 좋은 대우를 받게 해선 안 되니까."

"플래티나 데이터는 시스템 망에 걸리지 않아. 아무리 범죄를 저지르고 자기 흔적을 남겨도 결코 잡히지 않으니 그것을 이용해 계속 사람을 죽였다는 건가?"

"말해두지만, 나는 살인마도 아니고 살인이 목적도 아니야. 어디까지나 다 실험이었지."

"실험? 무슨?"

미나카미는 가방을 내려놓더니 총을 겨눈 채 다른 한 손으로 가방을 뒤졌다. 가방 안에서 금속제 상자 같은 걸 꺼냈다. 코드가 붙어 있다.

"이걸 아나?"

"덴토리…… 전기 환각기라는 거지. 전기 펄스로 뇌를 자극해 환각 상태를 만드는 장치."

왜 여기서 미나카미가 저런 걸 꺼냈는지 가구라는 도통 알 수 없었다.

"이건 단순한 덴토리가 아니야. 내가 손본 물건이지. 한마디로 파워를 높인 거지만 단순히 환각 상태만 격렬해진 건 아니야. 이걸 쓰면 강한 최면 상태에 빠져. 어떤 인간도 순종적이 되는 데다 자살조차 두려워하지 않게 되지. 게다가 일반적인 덴토리와 달리 중독 상태를 일으키고."

"왜 그런 걸?"

"왜? 어리석은 질문이군. 왜 마약을 하는 사람이 있을까, 이런 생각은 안 하지 않나. 인간의 정신을 조종하는 노하우는 권력을 잡는 실마리가 돼. 그래서 실험이 필요했어."

가구라는 고개를 저었다. "그렇다고 사람을 죽일 필요는 없었을 텐데."

"죽인 게 아니야. 죽어버린 거지. 실험중에 모르모트나 쥐가 죽는 것과 마찬가지야. 그 여자들을 동정할 필요는 없어. 죄다 덴토리에 빠져 있던 어리석은 것들이었으니까. 그래서 내 감언이설에 걸렸지. 그러나 사체를 그대로 두면 뇌과학자의 범행이라는 게 드러날 염려가 있어서 조금 연출을 더했지."

"권총으로 머리를 쏘고 폭행했다는 건가?" 가구라가 말했다. "사체를 범했다는 소리군."

"살인마에게는 동기가 필요하니까. 그리고 정액을 남겨놓으면 내게는 보험이 되니까."

"플래티나 데이터라서 시스템이 범인 이름을 댈 일은 없고, 경찰은 데이터를 등록한 사람에게는 혐의를 두지 않는다 이건가?"

"그래, 맞아. 다만 한 가지 마음에 걸리는 점이 있었어. 이 장치를 사용하면 귀에 화상 흔적이 남아. 그 공통점을 통해 경찰이 냄새를 맡을까봐 개조방법을 일부 업자에게 공개했지. 이미 마니아들 사이에서는 하이덴이라는 명칭으로 돌아다니고 있어. 범인이 하이덴 사용자라는 것을 경찰이 알아내더라도 그때는 이미 한참 늦은 상태란 말이지."

가구라는 어금니를 꽉 깨물며 입을 열었다.

"그렇게까지 하는 이유가 뭐지? 당신은 뇌과학자로서 나름 지위도 있잖아? 지금 와서 전기 마약 같은 걸로 대체 무슨 권력을 잡고 싶은 거야?"

미나카미가 살짝 고개를 기울였다.

"아까 설명이 조금 부족했나? 나는 권력을 잡고 싶다는 게 아니야. 권력과 연결되는 것, 세계를 바꿀 수 있는 것을 만들어내고 싶었을 뿐. 인간의 마음을 조종하는 방법이 존재한다면 과학자로서 당연히 시도해보고 싶잖아. 본능에 가깝지. 무엇보다 가구라 자네도 마음의 수수께끼를 풀고 싶어하지 않나? 마음은 유전자에 의해 결정된다는 가설을 입증하려고 했잖아."

"그것과 이건……."

"마찬가지야. 하나도 다르지 않아. 자네는 자네의 몸을 이용해 마음의 구조를 알아내려 했어. 나는 다른 사람의 몸을 이용해 실험을 했지. 자네 연구에서는 아무도 죽지 않았지만 내 실험에서는 몇 사람이 죽었어. 그 정도의 차이가 있을 뿐이지. 아니, 한 가지 더 있군. 자네는 아무것도 발견하지 못했지만 나는 찾아냈어." 미나카미는 가구라 쪽으로 고개를 내밀고 검지를 세웠다. "좋은 걸 알려주지. 인간의 마음을 조종하는 데 유전자 따위는 필요 없어. 사람의 마음은 단순한 화학반응과 전기신호에 지나지 않아."

담담하게 말하는 미나카미의 얼굴을 보며, 가구라는 천천히 고개를 저었다. "당신은 정신이상자야."

"그런 사람에게 도움을 청한 사람이 누구더라?"

"다테시나 남매는 당신이 범인이라는 걸 알아차렸나? 그래서 죽였나?"

미나카미가 어깨를 으쓱해 보였다.

"알 리가 없지. 하지만 NF13 사건을 알고 플래티나 데이터에 들어 있는 사람의 짓이 아닐까 의심한 모양이더군."

"그래서 모굴을 만들었다는 말인가. 그들은 플래티나 데이터를 만든 것을 후회하고 속죄하려 했어."

미나카미는 유감스럽다는 듯 미간을 찌푸렸다.

"다테시나 사키 같은 천재가 바보 같은 생각을 했어. 죽어도 아무도 신경 쓰지 않을 인간이 사라진 것뿐인데. 덕분에 자기 자신이 사라졌으니."

"그날 내가 반전제를 사용해 류로 변해 있었을 때 둘을 죽였군. 일부러 감시카메라에 트릭을 설치하고……."

그러자 미나카미는 의외라는 듯 고개를 흔들었다.

"카메라에 트릭을 설치한 사람은 내가 아니야. 원래 있던 것을 이용한 것뿐이지."

"원래 있었다고? 무슨 소리지?"

"내가 아니라 다른 사람이 설치했다는 말이지. 그게 누군지 자네는 모르는 게 나을 거야. 어이, 움직이지 마." 미나카미는 총을 겨눈 채 천천히 가구라의 뒤로 왔다. "무릎 꿇어."

"무슨 속셈이야?"

"시키는 대로 해. 자네도 어차피 죽을 바에는 덜 고통스러운 게 낫잖아?"

등에 권총이 닿자 가구라는 허리를 구부리며 땅에 무릎을 꿇고 앉았다. 그러자 귀에 차가운 것이 끼워졌다. 우선은 왼쪽 귀, 그리고 오른쪽 귀. 하이덴이라는 장치의 전극일 것이다.

"무서워할 거 없어. 이제까지 죽은 여자들은 모두 죽기 직전까지 황홀한 표정을 짓고 있었어. 행복한 죽음이지. 다만 자네는 쾌락을 맛볼 틈이 없을지도 몰라. 처음부터 상당히 강한 펄스를 가할 셈이니까. 미안하지만 시간이 얼마 없어."

"시라토리 리사도 이렇게 죽였나?"

"아아, 그 여자?" 지금 생각났다는 듯 미나카미는 가볍게 말했다. "그 여자를 죽이는 데는 조금 시간이 걸렸다. 하이덴을 사용해 의식을 컨트롤해 집까지 운전하게 한 후 사살했어. 내 기술은 완성 단계에 이르고 있어."

"그녀는 당신이 범인이라는 걸 알았나?"

"아니, 몰랐어. 그러나 곧 알아차릴 위험이 있었지. 성가신 일을 하려고 했거든."

"DNA 감정 말인가?"

"오호, 알고 있었나 보군."

"그녀는 NF13의 원래 샘플을 손에 넣으려 했어. 범인이 플래티나 데이터에 속해 있다는 걸 간파했기 때문이지. 다테시나 남매와 접촉 가능한 관계자라면 인원이 한정돼. 그들의 DNA와 NF13의 DNA를 과거 방식으로 감정하면 범인을 찾아낼 수 있다고 생각했을 거야. 맞지?"

"위험할 뻔했지만 그 여자가 한심한 실수를 저질렀어. 내 모발을 채취하려다가 들켰거든. 대단한 용건도 없이 찾아온 사람을 내가 의심하지 않을 줄 알았나 봐."

철컥철컥 금속이 부딪히는 듯한 소리가 들렸다. "자." 미나카미가
말했다.

"괜한 얘기를 한참이나 했군. 즐거웠네. 자네와 더는 얘기할 일이
없다고 생각하니 조금 섭섭하지만 어쩔 수 없지. 모든 일에는 끝이
있는 법이니까."

"나를 죽여봤자 소용없어. 시가는 계속 NF13을 쫓을 거야."

"그럴 일은 없어. 사건은 해결이야. NF13은 하이덴을 사용해 자
살. 다만 그전에 아사마 형사를 사살했다. 어때? 참 멋진 시나리오
아닌가."

가구라를 범인으로 내세울 셈이다. 그를 살해한 후 아사마를 쏠
작정일까.

온몸에 소름이 돋았다. 머리가 혼란스러웠지만 이 국면을 넘어설
방도를 온힘을 다해 생각했다.

"스즈란이란 여성이 있어. 그녀가 뭔가를 알고 있어."

미나카미가 후 하고 숨을 내쉬었다.

"아직도 그 여자를 만날 수 있으리라 생각하나?"

"뭐라고?"

"미안하지만 설명할 시간이 없어. 저세상에서 만나라고."

찰칵, 하고 스위치 소리가 났다. 그 순간 가구라의 시야는 금빛으
로 물들었다. 청각, 미각, 후각, 촉각까지 모든 게 마비되었다. 중력
조차 느껴지지 않아 자신이 서 있는지 앉아 있는지도 알 수 없었다.
하지만 고통은 아니었다. 공중에 떠다니는 것 같았다. 상쾌함에 감

싸여 가구라는 어떤 것에서 해방된 기분을 느꼈다.

그리고 다음 순간…….

금빛 시야가 갑자기 어둠으로 바뀌었다. 그와 동시에 의식이 사라졌다.

46

짙은 안개가 걷히듯 의식이 점점 또렷해졌다. 두통이 극심하고 이명이 있다. 하지만 이명 사이로 사람 목소리가 새어 들어온다. 저게 누구 목소리더라? 익숙하다.

아사마는 자신이 눈을 감고 있다는 것을 깨달았다. 무슨 일이 일어났는지 생각하는 데 조금 시간이 필요했다. 아, 그렇다. 미나카미가 주사를 놓았다. 여기는 아리아케에 있는 폐창고 주차장이다. 뺨에 콘크리트 감촉이 느껴졌다. 약 때문에 의식을 잃고 지금까지 누워 있었던 것이다.

손끝을 움직이려고 했지만 맘대로 되지 않았다. 아니, 움직이는데 그걸 느낄 수 없는지도 모른다. 오감이 현저하게 떨어져 있다. 후각도 마비된 것 같다. 청각이 제일 먼저 돌아온 건가. 하지만 소리만

들릴 뿐 내용까지는 알아들을 수 없었다.

눈꺼풀을 천천히 들어 올렸다. 두꺼운 간유리를 끼운 것처럼 시야가 탁하다. 하지만 한곳을 응시하자 그 유리가 조금씩 투명해졌다. 동시에 이명도 사라지기 시작했다.

가구라가 무릎을 꿇고 앉아 있다. 그 뒤에 미나카미가 서 있다.

"나를 죽여봤자 소용없어. 시가는 계속 NF13을 쫓을 거야."

"그럴 일은 없어. 사건은 해결이야. NF13은 하이덴을 사용해 자살. 다만 그전에 아사마 형사를 사살했다. 어때? 참 멋진 시나리오 아닌가."

무슨 일이 어떻게 벌어지는 건지 아사마는 도통 알 수 없었다. 하지만 미나카미가 가구라와 자신을 죽이려 한다는 점만은 분명했다. 게다가 자신은 총으로 죽이려는 모양이다.

농담하지 마…… 몸을 움직이려 했지만 손발이 마음대로 움직이지 않는다.

대화가 조금 더 이어진 후 미나카미가 뭔가를 했다. 가구라가 이상한 움직임을 보였기에 알 수 있었다. 땅에 무릎을 댄 채 림보 댄스라도 추듯 몸을 크게 뒤로 젖히더니 아주 가늘게 떨기 시작했다. 그 떨림이 점차 커진다. 귀에 하이덴 전극이 붙었다는 사실을 아사마도 알 수 있었다.

갑자기 가구라의 떨림이 멈췄다. 그의 몸은 실이 끊어진 마리오네트 인형처럼 등부터 땅에 떨어졌다. 그러고는 꼼짝도 하지 않았다.

쓰러진 가구라를 가만히 지켜보던 미나카미의 시선이 갑자기 아사마에게 날아왔다. 두 사람의 시선이 공중에서 교차했다.

"경찰관의 신체는 정말 튼튼하군. 벌써 깼나?" 미나카미가 다가왔다. "이제 슬슬 눈을 뜨지 않아도 곤란하던 참이었어. 약이 완전히 분해되지 않으면 해부에서 검출될 수 있으니까. 물론 그럴 가능성은 아주 낮지만. 당신에게 놓은 약은 몸 안에서 분해되면 인간의 몸에 원래 존재하는 물질로 변하지. 어떤 명의라도 이상하게 생각하지 않을 거야. 게다가 이제 당신 몸에는 총상이라는 훌륭한 흔적이 남을 테니 굳이 다른 사인을 찾을 이유도 없지."

미나카미의 설교를 들으면서 아사마는 열심히 손발의 감각을 확인했다. 여전히 마비는 남아 있다. 힘을 쥐어짜도 원하는 대로 움직일 수 있을지는 모르겠다. 하지만 그걸 확인할 여유가 없다.

미나카미가 아사마의 바로 옆에 섰다. 내려다보는 얼굴에 냉소가 떠올라 있다. 그는 왼손을 뻗어 아사마의 재킷 안에서 모굴 카드를 꺼냈다.

"당신이 있어서 다행이야. 솔직히 NF13을 어떻게 막 내려야 할지 결정 못 했거든. 경찰청도 경시청도 그렇게 쉽게 미해결 사건으로 남겨두지는 않을 테니까. 그러나 이걸로 모두 해결이야. 일단락되었어. 당신은 명예 순직으로 두 계급은 특진할걸. 그걸로 납득해." 천천히 총을 겨눴다. 방아쇠에 손가락을 건다.

이 타이밍뿐이다. 아사마는 온힘을 다해 오른발을 휘둘렀다. 기적적으로 그 동작은 완벽한 발차기가 되어 총을 든 미나카미의 손에 명중했다. 총은 손에서 떨어져 2미터 정도 날아갔다.

미나카미가 증오스러운 눈빛으로 노려보더니 바로 권총을 주우려고 했다. 하지만 아사마도 필사적이었다. 도마뱀처럼 재빨리 기어가 미나카미보다 한 발 먼저 총을 잡았다.

그러나 총구를 적에게 돌릴 시간은 없었다. 총을 쥔 팔을 미나카미에게 붙들려 금방이라도 빼앗길 것만 같았다. 의외로 힘이 세다. 게다가 아사마는 아직 몸을 자유롭게 움직일 수 없다는 핸디캡이 있었다.

빼앗기면 모든 게 끝이다. 아사마는 당겨지는 팔의 힘을 역이용해 권총을 내던졌다. 어디로 떨어졌는지는 그도 알 수 없었다.

미나카미는 아사마의 팔에서 손을 떼고 주위를 둘러봤다. 권총을 찾으려는 것이다. 바로 발견했는지 몸을 일으켰다.

권총을 줍게 해선 안 된다. 아사마는 포효하며 미나카미의 발에 매달렸다.

"이제 와서 쓸데없는 짓을……." 미나카미는 흉측하게 얼굴을 일그러뜨리고 아사마를 떼어내려고 했다.

"당신이야말로 포기해. 나는 절대 안 놓을 거니까!"

"그래? 그렇다면 방침을 바꿔야지."

미나카미가 아사마에게 달려들었다. 양손을 목에 대고 강력한 힘으로 조르기 시작했다. 아사마는 열심히 떼어내려 했지만 좀처럼 느슨해지지 않는다.

"너도 경찰이니 무도의 기본은 알겠지. 이렇게 보여도 나도 유도 검은 띠야. 게다가 넌 약 때문에 제대로 힘을 못 쓰지. 승부는 이미

났어. 아, 한 가지 더 덧붙이자면 목 졸린 흔적을 가구라의 짓으로 만드는 일쯤은 내게 식은 죽 먹기야."

담담한 말투와는 반대로 목을 조르는 힘은 더 강해졌다. 아사마는 전혀 숨을 쉴 수 없었다. 물론 소리도 나오지 않았다.

의식이 멀어지는 것 같았다. 뇌의 중심부가 마비된다. 저항해야 한다고 생각하면서도 이제는 끝이라는 체념이 마음을 잠식해간다. 눈앞이 어두워졌다.

하지만 그때 탕 하는 파열음이 들렸다. 그 순간 아사마의 목을 조르던 힘이 갑자기 느슨해졌다. 경동맥에 피가 흐르기 시작했고 기도도 열렸다.

시야가 되살아났다. 눈앞에 미나카미의 얼굴이 있다. 백발에 매부리코가 특징인 남자는 놀란 것처럼 눈을 동그랗게 뜨고 있다. 그 표정에는 조금 전에 보였던 광기가 아니라 공허함에 가까운 빛이 담겨 있었다.

아사마는 미나카미의 가슴을 봤다. 양복 밑에 입은 셔츠가 검붉게 젖어 있다.

미나카미의 손이 아사마의 목에서 떨어졌다. 그는 피범벅이 된 자기 가슴을 본 후 천천히 고개를 돌려 뒤를 보았다. 아사마도 같은 방향으로 시선을 던졌다.

몇 미터 뒤에 가구라가 서 있다. 손에 권총을 쥐고 있었다.

"말도 안 돼……." 미나카미가 신음하듯 중얼거렸다. "뇌에 그런 펄스를 받고 살아 있다니."

"알려줘." 가구라가 입을 열었다. "왜 죽였어. 왜 나의 스즈란을 죽였어?"

미나카미의 눈꺼풀이 움찔거렸다. "류인가……."

"대답해. 왜 죽였어? 죽이지 않아도 됐잖아." 가구라가 고통스러운 표정을 짓고 있다. 하지만 아무래도 그 인격은 가구라가 아닌 듯하다.

미나카미가 씩 웃었다. 그것이 마지막 반응이었다. 목을 푹 꺾고 아사마 위로 쓰러졌다. 어디에도 힘이 들어가지 않아 단순한 물체에 불과했다.

아사마는 미나카미를 밀쳐내고 몸을 일으켰다. 목을 문지르며 새삼 가구라를, 아니 류를 봤다.

"자네는 가구라의 다른 인격이지?" 아사마가 확인했다.

류는 권총을 떨어뜨렸다. 그 자리에 주저앉는가 싶더니 얼굴을 찡그리며 머리를 감쌌다.

"왜 그래?" 아사마가 물었다.

류가 공허한 눈을 들었다.

"그에게…… 가구라에게 전해줘. 그림을 한 장만 더 그리고 싶으니 캔버스를 준비하고 반전제를 피우라고. 그게 마지막이야."

"마지막?"

"그래, 마지막. 그림만 그리면 나는 사라질 거야……." 그런 말을 남기고 류는 털썩 쓰러졌다.

얼마 후 멀리서 경찰차 사이렌 소리가 들려왔다. 게다가 한 대가 아니다. 이곳으로 오고 있는 것이다.

"멍청이들. 너무 늦어……." 아사마는 혀를 차고 땅에 대자로 뻗어버렸다.

47

가구라는 경찰병원의 한 병실에서 의식을 되찾았다. 자신에게 무슨 일이 일어났는지 금방은 생각나지 않았다. 이윽고 기억이 되살아나긴 했지만 하이덴으로 살해당했을 텐데 어떻게 살았는지 도통 알수 없었다.

아무 설명도 없이 뇌검사를 받고 주사를 맞은 뒤 다시 침대에 눕혀졌다. 엄청난 졸음이 덮쳐올 때야 아무래도 진정제를 맞은 모양이라는 걸 깨달았다.

다시 눈을 떴을 때 실내에 인기척이 느껴졌다. 가구라는 고개를 들었다. 시가가 의자에 앉아 팔짱을 끼고 있었다. 다리도 꼬고 있다.

"정신을 차린 것 같군. 뇌에 이상은 없다고 하네. 다행이야."

가구라가 몸을 일으켰다. 아직 머리가 조금 어지럽다. 눈을 깜빡이고 손으로 얼굴을 쓸어내렸다.

"왜 제가 여기에?"

시가가 살짝 웃었다.

"도쿄 역에서 아리아케까지 택시를 탔지? 그 택시에는 실내를 찍는 카메라가 설치되어 있고, 경찰청의 얼굴인증 시스템과 연결되어 있네. 아직 테스트 단계여서 도내에 불과 스무 대 정도만 운행하고 있어. 사생활 침해 문제 때문에 아직 공표되진 않았지. 어쨌든 통보받고 현장으로 달려갔더니 자네들이 있었네."

"자네들……이라니 다른 사람이 또 있었나요?"

시가는 심각한 표정을 짓고 고개를 끄덕였다.

"아사마 형사와 미나카미 교수. 교수는 사살되었어."

"사살…… 아사마 형사에게요?"

아니, 하고 시가가 고개를 흔들었다. "쏜 사람은 자네야."

"설마요." 가구라는 눈을 커다랗게 떴다. "거짓말이죠?"

"사실이야. 아사마 형사가 증언했네. 다만 인격은 자네가 아니었던 것 같다더군."

"……류가?"

시가는 팔짱을 풀어 팔걸이에 팔을 올려놓고 의자에 몸을 기댔다.

"NF13의 정체가 미나카미 교수라는 사실은 아사마 형사에게서 들었네. 다만 자세한 사정은 거의 알지 못하더군. 아무래도 자네와 교수가 대화를 나누는 동안 약 때문에 잠들어 있었던 모양이야."

가구라는 시가의 냉정한 얼굴을 봤다. "저와 교수가 나눈 말을 들고 싶다는 겁니까?"

"꼭!" 시가가 대답했다. "물론 듣기만 하진 않겠네. 자네 질문에도 대답하지. 여러모로 납득할 수 없는 부분이 있지 않나?"

"그야 물론이죠." 가구라가 말했다.

악몽 같은 일을 그는 자세히 말했다. 미나카미가 했던 냉혹한 말도, 가능한 한 정확하게 재현했다. 하지만 시가는 거의 무표정이었다. 사건의 진상과 가구라가 플래티나 데이터에 대해 얼마나 알고 있는지, 그것만 확인하고 싶을 뿐이리라.

"그랬군." 이야기를 다 들은 시가가 처음 뱉은 말이었다.

"전기식 마약 연구를 위해 사람을 죽이다니. 그런 미친 과학자가 있나."

"그런 남자를 시켜 다테시나 남매에게 플래티나 데이터라는 체제를 만들게 한 사람은 대체 누굽니까?"

시가가 팔걸이에 팔을 걸친 채 양손을 깍지 꼈다.

"DNA 수사 시스템이 인가된 배경에 플래티나 데이터 구축이 있었네. 정치가와 고급 관료를 보호하는 시스템이 아니면 법안은 통과되지 않을 것이라는 점은 구상 단계부터 분명했으니까."

"어느 정도 단계의 사람들이 플래티나 데이터에 포함됐습니까?"

"그건 뭐, 경우마다 다르지." 시가는 선선히 대답했다. "정치가는 각료를 지낸 사람이나 그에 준하는 급. 공무원이라면 최소 간부 후보 정도? 물론 인맥 유무에 따라 달라지지."

"경찰은……."

"엘리트여야 한다는 게 절대 조건. 본부장, 부장급일까."

가구라는 고개를 끄덕였다. 이걸로 이해가 갔다.

"플래티나 데이터가 관련됐다는 걸 알고 경시청에 NF13 사건에서 손 떼라고 지시했군요."

"아주 이른 단계부터 NF13은 플래티나 데이터에 속한 사람이 아닐까 생각했네. 그러나 만약 그렇다 해도 당황할 필요는 없다고 봤지. 단순히 범인이 언제까지고 안 잡힐 뿐이니까. 그걸 위해서 플래티나 데이터를 만들었으니까. 여론이 너무 시끄러우면 때를 봐서 적당한 변사체를 NF13으로 내놓으면 된다고 생각했어. 그런데 오산이었지."

"다테시나 사키가 모굴을 완성했죠."

"그렇네." 시가가 고개를 끄덕였다. "시라토리 리사가 미국에 보낸 메일에 이렇게 적혀 있었지. 다테시나 사키가 살해됐지만 플래티나 데이터 추출 프로그램, 통칭 모굴을 빼앗겼을 가능성은 낮다고. 메일을 보고 경악했네. 부끄러운 얘기지만 그런 프로그램이 만들어졌다고는 생각도 못 했으니까."

"잠깐만요. 시라토리 씨의 메일을 보다니…… 살해된 후에요?"

"그럴 리가 없지. 훨씬 전이야." 시가가 입가를 일그러뜨리며 웃었다. "시라토리 리사가 플래티나 데이터의 존재를 확인하기 위해서 미국에서 파견됐다는 점은 분명했어. 그들도 DNA 수사 시스템 확립에는 플래티나 데이터 구축이 필요했을 테니까. 물론 우리는 그 존재를 인정하지 않았네. 그래서 그녀의 행동을 아주 세세하게 체크했지. 덕분에 모굴에 대한 정보도 얻을 수 있었어."

"그래서 NF13에 대한 수사는 일단 동결하고 모굴을 찾는 데 주력했다는 말이군요. 보레로에 다테시나 남매의 은신처가 있다는 사실을 알자마자 경찰까지 출입을 금지한 건 모굴을 발견할지도 몰랐기 때문이고요."

"유감스럽게도 헛걸음이었지만." 시가가 어깨를 으쓱했다.

"그럼 내가 경찰에 쫓긴 것은……."

"표면적으로는 중요 참고인이기 때문이었지만, 사실은 자네가 시라토리 리사에게 모굴을 찾아달라고 부탁받았다는 걸 알았기 때문이지. 자네가 먼저 발견하면 여러모로 귀찮아지니까."

"결과적으로 제가 먼저 찾았네요."

"그랬지. 아사마 형사에게 들었네. 그 그림에 숨겨놓았다고? 등잔 밑이 어둡다더니. 미안하지만 모굴은 몰수했네. 자네가 DNA 수사 시스템에 인스톨하기 전이라 다행이지."

가구라는 크게 한숨을 쉬었다.

"아무것도 모르는 국민만 불쌍하군요. 이런 일이 용서받을 거라 생각하세요? 일반인은 DNA 등록을 의무화하면서 자신들은 수사망에서 벗어나 있다니. 언론이 냄새를 맡으면 어떤 일이 벌어질까요."

"별일 없을 거야. 우리가 플래티나 데이터의 존재를 인정하지 않으면 그만이지. 이른바 도시전설 같은 게 되겠지."

"관계자가 증언하면요?"

가구라의 말에 시가의 한쪽 눈썹이 꿈틀거렸다.

"자네가 증언하겠다는 말인가. 드디어 이야기가 핵심에 들어갔군. 그 문제를 의논하러 왔네. 단도직입적으로 말하지. 모든 걸 잊어주게. 플래티나 데이터도, 모굴도. 나아가 NF13에 대해서도."

가구라는 실소했다. "말도 안 됩니다."

"물론 무조건은 아닐세." 시가는 은밀한 눈빛을 던졌다. "DNA 수사 시스템 일을 계속 시킬 순 없으니 적당한 직책을 주지. 이름뿐인 직책이니까 일은 안 해도 되네. 그래도 급여는 지금의 세 배가 지불될 걸세. 어때, 나쁘지 않지?"

"매수하시는 겁니까? 돈에 양심을 팔 것처럼 보이나요?"

"자네를 위해서도 받아들이는 게 좋아. 끝까지 거부하면 우리도 다른 수단을 쓸 수밖에."

"어쩔 셈입니까?"

시가는 깍지를 풀고 오른손으로 가구라를 가리켰다.

"자네를 체포해 구속해야지. 처음에 말했지? 자네는 미나카미 교수를 살해했어. 살인죄가 완벽하게 성립돼. 정당방위를 주장하려고 해도 자네에겐 입증할 방법이 없어. 무엇보다 범행 당시의 기억이 없으니까."

가구라는 어금니를 악물고 시가를 노려봤다.

"재판에 가서 모든 사실을 밝힐 겁니다. 그래도 괜찮습니까?"

"자네는 아무것도 모르는군. 플래티나 데이터를 지키기 위해서는 모든 권력기관이 움직여. 살인범 한 명의 재판을 비밀리에 진행하는 건 일도 아니지. 지금 자네는 시가라는 하찮은 인간과 대치한다고 생각할지 모르지만 내 뒤에는 훨씬 강력한 존재가 있네. 나는 단순한 메신저에 불과해. 나쁜 일은 없을 테니 시키는 대로 하게. 나는 자네가 좋아. 평생을 감옥에서 보내게 하고 싶지는 않네."

시가의 이야기 후반은 생색이나 마찬가지였지만 전반부는 현실감이 있었다. 필시 그렇게 되리라고 가구라는 생각했다. 지금 여기서 시가를 질책해봐야 소용없다. 자기 또한 하찮은 존재에 불과하다는 사실을 통감했다. 살짝 눈을 감고 고개를 가로저었다.

"알아들은 것 같군." 시가가 말했다.

"한 가지만 묻죠. 앞으로 같은 일이 벌어지면 어쩔 셈입니까? 미나카미 교수 같은 인간이 또 나올 가능성은 충분합니다."

"그 걱정은 붙들어 매게. 우리에게는 모굴이 있어. 도저히 범인을 찾을 수 없을 때는 마지막 수단으로 플래티나 데이터를 검색할 거야. 다만 그 검색 결과는 아주 소수만 알게 되겠지." 그렇게 말한 후 시가는 애처로운 눈빛을 지었다. "어느 세상에나 신분이란 게 존재해. 인간은 결코 평등하지 않아."

가구라는 고개를 숙였다. 온몸에서 기운이 빠져나가는 것 같았다. 모든 것을 쏟아 만들어낸 DNA 수사 시스템이 계급 제도를 강고하게 만드는 도구였을 뿐이라니……

"아, 자네에게 알려주고 싶은 게 있네." 그 목소리에 가구라는 고개를 들었다. 시가는 곤란한 표정으로 이야기를 이어갔다. "스즈란이란 여성에 대한 이야기야."

가구라는 숨을 삼켰다. "스즈란을 아십니까?"

"그 이름은 아사마 형사에게 들었네." 시가가 입술을 적셨다. "자네의 환각이라는 것도."

"환각이라고요?" 가구라가 미간을 찌푸렸다.

"그래, 환각. 스즈란이란 여성은 존재하지 않아. 모두 자네가 만들어낸 환상이야."

가구라는 미소 지으면서도 주먹을 움켜쥐었다. "말도 안 돼. 그런 일이 있을 리 없어요."

"믿지 못하겠지만 사실이야. 자네는 도쿄 역에서 열차에 탔지만 계속 혼자였네. 보레로에서도 혼자였고."

가구라가 고개를 저었다.

"그럴 리가 없어요. 스즈란과는 대화도 나누었고 식사도 같이 했는데."

"그럼 자네 말고 그녀를 본 사람이 있나? 그녀와 이야기를 나눈 사람은?"

"그건…… 언제나 사람들 몰래 만나러 왔으니까……."

"어떻게? 어떻게 자네가 있는 곳을 알고, 어떻게 엄중한 보안을 뚫고 자네를 만나러 오지?"

가구라는 말문이 막혔다. 자신도 내내 이상하게 여겨온 점이었다.

"하나 더 묻지. 그녀와 대화를 나누고 자네가 새로운 정보를 얻은 게 있나? 자네가 그녀에게서 들은 말은 모두 자네가 이미 알고 있던 사실이거나 류의 기억에 있던 거 아닐까."

"그건……."

아니라고 단언하려 했다. 하지만 이미 마음이 크게 흔들리고 있음을 깨달았다. 틀림없는 말이다. 스즈란에 관한 정보라 해도 모두 류의 기억을 통해 알았다고 생각하면, 가구라 자신은 뭐 하나 새로운 것을 알아내지 못한 게 된다.

"그럼 교회는……."

"교회?"

"다테시나 남매 별장 근처에 낡은 교회가 있습니다. 스즈란이 그 장소를 알려줬어요. 그때까지 저는 그런 데 교회가 있는지도 몰랐습니다."

하지만 시가는 의아하다는 듯 고개를 흔들었다.

"거기 교회는 없어."

"아뇨, 있습니다. 숲길에서 조금 올라간 곳에."

"유감스럽게도 그곳은 교회가 아니네. 현지 경찰관에게 들었어. 수배중인 인물은 폐업한 펜션에서 하룻밤을 지냈다고."

"펜션요? 아뇨, 아닙니다. 분명 교회입니다. 인테리어도 다 기억합니다."

"아마 자네가 들어가본 적 있는 교회를 다시 상상한 거겠지."

"말도 안 돼! 교회에 들어간 건 초등학교 이후……." 그렇게 말하다가 가구라는 충격을 받았다. 초등학교 시절 견학으로 근처 교회에 들어갔을 때의 광경이 선명하게 떠올랐기 때문이다. 내부 모습은 스즈란과 밤을 보낸 교회와 똑같았다.

시가가 옆에 놓아둔 가방을 들어 노트북을 꺼냈다. 무릎 위에서 재빨리 키를 두드린 후 액정화면을 가구라에게 보여줬다.

"보레로에서 경찰차에 쫓긴 적이 있지? 자네는 바이크를 타고 멋지게 도망쳤다더군. 그때 스즈란이란 여성은 어디에 있었나?"

"제 뒤에 타고 있었습니다."

시가가 고개를 끄덕였다. "알았네. 그럼 자네 눈으로 확인해보게." 그렇게 말하고 키를 눌렀다.

화면에 영상이 나타났다. 바이크 한 대가 논길을 질주하고 있다. 그 모습을 뒤에서 촬영한 듯하다.

"경찰차 추적카메라가 잡은 영상이네. 자, 잘 보게."

영상 속 바이크 모습이 서서히 커진다. 가구라는 자기 눈을 의심했다. 자신이 운전하고 있었다. 그런데 뒷자리에는 아무도 타고 있지 않았다.

"거짓말이야. 그럴 리가······." 힘없는 중얼거림이 흘러나왔다.

시가는 영상을 멈췄다.

"내가 거짓말할 필요가 있겠나? 스즈란이라는 여성을 없앤다고 내게 무슨 이득이 생기나. 자네를 깨어나게 해주고 싶을 뿐이야."

가구라는 자기 이마에 손을 댔다. 두통이 시작되었다.

"그럼 그림은 어떻게 된 겁니까? 류가 환각을 그림으로 그렸습니까? 하지만 그 그림에 그려진 스즈란은 모굴이 든 종이봉투를 가지고 있었습니다. 그래서 캔버스 뒤에 숨겨져 있다는 사실을 알았습니다. 스즈란이 환각이라면 누가 봉투를 가지고 온 겁니까?"

그러자 시가는 눈을 내리깔고 다시 컴퓨터 키보드를 두드렸다.

"아까 스즈란이라는 여성이 존재하지 않는다고 얘기했지만, 그건 어디까지나 나와 자네에게 하는 말이지. 류에게는 스즈란이 존재했어, 분명히. 그녀는 환각이 아니라 인간이었어."

"무슨 말씀입니까?"

"말 그대로야. 스즈란이 그려진 방을 철저하게 조사했네. 모발, 각질, 체모…… DNA를 분석할 수 있는 것은 모두 회수했지. 특히 참고가 된 물건은 두 개의 빈 캔이었어. 주스 캔인데 하나는 자네, 아니 류가 마신 것으로 추정됐네. 다른 빈 캔에서는 다른 사람의 타액이 발견됐지. 여성의 것이었네. 그 DNA를 프로파일링해 몽타주로 만들었어. 그 이미지가 이거야." 시가는 다시 액정화면을 돌렸다.

가구라는 소리를 지를 뻔했다. 화면에 나온 것은 다테시나 사키의 얼굴이었다. 실물과 다른 점은 오른쪽 반을 덮은 반점이 없어졌다는 것 정도였다.

"이제 알았겠지. 스즈란의 정체는 다테시나 사키야. 자네가 반전제를 사용한 후 류는 5층 방으로 가 그림을 그렸고, 다테시나 사키도 그 방으로 갔던 거야. 그때 자기 행동이 드러나지 않도록 감시카메라 영상을 조작했고."

"그녀가 카메라를요?"

"그래. 감시카메라를 조작한 사람은 다테시나 사키야."

가구라는 또 놀라고 말았다. 그러고보니 미나카미가 말했다. 카메라에 트릭을 설치한 사람은 자신이 아니라고. 원래 있던 것을 이용했을 뿐이라고.

"류와 다테시나 사키가 어떻게 알게 되고 가까워졌는지는 몰라. 다만 류에게 그녀가 그림 속 소녀처럼 보였던 것만은 확실해. 그는 자기가 본 것만 그렸다지?"

"……맞습니다."

"어떤가? 수수께끼가 모두 풀렸나?"

가구라는 손끝으로 눈두덩을 눌렀다. 머릿속이 너무 혼란스러워 사고가 잘 되지 않았다. 한편으로는 현실을 냉혹하게 보려는 자신이 있었다. 시가의 말은 모두 앞뒤가 맞는다. 합리적이고 빈틈이 없다.

스즈란이 환각이라는 사실을 깨닫고 나니 실망과 안도가 공존했다. 다시 그녀를 만날 수 없다고 생각하니 슬퍼졌다. 그러나 그녀가 그때 죽은 게 아니라고 생각하니 구원받은 것 같았다.

"다른 질문은?" 시가가 물었다.

조금 생각한 후 천천히 고개를 저었다.

"없습니다. 생각이 안 나는 건지도 모르겠지만."

"의문이 생기면 언제든 얘기하게. 납득할 때까지 설명하지. 자네가 우리와 한 약속만 지켜준다면." 시가는 노트북을 가방에 넣고 의자에서 일어났다. "맞다. 중요한 걸 잊었군. 아사마 형사가 전해달라는 이야기가 있네. 정확하게 말하면 류의 부탁인 모양이지만."

"류요?" 가구라가 고개를 갸웃하며 시가를 올려다봤다.

48

멀리서 자동차 클랙슨 소리 같은 게 울렸다. 그 이외의 소리는 거의 없다. 류는 천천히 눈을 떴다. 하얀 벽이 눈에 들어왔다.

그는 팔걸이의자에 앉아 있었다. 오른손 손가락에 담배 모양의 반전제가 끼워져 있었다. 필터 근처까지 거의 타들어가 있었다. 바닥을 보니 물을 담은 양동이가 놓여 있다. 떨어진 재가 바닥을 태우지 않도록 가구라가 배려한 모양이다.

필터를 양동이에 버리고 주위를 둘러봤다. 병실인 것 같았다. 침대가 하나. 그리고 그 옆에 캔버스를 올린 이젤이 놓여 있었다. 침대 위에는 팔레트와 붓, 그리고 물감이 준비되어 있다.

류는 캔버스에 다가갔다. 메모가 한 장 놓여 있다. 거기에는 '따로 지정하지 않아서 스즈란을 그린 것과 같은 사이즈의 캔버스를 준비했다. 자네의 또 다른 인격이'라고 적혀 있었다.

작게 숨을 내쉬고 붓을 잡았다. 새 붓이다. 털이 부드럽다.

문득 옆을 봤다. 하얀 원피스를 입은 스즈란이 슬픈 표정으로 서 있었다.

"마지막으로 만나러 왔구나." 류가 말했다.

"당연하지. 그림을 그릴 거잖아?" 스즈란이 물었다.

"응, 네 그림을 그릴 거야. 그러려고 돌아왔어."

눈앞에 있는 스즈란이 환각이라는 것은 류 자신도 잘 알고 있었다. 그래도 그에게는 그녀가 보인다. 원래 그녀 모습은 그가 머릿속으로 만들어낸 것이기 때문이다. 그러나 가구라는 불가능할 것이다. 그는 스즈란의 정체도, 그녀가 죽어버렸다는 것도 알고 있다. 더는 그의 앞에 스즈란이 나타나지 않을 것이다.

스즈란이 눈물을 흘렸다. 류는 손을 뻗어 그녀의 뺨을 만지고 손 끝으로 눈물을 닦아주었다.

"이 그림을 그리고 나면 류라는 인간도 이 세상에서 사라질 거야. 영원히."

"그러면 저세상에서 또 만날 수 있을까?"

"물론이지."

두 사람은 몸을 당겨 꼭 안았다.

49

시곗바늘이 오후 7시를 조금 넘어선 무렵, 용의자가 맨션으로 돌아왔다. 니트모자에 선글라스, 검은 코트 차림이다. 옷깃을 세운 것은 조금이라도 얼굴을 숨기고 싶기 때문이리라.

운전석에 앉은 도쿠라가 뒤돌아봤다. "계장님, 어떻게 할까요?"

아사마는 수염이 덥수룩한 턱을 만졌다. "전원, 위치 확인해."

도쿠라는 예, 라고 대답하고 무전기를 들었다. 부하들의 보고를 들으니 모두 제 위치에 있는 듯하다.

"좋아. 가볼까." 아사마가 시트에서 몸을 일으켰다.

맨션 관리인에게 배지를 보여주고 자동 잠금장치를 열게 했다. 엘리베이터를 타고 버튼을 누른다. 용의자의 집은 알고 있다.

엘리베이터에서 내린 아사마는 수사원 세 명을 데리고 방으로 향했다. 방은 금세 발견했지만 모두 문 앞에 서 있지는 않았다. 트레이닝복 차림의 도쿠라만 남겨두고 다른 사람은 떨어진 곳에서 숨을 죽였다.

도쿠라가 인터폰 차임을 울린다. 예, 하는 굵은 목소리가 들렸다.

"실례합니다. 이번에 옆집으로 이사 온 사람인데 인사 차 들렀습니다." 연기에 능숙한 도쿠라가 밝게 얘기했다.

이윽고 문이 열리는 소리가 났다. 아사마 일행은 자세를 잡았다.

문이 조금 열린 순간 도쿠라가 갑자기 손잡이를 힘껏 당겼다. 으악 하는 소리와 함께 쓰러지듯 남자가 나타났다. 동시에 아사마 일행이 덮친다.

남자는 정신을 차리고 문을 닫으려 했지만 도쿠라가 발로 막았다. 그는 공사현장용 안전화를 신고 있었다.

집안으로 도망가는 남자를 부하들이 쫓았다. 얼마 후 거실 중앙에서 남자는 제압당했다. 아사마가 천천히 다가간다. 품에서 체포영장을 꺼냈다.

"이제 포기해. 강도 살인 혐의로 체포한다."

"나는 아무 짓도 하지 않았어." 남자가 아우성을 쳤다.

"그러면 경찰서에 가서 천천히 설명해. 하지만 아주 어려울 것 같은데. 피해자 손톱에서 네 DNA가 발견됐으니까. 게다가, 이거 좀 보라고." 아사마는 남자 손을 잡았다. "네 손에 있는 긁힌 상처."

포기했는지 남자는 저항을 멈췄다. 데려가라고 아사마는 부하에게 명령했다.

"계장님이 되신 후 첫 검거군요. 잘됐네요." 도쿠라가 놀리듯 말한다.

"한 건 해결. 아주 편안하게." 그렇게 말했을 때 휴대전화가 문자 메시지 수신을 알렸다. 보낸 사람을 보고 자기도 모르게 흐뭇한 표정을 지었다.

"누구입니까? 설마 여자?"

"그럴 리가 있나." 아사마는 내용을 확인했다.

'잘 지내세요? 저는 느긋하게 살고 있습니다. 새 술잔을 완성해 보내드리려고요. 일, 열심히! 가구라.'

여전히 짤막한 내용이다. 아사마는 숨을 크게 내쉬고 휴대전화를 넣었다.

플래티나 데이터 사건이 종료된 후 두 달이 지난다. 아니, 표면적으로 그런 명칭의 사건은 존재하지 않는다. 굳이 말하자면 NF13 사건이라고 해야 할까.

가구라와 접촉하면서 무단으로 단독행동한 점에 대해 아사마는 경시청 상사에게서도, 경찰청 사람에게서도 질책받지 않았다. 대신 두 가지 조건을 받아들여야 했다. 하나는 모굴을 특수분석연구소에 넘기라는 것, 또 다른 하나는 모든 일을 잊으라는 것이었다.

아사마는 동의하면서 자신도 요구사항을 내걸었다. 가구라를 처벌하지 말아달라는 것이었다. 여러 번 만나진 않았지만 거대한 수수께끼에 단둘이 맞섰다는 점에서 가족 같은 친근감을 느꼈다.

아사마의 요구는 수용되었다. 다만 가구라 본인이 사건의 전모를 입 밖에 내지 않는다는 조건이 붙었다.

"계장님. 또 이런 게." 용의자의 코트를 조사하던 도쿠라가 주머니에서 사각형 상자를 꺼냈다. "이거, 하이덴이죠."

아사마가 얼굴을 찌푸렸다. 최근 들어 하이덴이 급속히 퍼지고 있다. 소년보도 처분을 받은 십대 다섯 명 중 한 명이 가지고 있었다. 미나카미가 죽었는데도 일단 뿌려진 악의 씨앗은 사라지지 않는다.

만약 그때 그것을 깨닫지 못했다면 우리는 지금 어떻게 되었을까. 아사마의 기억이 두 달 전으로 거슬러갔다. 가구라와 만나기 전, 미나카미의 연구실에 방문했을 때였다. 미나카미가 방을 나간 후 아사마는 선반에 있던 검은 가죽가방을 무심코 들여다봤다. 전기 코드 같은 게 나와 있는 걸 발견했다. 가방을 열어보니 하이덴이 들어 있었다.

왜 미나카미가 이런 걸 가지고 있는지, 아사마로서는 알 도리가 없었다. 치료에 사용할 수도 있나 하는 정도로만 생각했다.

하이덴 구조에 대해 자세히는 몰랐지만 어떤 부품을 만지면 강도를 조절할 수 있는지는 '타이거 전기' 주인에게 들어서 알고 있었다. 보아하니 그 하이덴은 극히 위험한 모드로 설정된 상태였다. 미나카미가 그런 사실을 모르고 있다면 큰일이다 싶어서 아사마는 부품 하나를 빼놓았다. 그리고 미나카미가 왜 하이덴을 가지고 있는지 알아낸 다음에 얘기하기로 마음먹었다.

깊이 생각하고 한 행동도 아니었지만 결과적으로 그 행동이 가구라뿐만 아니라 아사마의 생명도 구했다.

"계장님, 용의자를 차에 태웠습니다."

부하의 말에 정신을 차렸다.

"좋아, 데려가자고." 아사마는 도쿠라에게 말했다.

50

흙이 얼굴에 튀었다. 저도 모르게 눈을 감고 말았지만 손은 움직이지 않았다. 기분도 그대로였다. 바로 눈을 뜨고 작업을 이어간다.

수동물레를 다루는 일에도 익숙해졌다. 따로 의식하지 않고도 안정적으로 돌릴 수 있게 되어 흙의 형태를 만드는 데 집중할 수 있다.

가구라의 양손에서 큰 접시가 만들어지고 있었다. 직경 30센티미터가 넘는다. 이제까지 만든 것 중에 가장 큰 작품이었다.

숨을 멈추고 마지막 마무리를 한 후 물레를 멈췄다. 살펴본 다음, 옆에 있던 사소리에게 말을 걸었다. "어때요?"

작업대를 바라보던 작업복 차림의 사소리가 고개를 들었다. 큰 접시를 보고 "좋네" 하고 무뚝뚝하게 말했다. 빈말을 하는 사람이 아니다. 가구라는 만족했다.

출입구에서 한 남자가 뛰어 들어왔다. "비 와. 빨래 걷어야지."

치쿠시였다. 그가 물레 위를 보고는 입을 벌렸다.

"잘 만들었네! 두 달 만에 아주 손에 익었어."

"덕분에요."

가구라는 일어나 구석에 있는 세면대에서 손을 씻었다. 정면에 붙은 거울에 진흙이 씻긴 그의 손이 비쳤다. 그것을 보니 류의 그림이 떠올랐다.

그는 바로 옆의 벽을 봤다. 그림이 하나 걸려 있었다. 류가 마지막으로 그린 그림이다.

그림 속 스즈란은 웨딩드레스 차림으로 미소 짓고 있었다.

인간의 마음을 그리는 지도

어린 시절 존경한 아버지는 예술가였다. 아름다운 도자기를 만들어내는 그의 손을 사랑한 아들은, 로봇 때문에 절망하고 스스로 목숨을 끊은 아버지를 보고 새로운 삶에 눈을 뜬다. 그것은 과학이었다. 과학이 인간의 모든 것을 결정한다. 남자는 결국 인간의 행동과 마음을 정하는 것은 DNA라고 결론 내린다. 그리고 자연과 예술에서 등을 돌린 채 오직 과학에만 몰두하며 살아간다.

하지만 그의 내면에는 또 다른 마음이 자리 잡는다. 아버지를 잊지 않고 그림이라는 예술에 매달리는 마음. 예술과 과학, 분명 오래전에 버렸다고 생각한 것이 팽팽한 줄다리기를 하고 있다.

과학이 모든 것을 결정한다고 믿는 주인공은 DNA로 범인을 체포하는 수사 시스템을 구축하는 데 혁혁한 공을 세운다. 사생활 보호를 앞세워 정보를 주지 않으려는 국민이 한심하다며 짜증을 낼 정도로 자기 연구에 자부심이 있다. 그러던 어느 날, 어린 시절 아버지와 마찬가지로 그가 그렇게나 믿고 따라온 과학 시스템이 그를 부정하는 사태에 직면한다.

자신이 구축한 수사 시스템이 한 살인 사건의 범인으로 그를 지목한 것이다. 그는 영문도 모르는 채 용의자가 되어 쫓기는 신세로 전락한다. 그런 그의 앞에 어떤 프로그램을 찾으라는 명령이 떨어진다. 그 프로그램을 찾아야만 자신의 무고를 벗을 수 있는 절체절명의 위기에 빠진 것이다.

어쩌면 자신이 살인을 저질렀을 수도 있다는 모호한 동기까지 짊어진 채 무고함(?)을 밝히려는 모순적인 상황에 놓인 주인공. 일본 열도를 동분서주하며 자신이 구축한 과학수사 시스템과 대결한다. 그에게 한 줄기 빛이 되는 것은 그가 그토록 경멸했던 마음속의 예술혼일지 모른다. 그리고 현실세계에서 사사건건 부딪혔던 아날로그 형사와의 만남. 과연 주인공은 촘촘한 수사망을 빠져나와 이 모든 사건의 비밀을 풀어낼 수 있을까? 그 과정에서 그의 확고한 신념은 유지될까?

전기공학과 출신인 작가 히가시노 게이고는 작품에서 과학적인 소재를 잘 활용하는 것으로도 유명하다. 과학적인 모티프를 추리에 이용한 '갈릴레오 시리즈'를 비롯해, 과학수사의 시도를 멋진 미스터리로 그린 《몽환화》, 원전原電 파괴를 스릴러의 소재로 삼은 《천공의 벌》까지. 현대 과학 문명이 인간 세상에 끼치는 영향을 작품 소재로 잘 활용하고 있다.

《미등록자》에서도 점점 현실이 되고 있는 과학수사, DNA 수사를 향해 작가는 한 가지 화두를 던진다. 그의 문제 제기는 지극히 과학적인 동시에 사회적이고 정치적이다. 과학이 사회 속에서 정치적으로 이용될 때 어떤 무서움이 도사리고 있는지 히가시노 게이고는 치밀한 미스터리를 통해 전한다.

DNA 하나로 완벽하게 범인을 잡을 수 있다는 과학적인 사실이 인간을 대상으로 할 때 얼마나 무서운 일이 빚어질 수 있는지, 과연 우리는 이 딜레마를 다룰 자질을 갖추고 있는지 묻는다. 그에 대한 대답은 복잡 미묘하다. 작품의 한 축은 그를 받아들이고, 다른 축은 멀리 떨어져 지켜본다. 어쩌면 지금 인류가 할 수 있는 일은 두 가지 중 하나일지도 모른다.

이 작품은 일본의 인기 아이돌 '아라시'의 니노미야 가즈나리, 〈러브레터〉로 우리에게도 알려진 도요카와 에츠시 주연의 〈플래티나 데이터〉로 영화화되어 한국에서도 개봉했다. 원작과는 상당히 다른 내용을 담았으니 영화까지 챙겨본다면 전혀 다른 재미를 즐길 수 있을 것이다.

プラチナデータ

미등록자 블랙&화이트 077

1판 1쇄 발행 2018년 10월 22일 **1판 11쇄 발행** 2019년 6월 11일
지은이 히가시노 게이고 **옮긴이** 민경욱
펴낸이 고세규
편집 박정선 **디자인** 윤석진

발행처 김영사
주소 경기도 파주시 문발로 197(문발동) 우편번호 10881
등록 1979년 5월 17일(제406-2003-036호)
주문 및 문의 전화 031)955-3200 **팩스** 031)955-3111
편집부 전화 02)3668-3291 **팩스** 02)745-4827 **전자우편** literature@gimmyoung.com
비채 카페 cafe.naver.com/vichebooks **인스타그램** @drviche **카카오톡** @비채책
트위터 @vichebook **페이스북** www.facebook.com/vichebook
ISBN 978-89-349-8296-8 03830 책값은 뒤표지에 있습니다.

비채는 김영사의 문학 브랜드입니다.
이 도서의 국립중앙도서관 출판시도서목록(CIP)은 서지정보유통지원시스템 홈페이지(http://seoji.
nl.go.kr)와 국가자료공동목록시스템(http://www.nl.go.kr/kolisnet)에서 이용하실 수 있습니다.
(CIP제어번호: CIP2018030354)